NATIVE

LA TENTATION DES DIEUX

LAURENCE CHEVALLIER

LA SAGA NATIVE

Volume 1 : La trilogie de Gabrielle

Le berceau des élus

Tome 1

Le couronnement de la reine

Tome 2

La tentation des dieux

Tome 3

Volume 2 : La Quadrilogie d'Isabelle

Les héritiers du temps

Tome 4

Compte à rebours

Tome 5

La malédiction des immortels

Tome 6

L'éternel crépuscule

Tome 7

ROMAN

NATIVE

La tentation des dieux

* * *

Tome 3

BLACK QUEEN
ÉDITIONS

Relecture finale : Émilie Chevallier Moreux

ISBN- 9781709752414

Première Édition
Dépôt légal : décembre 2019

Réalisé avec Vellum

À ma fille, vis ta propre saga
et profite de chaque page du livre de ta vie.

PROLOGUE

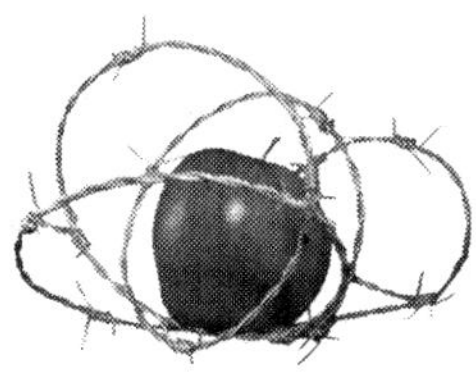

Quelques mois plus tôt,
Quelque part à Carcassonne...

NAOMI TRAVERSA le couloir sur des talons de douze centimètres. Quand elle entra dans la cuisine, Grégoire l'attendait déjà. Adossé au plan de travail, une tasse de thé entre les mains, le grand roux aux pommettes saillantes lui envoya un mince sourire tandis qu'elle prenait une chaise pour s'asseoir.

— Tu n'as toujours pas réussi à t'échapper, je vois, dit-elle en s'allumant une cigarette.

— Il me contrôle, cet enculé ! cracha-t-il, écœuré. Dès que je prends un téléphone ou que je me tire d'ici, mon cerveau est à deux doigts de faire un anévrisme.

— Mon pauvre petit chou, se moqua Naomi.

— Quoi ? Parce que tu es là de ton propre chef, toi, peut-être ?

— En effet, je suis volontaire.

— Pour te venger, c'est ça ?

— Oh oui ! lâcha-t-elle, amère. Je veux lui faire payer, à cette garce !

— C'est une mission suicide, si tu veux mon avis. Elle est redoutable, et on ne connaît même pas encore toute l'étendue de ses pouvoirs. Crois-moi, je l'ai déjà vue à l'œuvre, et si j'étais toi, je ne m'y frotterais pas.

— Blake a un plan.

— Blake est cinglé !

— Il n'est pas pire que Magnus, rétorqua-t-elle sèchement.

— Magnus ne m'a jamais contraint à rester auprès de lui de cette façon.

— Il n'en avait pas besoin, tu étais son toutou chéri. Et si mes souvenirs sont bons, Blake et l'autre salope pourraient ne pas avoir la même opinion que toi sur ce sujet. On sait tous les deux que Magnus est aussi siphonné que son frère.

— Alors, tu la détestes à ce point ?

— Évidemment ! Elle m'a volé Carmichael !

— Je crois savoir que tu as couché et eu un gosse avec son mec, non ? Thomas, c'est ça ?

— Et toi, je crois savoir que tu as violé cette traînée à Londres, n'est-ce pas ? Alors, épargne-moi tes leçons de morale, s'il te plaît.

— Ce n'était pas mon intention. Et ton enfant, il est où, au fait ?

Cette fois, les yeux de Naomi trahirent une lueur de tristesse. Grégoire avait fait mouche et il comprit alors que son cœur n'avait pas été totalement asservi par le propriétaire des lieux. Il connaissait Naomi depuis longtemps et même si elle n'avait jamais brillé par son intelligence, elle n'avait jamais été cruelle. Blake Burton Race était décidément très fort, pensa-t-il, elle croyait même être volontaire, cette idiote !

Magnus lui avait parlé des pouvoirs psychiques impressionnants de son frère, et c'était d'ailleurs pour cette raison qu'il le gardait enfermé auprès de lui, à Londres. Personne d'autre que Magnus ne pouvait l'arrêter. Il repensa alors à l'évasion de Blake et de Gabrielle Chêne, et à toute la détermination qu'il leur avait fallu pour réussir dans leur démarche. Cette dernière ne savait pas à qui elle avait affaire, et il fallait avouer qu'elle n'avait pas eu d'autres choix que de lui faire confiance pour sortir vivante de sa cellule. Il se rappela alors une conversation échangée avec Magnus au sujet de la jeune fille.

— Cette petite garce salit la mémoire d'Éléonore, lui avait-il dit un jour, tu comprends, Grégoire, je ne peux pas la laisser faire !

C'était la première fois que le grand roux avait douté de son maître. La présence de la magnétique Gabrielle l'avait déjà rendu dingue, et sa ressemblance avec la seule femme qu'il avait jamais aimée avait achevé le travail. Finalement, malgré la mort de Yanosh, il avait presque été soulagé de la voir s'échapper. Évidemment, par la suite, Grégoire avait à nouveau dû tenter de la capturer, mais il devait avouer qu'il n'y avait pas mis toute sa ténacité. Et voilà que, depuis, il était enfermé dans cet endroit. Certes, il n'avait pas encore connaissance des projets de Blake, mais la présence de Naomi lui confirmait qu'ils devaient être en rapport avec la jeune native aux pouvoirs extraordinaires. Il se rappela alors le soir où il l'avait prise, et une sensation désagréable le traversa.

Grégoire n'avait jamais été un enfant de chœur, et Magnus l'avait bien compris. Il l'avait tiré du ruisseau à la sortie de l'adolescence et, depuis, il vouait à son maître une admiration sans bornes. Il avait commis les pires méfaits pour le Grand Maître, mais un viol, c'était la première fois, et il n'en était pas fier. L'aura qui se dégageait de Gabrielle lui avait fait perdre la raison. Malades de désir, Yanosh et lui n'avaient pu résister et avaient exécuté un ordre qu'ils ne pouvaient de toute façon pas contester. Depuis leur première rencontre, dans le train, où il avait pour mission de tester ses pouvoirs télékinésiques, il avait nourri pour elle une obsession démesurée qui l'avait consumé au fil du temps. Cette femme était unique, et il était désormais convaincu, après l'affrontement près des éoliennes, qu'elle serait bientôt la plus puissante native en ce monde. Carmichael avait tout de suite mesuré son potentiel, en plus d'en être tombé irrévocablement amoureux. Après plus de trois cents ans d'existence, il avait enfin trouvé une personne à sa mesure, et leurs dernières rencontres lui avaient confirmé que le fils Burton Race avait beaucoup changé. Son narcissisme, qui l'horripilait jusqu'alors, et son égoïsme sans nom laissaient désormais place à une dévotion qu'il ne lui avait jamais connue. Gabrielle Chêne était la seule raison de ce changement.

Toutes ces réflexions le convainquirent que son cas était désespéré. Grégoire avait compris depuis longtemps que l'histoire ne se terminerait pas bien pour lui. Quand il posa une main sur l'épaule de Naomi, elle le repoussa violemment. C'était pourtant un geste amical. Il était convaincu qu'elle aussi n'allait pas tarder à crever, mais il n'eut pas le temps de la prévenir de ses funestes pensées, car Blake arrivait, tout sourire.

— Ah, enfin ! dit-il en ouvrant les bras. Te voilà, ma chère. Nom de Dieu, ce que tu es belle, Naomi ! Mon neveu est décidément un bel idiot d'avoir quitté une femme aussi jolie que toi. Mais ne t'inquiète pas, tu le retrouveras bientôt.

Grégoire observa la scène avec attention. Naomi se jeta dans les bras de Blake, comme si elle avait trouvé une figure paternelle pour la cajoler et lui faire entendre tout ce qu'elle souhaitait. Un soupçon de manipulation mentale et son cœur brisé par la trahison de Carmichael l'avaient rendue faible et soumise à la volonté de Blake. Ce dernier envoya à Grégoire un sourire machiavélique par-dessus son épaule, puis se défit de l'étreinte de la jeune femme. Il attrapa la main de Naomi et leur demanda à tous deux de le suivre dans la cave.

La maison était immense. Il n'était donc pas surprenant que le sous-sol total soit si vaste. Blake y avait fait aménager quatre pièces en posant des cloisons sommaires, mais efficaces. La première pièce était un laboratoire où l'on manipulait les souches d'ADN de Gabrielle, volées à Londres lors de l'attaque de la tour. Le salaud avait réussi son larcin sans que personne ne se doute de quoi que ce soit.

— Bonjour, Docteur Souilleaux, le salua Blake. Est-ce que notre invité est réveillé ?

Le généticien avança, le regard vide. L'humain était possédé par Blake depuis son évasion, il y avait plus d'un an et demi de cela. Les conséquences de cet asservissement commençaient à laisser de sérieuses traces sur l'homme en blouse blanche.

— Oui, Monseigneur, répondit-il d'une voix sans timbre.

— Très bien ! Et nos amis ?

— Je pense qu'ils seront opérationnels d'ici peu.

— De mieux en mieux ! lâcha Blake tout en se dirigeant vers la seconde pièce.

Lorsqu'il ouvrit la porte, une odeur infecte s'échappa de ce qui semblait être une chambre mortuaire. Un froid de canard y régnait, tandis que six corps encore endormis étaient allongés sur des lits côte à côte. Des électrodes scotchées sur leur poitrine étaient rattachées à un moniteur d'où provenaient des bips à intervalles réguliers. Blake afficha un rictus avant de refermer la porte. Il se dirigea vers la troisième pièce. Grégoire jeta un œil rapide à l'intérieur et y vit une jeune femme brune recroquevillée dans un coin. Quand elle se tourna vers eux, Grégoire fut pris d'un malaise qu'il ne parvint pas à définir. Il lui semblait l'avoir déjà vue quelque part, mais ne se souvint pas d'une telle rencontre. Après un regard saisissant, elle reprit sa position initiale sans émettre le moindre mot. Blake sourit avant de l'enfermer à nouveau et s'engagea vers la dernière salle.

— Allons maintenant voir notre invité, mes amis !

Il semblait fou de joie, ce qui n'échappa pas à Grégoire, désormais curieux de savoir de qui il s'agissait. Blake exécuta presque un pas de danse en se rendant dans la quatrième pièce, transformée en cellule pour l'occasion. À l'intérieur, il reconnut aussitôt l'aîné des frères Valérian.

— Putain, mais qu'est-ce que vous me voulez ?! cria ce dernier qui tentait de se défaire de ses liens.

La drogue que lui avait injectée le docteur lui avait ôté ses pouvoirs, mais n'avait pas affecté sa détermination, si on s'en référait aux marques rouges sur ses poignets. Ils étaient presque en sang.

— Enfin, mon ami ! lança Blake en ignorant sa question. Vous et moi allons réaliser de grandes choses !

Le regard d'Éric Valérian alla de Blake à Naomi, dont la découverte en ces lieux l'effarait. Mais il changea soudain d'expression quand, derrière la mère de son neveu, il reconnut Grégoire. Une fois passée la stupéfaction, la haine se matérialisa dans ses yeux. Il avait découvert ce que le grand roux avait fait à Gabrielle, mais il l'avait cru mort ce jour-là, au milieu des éoliennes. Sa rage lui fit trouver la force d'arracher brusquement ses liens. Il fusa dans sa direction, mais Blake le bloqua d'un geste et le fit se rasseoir avec une telle violence qu'Éric dut prendre quelques minutes avant de pouvoir parler à nouveau.

— Elle vous fait confiance, dit-il, plus calme, cette fois, alors que ses yeux emplis de haine ne lâchaient plus Grégoire.

— Je sais bien, lâcha Blake avec un soupir, et, croyez-le ou non, mais c'est pour elle que je fais tout ça.

— J'en doute sincèrement.

— Peut-être un peu pour moi aussi, c'est vrai.

— Que me voulez-vous ?

— C'est très simple, Éric, je souhaite que tu tues Gabrielle.

— Vous m'aviez dit que c'était à moi de le faire ! s'insurgea soudain Naomi.

— Mais bien sûr que ce sera toi, ma chère ! la rassura Blake, une main se posant sur son visage. Mais si tu échoues, j'aurai besoin d'Éric. Et puis nous avons encore beaucoup d'étapes à franchir avant d'en arriver là. Je dois posséder les ressources nécessaires au cas où tout ne se passerait pas comme prévu. Allons, ne t'en fais pas, ma chérie, et va donc voir le docteur, il a quelque chose pour toi. Une nouvelle injection, et bientôt tu auras les mêmes pouvoirs qu'elle, je te le promets !

Le regard de Naomi changea aussitôt. Le néant avait emprisonné ses yeux, signe que Blake contrôlait totalement son esprit. Il lança un rictus morbide à l'intention de Grégoire quand celle-ci s'exécuta.

— Vous êtes cinglé, lâcha Éric, je ne ferai jamais de mal à Gabe !

— Oh, je sais bien, répliqua Blake, tu es fou amoureux d'elle, n'est-ce pas ?

Éric l'ignora. Il parcourait du regard la pièce sans fenêtre, avant que ses yeux déterminés ne se redirigent vers son ravisseur.

— Eh bien, poursuivit Blake, je suis d'avis que notre amie partage tes sentiments.

— Je me fiche de votre avis, lâcha Éric d'une voix haineuse.

— Non, tu ne t'en fiches pas, au contraire. Je ressens dans ton âme l'espoir que ce que je viens de dire soit la vérité. Penses-tu vraiment pouvoir me cacher quoi ce soit ?

— Je ne pensais pas avoir à le faire ! Comment pouvez-vous dire que c'est votre amie alors que vous me demandez de la tuer ?

— Mais je ne te le demande pas, je ne suis pas idiot ! lança Blake avant de poser une main sur l'épaule d'Éric. Je vais plutôt t'y contraindre.

Éric pâlit. Figé sur sa chaise par la volonté de Blake, il comprit alors que le sort en était jeté. Ses pensées allèrent à la jeune femme qu'il s'était juré de protéger depuis leur première rencontre. Un sentiment d'impuissance le saisit, tandis que son image se matérialisait dans son cerveau. Alors, une effroyable inquiétude s'empara de lui. Il n'avait pas pour habitude de pleurer, pourtant, il pouvait difficilement contenir les larmes qui menaçaient d'envahir ses yeux. Son regard trahissait une peur insondable, la peur de commettre l'irréparable. Il savait maintenant qu'il allait lui faire du mal, et cette pensée l'épouvantait.

« Pardonne-moi, Gaby », pensa Éric dans un dernier sursaut de lucidité. Et quand Blake ferma les yeux, son esprit glissa irrévocablement vers le chaos.

CHAPITRE 1

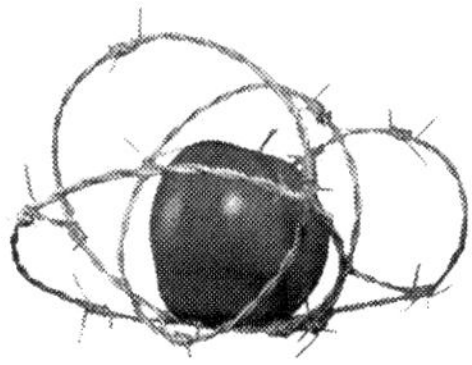

De nos jours, au château d'Altérac...

La cérémonie du mariage et du couronnement de Carmichael Burton Race, dorénavant roi des natifs, et moi-même, reine et surnommée « *Gabrielle la Tentatrice* » – ce qui m'horripilait à juste titre, d'autant que Carmichael n'avait pas encore de sobriquet pour le qualifier, lui ! – arrivait presque à son terme. Un soulagement, si on considérait l'ennui dans lequel je m'enfonçais. Entourée par trop de ferveur, de faste et de magnificence, j'avais de plus en plus de difficultés à incarner mon rôle. Dans ma robe superbe et scandaleuse, j'avais le sentiment d'être grotesque. Et cette opulence de luxe, je l'imputais à Johnny ! Mon meilleur ami, et organisateur de la réception, avait mis le paquet, cet enfoiré !

Pour l'occasion, la salle de bal du château d'Altérac avait été ouverte aux invités. Au rez-de-chaussée de l'aile ouest, ils découvraient, comme moi, toute son immensité. J'avais déjà eu l'occasion de traverser cette pièce, mais sans tous ses atours et plongée dans le noir, il était difficile d'appréhender son incroyable potentiel. Son plafond, long d'une quarantaine de mètres et d'une hauteur vertigineuse, déployait une splendide fresque : une nuée d'anges s'envolant en direction du soleil. Je fus ébahie d'admiration en découvrant les murs drapés de pourpre, les tableaux et tapisseries d'époque, les chandeliers, les plafonniers gigantesques et rutilants, ainsi que les miroirs piqués par le temps, si représentatifs de la noblesse de la décoration du château. On se serait cru au XVIème siècle, si on oubliait les tenues beaucoup plus modernes des invités. Parcourir à nouveau cette immense salle des yeux m'évitait un tant soit peu de ressasser le fait que cette cérémonie était une pure mascarade, organisée uniquement dans le but de contrer six natifs ultra-puissants que l'on avait réveillés d'entre les morts par accident. Et pour couronner le tout, ils cherchaient désormais à tous nous tuer. Bref, un mariage un rien inhabituel !

D'après Salomon, la salle de bal était restée close depuis sa complète restauration, au milieu du XIXème. Cela remontait au grand incendie qui avait ravagé une grande partie du château et qui avait provoqué la première mort de Carmichael. Certes, à cette époque, il affichait déjà plus de deux siècles d'existence, mais il n'avait jamais été tué jusqu'alors. Quand son corps brûla, il avait l'apparence d'un homme d'environ vingt-cinq ans, apparence qu'il avait conservée depuis. Ce fut son premier réveil, une expérience que nous étions peu à partager. Blake Burton Race, son oncle, mon sauveur à l'époque de mon enlèvement à Londres, et finalement traître de son état, avait fait jouer ses talents de pyromane psychopathe dans le but de mettre fin à ses jours « définitivement ». Dans son entreprise, il avait tué une centaine de personnes, dont des domestiques, des invités triés sur le volet, et son neveu, Carmichael. Ils furent tous brûlés vifs dans l'enceinte du château, ses annexes et même dans cette fameuse salle de bal. Eux n'avaient pas eu la chance, comme mon mari – qu'il m'était encore étrange de l'appeler de cette façon ! –, de se relever de leurs blessures. Ils étaient morts à jamais. Personne n'avait eu le cœur, depuis, de faire la fête dans cet endroit, et quand on connaissait mieux les événements qui s'y étaient déroulés, cela pouvait se comprendre. Mais mon mari, le nouveau roi – encore plus étrange de le nommer ainsi, puisque cela signifiait que j'étais devenue reine ! –, avait décidé qu'il était temps de tourner la page de l'ère Magnus, son père sociopathe, et celle de Blake Burton Race, son oncle mort pour de bon après que j'avais appris l'étendue de sa traîtrise. Il fallait tirer un trait sur cette époque, et si nous souhaitions que nos projets aboutissent, tous nos semblables devaient pouvoir se sentir chez eux à Altérac, et considérer le château comme l'emblème de la cause native, le chef-lieu de la communauté, et non comme l'endroit que deux frères fous à lier avaient ravagé après des années de complots abjects.

Une large place avait été réservée aux danseurs, que certains convives moins prompts à se déhancher pouvaient observer tout en restant assis derrière une longue tablée drapée de blanc. Des assiettes serties d'or, encadrées par des couverts en argent, renforçaient la somptuosité de l'événement. Carmichael et moi siégions au milieu, entourés des invités les plus prestigieux. Parmi quelques inconnus se trouvaient Prisca et Connor, devenus respectivement ma belle-sœur et mon beau-frère, et Chun, la seconde de Prisca. Cette dernière assurait l'intérim au QG de Londres en attendant l'arrivée de Salomon. Mon ami amérindien était là aussi et s'était enfin remis de ses blessures infligées par Naomi. Autant dire que l'ex de Thomas, et mère de son fils, n'y était pas allée de main morte, puisque Salomon avait été cloué sur un fauteuil roulant durant des mois. Elle était morte, elle aussi. Je n'avais pas d'autre choix que de la tuer.

J'observai Salomon aux côtés de Prisca et réalisai l'imminence de son départ pour Londres, où il devait maintenant prendre ses fonctions. Ma gorge se serra. Je n'avais aucune envie de voir mon ami télépathe quitter le château. D'ailleurs, je n'avais aucune envie de voir qui que ce soit quitter Altérac. Animée par un fort instinct de protection depuis ma rencontre avec les Six, je souhaitais au contraire qu'ils demeurent tous ici. Nous devions cependant considérer les lacunes de la sécurité du château. Depuis mon arrivée, il avait déjà été attaqué trois fois, sans parler des intrusions et, accessoirement, de ma mort.

Même si cela me paraissait encore invraisemblable, j'étais morte dans les murs d'Altérac et j'y étais ressuscitée aussi. En y repensant, mon regard se tourna instinctivement vers le siège d'Éric. Il était l'homme qui m'avait tuée d'une simple balle de revolver, l'esprit asservi par la volonté de Blake. Ce dernier savait que jamais je ne me serais méfiée d'Éric, tant mes sentiments à son égard étaient empreints de gratitude et d'admiration. Depuis que ma nature native m'avait été révélée, je devais tout à Éric. Il m'avait soutenue, aidée et sauvée dans les moments les plus sombres de mon existence. Mais il m'avait aussi enlevé mon bien le plus précieux : ma vie. Du moins pour quelque temps, mais cela, je l'ignorais à l'époque. J'étais devenue immortelle et à chaque fois que j'y repensais, j'en avais encore le vertige. Le jour où il m'avait tiré une balle dans le cœur, la surprise se lisait encore sur mes traits quand je m'étais écroulée sur le sol, morte sur le coup.

Après un coma de plusieurs mois, Éric avait enfin repris ses esprits, même si son humeur demeurait sombre. Son acte funeste, bien qu'involontaire, avait dressé un fossé gigantesque entre nous. Je lui avais pourtant pardonné. Je ne lui en avais même jamais voulu.

Ce fut avec une certaine déception que je découvris son siège vide. Comme je l'avais à peine vu de la soirée, j'imaginai qu'il avait eu son compte de festivités et avait quitté l'ambiance brûlante qui imprégnait maintenant toute la salle de bal. La musique avait pleinement investi les lieux, et les corps se déhanchaient sur des rythmes effrénés. Finalement, je réalisai qu'on en aurait jusqu'au petit matin et soupirai. J'avais oublié les effets que Carmichael et moi pouvions créer sur l'ambiance d'une soirée, et ces danses sensuelles me le rappelaient. La béatitude flottait au-dessus de la foule, les corps ondulaient, se touchaient et se délectaient. C'était un spectacle magnifique et enivrant, bien que je demeurasse particulièrement insensible face à toutes ces réjouissances. Nom de Dieu, je venais de me marier ! Je serrai instinctivement la main de Johnny qui se trouvait à ma gauche. Ce qui avait d'ailleurs fait grincer des dents parmi les natifs. Un humain à la table d'honneur ?! J'avais poussé le bouchon encore plus loin en le proclamant témoin de mon mariage, mais personne n'avait finalement osé venir se plaindre.

Mon meilleur ami hurla à mon contact.

— Putain, tu me broies la main, bordel !

— Ah pardon, m'excusai-je, n'ayant pas conscience de ma force.

— Qu'est-ce que t'as ? demanda Johnny tout en enfournant son dessert.

— À ton avis ?! Je viens de me marier !

— À un super beau gosse.

— Ouais, à un super beau gosse, c'est vrai, concédai-je en souriant.

— Et tu es reine !

— Euh... Oui, je le suis.

— Et tu portes une robe divine !

— Absolument, et je te le dois, mon ami.

— Bon, alors, ferme-la et laisse-moi manger ces putains de choux à la crème !

— D'accord, répondis-je, les mains moites.

Mais mon stress s'amplifiait malgré tout, à mesure que les minutes s'égrainaient. Je savais que lorsque la fête se terminerait, commencerait ma vie en tant qu'épouse de Carmichael et reine des natifs. Est-ce que ça allait changer quelque chose ? Forcément. Regarder Carmichael droit dans les yeux, lui confier mes pensées et mes sentiments en tant qu'épouse, vivre une intimité éternelle avec *MON* mari ! Non, mais sérieux, qui ne flipperait pas ?! Quant aux natifs, je devais faire figure de modèle, de protectrice et paraître comme le meilleur choix possible pour ceux qui hésitaient encore à nous rejoindre. Ça ne me mettait pas du tout la pression ! Je resserrai la main de Johnny, qui grimaça à nouveau.

Ces Six, ces natifs vieux de trois millénaires au moins, et que nous avions réveillés par mégarde... À la tête de ce clan, Priam et Althéa s'étaient autoproclamés souverains de notre communauté, après que Blake les eut aidés à se remettre de leur état « momifique ». Des siècles de sommeil les avaient rendus particulièrement dangereux. Magnus Burton Race, l'ancien Grand Maître, mon bourreau de Londres et désormais beau-père, les avait enfermés durant des centaines d'années. Le père de Carmichael savait que ses pouvoirs, aussi puissants fussent-ils, ne pouvaient rivaliser avec ceux de ses détenus. La force et la puissance des Six, en particulier d'Althéa, égalaient pour certains celles des dieux. Et c'était bien de cette façon qu'ils voulaient être considérés. En conséquence, plusieurs de nos congénères avaient ou allaient rejoindre leurs rangs, et je me trouvais là, mariée et reine, afin de stopper l'hémorragie.

J'observai mes invités les plus proches, ils avaient l'air tellement heureux. Je remarquai aussi que certains avaient quitté la table. Sûrement pour se rendre sur la piste de danse ou dans la salle de Pomone, pensai-je. Tous les natifs présents n'auraient pas tenu dans cette salle de bal. Les plus importants dans la hiérarchie des pouvoirs se tenaient à la table royale, d'autres dans divers grands salons du château, et la plupart dans la salle de Pomone, transformée en buffet de mariage et salle de danse, après avoir accueilli la cérémonie. On me rapporta par la suite l'ambiance incroyable qui y régnait avant le drame, car drame il y avait eu, et désormais, j'en étais convaincue, drame il y aurait toujours.

Carmichael n'avait pas réapparu depuis plus de vingt minutes quand je demandai autour de moi si quelqu'un l'avait aperçu. Je ne reçus aucune réponse satisfaisante. Une pointe d'inquiétude me prit à la gorge. Intrigué de constater ma nervosité un cran plus palpable qu'un peu plus tôt, si cela était encore possible, Johnny s'alarma à sa façon.

— Non, mais sérieux, faut que tu décompresses, Gaby ! me souffla-t-il à l'oreille. Quand tout sera fini, tu prends un bain et au lit. Avant, pense quand même à assumer tes devoirs envers ton mari, c'est ta nuit de noces, après tout !

— C'est bizarre, dis-je sans relever sa remarque sexiste, Carmichael et Thomas ne sont plus là. Je n'ai toujours pas vu mon frère, Caleb a quitté la table il y a des lustres, et Prisca est partie.

— Ils doivent danser.

— Je ne les vois pas sur la piste.

— Que dit Salomon ?

— Il vient de partir lui aussi.

— Tu crois qu'il se passe quelque chose ? demanda Johnny.

Cette fois, ma gorge s'asséchа et mon expression changea. Oui, j'en étais certaine, il s'était passé quelque chose. Certains convives encore à table les cherchaient aussi des yeux, et je compris que personne n'avait idée de l'endroit où tous se trouvaient. Je ne voulus pas alarmer mes invités les plus proches et me penchai sur l'épaule de Johnny.

— Suis-moi, chuchotai-je, avant de me lever et de me diriger vers la sortie.

J'aurais pu espérer une sortie discrète, mais ma robe de mariée, choisie par mon meilleur ami, n'était pas faite pour passer inaperçue. Je me faufilai comme je pouvais parmi l'assistance et gagnai enfin la porte qui menait à l'escalier principal de l'aile ouest.

— Pourquoi va-t-on par là ? s'enquit Johnny, à juste titre.

— Je pense que personne ne sait où ils sont et s'ils ont voulu se mettre à l'abri des regards, ils ont dû aller dans mes appartements au quatrième étage, ou peut-être dans la grande tour.

Mon compère accepta cette réponse et brava les marches de l'escalier au pas de course. Il n'y avait personne au quatrième. Je filai jusqu'à ma chambre, qu'on nommait *La Ronde*, car de forme circulaire. Elle prenait toute la surface d'un étage dans l'une des quatre tours du château. En poussant la porte, je fus ébahie par la vision qui s'offrit à mes yeux. Les murs en pierre, habituellement parés de tapisseries, de tableaux, de miroirs et de meubles récemment restaurés, étaient maintenant décorés de voiles de lin beige, de dorures, et partout étaient disposés des fleurs blanches au parfum enivrant. La chaleur que diffusait le feu de cheminée m'incitait à profiter de la douceur du moment. Des centaines de bougies illuminaient la pièce d'une atmosphère des plus romantiques et sur le lit, deux fleurs de lys se croisaient, au-dessus desquelles était ordonnée une série de quatre coussins. Les deux plus petits étaient brodés d'une couronne royale, portant nos initiales au-dessus de la crête principale. Je me tournai dans tous les sens pour apprécier ce décor majestueux et virevoltai, ébahie, vers Johnny.

— C'est l'œuvre de Carmichael, lâcha mon meilleur ami, aussi subjugué que moi, je n'y suis pour rien.

Je lui souris et pensai au roi des natifs et aux idées qui avaient pu lui traverser l'esprit en décorant ainsi *La Ronde*. L'attention était délicate, mais je réalisai soudain qu'il allait être déçu de ne pas avoir eu le temps de m'en faire lui-même la surprise. Je décidai donc que j'allais feindre l'étonnement le moment venu et poursuivis mon chemin jusqu'à l'autre bout de la chambre. Je tirai un crochet en métal subtilement implanté dans le mur. Le crochet émit un clac sonore, et une porte dissimulée dans le mur s'ouvrit.

— C'est Carmichael qui m'a montré ça, avouai-je à Johnny, avec l'air d'une gamine qui se prend pour Indiana Jones. Il m'a fait jurer de le dire à personne, alors tu te tais, d'accord ?

— Ça marche, putain ! s'exclama Johnny, les yeux pétillants d'excitation. Ça mène où ?

— À la grande tour.

Je trouvai l'interrupteur qui alluma la lumière dans le mince couloir qui menait tout droit au bureau de Carmichael, deux étages en dessous. Après un étroit escalier en colimaçon, nous parvînmes enfin à destination. J'entrai.

Je n'avais pas fait deux pas dans la pièce que Johnny se jeta sur moi et, d'une manière douce et protectrice à la fois, posa sa main sur mes yeux pour me cacher le triste spectacle. Mais par malheur, je l'avais déjà entraperçu. Un jeune homme gisait sur le bureau de Carmichael, entouré de tous les invités dont l'absence m'avait interpellée un peu plus tôt.

Je hurlai à pleins poumons. Un cri strident, presque inhumain, qui déclencha une réaction en chaîne. Les murs tremblèrent et crachèrent de la poussière, chaque tiroir éjecta ses dossiers, la fenêtre s'ouvrit brusquement et laissa pénétrer un vent glacial dont la vitesse s'accentuait au fil des secondes à l'intérieur de la pièce. Le spectacle des feuilles de papier s'envolant dans tous les sens, et les livres qui venaient attaquer les convives, forcèrent Carmichael à intervenir et à maîtriser le phénomène. Mes jambes me lâchèrent, et je m'écroulai au sol avant qu'Éric ait la possibilité de me rattraper. Je ne manquai pas le regard obscur et plein d'amertume de mon royal mari. En croisant ses yeux, je poussai un dernier cri de détresse, car ce jeune homme étendu sur le bureau, c'était mon frère.

CHAPITRE 2

Un calme froid revint envahir l'atmosphère devenue étouffante de la pièce. Livide, je n'osai exprimer le moindre mot.

— Comment est-ce arrivé ? demanda Johnny, hébété.

— Un invité a vu quelqu'un sur les toits du château, c'était Ethan, dit Salomon, la voix basse et ébranlée. Il a accroché une corde au sommet, se l'est passée autour du cou et s'est jeté dans le vide. Gaby… J'suis désolé.

Carmichael s'approcha de moi, et sa présence fit reculer Éric. Un échange de regards hostiles finit de consommer leur antipathie clairement affichée. Le reste de la pièce resta silencieux, l'atmosphère y était étrange. On ne me disait pas tout.

— Il n'est pas mort, chuchota Carmichael.

Je reculai, prête à exploser de joie, mais il me retint en m'empoignant les avant-bras.

— Il a laissé une lettre pour expliquer son geste.

— Quoi ?

Carmichael me tendit la lettre ; je la lui arrachai et en lus aussitôt les quelques lignes en tremblant de la tête aux pieds. Des larmes coulaient sur mon visage, et j'arrivai difficilement à étouffer mes sanglots. Ma lecture aggrava encore mon état. Mon frère venait de me donner le coup de grâce ! Une idée me vint tout à coup à l'esprit.

— Peut-il rester endormi ? Je veux dire, peut-on le maintenir en état de sommeil ? Est-ce possible ? demandai-je, presque au désespoir.

— C'est tout à fait possible, répondit Connor, qui avait visiblement l'habitude inquiétante de ce genre d'expérience.

— À quoi penses-tu exactement ? m'interrogea Carmichael.

— Pourquoi n'est-il pas mort au bout de cette corde ?

— C'est Caleb qui a été alerté par un des invités. Éric et lui sont arrivés à temps. La corde ne lui a pas brisé le cou, mais il est inanimé depuis.

— Il ne s'est pas réveillé depuis que vous l'avez sauvé ? me fis-je confirmer auprès de Caleb.

— Il est resté comme tu le vois ici.

— Je vous remercie infiniment, dis-je alors que des sanglots troublaient encore ma voix et que les larmes inondaient toujours mon visage.

— Nous l'avons ramené ici et avons prévenu tous ceux que tu vois dans cette pièce.

— À part moi, soulevai-je d'un ton sinistre.

— Nous voulions t'épargner ce spectacle, déclara Carmichael en posant sa main sur mon épaule, et attendions la fin des festivités pour t'en parler.

— Je comprends, finis-je par lâcher après un lourd silence.

J'eus presque l'impression de percevoir du soulagement dans l'expression des témoins de cette scène. Personne n'avait envie de voir une mariée en colère, et je n'avais de toute façon plus assez de forces pour m'énerver. Plus tôt, je fêtais mes noces, mais Ethan m'avait tout enlevé, à part la fine couronne que je portais sur la tête et qui pesait si lourd à présent.

Le corps de mon frère gisait sous mes yeux. Quelle folie lui était encore passée par la tête ?! Je repris mon souffle et me raidis ; les larmes ne coulaient plus. Finalement, la colère, la déception et la culpabilité me poussèrent dans mes derniers retranchements. J'en voulais à mon frère. Oh oui, je lui en voulais beaucoup, malgré son état.

— Je veux qu'il soit enfermé dans une des cavités de la salle de Pomone, clamai-je froidement, dans une chambre où il sera endormi artificiellement. Je tiens à ce qu'il reçoive tous les soins nécessaires durant son long sommeil qui devra durer jusqu'à ce que je décide d'y mettre fin. En aucun cas, mon frère ne doit s'éveiller avant que je l'ordonne.

— Tu crois qu'il comprendra, le jour où il faudra le réveiller ? s'enquit Johnny d'un ton inquiet.

— Tu veux bien qu'on sorte prendre l'air ? lui demandai-je, ignorant sa question.

— Je vais l'accompagner, lâcha Carmichael en me prenant la main.

— Non, je te remercie, dis-je en l'échaudant d'un trait, je vais rester avec Johnny. À plus tard, d'accord ?

— D'accord, répondit Carmichael, dont le regard masquait mal la déception.

Aux autres, il n'avait pas montré le moindre signe de vexation, mais en quittant son bureau, je ressentis dans mes entrailles toute la peine que lui avait causée mon refus. Des témoins étaient présents et avaient donc pu constater que ce n'était pas dans les bras de mon mari que j'étais partie apaiser ma douleur, mais bien dans ceux de mon meilleur ami, et humain de surcroît. Il m'apparut tout à coup que les liens qui s'étaient tissés avec Carmichael n'en étaient pas encore au stade où je pouvais m'abandonner sans retenue dans ses bras. Je n'avais pas éperdument besoin de lui, et cette pensée m'attrista.

En quittant l'atmosphère terrible du bureau de Carmichael, je demandai à Johnny de me suivre jusqu'à ma chambre pour m'aider à me changer. J'étais impatiente de quitter cette robe de mariée, qui ne fut pas facile à retirer. Johnny galéra un moment pour défaire mon corset, avant de s'attaquer au reste de ma toilette. Je pensais alors que, si j'avais encore à enlever un jupon de plus, je me jetterais par la fenêtre pour en finir.

— Alors, tu crois qu'il comprendra ?

— Carmichael s'en remettra, affirmai-je avec une certaine difficulté, tandis que je retirais mes collants trop serrés. Je n'avais pas envie d'être avec lui maintenant. Tout à l'heure, nous fêtions l'événement qui a changé ma vie à jamais – et dans mon cas, le mot « jamais » s'applique parfaitement, tu en conviendras – et la minute d'après, tout se transforme en cauchemar. J'ai besoin de souffler, là.

— J'te parle pas de la réaction de Carmichael ! lança Johnny, exaspéré. Je te parle de celle d'Ethan quand il va se réveiller de son très long sommeil.

— Je ne sais pas, répondis-je, plus lasse que jamais en repensant à sa lettre terrifiante. Ça me paraît être la meilleure chose à faire, il ne me laisse pas le choix.

CHAPITRE 3

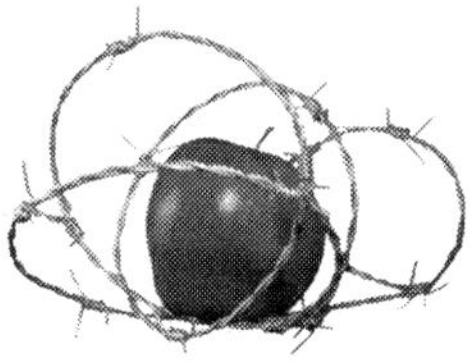

Il ne devait pas être loin de quatre heures et demie du matin quand Johnny et moi empruntâmes le chemin qui menait au Mas d'Altérac. La lune avait disparu sous d'épais nuages, alors je pris une lampe-torche qui nous éclaira une bonne demi-heure, avant de rejoindre les vignobles du château. À notre grande surprise, le Mas, cette petite maison blanchie à la chaux qui surplombait les vignes environnantes, était encore éclairé. Les Forbe, soit le père et le frère de Johnny, avaient donc eux aussi tardé à se coucher. En entrant, je les découvris attablés autour d'un café et d'un plateau de pâtisserie, en compagnie de mon père adoptif, Samuel Gregory, qui avait hérité de ma charge après la mort de mon père biologique, décédé lorsque j'avais quatre ans. Sam se leva aussitôt et vint me serrer dans ses bras.

— Oh, ma Gaby, j'ai eu à peine le temps de t'approcher durant la cérémonie, comment ça va ?

— Comme une femme mariée pour l'éternité, répondis-je, l'air las.

— Euh… En effet, bafouilla-t-il, mais tes yeux ont l'air d'avoir pleuré, qu'est-ce qu'il se passe ?

— Je suis mariée, Sam ! dis-je à mon père adoptif, cherchant par là même un moyen de révéler ce qu'Ethan avait fait sans qu'il s'indigne totalement, tâche impossible en raison de son antipathie envers mon frère. Je suis mariée et je suis reine, et si je n'avais pas pris cette décision, nous n'aurions eu aucune chance de réunir les natifs contre le mal qui approche. Je suppose que ce n'est pas tout à fait le mariage romantique auquel toi et tout le monde vous attendiez.

— Tu es très courageuse, affirma Papa Forbe de son fort accent antillais, tout en se dirigeant vers la machine à café.

— Il y a autre chose, n'est-ce pas ? poursuivit Sam, le regard inquiet.

— Oui… Malheureusement, dit Johnny, voulant m'épargner la réponse.

— Venez donc vous asseoir et boire un café, proposa Papa Forbe en enroulant un bras autour de mes épaules. Viens, ma chérie.

— En tout cas, j'avais jamais vu une cérémonie pareille, lâcha Elvis alors qu'il enfournait un gâteau que je supposais avoir été subtilisé dans la salle de Pomone. Quelle teuf !

— Tu l'as dit, putain ! renchérit Johnny. J'suis pas peu fier, c'était incroyable, pas vrai ?

— T'as fait du bon boulot, mon fils, confirma Papa Forbe à un Johnny tout sourire.

— Alors, qu'est-ce qu'il s'est passé pour que tu fasses une tronche pareille, Chêne ? me demanda Elvis, qui avait bien compris, lui aussi, que je n'avais pas l'air d'une jeune mariée épanouie.

— Si je vous en parle, je souhaite que ça reste exclusivement entre nous. Ça fera le tour du château sous peu, mais j'aimerais que ce soit le plus tard possible.

— Tu peux compter sur nous, affirma Papa Forbe, qui avait depuis longtemps saisi toute l'étrangeté de ses employeurs, même s'il n'en soupçonnait pas encore toute l'ampleur.

Papa Forbe avait pris les rênes du vignoble d'Altérac quand Carmichael l'avait embauché à son retour de convalescence. C'était un cadeau pour me remercier de l'avoir libéré des griffes de son sadique de père, Magnus, après deux ans d'emprisonnement dans l'obscurité la plus absolue, sans eau ni nourriture. Il lui avait fallu des mois pour se remettre d'un pareil traitement. Grâce à lui et sa reconnaissance, j'étais maintenant entourée de ma famille humaine, Sam et les Forbe. Du moins les considérais-je ainsi. Mais eux, me considéraient-ils de cette façon ? N'étais-je pas une source d'ennuis pour cette famille humaine qui m'avait tant donné ? Qu'avais-je fait pour eux qui soit à la hauteur de ce qu'ils avaient fait pour moi ?

Je pensai que, sans Johnny Forbe, je serais devenue une native froide, dénuée de sentiments et sans doute sur le chemin du machiavélisme le plus extrême. Il en avait fallu de peu pour que je bascule définitivement du côté obscur. Je m'étais même adonnée à des séances de tortures sur mon ancien geôlier et désormais beau-père. J'aimais le voir souffrir comme il m'avait fait souffrir et je justifiais mon geste en me disant que cela ne laisserait pas de traces, puisqu'il avait le don des immortels : la régénération. Je m'étonnais encore d'avoir pu commettre de tels actes, même s'il était à l'origine de plus mauvais traitements encore.

Mais tout cela, je voulais l'oublier. C'était du passé, et Magnus avait maintenant rejoint les Six. « Les pauvres ! » pensai-je, ils allaient devoir supporter la compagnie d'un être encore plus détestable qu'eux. D'après Blake, les Six l'avaient capturé à sa demande et s'en débarrasseraient dès qu'ils auraient mené à bien leurs plans. Je n'allais pas m'en émouvoir et de toute façon, il valait mieux pour tout le monde que Magnus et moi soyons éloignés l'un de l'autre de plusieurs milliers de kilomètres.

Carmichael avait vu juste. Il avait eu conscience dès le départ que mon équilibre spirituel reposait sur les personnes se trouvant à mes côtés en ce moment même. Ma famille de cœur n'avait certes pas le pouvoir des natifs, mais elle avait eu le don de réveiller ma conscience, quand celle-ci avait été sérieusement mise à mal après ma captivité londonienne.

Papa Forbe avait quitté la cité de Montfermeil avec ses deux fils sans regrets. Seul Elvis ne s'était pas habitué à ce mode de vie campagnard. Son élément, c'était la banlieue, et il ne s'était pas écoulé quelques mois avant que je réalise qu'il ne serait pas heureux parmi nous. Après d'âpres négociations avec son père, Elvis avait quitté les terres du château pour ouvrir une salle de sport que nous lui avions financée en totalité. Lui et son ami, Mohamed Belhak, dirigeaient l'établissement à la seule condition qu'un endroit m'y soit réservé. Une pièce destinée à des réunions privées ou autres affaires natives, dont seuls Carmichael, Johnny, Thomas, Éric et moi connaissions l'existence. Je réalisai que je n'avais pas mis mon frère dans la confidence.

— Ethan a tenté de se suicider, lâchai-je, alors que plusieurs paires d'yeux épouvantés se fixaient sur moi.

— Il a fait ça ce soir ?! Pendant ton mariage ?! s'exclama Sam, hésitant entre tristesse et colère. Comment va-t-il ? Et pourquoi ?!

— Il m'a laissé une lettre, dis-je en sortant le pli de ma poche de jean. Je… j'ai peur que vous ne compreniez pas…

— Ça fait longtemps qu'on a compris que ton frangin avait un grain, me coupa Elvis en me tapotant le dos de sa main d'ours, mais il t'aime plus que tout, ça ne fait aucun doute.

— Il a une manière bien à lui de le prouver, rétorquai-je, alors que d'autres larmes venaient embuer mes yeux. Johnny, je ne m'en sens pas capable, peux-tu lire cette lettre ?

— OK.

Johnny s'éclaircit la voix, avant de se lancer :

« *Gabrielle, ma chère sœur,*

Jamais je n'aurais pensé que tu irais jusqu'au bout et que tu épouserais Carmichael. Les responsabilités que ça implique vont au-delà de ce que tu es capable d'assumer. Mais ceci est désormais ton affaire et comme tu ne m'as pas consulté pour savoir ce que j'en pensais, je me dis que tu n'as plus besoin de moi ni de mon avis, et ça me brise, ça me tue à petit feu. Car je t'ai perdue, ma sœur, à jamais. Depuis ce triste soir où tu es morte, je t'ai perdue. Pensais-tu que je ne regretterais pas le lien qui nous unissait ? Cette télépathie et cette complicité que nous partagions étaient ma seule source de réconfort, ma seule source de bonheur, si tant est que le bonheur existe…

Blake t'a dit que nous n'avions pas la même mère. Je sais qu'il mentait et si je reviens d'entre les morts, alors je te le prouverai. En mourant, je serai comme toi, et nous serons à nouveau unis.

Peut-être qu'après ma mort, je ressentirai ce que tu ressens aujourd'hui pour nos semblables ? Peut-être deviendrai-je bon ? Peut-être m'aimeras-tu encore ?

L'avenir ou le néant nous le dira.

J'espère à plus tard, ma sœur.

Je t'aime et je te hais, mais je t'aime surtout.
Ethan »

Le silence se fit pesant, les mines graves. Cette fois, je ne pleurai pas et réussis à rester digne. Chaque mot de cette maudite lettre me faisait l'effet d'un couteau planté dans le cœur. Je n'avais jamais ressenti aussi férocement l'absence de mon frère. Papa Forbe s'était levé. De dos, les mains posées sur le plan de travail de la cuisine, il n'avait pas bougé depuis. Elvis, les yeux écarquillés, but une gorgée de café tandis que Sam semblait avoir accusé un sacré coup. Personne n'émit le moindre son avant un bon moment, et chaque seconde la culpabilité m'assaillait davantage. Mon frère avait commis ce geste à cause de moi.

— Où est-il, à présent ?

— Il est enfermé dans une cellule du château.

— Tu penses que des barreaux vont arrêter ton frère ?

— Elle l'a mis sous coma artificiel, lâcha Johnny, avant qu'un nouveau silence s'installe. Il n'a pas eu le temps de mourir, il a été sauvé par Éric et Caleb. Gaby a décidé qu'il ne fallait pas le réveiller.

— Tu es sûre que c'est une bonne idée, Gabe ? me demanda Sam, perplexe quant aux raisons qui m'avaient poussée à prendre une telle décision.

— Papa Forbe, l'appelai-je sans répondre à mon père adoptif, car les explications pouvaient attendre, je sais que vous n'êtes pas au courant de tout et que vous aimeriez que je vous laisse à l'écart de nos affaires. Je suis prête à vous donner toutes les explications possibles si vous le souhaitez. Si je suis ici, ce n'est pas pour vous mettre dans l'embarras. En réalité, je suis venue pour deux autres raisons.

— T'inquiète, Gaby, lança Elvis, le padre est capable d'encaisser, pas vrai, Jo ?

— Carrément ! enchaîna Johnny. Le pauvre, ce qu'on lui a fait subir Elvis et moi, vos salades, c'est rien à côté ! Non, Gabe, t'inquiète, il est fort.

Johnny avait rejoint son père et avait dit ces derniers mots en posant sa main sur son épaule. La scène était si touchante que des larmes silencieuses refirent surface. Papa Forbe se retourna, un léger sourire en coin sur les lèvres. Ses yeux se tournèrent vers moi.

— Quelles sont ces raisons, Gabrielle ? demanda-t-il.

Ah, que j'aimais cet accent antillais à couper au couteau ! Chaleureuse et accueillante, la voix de Papa Forbe avait toujours eu le don de m'apaiser.

— La première, lui répondis-je, c'est que je veux que vous sachiez où vous avez mis les pieds, vous et votre fils. Je sais que Carmichael ne vous a pas tout dit quand il vous a demandé de travailler ici.

— En effet, dit-il, mais, quand il m'a donné les conditions avantageuses que cette décision entraînerait, j'ai su que quelque chose clochait. Et qui plus est, qui irait chercher un père et ses deux fils dans le fin fond du 9-3 pour s'occuper d'un vignoble ?

— Oui, c'est vrai, concédai-je en esquissant un sourire, et vous avez dû vous rendre compte que mes semblables sont un peu étranges…

— Tes sujets, tu veux dire, me reprit-il, car si j'ai bien compris, tu es leur reine, à présent.

— Euh… Ouais, c'est à peu près ça.

— Tu t'y habitueras, affirma-t-il chaleureusement. Alors, cette deuxième raison ?

Avant de lui répondre, je les observai tous les quatre. Il me revint en tête tous les événements que nous avions traversés. Quand Papa Forbe m'avait recueillie après ma séquestration à Londres, les sévices que j'avais subis m'avaient laissée presque morte et enceinte. C'était la famille Forbe qui m'avait sauvé la vie en me donnant les soins qu'il fallait pour me rétablir. Sans parler de la fausse couche, conséquence du jeûne forcé que je m'étais fait subir pour garantir mon évasion. Le fruit du viol n'avait pas survécu, mon corps l'avait rejeté. Et c'était Papa Forbe qui s'était occupé de moi, sans jamais rien révéler à personne. Quant à Elvis, il n'avait pas hésité à ameuter toute la cité pour me sauver. Et Johnny, c'était Johnny. Les dernières années nous avaient rapprochés, et il m'était maintenant difficile de passer une journée sans lui. Sa présence m'était devenue indispensable au château.

— Quand j'ai eu besoin de vous, vous avez toujours été là, poursuivis-je. J'aimerais... Enfin... J'ai réfléchi, et si vous êtes d'accord... j'aimerais que l'on forme une famille. Une vraie famille. Ma famille.

Ils me regardèrent tous comme si j'avais un bouton au milieu de la figure. Seul Sam souriait. Il m'encouragea à continuer d'un clin d'œil complice. J'avais besoin de dire ces mots. Ma famille se limitait à Sam, et à un frère meurtrier et suicidaire. Était-ce mal de vouloir l'agrandir ?

— L'année dernière, j'ai torturé un homme qui m'avait fait beaucoup de mal et qui le méritait, continuai-je en observant Papa Forbe, croyez-moi. Mais je perdais mon âme à petit feu, et c'est seulement grâce à vos fils que j'ai pu reprendre mes esprits. Quand j'ai été au plus bas, quand il a fallu me protéger, aucun vous n'a hésité une seconde pour me venir en aide. Je vous dois tellement... Alors oui, j'aimerais pouvoir tout vous confier, même ce que vous n'êtes peut-être pas en mesure de comprendre, parce que vous êtes ma famille et que j'ai besoin de vous.

Pendant encore quelques secondes, pas une mouche ne vola. Puis Johnny commença à rire, suivi d'Elvis, puis de Sam. Et enfin Papa Forbe, qui vint me serrer dans ses bras.

— Ça fait déjà longtemps que, pour moi, tu es de la famille, dit-il.

Je me blottis contre lui, et cette fois, mes larmes n'étaient plus silencieuses.

CHAPITRE 4

Logé sur le flanc d'une colline, le Mas, avec ses murs blancs, détonnait au milieu du paysage de vignes. L'aube guettait le ciel, et les rayons venus de l'est éclaireraient bientôt la façade en pierre. Papa Forbe nous invita à rejoindre le salon. Passablement fatiguée, je m'écroulai sur un fauteuil face à Sam. Nous discutions maintenant des conséquences des actes de mon frère. Et bien que j'eusse repris la maîtrise de mes émotions, notre conversation m'ébranla, par les aveux que j'étais obligée de formuler.

— Que faut-il faire ? demandai-je à voix haute sans pour autant attendre de réponse de sa part. Si je le sors de son coma, il va recommencer. Il veut absolument savoir s'il est immortel. Et si je ne le libère pas, la situation va devenir dangereuse. Il m'en voudra à mort à son réveil, il en voudra même à la Terre entière. Mais je ne peux pas le laisser mourir, non plus, imagine qu'il ne revienne pas ! Blake m'a dit que nous n'avions pas la même mère, mais je n'ai aucune raison de le croire.

— Pourquoi ?

— Son but était de semer la discorde entre nous et de me pousser à me marier. Il voulait une guerre, il voulait que je porte cette guerre. Mon lien affectif avec mon frère était un obstacle, alors il a voulu semer la graine qui nous séparerait. Dans tout ce qu'il m'a dit avant de mourir, c'est la seule affirmation que je refuse de croire, car je sens dans mes chairs que nous avons le même sang, mais que faire ?! J'ai même pensé à garder Ethan un mois dans cet état, et ensuite lui faire croire qu'il avait réussi son coup et qu'il était ressuscité. Et en même temps, s'il revient de la mort, alors peut-être notre lien télépathique se reformera. Dès que je suis devenue immortelle, ce pouvoir s'est détourné vers la seule personne partageant mes caractéristiques, le sang, l'immortalité et les pouvoirs. Quand j'y réfléchis, ce n'est pas si étonnant que je possède désormais ce lien avec Carmichael. Avant ma résurrection, je pouvais déjà sentir sa présence. C'est d'ailleurs comme ça que je l'ai retrouvé à Amsterdam, j'ai su immédiatement que nous étions au bon endroit. Tu vois, Sam ? C'est moi la cause du geste de mon frère. Je l'ai abandonné. Après ma mort, je n'étais centrée que sur moi et ce qui m'arrivait. Je n'ai jamais songé qu'il pouvait y avoir autant de mal-être chez lui.

— Hey, Gaby, calme-toi, dit Sam, alors que mon débit de paroles s'était accéléré dangereusement sous l'effet du stress, tu n'y es pour rien. Ethan est dérangé, et tu le sais très bien. Et si tu veux mon avis, c'est lui qui a fait preuve d'égoïsme envers toi. Tu es reine, car tu veux protéger tes semblables. Tu as dû prendre cette décision pour le bien de tous, et les préparer à une guerre dont personne ne connaît encore l'issue, pas même vos pré-cogs. Il a fallu aussi te remettre d'un événement que personne ici ne peut comprendre. Un assassinat, commis par Éric de surcroît. Sans parler de Londres, où tu es restée enfermée pendant des mois, et Ethan n'a pas levé le petit doigt…

— Tu as tort, le coupai-je, je suis sortie grâce à son aide. Il a trahi Magnus et a volé un pistolet à flèches tranquillisantes…

— Grâce à son aide ?! me coupa-t-il à son tour. Grâce à toi, oui ! C'est ta force de caractère et ta détermination qui ont garanti le succès de ton évasion. Tu as jeûné pendant des semaines pour que Blake, ton seul espoir de survie, trouve la force de te sortir de là. Dans l'état où je t'ai récupérée, malade et rachitique, tu me demandes d'être indulgent envers Ethan ?! J'étais déjà fou de rage contre lui alors même que je venais d'apprendre son existence. Bon Dieu ! Gaby ! Il a attendu que tu sois à l'agonie pour agir ! S'il n'y avait pas eu Papa Forbe, tu serais morte à l'heure qu'il est !

— Et je serais revenue.

Embarrassé, Sam s'éclaircit la voix. Il ne s'était toujours pas fait à l'idée de mon trépas et de ma résurrection qui s'en était suivi. Il en était de même pour Elvis et son père, qui détournaient chaque fois le regard quand on évoquait le sujet. Je ne pouvais pas leur en vouloir, à leurs yeux, j'étais un phénomène.

— Il n'a pas hésité à commettre cet acte le soir de ton couronnement ! pesta Sam, qui n'en avait pas fini. Il a tué des êtres humains et a pactisé avec tes deux plus grands ennemis, les frères Burton Race.

— Il est resté avec moi pendant deux ans, en Ariège. Il s'est inquiété pour moi...

— Il a tué de sang-froid ! lâcha-t-il en élevant la voix. J'ai avalé certaines couleuvres jusque-là, pour te protéger et parce que tu m'as demandé de ne pas agir. Mais il va falloir trouver une solution pour ton frère, Gaby. Il ne peut pas rester en liberté.

Sam avait raison, j'en étais consciente. Et beaucoup partageaient son point de vue. Mais envisager d'enfermer éternellement mon frère m'était intolérable. Comment pouvais-je prendre une décision pareille ? C'était au-dessus de mes forces.

— Sam a raison, Gabrielle, renchérit Papa Forbe, finissant ainsi de m'achever, si tu le relâches, il recommencera. Il se suicidera ou tuera à nouveau.

Un long silence pesa avant que je discerne une présence familière approcher de la maison. Comme je l'avais dit à mes hôtes un peu plus tôt, cette présence, je pouvais la deviner entre toutes.

On sonna à la porte, ce qui fit sursauter tout le monde, excepté moi. Elvis alla ouvrir et revint quelques secondes plus tard, Carmichael un pas derrière lui. Papa Forbe l'invita à s'asseoir et lui proposa un café. Il prit place aux côtés de Johnny tout en me fixant de ses yeux verts translucides.

— Je suis venue voir si mon épouse était prête à me rejoindre, déclara-t-il sans détourner le regard.

Le sourire sur ses lèvres me fit comprendre qu'il ne m'en voulait pas de l'avoir quitté plus tôt, en le laissant en plan devant témoins.

— Je suis prête à rejoindre mon mari, lui répondis-je, n'ayant pas l'intention de lui gâcher l'événement plus que nécessaire.

Sam avait raison, pensai-je. Ethan aurait pu choisir un autre moment pour tenter de se suicider. Je décidai alors que je n'allais pas laisser mon frère ruiner totalement mon mariage, quelques heures à peine après sa célébration. Je voulais que tout ceci ait encore un sens.

Je me levai et tendis la main à Carmichael. Il la prit, salua tout le monde d'un hochement de tête, et m'emmena à l'extérieur. Je m'attendais à trouver une voiture garée devant le Mas, mais, voyant que nous nous enfoncions à pied dans les petits chemins menant au château, j'en conclus qu'une balade matinale dans les bois faisait partie de ses projets. Une lueur, mélange d'orange et de mauve, pointait à l'horizon et éclairait nos pas. La vue lointaine du château était plus splendide que jamais.

LA FRAÎCHEUR me fit serrer mon long manteau autour de ma taille. La brise vivifiante rosissait mes joues et une légère vapeur s'échappait de ma bouche lorsque je respirais. Nous rejoignîmes les bois sans avoir encore échangé un seul mot.

— Tu as réfléchi, au sujet d'Ethan ? commença Carmichael, comme s'il souhaitait que ce sujet soit vite abordé, et donc le premier à être clos.

— Je n'ai pas arrêté ma décision, répondis-je, mais son isolement me paraît maintenant inévitable. Il va encore tenter de se tuer.

— Cela m'ennuie de l'avouer, car tu sais comme je suis attaché à ton frère, mais cette fois, tu as raison. Il recommencera jusqu'à ce qu'il réussisse. Et si vous n'avez pas la même mère…

— Tu crois que c'est possible ? le coupai-je, choquée qu'il y fasse allusion.

— Qu'a dit mon oncle ce soir-là qui n'ait été vérifié depuis ? Blake était venu pour tout te révéler, j'ai du mal à croire que, sur ce point, il t'ait menti.

— S'il voulait ruiner ma relation avec Ethan et l'envoyer vers la mort,

Blake n'aurait pas pu choisir de meilleur procédé. Il a fait le même pari avec ma propre vie.

— Peut-être, dit Carmichael d'une voix décidée, alors nous le maintiendrons dans le coma jusqu'à ce que nous ayons trouvé une meilleure solution.

Je ne protestai pas. Mon frère ne me laissait aucun autre choix. Un long silence entre nous laissa place aux bruits que provoquaient nos pas sur le chemin de terre.

— Sinon, à part cet événement funeste, comment as-tu trouvé la cérémonie de mariage ? s'enquit gauchement Carmichael, ce qui me fit sourire.

Je stoppai ma marche. Avait-il besoin d'être rassuré ?

— J'étais très intimidée, lui avouai-je. J'ai dû paraître cloche en traversant l'allée des invités.

— Tu étais magnifique.

— Toi aussi, tu étais splendide, dis-je, touchée, et je reconnais que ce n'était pas désagréable de se sentir plutôt jolie. Johnny a bien fait son travail.

— Je compte l'embaucher à plein temps pour les organisations d'événements. Marion s'occupe de lui aménager un bureau dans la grande tour. Elle sera son porte-parole auprès des natifs, du moins tant que les natifs auront encore du mal à lui faire confiance.

— Remplit-elle bien son rôle d'assistante ?

Une pointe de jalousie traversait mes propos. Marion et Carly Stanton avaient débarqué au château peu de temps auparavant et prenaient déjà beaucoup trop de place à mon goût. Marion était une télékinésique et avait remplacé Naomi en tant que première assistante de Carmichael. Sa sœur Carly, télépathe, avait ramené Éric à la raison et semblait maintenant lui être indispensable. De plus, cette dernière entretenait une complicité intime avec mon désormais mari. Quelque chose me disait, d'ailleurs, qu'ils avaient dû fricoter ensemble pendant un temps, ces deux-là. Mais je n'avais jamais posé la question à Carmichael. Après tout, je savais qu'en plus de trois cents et quelques années, il avait dû avoir nombre d'aventures. Plusieurs natives présentes au château, en ce moment même, avaient déjà dû partager son lit, et je ne comptais pas les identifier une par une, au risque d'en devenir folle de jalousie.

— Elle est parfaite, affirma-t-il, sans aucune idée des pensées qui me traversaient.

Super ! Il n'en rajoutait pas du tout.

— Mais elle est un peu timide. Totalement différente de Carly sur ce point.

— Tu as bien connu Carly, on dirait.

OK, je m'étais pourtant juré trois secondes plus tôt de ne pas m'aventurer sur ce terrain, mais cela m'avait échappé.

— Que veux-tu me faire dire exactement ? demanda-t-il, un sourire se dessinant sur ses lèvres.

— T'as couché avec elle ?

C'était brutal, mais direct. On n'allait pas passer deux heures sur le thème « Carly » non plus !

— Non.

— Ah ! lâchai-je, toute penaude.

Il éclata de rire, et nous reprîmes notre marche vers le château. Son humeur changea quelques minutes plus tard, quand, maussade, il se décida à me faire d'autres révélations.

— J'ai malheureusement une autre nouvelle à t'annoncer.

— Dit de cette façon, c'est sûr que c'en est une mauvaise.

— En effet…

— Carmichael, tu m'inquiètes, m'alarmai-je, que s'est-il passé ?

— Althéa, la reine des Six, a détruit toute une ville sur la côte chinoise. Elle s'est effondrée telle une coulée de boue dans l'océan Pacifique.

Je restai bouche bée et m'arrêtai à nouveau. Je tentai d'imaginer la catastrophe et visualisai Althéa commettre son acte irréversible. Cette vision me glaça le sang. Toute une ville détruite à cause de sa folie. Des enfants, des mères et des pères dont le destin avait été fauché par la démence de ces immortels, les Six. Il nous fallait agir rapidement.

— Est-on sûr que ce soit elle ?

— Certain. Un natif qui les a rejoints a sa sœur présente parmi nous. Ils ne partagent pas les mêmes convictions, mais, pris de peur, il l'a suppliée de le rejoindre. Sa sœur est venue immédiatement m'en informer.

— Va-t-elle nous quitter ?

— Non, du moins, je ne l'espère pas. Elle est très puissante. Mais beaucoup vont y réfléchir après une démonstration pareille, par peur ou par fascination.

— Nous devons nous montrer plus convaincants, affirmai-je sans savoir comment diable nous pourrions faire, tant le geste effroyable d'Althéa était puissant, extrême et malfaisant.

— Nous partirons bientôt pour New York, Paris puis Hong Kong.

— On part faire le tour du monde, alors ! dis-je, totalement excitée par cette perspective, alors que j'aurais dû me montrer plus mesurée en raison des motifs de ce voyage.

— Comme je te l'ai dit, cette nouvelle va décider beaucoup des nôtres à rejoindre leurs rangs. Nous devons maintenant accélérer le processus en nous montrant, en recrutant et en convainquant. De grands rassemblements de natifs s'organiseront, avec pour seul but de te rencontrer. Salomon s'occupe des détails. Les natifs les plus puissants du château se comptent par dizaines. Sur le champ de bataille, ce ne sera pas suffisant.

— Tu as l'air de bien connaître ton sujet, soulevai-je, curieuse.

— Mon père m'a envoyé mener ses guerres de pouvoir pendant trois siècles, alors oui, un peu que je m'y connais. Mais je ne me suis jamais confronté à des natifs aussi redoutables ni à des immortels.

— La dernière fois, je n'ai pas réussi à faire face à Althéa.

Carmichael se retourna et m'observa, amusé, comme si je sous-estimais mes capacités. Il posa ses mains sur mes épaules et m'attira à lui.

— La dernière fois, tu n'étais pas une immortelle, me souffla-t-il dans l'oreille de sa voix caverneuse. Avec de l'entraînement, tu te débrouilleras à merveille.

— De l'entraînement ?

— J'ai fait venir un professeur pour ça, justement. Tu le connaîtras très bientôt.

Nous continuâmes notre marche, et j'aperçus au loin la petite chapelle. Carmichael l'avait abandonnée pour vivre à mes côtés, au dernier étage du château. J'avais moi aussi quitté ma suite, *L'Éléonore,* et Carmichael décréta alors qu'elle ne serait plus jamais habitée. En travaux depuis mon affrontement contre Blake Burton Race, elle m'était toutefois réservée si, un jour, j'éprouvais le besoin de m'y rendre. J'aimais d'ailleurs assez bien l'idée d'avoir un endroit rien qu'à moi, où je pouvais trouver une certaine solitude, dans un château de plus en plus fréquenté.

— Alors, si j'ai bien compris, reformulai-je, notre voyage de noces va ressembler à une campagne électorale. Super, pour nos débuts en tant que jeunes mariés !

— J'aurai l'occasion de te faire voyager pour des motifs bien plus romantiques, quand tout cela sera derrière nous.

— Tu auras intérêt à m'impressionner ! le taquinai-je.

— N'est-ce pas toujours le cas ?

— Oh si, dis-je, amusée. Vous êtes absolument impressionnant, *Mon Roi.*

Carmichael capta immédiatement le changement de ton dans ma voix et posa ses mains sur mes épaules. Il m'attira à lui et dirigea ma bouche vers la sienne. Après ce baiser langoureux, il me désigna du doigt la chapelle.

— Finalement, *Ma Reine,* c'est là que vous et moi allons passer la nuit... ou plutôt la journée, si j'en crois l'heure matinale.

— Tu es sérieux ?

« *Suis-moi* » fut la seule réponse que j'obtins. Il s'était adressé à moi par la pensée, éveillant ainsi mon intérêt. Qu'avait-il donc à me montrer ? Tenant ma main dans la sienne, il m'attira vers la chapelle. Il ouvrit et me laissa le passage libre. J'avançai d'un pas et découvris que l'intérieur avait été totalement relooké. Des tableaux, des miroirs et des tapisseries dans les tons beiges se mariaient à merveille avec les rideaux taupe, les tapis en jonc de mer et la pierre des murs. Une bibliothèque, remplie d'éditions rares de littérature classique, prenait une place considérable au fond de la pièce. Je les parcourus du bout des doigts. Deux fauteuils en cuir blanc trônaient face à l'âtre. Un canapé gris, ornementé de coussins beiges brodés de symboles royaux, occupait le centre de l'espace. Il n'y avait pas de lit, uniquement un buffet, des consoles et un guéridon surplombé de magnifiques roses rouge et blanc. Les couleurs du vitrail central vibraient d'une manière majestueuse dans les premières lueurs de l'aube. Un feu était allumé, et des bougies, disposées un peu partout, diffusaient une odeur agréable tandis que leurs flammes, vacillantes, dansaient dans ce décor romantique.

— Quelle est donc cette pièce ? Tu as abandonné ta garçonnière ? Tu savais que nous viendrions ?

Je l'assaillis de questions tandis qu'il retirait sa veste sombre. Dessous, sa chemise blanche, cousue sur mesure, épousait parfaitement le dessin de ses muscles. Son col relevé sur son cou robuste le rendait diablement attirant. Je me mordis la lèvre à cette vision.

— Je voulais que tu te sentes à l'aise, déclara-t-il. Contrairement au reste du monde, personne n'est le bienvenu ici, excepté toi.

— Merci, dis-je, subjuguée.

— Quand tu es venue dans mon bureau, tout à l'heure, j'ai lu dans les pensées de Johnny que vous aviez découvert ma surprise, en vous rendant dans *La Ronde*. J'ai donc profité de ton absence chez les Forbe pour...

— Tu veux dire que tu as fait ça toi-même ? Cette nuit ?

— Je te l'ai dit, personne à part toi ne rentre ici.

— En quelques heures ?

— Je suis rapide.

— Et tu lis les pensées de Johnny ?!

— Ça m'arrive.

— Tu devrais te méfier de ce que tu pourrais y trouver, dis-je, amusée.

— J'ai déjà eu un aperçu de son côté... fantasque.

— Sa Majesté a fait tout ça pour moi, poursuivis-je en avançant vers lui.

— Oui.

— Mais, Sire, vous avez oublié d'y installer un lit ! remarquai-je alors que je laissais glisser mon manteau sur le sol.

— Je suis certain que vous saurez vous montrer inventive, Ma Reine.

— Je me rappelle que la première fois que je suis passée vous rendre visite dans cet endroit, il y en avait un. Mais, d'après mes souvenirs, vous n'aviez pas jugé nécessaire d'en faire bon usage. Vous m'avez lâchement repoussée et m'avez laissée en plan d'une manière intolérable.

— Vous étiez jeune, à cette époque, ma douce.

— Je le suis toujours.

— Je me disais justement que vous aviez dû mûrir depuis, et qu'il était temps de terminer ce que nous avions commencé cette nuit-là. Cela me donnera l'occasion de vous présenter mes excuses dans les formes.

J'éclatai de rire. Qu'il était bon d'entendre ce son s'échapper de mes lèvres, alors que tout le reste m'incitait à pleurer et à sombrer dans le désespoir. Cette sensation agréable m'incita à poursuivre notre conversation badine.

— Je doute que Sa Majesté réussisse à me convaincre. J'avais vraiment très mal pris la chose.

C'était à son tour de sourire. Je m'approchai de lui et quand je parvins à sa hauteur, je posai mes mains sur son torse. Il retira sa chemise en prenant son temps sur chaque bouton qu'il enlevait. Sa peau métisse contrastait avec la blancheur de mes doigts passant sur son buste. D'une main, il attrapa ma nuque et m'attira tout près de son visage. La seconde d'après, il me bouscula en arrière et, avec une rapidité hallucinante, me plaça sur le divan, à califourchon au-dessus de lui.

Il laissa glisser mon pull sur mes hanches. La poitrine nue, je me dandinai et profitai de son excitation pour accroître la mienne. Le frottement, mêlé à la chaleur envoûtante de notre pouvoir commun d'attraction, rendait mes sens plus insatiables que jamais ; mes joues s'enflammèrent et mon corps irradia.

— Enlève le reste de tes vêtements, m'ordonna Carmichael.

Je les fis partir en fumée dans la seconde. Mon don télékinésique destructeur d'atomes, comme l'appelait Johnny, était certes utile dans ce genre de situation, mais regrettable quand viendrait l'heure de me rhabiller. Carmichael sourit et dévoila des dents blanches parfaitement alignées. Mon désir se diffusait à travers chaque pore de ma peau et se mélangeait à celui de mon époux, tout aussi avide de consommer notre mariage sans délai.

Il s'enfonça enfin en moi. Ses doigts glissèrent sur mes seins. Une bulle de chaleur atteignit mon visage, mon corps tremblait déjà. Mes mains attrapèrent quelques dreadlocks de sa chevelure, sa tête bascula en arrière. Tandis qu'il effectuait ses mouvements de bassin, ses yeux, légèrement plissés par l'effort et le désir qu'ils contenaient, fixaient les miens. Ma respiration se fit de plus en plus forte, je laissai échapper un gémissement. Il attrapa mes épaules comme s'il voulait que je le sente davantage, comme si c'était encore possible, alors que tout mon bas ventre irradiait. Je l'embrassai fougueusement, tirai encore ses cheveux et poussai un cri quand, d'une main, il m'enserra le cou. Sous l'étau de ses doigts puissants, je suffoquai et quittai sa bouche. Je pris une inspiration bienvenue tandis que les mouvements sensuels de Carmichael s'enchaînaient maintenant à un rythme effréné.

— Tu es Ma Reine, à présent.

— Et toi, Mon Roi, dis-je à bout de souffle.

— Dis-le encore !

— Mon Roi.

— Encore !

— Mon ROI !

Affamé de désir, il me mordait les seins, m'attrapait les épaules avec ses ongles, puis m'enlaçait et me serrait de ses bras nerveux. J'étouffais presque dans son étreinte passionnée, ou était-ce de plaisir ? Je n'aurais su le dire. Comme je ne n'aurais su dire le temps que dura notre union. Plus rien n'existait, à part nos deux corps enlacés, plus rien n'avait d'importance en cet instant. Pas même toutes les mauvaises nouvelles qui avaient entamé cette longue nuit, ni mon frère, ni Althéa, ni la perspective de la guerre. J'étais à lui.

Je ne pus m'empêcher de pousser un cri d'extase quand la chaleur s'empara enfin de mon âme tout entière. Carmichael me suivit dans ma béatitude, et mes yeux continrent des larmes de plaisir, alors que, doucement, je ralentissais mes mouvements des hanches. Un dernier spasme emporta Carmichael. Mon corps fondit sur lui, épuisé par ce début prometteur de nos noces.

CHAPITRE 5

Le lendemain du mariage, les natifs les plus puissants siégeaient sur des strapontins érigés pour l'occasion. Une structure en bois accueillait les séants des plus éminents d'entre eux, et l'ensemble formait une arène en demi-cercle. La plupart des autres convives devaient quitter le château plus tard dans la soirée et assistaient à l'événement debout, placés en demi-cercle face à l'arène ; il s'agissait essentiellement de télépathes, ou de natifs dont les aptitudes n'étaient pas suffisamment développées pour protéger leur propre vie. Les autres, s'ils étaient volontaires, participaient à un processus de sélection qui devait nous permettre d'évaluer l'étendue de leurs capacités. Les épreuves étaient organisées en extérieur, et la chance nous souriait puisqu'un soleil chaud nous gratifiait de sa présence, en cette fin d'après-midi. Il devait faire dans les vingt degrés, une température exceptionnelle pour cette saison hivernale.

Carmichael et moi siégions en hauteur, au-dessus de tous les invités. Cette position culminante me mit mal à l'aise au début, mais je m'y fis rapidement en constatant que c'était bien la meilleure place pour admirer le spectacle. Car nous découvrîmes rapidement que l'événement, qui au départ se voulait un simple examen d'aptitudes, allait se transformer en un festival de démonstrations. L'esprit compétiteur des volontaires donnant davantage l'impression d'assister à un tournoi de gladiateurs qu'à une évaluation. Le cadre et l'organisation n'y étaient d'ailleurs pas étrangers.

Salomon, Prisca, Chun, Éric, Thomas, Connor et Caleb supervisaient les épreuves. Je me fis ainsi la réflexion que ça n'allait pas être simple pour les volontaires de briller devant tant de puissance. Ils se présentèrent pourtant en grand nombre. Beaucoup ne réalisaient pas le danger auquel ils s'exposaient et se lançaient contre un adversaire sans en avoir d'abord évalué les compétences. Ainsi, certains furent blessés d'avoir surestimé leurs capacités, et il fallut soigner nombre d'entre eux.

Après un examen mental réalisé par Prisca et Salomon, les sélectionnés étaient reçus parmi la Garde, en parfaite concertation avec les autres membres du jury. Et parmi tous les participants, deux retinrent particulièrement mon attention.

Le premier s'appelait Henry Capshaw. Un Anglais, dont la physionomie renvoyait parfaitement la nature de ses origines. Son allure était celle d'un parfait gentleman, et lorsque ce fut son tour, il se présenta tel un dandy, en costume trois-pièces impeccable. Brun, les yeux marron et pénétrants, il toisait ses rivaux avec une pointe de dédain et un sourire narquois. Devant tant d'assurance, trois natifs décidèrent de se mesurer à lui. Et au final, ce fut celui qui eut le plus d'adversaires à combattre, car, une fois qu'il les eut balayés un par un, d'autres prirent le relais tant l'attitude orgueilleuse du Britannique les irritait. Mais Henry demeura immobile au milieu du cercle qui se formait autour de lui. Il haussa les épaules, intimement convaincu qu'il allait tous les battre à plate couture. Je ressentis sa certitude et la partageai, car je discernai en lui quelque chose dont les autres n'étaient pas toujours dotés : un esprit guerrier. Il n'y avait aucune place pour la défaite dans la tête de cet homme, aussi suivis-je ce combat avec attention. Deux puissants se jetèrent sur lui et voulurent lui assener leurs poings ravageurs directement en plein visage. Il les stoppa en bloquant leurs attaques et les éjecta avec autre chose que la force et la vitesse : la télékinésie. Il était donc puissant et télékinésique, une combinaison de dons rarissime. Quatre autres concurrents se jetèrent sur lui, mais ils se heurtèrent à un mur de briques invisible. Henry n'en avait pas terminé pour autant. Il figea ses assaillants, en attrapa deux à la gorge, et utilisa leurs crânes pour assommer les deux autres. Au final, ils tombèrent tous à ses pieds, inanimés, et certains de se réveiller avec une belle bosse sur la tête.

Prisca, qui avait déjà évalué le potentiel de cet homme à la quarantaine affirmée, se leva et toucha son crâne pour approfondir son inspection. Henry la regarda dans les yeux et dit avec un soupçon d'insolence très sexy :

— Vous êtes sublime, Madame.

— Et toi, intrépide, répondit-elle, pourtant pas insensible aux attentions élégantes de cet homme.

Salomon, qui entretenait une relation de longue date avec la sœur de Carmichael, se leva à son tour, tandis que je sentais la jalousie l'envahir du haut de mon perchoir.

— Quelles sont tes motivations ? demanda l'Amérindien en sondant son esprit.

— Je souhaite mettre un terme à cette guerre. J'ai vécu ces derniers jours au château, et la félicité que j'ai trouvée en ces lieux me donne envie de m'y installer jusqu'à la fin de mes jours.

Il sourit, leva les yeux, me salua de la tête, et adressa un geste de la main à Carmichael.

— Je te présente ton professeur pour tes entraînements au combat, me lança ce dernier, le sourire aux lèvres.

— Lui ?! Tu le connais bien ?

— Oh oui, très bien. Il sera parfait.

J'observai mieux Henry. Je lui rendis son sourire tout en me promettant de le placer bientôt à un poste digne de ses pouvoirs.

Les épreuves se poursuivirent, les combats ressemblant parfois à de la pure magie. La majorité des volontaires, hormis quelques télékinésiques, étaient des puissants. Excepté Henry, personne ne semblait sortir du lot, même si les combats s'intensifiaient à mesure que se déroulaient les épreuves, comme s'il fallait une surenchère d'actions pour ne pas laisser la lassitude gagner les spectateurs. Je crus que nous avions vu le plus extraordinaire, lorsqu'une jeune femme à la peau hâlée et aux longs cheveux noirs s'avança. Devant elle, la terre se soulevait et s'évanouissait dans les airs en deux lignes parallèles, créant un couloir de poussière devant ses pas. Ses pieds la menèrent au niveau des juges, mais ses yeux, soulignés d'un épais trait de crayon khôl, restaient figés dans ma direction. Rien d'autre ne l'intéressait, et son mépris pour le reste du monde m'intrigua. Son culot attira aussitôt ma sympathie.

— C'est elle qui m'a prévenu qu'Althéa avait détruit toute une ville, me souffla Carmichael.

— Quel est ton nom ? m'enquis-je d'une voix forte.

— Sonia Akhem.

— D'où viens-tu, Sonia ?

— D'Algérie.

— Montre-m'en plus sur ta télékinésie.

Elle prit une profonde inspiration et ferma les yeux. L'édifice en bois, monté à l'occasion des épreuves, commença à bouger. Des cris de stupeur emportèrent les invités logés sur les gradins quand ils réalisèrent qu'ils lévitaient au-dessus du sol. Devant les yeux ahuris de ses semblables, Sonia esquissa un sourire triomphant et mit fin à sa démonstration tout en délicatesse. Après son examen mental, elle repartit par où elle était venue, et les épreuves se poursuivirent. Mais, alors que nous en arrivions au dénouement, Abigaël et Nicolas Souillac s'avancèrent au milieu du cercle des volontaires. Je ne m'attendais pas à voir mes protégés en cette occasion.

— Nous sommes des pré-cogs, déclara Nicolas. Nous n'avons pas la puissance de la plupart d'entre vous, mais notre don est le plus rare. Quand il faudra combattre le clan des Six, vous aurez besoin de nos visions.

— En aucun cas, dis-je fermement.

Je chérissais Abigaël et Nicolas plus que n'importe lequel des convives ici présents. Cela était sans doute lié au fait que je les avais moi-même recrutés. Mais Nicolas avait à peine dix-huit ans, et sa sœur était de deux ans sa cadette. Il n'était pas question qu'ils se rendent sur le champ de bataille, alors qu'ils n'étaient dotés d'aucun pouvoir défensif.

Nicolas n'insista pas et tourna son regard vers sa sœur, en lui prenant la main. Leurs yeux se révulsèrent comme à chaque fois qu'ils allaient avoir une vision. Mais, alors que j'étais préparée au spectacle de transe dont ils avaient le secret, je m'aperçus que c'était le cas de peu d'entre nous. Leurs visages, tourmentés par les images qu'ils captaient, renvoyaient ceux qui les observaient à une frayeur inexpliquée. À chacune de leur vision, j'avais l'impression qu'un halo sombre entourait les deux pré-cogs et venait envelopper tous ceux présents à leurs côtés. La réaction de l'assistance me prouva que je n'étais pas la seule à être gagnée par ce sentiment. De petits cris et une certaine agitation me le confirmèrent tout à fait.

J'avais moi-même fait les frais de visions, après un étroit et fulgurant combat contre Égéria, la vieille prêtresse immortelle et sœur des Six. Ce fut d'ailleurs elle qui plongea toute sa famille dans un sommeil millénaire. En revanche, leur réveil, moi seule pouvais me le reprocher. La vieille voyante était définitivement morte des suites de cet affrontement, non sans manquer de me laisser un cadeau souvenir : un lot de visions atroces de vérité. Avant d'être réduite en poussière, elle les projeta dans les profondeurs de mon inconscient, grâce à des pouvoirs psychiques démesurés. Mais depuis ma mort, aucune vision n'était revenue me troubler, aussi espérais-je en avoir fini avec cette funeste capacité. En repensant à la prêtresse, l'image de Magnus fit irruption dans mon esprit. L'ancien Grand Maître n'aurait pu dominer ses pairs aussi longtemps si Égéria ne s'était pas tenue à ses côtés. Ses visions lui assuraient le succès de ses entreprises et lui conféraient un pouvoir que beaucoup jalousaient. Ça en disait long sur ce qui nous attendait avec sa puissante fratrie, dont on ignorait encore l'étendue des capacités. La proposition des Souillac ne me parut plus aussi stupide, et je me tournai vers Carmichael, qui, je m'y attendais, devina mes pensées.

« S'il leur arrivait le moindre mal, je... Après Ethan, je ne le supporterais pas », dis-je mentalement à mon époux.

« Nous pouvons les protéger. »

« Rien n'est moins sûr. »

Les Souillac rouvrirent enfin les yeux. Un soupir de soulagement incontrôlé traversa l'assistance. Mais, à peine eurent-ils repris leurs esprits que leurs têtes pivotèrent un peu plus loin, vers ma gauche. Ils fixaient, tous deux, quelqu'un dans l'assistance.

— Un traître est parmi nous, déclarèrent-ils de concert.

Entourée des autres convives, la personne désignée par les Souillac m'apparut clairement.

Ça ne pouvait être que lui. Connor Burton Race.

CHAPITRE 6

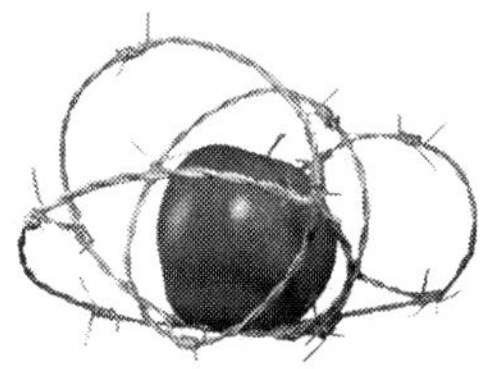

La vision des Souillac avait fait son petit effet. Les deux précogs l'avaient volontairement provoquée, et je réalisai alors à quel point leur pouvoir s'affirmait. Quelques mois auparavant, ils ne voyaient de l'avenir que des images fugitives et non contrôlées. Désormais, ils étaient capables de voir « à la demande », un don non négligeable pour la santé financière des natifs, basée en bonne partie sur la spéculation.

Les épreuves s'étaient donc clôturées avec la révélation des Souillac. Connor Burton Race se trouvait maintenant dans le bureau de la grande tour, dans un entretien privé avec son frère aîné, Carmichael. Il me tardait que cette entrevue se termine, car j'avais demandé à Johnny de guetter la sortie de Connor et de me le ramener au plus vite. Cela faisait déjà une heure que j'attendais dans mon salon personnel du dernier étage. Car oui, j'avais désormais un salon privé pour recevoir qui je voulais. J'avais soumis cette requête à Carmichael, peu avant le mariage. Au début, il m'avait proposé un bureau près du sien, pour, je le soupçonnais, surveiller mes allées et venues. J'avais refusé sa proposition d'un trait. Sans parler de la discrétion que je souhaitais préserver si besoin, la tour était lugubre et représentait à mon sens un temps révolu que je laissais volontiers à Carmichael. Mon salon personnel, en revanche, était un lieu agréable, baigné de lumière, et surtout, il n'était qu'à moi. Un réfrigérateur et une cafetière, planqués derrière un placard, fournissaient le nécessaire de sociabilité s'il me fallait jouer les hôtesses. Pour le confort, un grand canapé gris et deux fauteuils jaune moutarde assuraient le bien-être de mes invités, tandis qu'une décoration soignée dans les tons bleus complétait le tout. Les murs encadraient un pan en pierre sur lequel les tableaux modernes et le mobilier design détonnaient. Évidemment, j'avais fait le choix de chacun des éléments de cette pièce avec l'aval de Johnny. Un fauteuil noir à la conception déjantée lui était d'ailleurs réservé, à la droite de mon bureau, seul élément rustique que j'avais conservé dans mon nouvel espace. Connor allait donc être le premier à découvrir l'utilité de ces lieux.

Je réalisai avec surprise être tout excitée d'exercer mes fonctions de reine pour la première fois et en éprouvai une certaine satisfaction. Assise sur le canapé, je luttai pour ne pas me ronger les ongles tant ma patience atteignait ses limites. J'avais faim et souhaitais me rendre au plus tôt dans la salle commune pour me restaurer. Je ressentis donc un certain soulagement quand je vis Connor Burton Race ouvrir la porte, suivi de Johnny, qui me fit signe d'un clin d'œil que personne ne les avait vus venir jusqu'ici.

— Si c'est pour me dire les mêmes conneries que Carmichael, tu peux t'éviter une peine inutile.

Je ne lui répondis pas et continuai de l'observer. D'un geste, je l'invitai à prendre place face à moi. Il s'assit sur le fauteuil que je lui désignai et posa son regard partout autour de lui. Ses bras couverts de tatouages embrassèrent les accoudoirs de son siège, quand ses yeux clairs se figèrent enfin dans ma direction. Johnny se tourna vers moi, m'envoya un sourire complice, et se retira.

Connor se demandait sûrement ce qu'il pouvait bien faire ici, alors que Carmichael avait déjà dû lui dire qu'il serait surveillé, qu'il ne lui faisait pas confiance, etc., etc. Comme si je lui avais déjà fait confiance, moi, à Mini-Magnus ! Je me souvenais encore des paroles de Blake : « *Seul Connor a hérité de la soif de pouvoir de son père.* » Il était le fils préféré de Magnus, et on ne devient pas le chouchou d'un malade pareil en enfilant des perles. Non, Connor avait dû commettre de sacrés méfaits pour obtenir l'admiration de son paternel, mais je préférais les ignorer pour l'instant. Le passé était le passé, et j'estimais que, dans la guerre qui se profilait contre les Six, les actions de Connor Burton Race n'étaient pas une priorité dans l'affaire qui nous concernait tous.

C'était un bel homme, les cheveux bruns, un visage sans défaut couvert d'une fine barbe et le corps parsemé de tatouages. On ne pouvait pas dire que sa physionomie inspirait la confiance, comme le reste des hommes de sa famille, d'ailleurs. J'avais fait des efforts avec Carmichael, dont je reconnaissais les changements depuis notre première rencontre. Ce qui n'avait pas été une mince affaire si on considérait qu'à notre première entrevue, il avait tenté d'entrer de force dans mes pensées, m'avait obligée à l'embrasser, et m'avait informée, pour l'occasion, avoir fomenté l'enlèvement de mon petit ami de l'époque, Thomas. Autant dire qu'on partait de loin, avec Carmichael… Relever ce défi avec Connor allait sans doute se révéler impossible et, à en croire la vision des Souillac, c'était improbable. Pourtant…

— J'ai besoin de toi, déclarai-je, avant de le voir écarquiller des yeux ahuris.

— Comment ? Alors tu serais la seule à ne pas me prendre pour un traître ?!

— Pourquoi es-tu ici ?

— Pardon ?

— Pourquoi es-tu au château ?

— Je suis venu assister au mariage, dit-il en s'étirant les bras.

— Je parle des vraies raisons de ta présence, insistai-je. Je ne t'ai jamais vu auparavant et voici que je te rencontre la veille de mes noces. Pourquoi ?

— J'aurais aimé te rencontrer plus tôt, lorsque j'ai entendu des rumeurs te concernant.

— Quelles rumeurs ?

— Celles qui disaient que mon frère trahissait notre Grand Maître pour une jeune femme aux capacités inédites, et qu'il te gardait ici pour éviter que mon père mette justement la main sur toi. Il est vrai que j'aurais bien aimé te rencontrer à cette époque, mais ça n'a pas été possible. J'étais pourtant curieux de connaître celle qui inspirait une telle folie à

Carmichael, lui qui n'est pas très connu pour prendre des initiatives aussi dangereuses.

— C'était il y a des années.

— Absolument. Et l'an passé, quand tu es revenue au château et que mon père a perdu le pouvoir, j'ai sollicité mon frère pour te rencontrer. Il a refusé. Je n'ai donc eu le droit de faire ta connaissance que la veille de tes noces.

— Pourquoi Carmichael t'aurait empêché de venir ?

— Tu ne devines pas ?

Je restai circonspecte. Je n'avais jamais soupçonné que Connor ait pu chercher à me connaître auparavant, et j'avais pris ses absences pour de la rébellion. Après tout, son frère avait hérité du poste de Grand Maître, alors cela m'avait paru plausible. Il sourit.

— Mon frère ne voulait prendre aucun risque, je suppose.

— Comment ça ?

Sur ces mots, Connor se leva et s'approcha de moi. Je me levai aussi et lui fis face pendant les quelques secondes de silence qui suivirent ma question. Il esquissa un nouveau sourire et pencha sa tête sur le côté. Je ressentis son humeur et devinai à moitié ses pensées. Il était décidément très bel homme.

— Imaginons que je sois venu plus tôt, dit-il, amusé.

— Eh bien ?

— Peut-être que les plans de Carmichael n'auraient pas tourné comme il voulait. Qu'en dis-tu ?

— Donc, c'est lui qui t'a empêché de venir.

— Si je te le dis ! Je n'ai même pas été invité au bal qui fêtait son retour. Il a refusé ma présence et cela n'a fait qu'augmenter mon intérêt, tu t'en doutes.

— Je ne vois pas pourquoi.

— Parce que mon frère devait être certain que personne ne se mettrait en travers de sa route. Lui qui n'a jamais été attaché à qui que ce soit, le voici qui faisait des pieds et des mains pour me tenir à l'écart d'une femme. Peut-être était-il effrayé à l'idée que tu puisses me trouver plus à ton goût ?

Cette conversation me mettait mal à l'aise. En formulant cette dernière phrase, il m'attrapa la main et fixa son regard sur elle. Je retirai ma main quand je sentis une chaleur irradiante traverser mon bras.

— Je suis sa femme, à présent, assenai-je, et je ne suis pas ici pour parler de Carmichael. De plus, je suis certainement la seule dans ce château à ne pas te prendre pour un traître.

Connor haussa un sourcil. Laissant en suspens ma dernière affirmation, je lui préparai un café. Mon invité alla se rasseoir sur son fauteuil, détendit ses jambes et accueillit sa tasse en retroussant ses lèvres. Sa curiosité se lisait dans son regard.

— Que me vaut cette déclaration, plutôt à contre-courant par les temps qui courent ? s'enquit Connor après avoir avalé une gorgée de son nectar.

— J'ai un service à te demander, répondis-je.

— Et ce service, tu me le demandes en l'absence de ton mari.

— Ça te gêne, apparemment ?

— Pas du tout ! lâcha-t-il, satisfait.

— Personne ne doit être au courant de ce que je vais te dire et te demander ce soir. Carmichael essaierait de t'en dissuader, et…

— Un mariage qui commence bien ! me coupa-t-il dans un éclat de rire.

Son sourire de satisfaction transforma son visage. S'il était beau maussade, c'était un véritable Apollon quand il était d'humeur agréable. On aurait bien pu lui donner le bon Dieu sans confession, tant il inspirait la confiance par ce seul trait avantageux, si ce n'était son arrogance qui me donnait envie de lui coller une gifle.

— Qu'est-ce que tu me demandes exactement, Gabrielle ? demanda-t-il, enfin plus sérieux.

— Je voudrais justement que tu me trahisses. Du moins, en apparence.

Un silence. Connor, surpris, passa ses doigts sous son menton, sans me quitter des yeux. Le temps de l'explication était venu.

— Je pense que je suis à l'origine de la vision des Souillac.

— Je ne comprends pas, dit-il, toujours aussi interloqué.

— Depuis les révélations de Blake et ma rencontre avec les Six, poursuivis-je, j'ai pensé à ma mère enfermée là-bas, cette mère que je ne connais pas et qui peut tout aussi bien être une invention de Blake… puis j'ai pensé à la façon dont il allait falloir nous y prendre pour gagner face à eux. Les plus vieilles familles natives rejoignent leurs rangs et les plus faibles d'esprit se laissent convaincre par la peur qu'ils inspirent. Cela ne nous laisse pas l'avantage. Nombreux sont ceux qui se rallieront encore à eux, d'autant plus les anciens et fervents supporters de ton père, Magnus.

Je marquai une pause avant de continuer mon discours. Depuis une heure que je le répétais en boucle, j'en connaissais les mots presque par cœur.

— Tu sais que ton père a été enlevé ici, n'est-ce pas ? Je pense que c'est justement pour s'assurer que ses partisans le rejoindraient que les Six tenaient absolument à l'avoir parmi eux.

— Je le pense aussi, approuva Connor, mais je ne vois toujours pas ce que j'ai à faire là-dedans.

— Je veux que tu les rejoignes.

— Pardon ?!

— Tu as bien entendu. Je veux que tu te rendes sur l'île d'Eos, où se trouve le fief qu'ils ne se sont pas donné grand mal à cacher. Leur assurance est sans doute leur faiblesse, et s'ils te pensent loyal envers eux, alors tu seras à même de me rapporter tout ce que je souhaite savoir.

— C'est une opération périlleuse que tu me demandes là.

— Tu n'auras aucun mal à les convaincre, j'en suis certaine. Personne ne te pense fidèle au couple que nous formons, Carmichael et moi. Personne ne peut lire dans tes pensées et enfin, si ce que je pense s'avère juste, tu es immortel, alors ils ne vont pas te rejeter, mais seront plutôt heureux de t'accueillir en pensant que tu leur apporteras de nouveaux soutiens.

— Ça se tient.

— Je veux aussi que tu me donnes les plans détaillés de leur forteresse, et que tu découvres où est enfermée ma mère. Il faudra aussi que j'aie une connaissance certaine de leurs effectifs et des pouvoirs qui se présenteront face à nous quand le moment viendra.

— Tu me donnes le sentiment de ne pas avoir le choix.

— Car tu ne l'as pas, lâchai-je. Que penses-tu qu'ils feront de

Magnus, une fois qu'ils auront ce qu'ils veulent ? Blake a convenu avec eux qu'il devrait mourir dans d'atroces circonstances lorsqu'ils le jugeraient utile. Et que penses-tu qu'ils feraient de toi si toutefois ils sortaient victorieux de cette guerre ?

— S'ils me pensent fidèle, il n'y a aucune raison pour qu'ils se débarrassent de moi.

— Si Carmichael et moi ne sommes plus là pour leur faire barrage, aucun immortel ne survivra. Ils ne partageront pas leur pouvoir une fois qu'ils seront sûrs d'être les maîtres du monde. Ils veulent devenir des dieux pour nos semblables, être vénérés, et toi, tu seras toujours là pour leur rappeler qu'ils ne sont pas les seuls immortels sur cette planète.

Il médita mes propos pendant une minute, puis se leva et alla près de la fenêtre donnant sur la cour-jardin. Son regard se perdit au loin.

— Tu me parles des Six, et de leurs intentions envers mon père. Mais pouvons-nous parler des tiennes, Gabrielle ?

— Que veux-tu savoir ?

— Je sais de source sûre que tu l'as torturé et que tu voulais le tuer.

— La mort aurait été trop rapide.

Connor se retourna. Son regard énigmatique me transperça, et j'eus à peine le temps de me ressaisir qu'il s'asseyait sur le canapé. Sa vitesse avait failli renverser les tasses de café disposées sur la table basse.

— Pourquoi devrais-je m'allier à une femme qui a torturé mon père ? Dis-le-moi.

— Je suis ta reine à présent, Connor, que tu le veuilles ou non. Althéa sera mon alternative si tu décides de ne pas t'y faire. Quoi qu'il arrive, je n'ai pas grand-chose à perdre, que tu acceptes ou non. Et Magnus, je le tuerais volontiers, si tu veux tout savoir. Mais il n'est plus question que j'assassine le père de mon mari. En t'infiltrant sur l'île d'Eos, tu pourras aussi prendre de ses nouvelles, aucune n'a filtré jusqu'à présent.

— Qu'ai-je à gagner si je réussis ma mission ?

— Tu conserveras le Territoire de l'Ouest.

— Je l'ai déjà.

— Tu pourrais ne plus l'avoir.

À mon grand étonnement, il se fendit d'un sourire. Il se leva à nouveau et me tendit la main.

— Je pars ce dimanche. Je t'enverrai des nouvelles avant mon retour.

Il serra ma main, ce qui conclut notre pacte. Puis, d'un geste que je n'avais pas anticipé, il l'amena vers sa bouche et l'embrassa. Ce contact embrasa mes chairs, et mes joues rosirent dans la seconde. En levant les yeux, Connor esquissa un sourire en coin, fier d'avoir provoqué cette réaction.

— À bientôt, chère belle-sœur.

CHAPITRE 7

Je retrouvai Carmichael dans notre salon du dernier niveau, en train de faire la conversation à mon futur coach, Henry Capshaw. Toujours en costume trois-pièces impeccable, il se leva et hocha élégamment la tête quand il s'aperçut de ma présence.

— Ma reine, déclara-t-il en me saluant.

— Bonjour, Henry, lui dis-je en allant lui serrer la main, je suis ravie de vous rencontrer.

— Si je peux me permettre, vous êtes éblouissante, Madame.

Je me perdis dans son regard noisette. Sa mâchoire carrée et le sourire sur ses lèvres me firent me rapprocher de Carmichael instinctivement. Ce dernier s'en amusa. Henry possédait un charisme surprenant, il n'était donc guère étonnant qu'il puisse déclencher un tel effet sur moi, d'autant que mon don d'attraction agitait la nature habituellement flegmatique de l'homme. L'Anglais se rassit sur son fauteuil en jetant un regard amusé sur son hôte.

— Tu m'avais dit de m'y préparer, mais je sous-estimais tes paroles, Carmichael, dit-il avant de tourner son visage dans ma direction. Madame, vous êtes une enchanteresse, et si mon ami ne vous avait pas épousée, j'aurais volontiers répondu à votre chant de sirène.

— Appelez-moi Gabrielle, s'il vous plaît, le priai-je, faisant mine d'ignorer ses dernières paroles, un brin trop embarrassantes. Vous vous ferez vite à mes talents, d'autant que nous allons passer un peu de temps ensemble, il paraît.

— Henry est prêt à t'apprendre tout ce qui pourra t'être utile en combat rapproché.

— Et quand commençons-nous ?

— Demain, neuf heures devant le château, répondit Henry en se levant.

— OK, alors nous nous verrons demain.

— À demain, Gabrielle.

Henry se retira sur un salut de la tête et me laissa seule avec le roi des natifs.

— Tu connais Henry depuis combien de temps ?

— Une vingtaine d'années, environ.

— Vraiment ?

— Je l'ai rencontré lors d'une bagarre dans un pub londonien, raconta-t-il, tout sourire, heureux visiblement de se remémorer leur rencontre. Ce soir-là, il y avait un match de football très important, Everton – Manchester United. Henry est un supporter mancunien, mais ce soir-là, ils ont perdu, contre toute attente. Les esprits se sont échauffés à la fin du match, et j'ai dû intervenir pour que ce jeunot ne tue pas la moitié des clients du pub.

— Il a l'air d'un homme tellement posé, pourtant.

— Un camouflage ! lâcha Carmichael dans un rire. Henry a le sang chaud, c'est pour ça qu'il aime le combat à mains nues.

— C'est la raison pour laquelle tu souhaites qu'il soit mon professeur d'entraînement ? Tu veux que j'apprenne le combat à mains nues ?

— Absolument. Si Althéa et les autres ont la capacité de traverser ton bouclier télékinésique, alors on peut aussi pénétrer le leur. Il faudra les isoler, voire les blesser pour réussir à les tuer. Toutes les formes de combat doivent être envisagées.

— Ils ont l'air si puissants.

— Ils le sont. Mais nous le sommes aussi.

— C'est vrai, concédai-je. Je n'ai pas affronté Althéa depuis ma mort, et j'ai le sentiment que mes pouvoirs se sont décuplés à ce moment-là, qu'ils circulent plus naturellement à travers moi. Tu as vécu ça, aussi ?

— Tous les immortels l'ont vécu.

Je me levai et allai le rejoindre sur le divan. Je calai ma tête sur son épaule, et la chaleur de son corps se diffusa à ce contact.

— Nous partons pour New York dans quelques jours, dit-il en me caressant les cheveux.

— J'ai hâte. Cela fait longtemps que je n'ai pas quitté le château. Et je vais rencontrer encore d'autres natifs, c'est exaltant.

Il passa sa main sous ma gorge et attrapa mon menton. Attirant mon visage vers le sien, il m'offrit un sourire enjôleur et se mordit la lèvre inférieure.

— Si ça ne tenait qu'à moi, je t'emmènerais dans notre chalet dans les montagnes et je te ferais l'amour éternellement.

— On était si bien là-bas, commentai-je en me remémorant l'endroit où Carmichael m'avait redonné vie après ma mort par balle.

— Nous y retournerons quand tout sera fini.

Il m'embrassa et m'allongea, me soulevant avec une facilité déconcertante. Il s'attarda sur mon visage et mon cou.

— Qui nous accompagnera ? demandai-je en caressant des doigts sa nuque puissante.

— Prisca sera déjà là-bas, Caleb et Chun seront aussi du voyage. Nous aurons également Henry, Sonia Akhem la puissante télékinésique que nous avons recrutée et dont le frère a rejoint les Six, Carly et Marion Stanton, ainsi que les frères Valérian.

Il prononça le nom des Valérian comme si ça allait lui arracher la gorge. Je savais à quel point il ne les aimait pas, jaloux qu'il était de savoir que les deux frères étaient chers à mon cœur. Je les aimais, et même si cet amour n'était plus aussi charnel qu'à une certaine époque, je gardais pour eux un attachement qui allait au-delà de la simple amitié. Je tiquai néanmoins à l'idée que Carly Stanton soit de la partie, mais, si Éric venait, alors il fallait qu'elle puisse veiller sur lui. Je n'allais pas évoquer mon scepticisme la concernant devant Carmichael, car j'étais déjà surprise qu'il consente à ce qu'Éric, l'homme à qui je devais ma mort, soit de la partie.

— Je n'aime pas les Valérian, lâcha Carmichael qui avait l'air d'avoir lu dans mes pensées, mais je suis maintenant certain qu'ils feront tout pour te protéger. Si les Six entreprennent une attaque durant ce voyage, je sais pouvoir compter sur eux pour se battre. Et puis Henry sera là, il saura ce qu'il faut faire.

— Il me tarde de commencer l'entraînement, à présent.

— Pour le moment, j'ai d'autres pensées en tête que ton entraînement, ma jeune épouse.

Peu après, je me fis la réflexion qu'un combat rapproché était un terme plutôt bien trouvé pour illustrer cette nuit-là. Sous les assauts de mon mari, mes muscles répondaient à peine, tant et si bien qu'épuisée, j'eus peur de ne pas être à la hauteur du rendez-vous qui m'attendait le lendemain.

CHAPITRE 8

Neuf heures pétantes, j'étais devant l'entrée du château à attendre mon Anglais de professeur avec la soif d'en découdre. Finalement, je m'étais levée en pleine forme, tout excitée à l'idée de démarrer mon apprentissage. J'avais l'intention de lui montrer l'étendue de mes pouvoirs et espérais l'impressionner. Je le vis arriver avec Sonia. Tout habillée de noir, elle s'approcha de moi, sa démarche légère contrastant singulièrement avec son air déterminé. Ses yeux me fixaient avec une attention pénétrante quand elle se fendit d'une simple révérence en penchant le haut de son corps.

— Je suis enchantée de vous connaître, ma reine, dit-elle d'une voix claire.

— Appelle-moi Gabrielle, s'il te plaît, la priai-je aussitôt. Tu as été très impressionnante lors du recrutement de la Garde.

— Je parie que ce n'est rien, comparé à vous.

— À « toi », s'il te plaît. J'aimerais qu'on se tutoie, êtes-vous d'accord tous les deux ?

Ils acquiescèrent d'un hochement de tête, et Henry nous fit monter dans une Jeep en direction de notre espace d'entraînement. Elle fusa à travers les chemins bordés de vignes et tandis que l'Anglais se concentrait sur la route, j'en profitai pour faire la conversation avec notre nouvelle recrue.

— J'ai appris que ton frère avait rejoint les Six.

— Oui, en effet, confirma Sonia, embarrassée.

Je compris en lisant dans la tristesse de ses traits que cette situation était difficile à accepter pour elle.

— Pourquoi ne l'as-tu pas rejoint ? C'est ton frère, tout le monde pourrait le comprendre.

— En réalité, je ne saisis toujours pas ce qui lui a pris, répondit-elle, un soupçon de colère dans la voix, son regard navré dérivant vers le sol. Il y a quelques mois, nous étions à Oran, chez nos parents. Un ami est venu nous rendre visite, après avoir assisté au bal en l'honneur du retour de Carmichael. C'est à cette occasion que mon père a appris l'existence des Six. L'homme nous a raconté les légendes de la famille d'Égéria, et ses mots ont trouvé un écho dans l'esprit inquiet de mon père. Comment ils avaient régné sur tous les natifs en leur temps, comment et pourquoi Égéria les avait tous empoisonnés, préférant assassiner sa propre famille que de les voir détruire la race humaine. De là, mon père ne cessa de jurer qu'ils étaient des dieux pour notre race, qu'il fallait les vénérer. Et mon frère l'écouta plus attentivement que je ne l'aurais cru, puisqu'il y a de cela un mois, il est parti les rejoindre.

Le malheur de Sonia se lisait dans ses yeux et dans sa voix. On devinait pourtant à son allure et sa posture la battante qui se cachait en elle. Je pouvais ressentir sa déception quant au choix du reste de sa famille, qui allait à l'encontre de ses propres convictions.

— Comment vivent-ils le fait que tu aies choisi notre camp ? demandai-je, alors que la Jeep s'arrêtait aux abords d'un chemin caillouteux.

— Mes parents ne me parlent plus. Mais mon frère… je pense qu'il est désormais prisonnier de sa décision.

— Carmichael m'a dit que tu avais eu de ses nouvelles.

— Oui, le lendemain de ton couronnement. Il était terrifié. Il venait d'assister à l'extermination d'une ville entière.

— On peut difficilement imaginer un pire spectacle.

— Il connaît maintenant toute la puissance d'Althéa, lâcha Sonia en sortant de la voiture, dont l'inquiétude manifeste me fit remonter un frisson dans le dos. Il m'a parlé des cris des êtres humains engloutis par la terre, du bruit des éléments déchaînés, des hurlements des enfants... puis du silence de mort. Je suis très inquiète pour lui.

— Comment s'appelle-t-il ?

— Samir. Samir Akhem.

— Nous ferons tout pour sauver Samir, je te le promets.

— C'est pour ça que je suis avec toi, ma reine.

— Gabrielle, s'il te plaît, lui rappelai-je en souriant.

— Ah oui... pardon, dit-elle dans un modeste éclat de rire.

Mes paroles avaient l'air de l'avoir passablement rassurée.

Henry se racla la gorge comme si notre conversation le fatiguait. Il s'interposa entre Sonia et moi, afin de nous faire comprendre que l'heure n'était pas à la parlotte, mais bien à l'entraînement. Il emprunta un sentier de terre très caillouteux et nous emmena jusqu'au bout du chemin. Et ce fut un long chemin, je ne regrettai donc pas ma tenue sportive, car il nous fallut marcher près de deux kilomètres dans la garrigue avant d'arriver devant une immense clairière. La végétation sèche de cette fin d'hiver se mêlait aux roches calcaires, bordant un horizon dénué de bâtisses et d'êtres humains. Henry alla s'asseoir sur un gros rocher et m'observa.

— C'est ici que la leçon commence.

— OK, dis-je, impatiente de commencer, on peut savoir pourquoi nous ne sommes pas venus en volant ? Nous sommes trois télékinésiques, que je sache !

— Et voilà ! s'exclama-t-il en se tapant les mains, tu es tombée dans mon piège numéro un : la facilité. Imagines-tu que ce sera aisé de parvenir ne serait-ce qu'à toucher un des Six ?

— Euh n..., débutai-je avant que le British me coupe la parole, heureux de me faire fermer mon clapet, et pour le coup, il n'avait pas tort, on aurait dit une gamine qui avait mal aux pieds d'avoir trop marché.

— Reine ou pas, tu vas devoir apprendre la patience, l'effort et la détermination. Tu devras anticiper et savoir reconnaître que les chemins les plus courts ne mènent pas toujours au succès.

— OK, dis-je, soucieuse que sa leçon de morale se termine et que l'action commence, alors, que dois-je faire maintenant ?

— M'écouter, dans un premier temps.

Pff ! Je compris que j'allais effectivement devoir faire preuve de patience. Henry allait visiblement faire un cours magistral, aussi je décidai de m'asseoir sur un rocher face à lui.

— Tu es déjà fatiguée ? me demanda-t-il, un sourcil levé.

— Euh… Non, balbutiai-je, penaude, tandis que je me relevais et que Sonia étouffait un fou rire.

— As-tu déjà été frappée ?

— Oh oui ! répondis-je tout en me remémorant l'impact du poing droit de feu ma meilleure amie Olivia, et ma mâchoire s'en souvient encore !

— Tu n'avais pas pu faire de parade pour te défendre ?

— Non, j'étais droguée.

— En dehors de cet épisode, as-tu déjà été touchée de façon à être vulnérable ?

— Oui, quand un natif m'a attrapée par le cou, une fois. C'était au début, quand mes pouvoirs se révélaient. J'ai réussi à m'en sortir avec un coup de pied bien placé dans son entrejambe.

— Bon réflexe !

— Merci.

— Nous allons justement travailler tes réflexes. Sonia va te charger, tu vas devoir riposter sans te servir de ta télékinésie.

— Sans ?

— Oui, sans. Si les Six peuvent investir ta barrière mentale, et je pense que ce sera le cas à un moment donné, tu n'auras plus que ta force physique pour t'en sortir.

— Mais moi, pourrai-je briser la leur ?

— C'est une question à laquelle nous ne pouvons pas encore répondre, mais il sera utile de le savoir si on veut avoir une chance de gagner.

À peine avait-il terminé sa phrase que je reçus un coup violent sur les côtes. Sonia m'avait plaquée, et je chutai sur le sol comme un sac de pommes de terre. *La honte !* Je ne l'avais pas vue venir, et je mordais la poussière au sens propre comme au sens littéral.

— Relève-toi, dit Henry d'une voix égale, il faut que tu sois prête à toute éventualité.

— J'suis désolée, Gabrielle, s'excusa Sonia, qui avait tout de même pris son rôle très à cœur, je trouvais.

— Après m'avoir fait valdinguer comme tu l'as fait, dis-je en me touchant le ventre, je pense finalement que tu peux m'appeler Gaby.

Je lui souris avant de foncer sur elle. Elle m'esquiva, puis virevolta pour se trouver derrière moi, elle me poussa et je chutai à nouveau de façon lamentable. Henry se leva de son rocher. Il souriait, l'enfoiré !

— À moi, maintenant.

Quoi ?! Je suis en train de me faire laminer et il rajoute une difficulté !

Sans ma télékinésie, j'étais comme un agneau entouré de deux loups sanguinaires. Je réalisai sur l'instant à quel point ma vie dépendait de mes pouvoirs. Henry se jeta sur moi en une poignée de millisecondes. Je sentis ses doigts toucher de multiples points de mon corps, alors que mes bras ballants tentaient vainement de lui envoyer un coup. Une de ses mains s'arrêta à temps près de ma gorge sans que j'aie pu la voir venir.

— Je ne suis pas une puissante, dis-je, à bout de souffle et consciente de ma défaite.

— Si, affirma-t-il à ma grande surprise, tu es une télékinésique alors la vitesse fait partie intégrante de tes pouvoirs. La force aussi. Tu n'as pas besoin d'avoir d'autres dons que celui que tu maîtrises avec le plus d'aisance.

— Mais je ne suis pas rapide et je ne suis pas forte !

— Tu peux l'être en décuplant tes capacités.

— Comment ?

— Tu dois te concentrer. Quand tu es prête à te battre, tu dois rassembler mentalement toutes tes forces dans tes muscles. Ta vélocité et l'impact de tes coups pourront ainsi t'éviter des désagréments quand ta barrière télékinésique ne suffira pas.

— La dernière fois que j'ai été confrontée à Althéa dans la salle de Pomone, j'ai senti que mon bouclier ne tiendrait pas et je me suis épuisée.

— Tu n'as pas géré tes forces. Le combat rapproché te permettra de relâcher un peu l'intensité de ta protection mentale, et tes forces te reviendront plus facilement que si tu la gardes érigée tout un combat.

— Je ne sais pas si j'en serai capable.

— On ne se doute jamais du potentiel de ses facultés, à moins de l'éprouver lors d'un combat. Tu as de bonnes bases, car je vois que tu as déjà exercé les arts martiaux.

— Sam m'a fait prendre des cours quand j'étais ado.

— Cela te sera utile, lança l'Anglais, un mince sourire sur les lèvres. On y retourne, maintenant.

J'essayai de mettre en pratique les conseils d'Henry. Je me jetai sur lui, un poing rageur en direction de son visage. Il stoppa mon attaque sans bouger le petit doigt et m'envoya au sol aussi vite que les nombreuses fois qui suivirent. Je trouvai injuste qu'il puisse utiliser sa télékinésie pour me maîtriser, alors que je ne pouvais m'en servir que pour me protéger. Mais quand enfin je compris comment je pouvais décupler ma force physique, la puissance changea de camp. Je m'imaginais transmettre une énergie profonde à travers tout mon être, cette même énergie que j'utilisais quand je soulevais un objet par la pensée ou lorsque j'érigeais ma barrière protectrice. Je le sentis dans mes veines quand je fermai mes yeux, concentrée et parfaitement décidée à vaincre mon adversaire. C'était comme sentir ses muscles chauffer et irradier de l'intérieur, provoquant une vibration dans tout mon corps, une chaleur saisissante remontant jusqu'à mon visage avant d'assener le coup fatal. Les membres gorgés de pouvoir, je fonçai littéralement sur Henry, qui m'évita de justesse. Il attrapa mon bras à la vitesse de l'éclair, mais je l'évitai tout aussi vite, et tournoyai de façon à lui enserrer le cou de mes mains. Il parvint à se dégager et m'envoya un poing dans le ventre que je contrai aussitôt. Attrapant la sienne, je ne maîtrisais plus ma force quand je le projetai à quelques mètres derrière moi.

— Bravo Gaby, c'était superbe ! se réjouit Sonia.

— C'était pas mal, convint Henry, en époussetant son costume. Nous allons de nouveau t'attaquer en duo. Tu as le droit d'utiliser ta barrière mentale quand tu voudras éviter des projections d'objets, mais pas avant. Sonia et moi ne réussirions pas à te toucher sinon, et je veux tester tes réflexes.

— OK, dis-je en adoptant une posture guerrière.

Ils se jetèrent tous deux sur moi. Sonia était moins rapide qu'Henry, mais ma concentration devait être optimale pour que j'arrive à maîtriser les deux. Je vis la main de l'Anglais arriver à une vitesse folle, et je n'eus pas le temps de réinsuffler de l'énergie dans mes muscles. Je fus à terre en moins de temps qu'il en faut pour le dire.

— Concentration, Gabrielle, me répétait Henry, concentration !

Il commençait à m'horripiler avec ses remarques. Moi-même, j'avais conscience d'être décevante, il n'était pas obligé d'en rajouter non plus ! Mais je dus ravaler ma fierté pour un temps et tentai une parade quand il se précipita comme un félin, puis m'agrippa la jambe afin de me faire basculer. Sonia arrivait un pas derrière, mais je bloquai son attaque et attrapai Henry par la ceinture, le dégageant d'une jambe avant qu'il réussisse à se tirer de ce mauvais pas. Ma force m'étonna. Il fonça à nouveau et, d'instinct, j'érigeai ma barrière mentale, car Sonia venait de projeter d'énormes rochers dans ma direction. Tenir mon bouclier et combattre Henry en même temps s'avérait impossible. Cernée de toute part, entre Sonia qui faisait voler tout ce qui bougeait dans ma direction et Henry, dont la vitesse me donnait le tournis, je faillis prendre le poing de Sonia dans les côtes, tandis que l'Anglais me soufflait maintenant d'avoir confiance, que cela me paraîtrait vite naturel et, qu'à force d'entraînement je n'aurais bientôt plus la sensation de faire le moindre effort pour maîtriser mes attaques, et mes défenses aussi. Et je devais reconnaître qu'après quelques heures, de nombreux coups et un bon nombre d'ecchymoses, je sentis enfin que la télékinésie insufflée dans mes muscles devenait plus facile à contrôler. Au bout d'un moment, il fut plus aisé de combiner mes facultés et à la fin de la journée, je pris le dessus sur mes deux adversaires.

Sonia et Henry ne s'étaient pas encore relevés après une chute impressionnante. Essoufflés, couverts de poussière, ils me faisaient face et souriaient. Les roches alentour et les feuilles d'arbres asséchées par la fraîcheur de l'hiver tournoyaient autour de moi dans un ouragan de poussière. Mes cheveux me fouettaient le visage tandis que je leur rendais leur sourire, me sentant plus forte que jamais.

— C'est pas mal, dit Henri Capshaw, la voix teintée de son dédain habituel. Tu apprends vite. Très vite.

Je pris ses paroles comme un compliment et lui fis une révérence qui l'amusa, avant qu'il reprenne son sérieux.

— Ne te réjouis pas trop rapidement, enchaîna-t-il comme si son rictus avait dévoilé une faiblesse de caractère, il te faudra encore beaucoup t'entraîner. Mes pouvoirs combinés à ceux de Sonia ne sont rien à côté de ceux des Six.

— J'en suis consciente.

Et c'est ainsi que se termina mon premier entraînement. Fatiguée, couverte de bleus, les côtes vibrant de douleur et le teint poussiéreux, je rejoignis pourtant mes appartements avec un sourire jusqu'aux oreilles. Ce qui n'échappa pas à Carmichael, qui m'attendait un verre de vin rouge dans chaque main. Il m'en tendit un.

— Je vois que tu n'as pas ménagé tes efforts, commenta-t-il en observant mon allure toute chiffonnée.

— Henry est un tortionnaire qui aime me voir souffrir et mordre la poussière. Mais d'après lui, « c'est pas mal ». Donc je devrais me montrer satisfaite, je suppose.

— Tu supposes bien.

— Mouais, c'est ce que j'ai pensé. Je me suis dit qu'un *« c'est pas mal »* d'Henry correspondait à un *« c'est un truc de malade tellement c'est mortel ! »* de Johnny.

Carmichael s'esclaffa, et la vibration de son rire me transporta.

— Je dois poursuivre mon entraînement jusqu'à notre départ pour New York, et au-delà. Il va m'apprendre à manier le poignard, à connaître des prises de défense, à savoir gérer des attaques multiples, et à utiliser mon environnement. Bref, Sherlock Holmes n'en a pas fini avec moi.

— Sherlock Holmes ?!

— Bah oui, l'Anglais qui a un balai dans le derrière !

— Henry est loin d'avoir un balai dans le derrière, répliqua Carmichael, hilare, mais soudain très solidaire de son ami.

— Oui, bah, je ne l'imagine toujours pas en hooligan et fan de foot, écumant les pubs en buvant des bières, désolée. C'est un tortionnaire machiavélique et guindé !

Carmichael sourit, et ses dents parfaites illuminèrent son visage. Ses yeux verts pétillaient, et son humeur soudaine se projeta en moi comme une image limpide, délicieuse et enivrante. Je retirai mes vêtements sales et les laissai choir sur le sol. Nue, je ne le quittai pas des yeux, et m'avançai vers lui d'un pas assuré.

— J'ai mal aux côtes.

— Là ? demanda Carmichael d'une voix taquine, tandis que sa main frôlait mon sein et descendait lentement jusqu'aux marques rouges sur ma cage thoracique, stigmates de cet entraînement musclé.

— Et j'ai mal au cou.

Cette fois, Carmichael fit remonter ses doigts jusqu'à ma nuque, puis caressa délicatement la naissance de mon cou, qui avait vu les mains de Sonia et Henry l'enserrer un peu plus tôt.

— Et je suis sale, en plus.

Cette fois, Carmichael retira ses mains et me souleva dans ses bras.

— Un bain te ferait certainement plaisir.

— Tu lis dans mes pensées, dis-je en souriant.

Pour parvenir à la salle de bains, il fallait traverser un autre salon en enfilade, puis un autre où le feu crépitait dans la cheminée, dont la chaleur renforçait encore mon humeur badine, malgré ma fatigue harassante.

— Carmichael, mon roi, nous coupa Marion Stanton, son assistante, je peux revenir tout à l'heure avec ces dossiers, si vous voulez ?

Effarée, et nue dans les bras de Carmichael, j'observais l'intruse de mes yeux ronds. Je ne trouvai rien de mieux à dire que :

— Putain de merde !

Je tentai alors de cacher ce qui pouvait être caché et me tortillai dans les bras de Carmichael pour lui échapper.

— Ce sera parfait, Marion, bonne soirée, déclara mon mari, stoïque, avant de me dire, droit dans les yeux : toi, tu ne bouges pas.

Je le laissai m'emmener dans la salle de bains. D'ailleurs, ce soir-là, je le laissai faire ce qu'il voulait de moi.

CHAPITRE 9

Le lendemain, à huit heures, j'étais fin prête pour ce deuxième jour d'entraînement. Je n'avais ressenti de courbatures que quelques heures durant la nuit. Je supposais que ma capacité de régénération m'aidait à me remettre plus facilement que le commun des mortels. Sans compter le massage langoureux de Carmichael, qui, bien que salutaire, dérapa vite en quelque chose de plus délicieux encore, et qui m'imprima un sourire aux lèvres jusqu'à mon réveil. Mais mon humeur s'assombrit lorsque je traversai la salle de Pomone où je me rendais pour voir mon frère, comme chaque matin depuis sa tentative de suicide. Inerte, une perfusion de diverses drogues plantée dans une veine de son cou, il gisait dans sa cellule. Son traitement me parut si inhumain que des larmes débordèrent de mes yeux. Mais que faire ?! pensai-je encore. Si je le laissais se réveiller, il allait recommencer. Et si Blake avait dit vrai et que nous n'avions pas la même mère, alors il pouvait mourir. D'ailleurs, avoir la même mère n'engageait pas forcément un certificat d'immortalité. Magnus avait tenté d'avoir de nombreux descendants immortels, mais n'avait connu que trois succès durant des siècles. L'issue était trop dangereuse, alors je n'étais pas prête à laisser mon frère mourir. Pourtant, ce matin-là, et alors qu'il ne m'était plus supportable de le voir dans un tel état, je pris la résolution de le réveiller à notre retour de voyage. Cela ne pouvait plus durer, et s'il fallait que je lui colle aux chausses pour qu'il évite de commettre son geste potentiellement irréparable, alors je me préparais à m'y résoudre.

— Nous espérons que tout va s'arranger, me lança l'un des gardes.

— Merci beaucoup, répondis-je à la troupe qui gardait la cellule d'Ethan. Comment vous appelez-vous ?

— Freddy, Christopher, David…

Tandis que le prénommé Freddy énumérait le prénom de chaque gardien et que je leur serrais la main chacun leur tour, je me fis la réflexion que mon frère n'aurait aucun mal à leur échapper s'il se réveillait, tout bien charpentés qu'ils étaient. Ethan était très puissant, aussi je doutais que ces hommes puissent l'arrêter. J'espérais avoir tort, mais, dans le doute, je décidai à l'instant d'augmenter la garde de six autres natifs.

— Veillez bien à ce qu'il reçoive sa dose quotidiennement.

— Nous ne manquerons pas une seule injection, je vous le promets, jura Freddy, un sourire aimable à mon intention.

Je quittai l'endroit avec le cœur gros. Et ce fut le visage d'Henry aux côtés de Johnny, qui réveilla mes fossettes endormies. Henry, pris d'un fou rire, tapait dans le dos de Johnny sans pouvoir s'arrêter de s'esclaffer. Johnny riait aux éclats et se tordait en deux comme s'il avait sorti la meilleure vanne de l'année. Sonia se joignit à l'hilarité générale, et leur joie fut contagieuse, car je ne pus m'empêcher de les imiter en les observant, à bout de souffle tant ils avaient ri. Henry réussit tout de même à articuler « *Footing* » et s'en retourna au pas de course dans les bois d'Altérac. Je ne sus jamais ce qui avait provoqué cette allégresse, mais dès lors, je compris qu'une complicité s'était créée entre l'Anglais et mon meilleur ami, ce qui me prouvait qu'une amitié entre un natif pur et dur et un être humain était possible. J'avais remarqué comment, désormais, Johnny évoluait parmi les natifs. Il ne faisait pas l'unanimité, mais sa campagne de promotion à but personnel avait porté ses fruits. Le bal et le couronnement avaient été en tous points menés d'une main de maître, et je le savais en train de négocier un concert chez un des invités du château, ainsi qu'un bal de promotion spécial « jeunes natifs du monde » fraîchement diplômés.

— Alors c'est quand, le départ pour New York ? demanda mon ami.

— Dans trois jours.

— Ah…

— Quoi ? relevai-je entre deux souffles, en constatant le ton morne de mon acolyte.

— Rien, pourquoi ? dit Johnny avec l'air de penser tout le contraire de ses paroles.

— Si, je vois qu'il y a quelque chose qui te tracasse. Balance ce que tu as sur le cœur, Jo !

— Bah, t'emmènes « ta cour » et je ne suis pas dedans.

— Ma quoi ?

— Ta cour !

— Ma cour ?

— Bah oui, ta cour ! Éric, Thomas, Caleb, Carly, Marion, Henry et Sonia, tout le monde quoi ! Mais pas moi.

— Tu dis n'importe quoi ! Et c'est trop dangereux, lâchai-je, tout en me tordant à moitié la cheville sur une racine.

Nous continuâmes à courir, suivant Henry et Sonia. Johnny me fit la remarque qu'ils faisaient un joli petit couple.

— De toute façon, tu vois tout le monde en joli petit couple ! Les cancans de Johnny !

— Et je ne t'ai pas encore raconté tout ce qui se passe au château, on a frôlé l'orgie la nuit de ton mariage. J'ai été témoin de scènes pas très catholiques.

— Vas-y, raconte, lançai-je, tout à coup très curieuse.

— Nanana, je garde mes secrets.

— Ça serait bien la première fois !

— Je ne te le dirai que si tu m'emmènes à New York.

— Ah voilà ?! m'exclamai-je, ahurie. Non, tu ne peux pas venir, Johnny ! On n'est pas à l'abri d'une attaque, et s'il t'arrivait quoi que ce soit…

— Mais je serai avec toi, Gaby ! Je ne te quitterai pas d'une semelle.

— Et c'est censé me convaincre, ça ?! me moquai-je, hilare, alors que je voyais bien que mon ami restait très sérieux.

— C'est mon choix, Gabe.

— J'ai déjà perdu Olivia. S'il t'arrivait quoi que ce soit…

— Je prendrai soin de moi.

— Tu ne me quitteras pas d'une semelle ! lui ordonnai-je, grave.

— Promis.

— Eh bien, ce séjour à New York va peut-être me paraître plus long que prévu, dis-je en souriant.

— Connasse !

J'éclatai de rire. Johnny me fila une tape sur l'épaule et tira la langue. Nous continuâmes à courir, saisis par cette humeur légère, jusqu'à ce qu'Henry mette un terme à la séance du jour.

JE PASSAI les jours qui précédèrent mon départ pour New York à m'entraîner. Henry y mettait du sien, et Johnny avait décidé de nous accompagner lors de toutes nos séances, ce qui s'avéra une expérience plus dangereuse que prévu quand je projetai maladroitement un vieux tronc d'arbre déraciné dans sa direction. Je ne pus m'empêcher de partir en fou rire en découvrant sa mine effarouchée, alors que je venais de l'éviter de justesse. La semaine suivante, il racontait partout qu'il avait frôlé la mort.

— Utilise les éléments, Gabrielle, répétait encore Henry, utilise ton environnement, utilise ta tête !

Chaque heure d'entraînement montrait des progrès fabuleux. Ma faculté à insuffler de la force et de la rapidité dans mes muscles devenait de plus en plus aisée. Je réalisai que quelque chose avait vraiment changé depuis ma mort, mon énergie était presque inépuisable. Je m'étonnais de la puissance de mes bras quand ma télékinésie s'injectait dans mes biceps. C'était grisant et flippant à la fois, car je pensais maintenant pouvoir démembrer un être vivant à mains nues. Cela m'horrifiait ; aussi, la veille de notre départ, je me confiai à Henry.

— Si tu dois en arriver à faire couler le sang, alors fais-le, déclara-t-il, tu ne dois pas hésiter. Face à des adversaires tels que les Six, tu n'auras certainement pas le choix.

— À vrai dire, je l'ai déjà fait.

— Explique-toi.

— L'ex de Thomas, Naomi.

— J'en ai entendu parler.

— Je l'ai fait exploser, si on peut dire ça, expliquai-je, presque tremblante en y repensant, mes yeux rivés au sol. Le sang a giclé partout, c'était horrible. Mais elle ne m'avait pas laissé le choix.

— Et les Six ne le feront pas non plus. Il est heureux que tu saches utiliser les moyens les plus ultimes dans ce genre de situation.

— Je ne sais pas si je pourrais encore le faire à l'avenir.

Henry me prit la main, et je me surpris à penser que c'était la première fois qu'il me touchait, si j'excluais les coups portés lors de nos sessions d'entraînement. Étrangement, cette attention intime de mon professeur me troubla. Son autre main alla se poser sous mon menton. Il releva mon visage, et son regard, limpide et paternel en cet instant, se fixa sur mes prunelles.

— Tu es une reine, ton devoir est de protéger les tiens, et quand cela sera nécessaire, tu devras te montrer implacable. La peur devra se lire aussi bien dans les yeux de tes ennemis que dans ceux de tes alliés. N'oublie jamais d'être impitoyable quand ta survie est en jeu. Jamais !

— C'est noté, Henry, dis-je, déterminée.

— Parfait ! s'exclama-t-il en s'écartant. Nous partons demain pour New York, alors il est temps d'éprouver ta faculté à combattre plusieurs adversaires en même temps. Suis-moi.

Je le suivis dans les bois d'Altérac et compris rapidement qu'il m'emmenait dans un endroit reculé du domaine, à l'autre bout du lac. Cette partie était peu utilisée par les natifs, et donc peu entretenue. Les arbres avaient poussé dans un désordre fascinant, et la lumière du soleil venait réchauffer mes joues rosies par le froid de cette matinée hivernale. Sous mes pieds, le bruit des feuilles asséchées par le gel, s'émiettant à chaque pas, semblait assourdissant tant le lieu était imprégné de silence. Quelques doux chants d'oiseaux rompirent cette impression, tandis qu'à mesure que nous avancions, un brouhaha en provenance du lac me fit tendre l'oreille. Des voix. De nombreuses voix s'élevaient près du lac.

En arrivant à destination, Henry se tourna vers moi et présenta de sa main tous les natifs venus pour l'occasion. Il y avait Carmichael, Caleb, Marion, Éric, Thomas, Sonia ainsi que tous les puissants et télékinésiques recrutés lors du tournoi au lendemain de mon mariage. Je pouvais dénombrer pas moins de cinquante adversaires prêts à en découdre et trépignant de m'en flanquer une bonne. Je pâlis.

— Il est l'heure de leur prouver de quoi tu es capable, Gabrielle, me lança Henry en se rapprochant d'eux.

Carmichael m'envoya un clin d'œil et un baiser. Il éclata de rire en constatant que mes yeux ronds de surprise ne clignaient toujours pas, n'étant pas encore remis de la découverte de tous mes adversaires. Éric, plus loin, hocha la tête pour me saluer, tandis que Thomas serrait les poings, hilare et curieux de m'éprouver en tant que combattante. Je bougeai enfin et interpellai Henry qui se postait à la droite de mon traître de mari.

— Tu es sérieux, Henry ?

— Je ne l'ai jamais autant été.

— Penses-tu être trop faible pour te mesurer à nous tous ? me défia Carmichael.

Je l'observai en plissant les yeux, puis un sourire se dessina sur mes lèvres.

— Je vais tous vous faire mordre la poussière, déclarai-je, désormais impatiente de relever le challenge.

Et cette phrase eut un effet remarquable, car plusieurs des combattants se lancèrent des regards inquiets. Henry prit aussitôt la parole.

— Je vous ai tous expliqué comment vous y prendre. Aujourd'hui, Gabrielle n'est pas votre reine, mais votre ennemie, alors voyons ce qu'elle a dans le ventre !

Sur ces mots, Henry me fonça dessus comme un boulet de canon, tandis qu'un tronc d'arbre en faisait de même par la gauche, accompagné de deux autres natifs puissants, les poings en avant, filant à toute allure dans ma direction. Mon premier réflexe fut de sauter et de léviter pour les éviter, mais des télékinésiques pointèrent à l'horizon et fondirent sur moi à une vitesse surprenante. Je dus esquiver et ériger un bouclier de protection face à moi, mais Henry m'attrapa la cheville et m'envoya valdinguer sur un terrain désherbé et particulièrement boueux.

Les genoux dans la bauge et les cheveux hirsutes, je décidai de ne pas me préoccuper de mon apparence, me relevai et fermai un instant les yeux afin de me concentrer. Quand je les ouvris, ils me fonçaient presque tous dessus. Je tendis les bras devant moi, paumes ouvertes, et concentrai mon énergie avec détermination. Les premiers adversaires furent projetés en arrière, la deuxième escouade fut propulsée si loin qu'ils plongèrent dans le lac. Transis de froid en sortant, et furieux de s'être laissé malmener, ils coururent à une vitesse hallucinante vers des télékinésiques qui projetaient sur moi tout ce qu'ils trouvaient sous leurs yeux. Mon bouclier imparable me protégeait, mais je savais qu'il fallait tester le combat rapproché, alors ce fut à moi d'user de ma vitesse pour m'orienter vers mes semblables, tandis que des troncs d'arbres pourris, des branches et des feuilles mortes venaient éprouver mes défenses. Je laissai s'ouvrir une brèche dans mon bouclier et me dirigeai vers Sonia. Surprise, elle tenta de dresser son propre bouclier de protection, mais il ne fut pas assez puissant pour m'arrêter, alors je l'attrapai par la gorge. Mon autre main se dirigea vers d'autres télékinésiques proches que je projetai à terre, les emprisonnant dans leur position. Sonia eut un regard effrayé quand ma tête se retourna vers elle. Je la propulsai si loin dans le ciel qu'elle ressembla bientôt à un minuscule point noir, depuis la terre ferme. Henry profita d'une faiblesse de concentration pour se libérer et m'attaquer. Je fus surprise par une dizaine d'assaillants qui se jetaient sur moi, il en profita pour se faufiler par-derrière et m'envoya un inoubliable coup de poing dans les côtes. Sous le choc de l'impact, les télékinésiques cloués au sol bougèrent à nouveau, et les puissants me tournèrent autour à une vitesse fabuleuse. Haletante, j'observai Carmichael qui n'avait pas encore bougé, accueillant le spectacle d'un regard amusé. Éric et Thomas devaient être dans la mêlée, car je ne les voyais plus. J'entrevis plus loin Marion au côté de Sonia, revenue parmi nous, qui lévitèrent toutes deux, puis foncèrent dans ma direction. Ma côte me faisait un mal de chien, et mon souffle était trop rapide. Cernée de toute part, je ne pouvais croire que j'allais être battue aussi facilement. Il m'était difficile de me concentrer sur le combat, mon bouclier et mes assaillants. Je décidai d'ériger un dôme protecteur autour de moi et pris le temps d'étudier la situation. Face à cette barrière, aucun ne réussit à s'approcher. J'observai mes adversaires. Ils étaient tous à guetter le moindre signe de faiblesse, et je compris alors quelque chose : on ne me craignait pas. Je repensai alors aux paroles d'Henry : « *Tu devras te montrer implacable. La peur devra se lire aussi bien dans les yeux de tes ennemis que dans ceux de tes alliés. N'oublie jamais d'être impitoyable.* »

Je fermai à nouveau les yeux, sachant désormais ce que je devais faire. Je fonçai en direction du lac et plongeai dans les eaux. Ma concentration m'aida à transformer mon bouclier en bulle d'oxygène, ce qui m'évita d'être totalement trempée, et m'aida à respirer. Sous l'eau, je nageai jusque dans les profondeurs du lac, puis, dès que j'arrivai au fond, je me tins debout en observant les poissons s'enfuir à mon contact et disparaître dans les eaux sombres. J'écartai les bras et canalisai mon énergie jusqu'à l'extrémité de mes doigts. Je sentis l'eau déserter son calme habituel et s'enrouler autour de moi en prenant de plus en plus de vitesse. Je pris alors appui sur mes pieds et me propulsai vers la surface. L'eau du lac me suivit dans les airs. Mes adversaires, qui devaient s'alarmer de ma longue absence immergée dans les flots, m'observaient maintenant avec un air de surprise non feint, et je décidai de leur prouver qu'ils n'avaient pas tout vu. Les bras toujours écartés, je me concentrai sur les flots qui ne cessaient de tournoyer, tandis qu'un vortex se formait à la surface du lac. J'entrepris alors de projeter mon énergie vers le reste de mon environnement. Chaque feuille morte, chaque branche et chaque élément naturel qui n'était pas profondément enraciné dans le sol, se mit à bouger et alla se projeter en direction du tourbillon, qui m'entourait à une vitesse prodigieuse dans un rayon de plusieurs mètres. Ma force et ma détermination étaient telles que les télékinésiques et les puissants, dont les dons présentaient quelques faiblesses, furent emportés par le souffle. Surpris, ils ne me virent pas arriver alors que je venais les frapper les uns après les autres, pour ensuite les projeter au sol, immobiles et entravés par ma télékinésie surpuissante en cet instant, la peau couverte de griffures en raison des éléments contenus dans le phénomène. Chaque parcelle de mon corps ressentait la puissance et s'en nourrissait. L'excitation et l'adrénaline injectées dans mes veines me galvanisaient. J'entrepris alors de m'attaquer au reste de mes adversaires. Je fonçai sur Éric et Thomas, côte à côte, en position défensive. Ils s'écartèrent à toute vitesse et tentèrent de me cerner de chaque côté, mais ne purent que se confronter à mon bouclier. Je les expulsai l'un après l'autre et les clouai au sol. Puis ce fut au tour de Caleb. Je le laissai traverser mes défenses. J'esquivai un poing et lui tournai autour avec une rapidité égale à la sienne. Il tenta de nombreuses attaques, mais n'arrivait pas à me toucher. Je profitai d'une faiblesse de sa part pour lui faire une clé de bras tandis que mon autre main s'approcha de son crâne. « *Dors* », pensai-je, et il s'effondra à terre. Je m'étonnais encore de constater ce que j'avais réussi à faire à ce pauvre Caleb, quand je sentis Henry se ruer dans ma direction. Je fis volte-face, plus déterminée que jamais, mais quelle ne fut pas ma surprise quand je découvris Carmichael à ses côtés ! Son rictus insolent me signifiant clairement : « *Les choses sérieuses commencent maintenant, ma puce.* » Je décidai de ne pas me laisser intimider, de montrer ce dont j'étais capable et de les battre tous, afin que chacun sache à quel point j'étais dangereuse, et qu'il y avait un espoir de battre les Six. Grisée par cette conviction, je fermai à nouveau les yeux, levai les bras et ressentis la substance des éléments à travers chaque parcelle de mon corps. Puis mon regard se figea dans la direction de mes deux derniers assaillants, mes bras s'élancèrent dans leur direction ; le torrent que je contrôlais se dirigea alors vers eux à une puissance hallucinante. L'eau, la terre, les feuilles, les branches, les troncs déracinés, le vent, tout m'enveloppa et se projeta droit vers Henry et Carmichael. Henry sourit et attendit l'arrivée de la déferlante, il bloqua la première attaque, tout comme Carmichael. Alors, je rappelai les éléments à moi et les projetai à nouveau, cette fois avec encore plus de force. Henry, dont le bouclier commençait à montrer quelques signes de faiblesse, recula. Mon mari, lui, avançait inexorablement. Je répétai encore mon attaque, et cette fois Henry fut désarçonné et dut s'envoler pour l'éviter. Carmichael avançait encore. Je fonçai sur lui, entourée du tourbillon des éléments. Je fus stoppée par son bouclier, puis il se projeta dans les airs. Je le suivis, plus rapide que l'éclair, et rencontrai son visage surpris quand il me vit déjà à quelques mètres de lui, alors qu'il se pensait plus à l'abri. J'envoyai toutes mes forces dans l'attaque qui suivit ; mon tourbillon de poussière, mêlée à l'eau du lac, partit dans sa direction. Je profitai de cette agression pour replonger dans l'eau et en ressortis immergée dans un flot qui me suivit jusqu'à lui, me rendant invisible à ses yeux. Je poussai ma concentration dans sa direction et projetai mon bouclier vers le sien, comme si je voulais le briser en mille morceaux. Il fut désarçonné par la multiplication des attaques et l'énergie télékinésique déployée pour le défaire. Une brèche s'ouvrit alors, et je réussis enfin à percer ses défenses. Ma main se projeta en avant et alla à la rencontre de son cou que je cernais de mes doigts, toute ma puissance désormais contenue dans mes phalanges. Carmichael me regarda sans expression, tandis que, haletante, je l'observais moi aussi. Il esquissa un sourire, j'en fis de même et attirai son visage vers le mien. Je l'embrassai avec toute la passion qui m'habitait.

CHAPITRE 10

Nous étions arrivés à dix-huit heures, heure locale. J'avais pour la première fois emprunté le jet privé de Carmichael, un Gulfstream G650, et me montrai stupéfaite par le luxe et le confort de l'appareil. Johnny et moi étions comme des gosses en parcourant la carlingue, tandis que ses passagers, Caleb, Marion, sa sœur Carly, Éric, Thomas, Sonia, Henry et enfin Salomon, se détendaient dans leurs sièges individuels ou sur l'immense canapé blanc qui bordait le coin droit de l'appareil, une coupe de champagne à la main. Je m'installai finalement aux côtés de Salomon, tandis qu'une hôtesse se dirigeait vers moi pour me proposer un rafraîchissement. Je commandai du champagne, comme tout le monde.

— Il paraît que tu leur as mis une sacrée raclée à tous, me lança Salomon, le regard fier.

— Il paraît, ouais, répondis-je en souriant.

— Nous avons laissé au château des natifs couverts de bleus, mais il me semble que tu as épargné ceux ici présents des marques de ton courroux.

— Je me suis montrée magnanime envers eux, dis-je en riant, il fallait qu'ils soient tous présentables à New York, non ?

Salomon s'esclaffa à son tour.

— Ta puissance est remarquable, Gabrielle. Que je suis heureux de t'avoir dans nos rangs !

— Je ne pensais pas que j'avais tant de pouvoir en moi. Henry m'a dit que je devais me montrer impitoyable.

— Et il a raison, affirma l'Indien. Si nous voulons gagner, les nôtres devront avoir une foi inébranlable en leur reine. Si tu ne peux gagner, alors personne ne le peut.

— Pour autant, dis-je d'un ton plus morne, je ne pense pas que ce sera suffisant face aux Six.

— Peut-être pas avec les six en même temps, en effet, mais, quand ils seront séparés les uns des autres, il ne faudra pas louper l'occasion de les tuer, et je crois que tu es prête, maintenant.

— Non, elle ne l'est pas, souffla Henry, qui prit place face à nous.

Sa remarque me désarçonna. Que fallait-il encore que je fasse pour que ce maudit Anglais se montre satisfait ?!

— Elle a pourtant terrassé tous ses adversaires, rétorqua Salomon, enclin à prendre ma défense.

— Oui, mais elle n'a pas tué. Ce n'était pas le but, certes. Mais elle ne sera prête que quand elle se battra pour tuer, et non pour mettre K.O. ses adversaires.

— Je t'ai dit que j'ai déjà tué, répliquai-je, agacée. Égéria, Naomi, Blake et les sbires de Magnus…

— C'était de la légitime défense, donc tu ne le voulais pas ! Et quand tu auras devant toi tes ennemis, il ne faudra pas te poser de questions. Il y a une différence essentielle entre tuer par nécessité de sauver sa vie, et tuer pour gagner une guerre. Les batailles qui s'annoncent seront sans pitié. Mets-toi ça dans le crâne, Gabrielle, car j'ai bien peur qu'elles n'arrivent plus tôt que nous le croyons.

Je l'observai, dubitative. Se pourrait-il qu'il ait raison et que les Six nous attaquent en premier ? C'était plus que probable, et même certain. Ils nous avaient déjà menacés de représailles si nous n'allions pas rejoindre leurs rangs, et ils n'allaient pas tarder à passer à l'action. Il devenait plus qu'essentiel de convaincre nos semblables durant cette campagne afin de grossir nos forces. Il nous fallait acquérir encore davantage de combattants, sinon, c'était notre fin à tous. Cette réflexion m'invita à repenser à un élément troublant de la veille, lors du combat, et je décidai d'en parler à Salomon et Henry.

— Hier, j'ai combattu Caleb et lui ai touché la tête. Il s'est endormi à l'instant où ma pensée a voulu qu'il le fasse. Cela n'était jamais arrivé auparavant.

— Parce que tu n'as certainement jamais tenté de le faire, remarqua Salomon, qui avait l'air d'en savoir un bout sur la question. Carmichael, Prisca et Connor ont ce même don, et si tu te rappelles bien, quand nous étions à Amsterdam et que Prisca sondait les esprits des prisonniers que nous avions libérés, elle en a tué quelques-uns de cette manière.

— Je pensais que c'était un pouvoir psychique qu'eux seuls possédaient.

— J'ai plutôt tendance à penser que c'est votre immortalité qui produit ce phénomène.

— Je suis d'accord, intervint Henry, si toi aussi tu sais le faire, alors cela tend à prouver ce que dit Salomon. Mais si j'étais toi, je ne tenterais pas cette attaque contre les Six, ils sont trop forts et tu perdrais du temps. Tu m'as déjà dit que tu étais très empathique et que tu savais lire les intentions des personnes autour de toi, n'est-ce pas ?

— Oui, mais je ne suis pas télépathe, enfin... sauf avec...

Soudain, je me tus, laissant Salomon et Henry interloqués. Je réalisai que personne n'avait connaissance de la télépathie qui me liait à Ethan avant ma mort ni celle que je partageais avec Carmichael depuis ma résurrection.

— Enfin, poursuivis-je, j'aimerais que toutes nos troupes soient prêtes le jour où le grand affrontement aura lieu, et je compte sur toi, Henry, pour te charger de cette mission.

— Évidemment, lâcha l'Anglais dans un hochement de tête.

Le reste du vol se passa en silence, puisque je m'endormis, bercée par les quelques turbulences et grisée par la multitude de coupes de champagne servies par l'hôtesse.

Après l'épreuve de la douane américaine, où les agents se montrèrent suspicieux à juste titre face à notre troupe hétéroclite, et après que ces mêmes agents eurent été manipulés mentalement afin d'éviter qu'ils ne posent trop de questions, nous arrivâmes à Manhattan et séjournèrent au *Waldorf Astoria*. Nous ne restâmes que quelques heures à l'hôtel, le temps de nous préparer pour la soirée prévue en notre honneur. Carmichael, heureux de retrouver une certaine intimité en ma compagnie, m'avait rejointe dans la douche. Il était encore en moi quand, sous les eaux chaudes que projetait l'énorme pommeau au-dessus de nos têtes, j'entendis, dans la chambre jouxtant la pièce, Johnny faire irruption.

— Gaby, magne-toi le fion, on a du boulot pour te rendre présentable, bordel !

Carmichael me sourit. Je haletai. Par précaution, je maintins la porte de la salle de bains fermée à l'aide de ma pensée, pendant que mon mari accélérait ses mouvements. Il me colla aux parois de la douche, embrassa mon cou brûlant et, après nombre d'assauts véhéments entre mes cuisses, m'emporta avec lui dans une exclamation de plaisir insoutenable. Vidée, souriante de bonheur et encore ruisselante d'eau, je sortis de la pièce, une serviette de bain enroulée sur la poitrine et une autre dans les cheveux. Là, je trouvai Johnny assis sur le lit, les jambes croisées. Je n'avais en revanche pas prévu la colonie de femmes à ses côtés, prêtes à s'occuper de moi, attendant debout et tapotant du bout des pieds, impatientes de se mettre au travail.

— Ça y est, c'est fini ?! demanda Johnny, outré. Non parce qu'on n'a plus que trois quarts d'heure, et là, ça va être franchement juste. Ah et… bonjour, Carmichael.

L'expression de Johnny changea et se radoucit aussitôt. Il pencha sa tête sur le côté, comme le firent toutes ses nouvelles copines. Je réalisai que mon époux se faufilait derrière moi, entièrement nu. Il m'enroula de ses bras et m'embrassa sur la joue.

— Je vais te laisser avec tout ce petit monde, et…

— Non, non, non, beau gosse ! le coupa Johnny en plissant les yeux. Tu restes, car on est là aussi pour toi.

J'éclatai de rire avant de demander sèchement à Carmichael de passer une serviette autour de lui. Il me toisa d'un air de défi, mais comprit vite que le piège de Johnny s'était refermé sur lui aussi, et je savourais de le voir en si fâcheuse posture. On ne se débarrassait pas de mon meilleur ami aussi facilement, et c'était tout de même Carmichael qui lui avait demandé de s'occuper de tout.

UNE FOIS MAQUILLÉE, habillée et coiffée par cette horde de femmes au service de Johnny, j'eus le droit de me regarder dans le miroir. Entièrement vêtue de blanc, je portais une longue robe fluide dont le décolleté vertigineux laissait entrevoir la naissance de ma poitrine. Mes cheveux lissés, d'un noir de jais, tombaient en cascade jusqu'à ma taille, et un rouge à lèvres rouge vif ornait mes lèvres. Mes yeux étaient maquillés de noir, et l'effet charbonneux du khôl relevait encore davantage le vert translucide de mes iris. Johnny me passa un manteau beige sur les épaules et m'invita à me retourner pour découvrir mon mari, stupéfiant de beauté. Son regard avide confirmait que mon allure lui plaisait. Carmichael avait adopté le même style vestimentaire avec un costume trois-pièces entièrement blanc. Ses dreadlocks jetées sur ses épaules, il m'envoya un sourire de satisfaction et vint près de moi, laissant glisser un doigt le long de ma joue.

— Tu es superbe.

— Merci. Et toi, très élégant, lui dis-je. Avons-nous l'air d'un roi et d'une reine, à ton avis ?

— Peu m'importe de ce que verront les autres, déclara Carmichael, les yeux pétillants, tu es *Ma Reine* pour l'éternité.

Alors qu'il s'approchait pour m'embrasser, une main fit soudainement irruption entre nos deux visages.

— Non, mais ça va pas ?! cria Johnny, les yeux ronds. Tu vas flinguer son rouge à lèvres !

Carmichael afficha une mine agacée, tandis que j'éclatai de rire devant mon meilleur ami, furieux que nous ne prenions pas assez à cœur ses efforts pour nous rendre présentables. On frappa à la porte : c'était Salomon qui nous signifiait que c'était l'heure d'y aller.

Quatre énormes crossovers noirs nous attendaient devant l'hôtel. Je montai dans le nôtre, accompagnée de Carmichael et de Johnny, qui, je le supposais, voulait s'assurer que nous n'allions pas ruiner tout son travail en profitant d'un court moment d'intimité. Le reste de notre groupe suivait à l'arrière, mais je n'eus pas le temps de les apercevoir jusqu'à notre arrivée sur les lieux de la réception, trop subjuguée par New York et ses buildings incroyablement grands, ses rues incroyablement bondées et ses lumières incroyablement aveuglantes. Tout le reste du trajet, je tentai d'imprimer dans ma mémoire ce que je voyais, sachant que nous ne resterions pas longtemps.

— Nous reviendrons, me dit Carmichael, qui comprit ma frustration de ne pas prendre le temps de visiter une ville aussi mythique que la surnommée Grosse Pomme.

La voiture se dirigea vers l'océan, et je pouvais déjà distinguer la statue de la Liberté au loin. Je souris en observant le monument se rapprocher, et j'espérais que le lieu de la réception donnerait vue sur elle. Et effectivement, nous nous garâmes près des quais, un peu à l'écart des habitations, où la vue époustouflante de la statue m'incita à prendre une énorme bouffée d'air frais en sortant de la voiture. Je voulais respirer ce moment, admirer l'horizon, tandis que derrière moi se dressaient les buildings et les lumières saisissantes de Manhattan. J'étais si heureuse en cet instant. Carmichael me prit par la main et m'emmena devant un bâtiment à l'architecture originale. Un dôme circulaire était soutenu par des piliers de marbre blanc, reliés entre eux par d'immenses baies vitrées. De l'extérieur, on distinguait les couleurs violettes de l'éclairage et les tables blanches dressées pour l'occasion. Un incessant brouhaha venu de l'intérieur pénétra mes tympans. Je supposai alors que les invités étaient déjà tous arrivés. Éric et Thomas sortirent de leur véhicule, accompagnés de Carly Stanton. Celle-ci attrapa le bras d'Éric et s'esclaffa comme si ce dernier avait sorti la blague la plus drôle qu'elle ait jamais entendue. C'était viscéral, elle m'agaçait, et je la soupçonnais d'aimer avoir cet effet sur moi. Seulement, je devais le reconnaître, ce soir, elle était magnifique. Ses longs cheveux auburn étaient coiffés dans une élégante tresse, ramenée sur sa poitrine, elle-même enveloppée dans un bustier noir. Sa jupe droite et rouge moulait ses formes avantageuses, mais sans vulgarité. Sa sœur Marion, accompagnée de Salomon et de Caleb, n'était pas en reste dans une combinaison bleue ultra chic. Sonia et Henry sortirent de la dernière voiture. Leurs regards complices me firent réaliser que

Johnny avait peut-être vu juste sur la proximité des deux télékinésiques.

Johnny interpella toute la compagnie et nous invita à le suivre. Dans un smoking noir élégant, mon meilleur ami se dirigea vers l'hôtesse à l'accueil. Elle lui signifia que tout était prêt, prit nos manteaux et, d'un signe de la main, nous demanda d'entrer dans la salle. J'allai les suivre quand mon meilleur ami stoppa mon élan.

— Le roi et la reine rentreront en dernier, nous ordonna Johnny, exaspéré, en constatant que j'avais complètement oublié le protocole qu'il avait lui-même imaginé.

CARMICHAEL et moi patientions derrière un rideau de brocart mauve, qui nous séparait de la salle de réception et me laissait entrevoir ce qu'il s'y passait. Les tables rondes et les chaises, couvertes de draps blancs, étaient positionnées en quinconce tout autour de la pièce. Il y en avait une cinquantaine au moins et le centre était vide, laissé apparemment libre pour les invités voulant danser après le repas. Chaque table était joliment décorée de bougies et de vases dans les tons violets et plus loin, au fond de la salle, une seule se différenciait par sa forme rectangulaire. Deux énormes fauteuils en velours se dressaient derrière elle, aussi j'imaginais qu'il s'agissait de nos places. Je levai la tête et observai le plafond en forme de dôme. En marbre, ses lignes travaillées et sculptées laissaient deviner des personnages se suivant les uns les autres, tandis que deux lions se lovaient dans le centre de la fresque. Et enfin, alors que je ne pouvais plus distinguer quoi que ce soit de nouveau entre les rideaux tirés, Johnny nous demanda d'entrer. Je pris le bras de Carmichael, inspirai un grand coup, et avançai, perchée sur mes chaussures hors de prix aux talons vertigineux.

À l'intérieur, un silence pesa soudain, tandis que chaque natif présent observait ses nouveaux souverains. La pression tomba sur mes épaules, mais je ne laissai rien transparaître dans mon attitude et avançai toujours, un mince sourire aux lèvres. Je l'espérais d'ailleurs avenant et efficace. La vérité était que j'étais morte de trouille et très intimidée.

« *J'ai l'impression d'être toute nue !* » dis-je à Carmichael par la pensée.

« *J'aimerais bien* », s'amusa-t-il, alors que son sourire s'élargissait.

« *Non, je ne plaisante pas ! Je ressens tous les effets, même les moins honorables, tu te souviens ?!* »

« *Tu ne dois penser qu'à l'effet que tu me fais, à moi.* »

« *C'est pas facile.* »

« *Tu le maîtrises mieux, je te l'assure. Mais pour eux, c'est la première fois qu'ils te voient, ils s'y feront vite.* »

« *Je l'espère* », répliquai-je mentalement, alors que la combustion atteignait mes joues.

Notre courte marche nous amena au centre de la salle. Johnny nous avait demandé de nous arrêter et de tourner sur nous-mêmes, afin que chacun puisse nous détailler du regard. Le silence était encore bien présent lorsque l'assistance se lança dans une révérence commune, signe de leur respect et de leur loyauté. Je me demandai alors combien d'entre eux étaient sincères au milieu de toute cette assemblée. Puis les premiers natifs vinrent à nous et nous serrèrent la main.

— Quel bonheur de vous rencontrer ! dit l'un d'eux.

— Nous avions tellement hâte de voir notre reine, dit un autre.

— Nous avons tant entendu parler de vous, ma reine, répéta encore un autre.

Les hommages se succédèrent, et c'est un vrai sourire bienveillant que je leur adressai à chacun, conquise par cet élan de dévotion parmi les nôtres. Cela me donnait de l'espoir.

Enfin, nous allâmes nous installer à notre table. Les fauteuils étaient particulièrement confortables, et à peine fûmes-nous assis qu'un homme vint se poster face à nous. Carmichael se leva vivement et lui serra la main, visiblement très heureux de le voir.

— Mike, quel bonheur de te voir, mon ami !

— J'en suis très heureux aussi, Carmichael, lança-t-il, enjoué, avant de se tourner vers moi. Et vous, ma reine, vous êtes absolument fascinante.

Je lui serrai la main en le remerciant et sentis son trouble quant à ma présence. Il éprouvait mon don d'attraction et camouflait difficilement son émoi.

— Je n'ai jamais rencontré quelqu'un tel que vous, Madame.

— C'est le cas de tous ici, et je ne vous cache pas que c'est très gênant, en réalité.

— Je veux bien le croire.

Carmichael interpella une hôtesse et lui demanda d'aller chercher un siège pour son ami. Mike était brun, avait des yeux noirs perçants et le corps bien charpenté. Je me demandai quel pouvoir il pouvait bien posséder.

— Quoi de neuf, Mike ?

— Tu es au courant pour ton frère ? demanda ce dernier, dont la mine s'assombrit. Il a rejoint les Six.

— J'ai su ça hier et j'ai vraiment du mal à le croire, répondit Carmichael, mais, sachant que mon père se trouve entre leurs mains, je suis à peine étonné, finalement.

Je masquai mes émotions en baissant les yeux. Je savais que Connor était allé rejoindre les Six sur mon ordre, mais le fait de ne pas avoir de ses nouvelles depuis m'inquiétait. Se pouvait-il qu'il nous ait vraiment trahis ?

— Tous les natifs présents dans cette salle n'ont aucune envie de rejoindre l'armée des Six, déclara Mike. Ils ont soif de liberté et savent qu'elle sera entravée au moment même où ils se rendront sur l'île d'Eos pour gonfler leurs rangs. Mais la défection de Connor nous a fait beaucoup de mal, on ne compte plus les natifs qui sont déjà partis pour la Grèce. Je pensais que nous serions nettement plus nombreux ici quand tu m'as fait part de votre visite.

— Je compte presque trois cents personnes, c'est déjà bien.

J'observai les convives dans la salle, et un élan de bonne humeur fit un instant oublier l'inquiétude que chacun devait ressentir par ces moments de trouble. Carmichael et moi avions ce don de diffuser des ondes positives par notre simple présence, aussi j'espérais que la paix dans le cœur de tous les natifs présents à cette soirée pourrait perdurer autant que possible. Je savais évidemment que ce ne serait pas le cas longtemps, car viendrait le moment de la grande guerre, et alors leur choix de s'être rangés à nos côtés pourrait leur coûter la vie. J'aperçus Éric et Thomas à la table de Johnny, ce dernier se fondant dans le décor en compagnie de tous ces étrangers aux pouvoirs insoupçonnés. Il n'avait pas l'air d'un humain dans ces conditions, et pourtant, je remarquai quelques regards interloqués qui l'observaient. Carly Stanton se dirigea vers nous, et ses bras allèrent s'enrouler autour de Mike.

— Mickey, ça fait si longtemps.

— Carly, tu es superbe, dit l'intéressé en se dégageant un peu pour l'observer.

— Donc, tu es avec nous, c'est formidable.

— Tu en doutais ?

— Connor parti, je ne savais pas à quoi m'attendre en venant ici. Je suis rassurée.

— J'étais justement en train de parler à Carmichael du nombre de natifs prêts à se joindre à lui. Mais pour ne rien te cacher, j'en espérais plus. Entre ceux qui rejoignent les Six et ceux qui ne veulent pas prendre part à l'affrontement, nous ne sommes pas aussi nombreux que je l'espérais.

— Je suis certaine que ce sera suffisant, commenta Carly, dont la voix déraillait un peu, révélant ainsi des signes d'inquiétude. À tout à l'heure, Mickey !

Et elle s'en alla, préférant, je le supposais, ne pas gâcher cette soirée en broyant du noir à l'idée que nous soyons battus à plate couture dans les batailles à venir.

Le reste de la soirée fut tranquille, voire ennuyeuse. Notre statut de reine et roi des natifs nous obligeait à rester à nos places, afin que chacun puisse admirer les souverains. Johnny avait été clair sur ce point, et il n'avait peut-être pas tort. Notre aura devait se diffuser à travers la salle, le mystère s'imprégner et la dévotion se décupler. Alors, je passai la soirée à parcourir la salle des yeux, à scruter chaque convive, à dénombrer le nombre de femmes et celui des hommes. Éric et Thomas vinrent me voir afin de me distraire, mais un regard froid de mon mari à l'intention d'Éric les fit fuir. Je reprochai à Carmichael sa jalousie et il s'excusa, avant de lui-même tenter de me distraire.

— J'ai davantage l'habitude que toi de me donner en spectacle.

— Et encore, dis-je, très lasse, je préférerais exécuter une figure de cirque devant tout ce petit monde plutôt que d'être assise sur mon fauteuil à faire semblant de régner sur un royaume imaginaire.

— Mais tu ne fais pas semblant, me corrigea Carmichael, tu règnes sur un royaume, et il est loin d'être imaginaire. Et, sans vouloir te mettre la pression, si tu ne le fais pas, nous sommes foutus.

— Super ! m'exclamai-je.

— Lève la tête, fais un grand sourire et honore chacun des convives de ta présence.

— J'ai l'impression d'être une toile de peinture qu'on regarde en se demandant si on l'aime ou pas.

Carmichael s'esclaffa, mais l'éclat de son rire fut rapidement couvert par la musique dont on augmentait le son. Johnny était à côté du DJ, installé sur un coin de la salle, et le rythme commença à s'insinuer dans les membres de tous les invités. Beaucoup se levèrent et allèrent au centre de la piste se déhancher.

— Je suppose que je ne peux pas non plus danser ? demandai-je mollement.

— Nous irons plus tard si tu le souhaites, répondit mon mari en souriant. Pour le moment, laisse-les s'amuser sans que leurs hormones échauffent la piste.

— Parfait ! lâchai-je, agacée. C'est parfait !

Les minutes s'égrainaient, et il me semblait que la musique montait en puissance. Le centre de la salle était plein à craquer, et les mouvements des corps se faisaient de plus en plus véhéments. À nouveau, je sentis la chaleur irradier dans mes chairs. Notre présence échauffait l'assistance, et cela montait crescendo. J'esquissai un sourire en regardant les natifs onduler en rythme, les couples s'embrasser avec passion, les rencontres se concrétiser en union. Je ne me lassais pas de cette vision quand, tout à coup, le drame arriva, et les vitres éclatèrent sous le feu des balles.

CHAPITRE 11

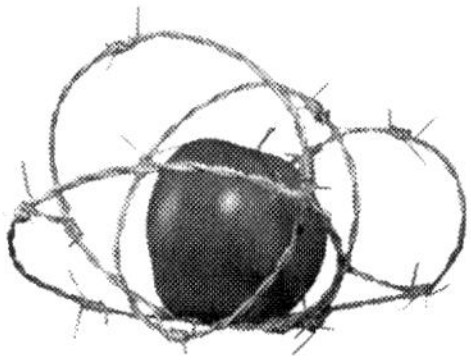

Le bruit fracassant des vitres éclatant sous l'impact des balles, le fracas des mitraillettes déversant leurs milliers de projectiles, les bris de verre projetés dans la salle, me firent instinctivement poser mes mains sur mes oreilles. Je me levai et pris quelques secondes avant de comprendre l'horreur de la scène se déroulant sous mes yeux. Un à un, les corps s'affalaient sur le sol, le sang maculait déjà le marbre, tandis que les cris stridents des invités, tentant de fuir, résonnaient dans ce chaos indescriptible. Quand je repris mes esprits, horrifiée, mon sang avait quitté mon visage. Je pris la main de Carmichael qui, sous le choc, demeurait immobile. Une seconde passa, il me regarda et, sans même que nous nous soyons concertés, il me lâcha pour foncer au milieu de la salle. Quant à moi, je fermai les yeux, rassemblai mon énergie et bloquai chaque balle et chaque bris de verre, qui restèrent alors suspendus dans les airs. Un silence pesant s'installa, mon regard vrilla autour de moi. Derrière chaque baie vitrée se tenaient des hommes armés jusqu'aux dents. Ils tentèrent à nouveau de tirer tout leur chargement, mais ma télékinésie bloquait leurs projectiles. Je lévitai et passai au-dessus de la table.

— Que tout le monde se rassemble au milieu de la salle ! criai-je.

Carmichael, par sa seule pensée, rapatriait tous les corps étendus sur le sol, à l'endroit où tous les invités s'étaient désormais réunis. Un peu à l'écart, je cherchai Johnny des yeux et le trouvai enfin avec un grand soupir de soulagement. Aux côtés d'Éric et de Thomas, il était couvert de sang, mais, à le voir aussi effrayé, agité et à bout de souffle, j'en déduisis qu'il ne devait pas être blessé. Je n'eus cependant pas le temps de me pencher davantage sur la question, car je sentis le sol trembler sous mes pieds. De la poussière provenait du plafond et un bruit inquiétant nous parvenait des murs. Sous mes yeux effarés, la fresque se brisa en deux. Le marbre de la voûte se craquelait. Je réalisai alors que l'intention de nos assaillants était de faire écrouler la structure sur nos têtes, maintenant que les balles de mitraillettes n'atteignaient plus leur but ultime : nous tuer tous.

« Carmichael, fais-moi confiance. »

« Que vas-tu faire ? » dit-il, mentalement alarmé.

« Tu te souviens de ma dernière séance d'entraînement. »

Il comprit aussitôt.

— Que tous les télékinésiques entourent les invités et érigent un bouclier de protection ! cria-t-il.

Henry, Sonia, Marion et une dizaine d'autres s'avancèrent et formèrent un cercle autour des natifs.

— Ne lâchez pas ! leur commandai-je, alors que j'élevais déjà les bras.

Carmichael vint se poster à mes côtés. Nous fîmes éclater la structure du bâtiment. Le plafond explosa en des milliers de plaques de marbre. Les piliers s'effondrèrent, mais je les maintins à distance du sol. Carmichael me tint la main, et nous fîmes éclater chaque morceau en de minuscules cailloux, aiguisés comme des lames de rasoir. Chaque élément flottait dans l'espace, sous le regard ébahi des survivants. Le phénomène était saisissant. Après un ultime effort de concentration, nous les fîmes se retourner sur eux-mêmes et filer dans la même direction. Les balles, les bris de verre et les cailloux de marbre se mélangèrent pour former un rayon mortel, tournant à une allure folle autour des convives, de Carmichael et de moi. La tornade nous protégeait de l'extérieur, du moins c'est ce que nous espérions. Je jetai à nouveau un regard aux alentours et vis les assaillants reculer. La peur les faisait déguerpir. J'élargis le rayon de débris qui tournait à plus vive allure encore et le projetai brusquement vers l'extérieur. Il éclata tel un ouragan sur nos adversaires, qui n'eurent pas le loisir de fuir à temps malgré leur vitesse. Pris dans le tourbillon de débris, ils furent déchiquetés dans les airs sous les yeux médusés des natifs, qui comprenaient à peine ce qui était en train d'arriver. Le rayon vint de nouveau s'enrouler autour d'eux, les protégeant. Les télékinésiques, concentrés, faisaient en sorte de bloquer certaines projections incontrôlables tant la vitesse du tourbillon prenait de l'ampleur. Aux débris de balles, de verre et de marbre s'étaient rajoutés des membres déchiquetés et des litres de sang. Mais la cible était maintenant ailleurs, car je sentais que les forces qui avaient commandité ce massacre ne se trouvaient pas parmi les hommes armés. Je lévitai et fonçai comme une balle dans les airs. Postée au-dessus des invités et de l'ouragan de débris, ma visibilité était nette, et il ne me fallut que quelques secondes pour distinguer trois silhouettes dissimulées entre deux bâtiments proches des quais. Le reste de l'endroit était désert, l'explosion avait tout emporté sur son passage. Seules les trois silhouettes en étaient sorties vivantes. Je n'avais pas projeté mon phénomène assez loin. Il ne me fallut pas longtemps pour décider d'agir, aussi, je fondis sur eux à la vitesse du vent. Arrivée à quelques mètres, je fus stoppée brutalement par une barrière invisible et tombai sur le sol de tout mon poids. J'avais les genoux écorchés, et ma belle robe blanche était complètement foutue. Écumante de fureur, je me levai rapidement et observai mes ennemis. Quelle ne fut pas ma surprise en découvrant trois membres de la fratrie des Six me toisant comme la dernière des traîtresses.

— Gabrielle, usurpatrice, cria une des jumelles, viens avec nous, et nous promettons de laisser la vie sauve à ceux que tu protèges.

— Euh… Laisse-moi réfléchir, dis-je en posant un index sur ma bouche. Non, finalement, va te faire foutre !

— Espèce de sale gamine prétentieuse, lâcha-t-elle, on ne veut pas te faire de mal, idiote !

Cette fois, je me tus. Mes répliques n'étaient pas très « royales » et, à bien y réfléchir, inutiles. Carmichael se posta à mes côtés. Le frère des deux rousses, dont j'ignorais encore le nom, le toisait avec mépris.

— Tu serais le bienvenu, toi aussi. Venez et laissez ces faibles ici.

— Que vous disait ma femme, déjà ? ironisa Carmichael. Allez tous vous faire foutre !

Et il se jeta sur l'homme. Un combat trop rapide pour pouvoir être vu s'engagea. Quand enfin les enchaînements de mouvements ralentirent, l'ennemi bloqua la parade de Carmichael et l'envoya valdinguer dans la direction opposée. Mais il ne toucha pas le sol et se remit à léviter. Mon mari se rua aussitôt sur lui et la lutte reprit. Quant à moi, je ne quittai pas les jumelles des yeux et décidai de tester leur résistance. J'appelais mentalement le tourbillon de débris, qui quitta le cercle des convives dans un fracas étourdissant et se projeta sur mes ennemies, nous contournant, Carmichael et moi. Elles se préparèrent à l'impact en plaçant leurs bras devant leurs visages. L'ouragan fondit sur elles, mais fut bloqué par leurs pouvoirs cumulés. Le frère se dégagea et vint leur apporter de l'aide en se postant non loin d'elles. Je repris le rayon vers moi, voulant rapidement en finir puisqu'il ne protégeait plus les invités. Je devais maintenant compter sur les télékinésiques, au cas où d'autres hommes armés se seraient cachés et se tiendraient encore prêts à intervenir. L'ouragan tournoyait au-dessus de ma tête. Je le projetai à nouveau sur eux, muni de toute l'énergie que je pouvais lui insuffler. Carmichael se joignit à moi, et le phénomène fonça sur nos assaillants à toute vitesse. Là encore, ils bloquèrent l'attaque, mais je sentis une des jumelles désarçonnée, et elle s'écarta des autres un instant. Je fonçai soudain vers elle, avec toute la vélocité qui était la mienne. Une brèche s'était ouverte. Je m'immisçai dedans et l'attrapai par le cou d'une main. Son regard de surprise m'arracha un sourire, car je réalisai que cela devait être la première fois pour elle qu'un ennemi s'approchait d'aussi près. Sa sœur poussa un cri d'horreur. Son frère tenta de se défaire de l'ouragan de débris.

— Elinor ! hurla sa sœur.

La femme dont j'enserrais le cou, que je savais désormais s'appeler Elinor, jeta à sa sœur jumelle un regard d'effroi. Elle voulut bouger, mais je la maintenais entravée. Chaque centimètre de ma peau ressentait l'instant, mon sang se galvanisant de l'adrénaline que ce déploiement d'énergie attisait. Alors, je tournai la tête vers le frère et la sœur et leur adressai un rictus effrayant. La seconde suivante, j'arrachai la tête d'Elinor. Le sang gicla et avant même que son frère et sa sœur aient réalisé mon acte, je pulvérisai son corps.

La sœur hurla. Le frère, les yeux emplis de haine, attrapa cette dernière par la taille, alors qu'elle relâchait son attention pour me foncer dessus. Il s'envola tandis qu'elle hurlait encore, jurant qu'elle me tuerait en me faisant subir mille tourments.

J'allais les poursuivre, mais une main m'arrêta.

« Ils sont déjà trop loin... », affirma Carmichael, *« ... et nous devons nous occuper des blessés »*.

Je hochai la tête. Puis je vis mes mains et baissai mon regard vers ma robe. J'étais couverte de sang, mes cheveux rendus poisseux par l'hémoglobine qui maculait aussi mon visage. Je pris peur, réalisant ce que je venais de faire et avec quelle facilité j'avais décidé de tuer. Carmichael me serra dans ses bras.

— Tu as fait ce qu'il fallait, dit-il, je suis très fier de toi.

La tension dans mes muscles retombant, l'excitation du combat interrompue, je sentis flageoler mes jambes. L'énergie que j'avais déployée avait transcendé tout mon être. *J'étais* la télékinésie, j'étais extrêmement puissante, et j'avais tué.

— Je ne savais pas que j'étais capable d'une telle chose !

— Nous allons certainement devoir affronter pire, déclara Carmichael.

— J'en ai conscience. Ils reviendront bientôt.

— Non, je ne te parlais pas d'eux, me dit-il en élargissant un sourire. Tu vas devoir affronter Johnny, puisque tu as abîmé sa belle robe.

Je ne pus m'empêcher de sourire à mon tour. Carmichael avait décidément le don de parvenir à me distraire dans un contexte chaotique. Il me prit par la main, et nous gagnâmes en marchant ce qui restait du lieu de la réception. Les valides aidaient les blessés. Mais, sous les nappes blanches récupérées au regard des circonstances, on distinguait nombre de corps inertes. Une trentaine de cadavres jonchaient le sol, et les larmes me vinrent aux yeux quand je réalisai que je ne pourrais jamais sauver tout le monde. Pour autant, ceux à même de pouvoir se tenir debout plièrent le genou à notre arrivée et nous gratifièrent de leur dévotion et de leur détermination. Nous les avions définitivement acquis à notre cause.

CHAPITRE 12

Après l'attaque, nous avions décidé de ne pas rester plus longtemps à New York. Aussi, le lendemain, je dus boucler mes bagages en moins de temps qu'il n'en faut pour le dire et me rendre à l'aéroport accompagnée de tout un bataillon de natifs. Tous les invités de la soirée avaient maintenant pris la mesure du danger et étaient prêts à rejoindre le château d'Altérac au plus vite. Un Airbus A380 avait été réservé pour contenir tout ce petit monde, tandis que la troupe formant notre arrivée reprenait le jet privé pour Paris, lieu de notre deuxième campagne de recrutement. Sur le tarmac, Mike, qui, je l'avais appris, était le second de Connor sur le Territoire de l'Ouest, vint à ma rencontre.

— J'aimerais vous remercier pour ce que vous avez fait la nuit dernière.

— Beaucoup sont morts, déclarai-je, tristement.

— Beaucoup d'autres le seraient sans votre intervention.

— C'est possible, répondis-je après un silence. J'ai une question à vous poser, Mike. Comment se fait-il que vous ne suiviez pas la voie de Connor ? Il était votre chef avant son départ.

— Au contraire, je suis sa voie. Enfin, celle qu'il avait choisie avant qu'il ne change d'avis.

Son regard s'assombrit. Je lisais en lui son incompréhension et sa volonté de ne choisir que selon ses propres convictions.

— Quand il vous a rencontrée lors du mariage, poursuivit-il, il m'a appelé et m'a parlé de vous.

— Ah bon ? Qu'a-t-il dit ?

— Il a dit que vos pouvoirs dépassaient l'entendement. Cela le rendait curieux et même si cela m'étonnait venant d'un homme tel que lui, il semblait enclin à vouloir vous servir. C'est pour cette raison que je ne m'explique pas ce revirement.

— Il faut croire qu'il a été plus enclin à servir les Six, en définitive, mentis-je honteusement.

— Que nous pouvons appeler les Cinq, à présent.

— C'est juste, concédai-je en posant ma main droite sur son épaule, geste qui le fit rougir jusqu'aux oreilles.

Je retirai ma main. Mon téléphone portable se mit à vibrer dans mon sac, je l'attrapai et m'excusai auprès de Mike, qui s'éloigna.

— Allô ?

— Je n'arrive pas à croire que tu m'aies fait ça, Gabe !

— Ethan ?! soufflai-je, reconnaissant aussitôt sa voix.

— Comment as-tu pu me faire une chose pareille ?! Ton propre frère !

Mon sang se liquéfia, mes jambes tremblaient, ma main tenant le téléphone arrivait à peine à l'enserrer.

— Je n'avais pas le choix.

— Le choix ?! hurla-t-il à l'autre bout du fil. Tu m'as drogué et plongé dans un état végétatif durant tout ce temps ! Comment as-tu pu ?

— Tu as tenté de te suicider pendant mon mariage ! criai-je, reprenant un tant soit peu mes esprits. Qu'est-ce que j'aurais dû faire ? Ta lettre était claire, tu voulais te tuer pour voir si tu ressuscitais. Et si cela échoue ? Si tu ne reviens pas ? Je fais quoi, moi, bordel ?!

— J'en ai rien à foutre !

— Tu m'étonnes que t'en as rien à foutre, répliquai-je, mordante, alors que la colère emplissait ma voix. Tu as décidé de ton geste la nuit de mon mariage, putain ! Plus égoïste que toi, ça n'existe pas !

— Égoïste ? Égoïste !

— Oui, égoïste ! Crois-tu que je voulais me marier de cette façon ? Crois-tu que j'aie demandé à être la cheffe des natifs ? Crois-tu que je veuille aller me battre contre une bande de malades qui assassinent des gens et détruisent des villes dans un claquement de doigts ?

— Évidemment que tu le veux !

— Non, Ethan, je ne le veux pas. Mais je l'ai fait et ce qui dans ce contexte apocalyptique aurait pu se révéler quelque chose de potentiellement beau et romantique, tu l'as gâché !

— Je souffrais.

— Je sais que tu souffres, mon frère, et avec Carmichael, je...

— Ne me parle pas de lui !

— Tu es où, là ?

— Je ne te le dirai pas.

— Réponds, Ethan !

— Je peux te répondre, mais je te mentirais, comme Carmichael sait si bien le faire.

— De quoi tu parles ?!

— Je parle du fait que ton mari t'a menti depuis le début.

J'étais à deux doigts de raccrocher tant son ton arrogant et nonchalant m'agaçait. Mais au moins, il avait abandonné le sujet de son emprisonnement et attisait ma curiosité sur une chose à laquelle je ne pouvais prêter foi, étant donné l'état mental de mon frère à cet instant.

— Je ne vois pas de quoi tu parles, alors accouche et dis-moi où tu es !

On m'attendait près du jet. Les autres avaient rejoint l'Airbus, et j'aperçus de loin Carmichael faisant de grands gestes pour me demander de venir. Le vent s'était levé sur le tarmac et mes cheveux fouettaient mon visage, j'avais froid malgré la chaleur que la colère contre mon frère attisait dans mes chairs.

— Tu te souviens la première fois que tu es venue à Altérac ? poursuivit Ethan. Tu te souviens que Carmichael s'est absenté quelque temps en ma compagnie ?

— Oui, je m'en souviens, dis-je, après quelques secondes de réflexion, et alors ?

— Nous sommes allés à Londres. Carmichael voulait donner l'impression à son père qu'il maîtrisait la situation te concernant, et éviter que tu ne tombes dans ses griffes.

— Je m'en souviens, Ethan, te dis-je !

— Lorsque nous étions à Londres, Carmichael a vu Olivia.

Le sang quitta mes joues. Mes doigts se resserrèrent sur le portable, ma mâchoire se serra.

— Il était au courant que ta meilleure amie était détenue par Magnus et, mieux, continua Ethan, il était au courant qu'il lui faisait subir des expériences avec les souches d'ADN qu'il possédait.

— TU MENS ! hurlai-je.

— Demande-lui, si tu ne me crois pas, déclara mon frère, dont le ton satisfait me donnait envie de commettre un meurtre.

Carmichael courait dans ma direction, visiblement lassé que je ne réponde pas à ses gestes.

— Pour la dernière fois, où es-tu, Ethan ?

— Où tu veux que je sois ? Je vais là où on accueillera ma mort sans poser de questions. Je vais là où se trouve notre mère et, mieux, je vais là où se trouve le pouvoir.

— Ethan ?! Arrête tes…

— Adieu, ma sœur.

Il raccrocha. J'avais encore le portable à l'oreille quand je stoppai, par la pensée, la course de Carmichael à quelques mètres de moi. Mon sang ne fit qu'un tour, je le toisai avec des prunelles emplies de rage.

— Espèce de menteur ! lui criai-je.

— Quoi ? lâcha-t-il, manifestement dans l'incompréhension.

— Tu savais pour Olivia ?

— C'était qui au téléphone ?

— EST-CE QUE TU SAVAIS POUR OLIVIA ?!

Il m'observa un instant, immobile, et expira un grand coup comme si ce qu'il allait dire allait le libérer d'un poids. Mon ventre se tordit, j'avais la sensation qu'une main invisible me compressait l'estomac. Je serrai les poings.

— Je le savais, déclara-t-il enfin.

— Tu m'as menti ! À cette époque, je t'avais demandé si tu savais quelque chose sur elle. Comment as-tu pu la laisser aux mains de ton père, ce tortionnaire psychopathe ?! C'était ma meilleure amie, putain !

Sur ces derniers mots, ma colère explosa et il fut projeté en arrière. Surpris par la scène, nos compagnons de voyage accoururent dans notre direction. Éric et Thomas furent les premiers, suivis d'Henry et Sonia, puis plus tard tous les autres. Carmichael se releva.

— Nous ne pouvions pas la sauver !

— On aurait pu essayer ! criai-je, les larmes aux yeux. On aurait pu essayer !

— Elle était perdue. Je n'allais pas risquer de te perdre pour elle.

— Pour elle ?!

— Tu ne peux pas me reprocher d'avoir voulu te garder en vie et de ne pas t'avoir livrée à Magnus.

— Tu n'avais pas le droit de décider à ma place. Si j'avais su qu'Olivia était à Londres, je serais allée la sauver, je ne l'aurais pas abandonnée.

— Et c'est justement pour ça que je n'ai rien voulu te dire !

— Espèce de sale menteur ! Hors de ma vue ! hurlai-je, aux abois.

— Tu ne peux pas faire ça, lança Henry comme si on l'autorisait à faire irruption dans la conversation.

— Qui crois-tu être pour me dire ce que j'ai à faire, l'Anglais ?

— Nous sommes en guerre, et nos luttes intestines…

— Tais-toi. Tais-toi, Henry, TAIS-TOI !

La colère me fit l'expulser à son tour. Entre l'appel d'Ethan, la certitude de le savoir en route pour la Grèce et le mensonge de Carmichael, tout se désordonnait dans ma tête. Je réfléchis un instant malgré le marasme chaotique que provoquait mon ire. Mes yeux se fixèrent sur Johnny.

— Je pars à Paris avec Éric, Thomas et Johnny, déclarai-je d'une voix froide. Vous autres accompagnerez Carmichael et nos convives à Altérac, puis les entraînerez pour la guerre avant le départ pour Hong Kong.

— Mais tu ne peux…

— Si, je peux, et je le fais, te dis-je ! D'ailleurs, je prends le jet.

Partant d'un pas résolu vers le jet, j'entraperçus le regard pathétique de Carmichael. Henry et Sonia allèrent le rejoindre, Marion en fit autant. Caleb parla à Éric avant que ce dernier ne s'amène avec Carly Stanton.

— Je ne crois pas avoir invité Carly à nous rejoindre, dis-je sèchement.

— Écoute, je ne sais pas trop ce qui te passe par la tête, dit-elle effrontément, mais…

— Tu ne viens pas !

En lui donnant cet ordre, je lui verrouillai le clapet si fort qu'elle essaya d'utiliser ses mains pour tenter d'ouvrir sa mâchoire. Thomas et Éric lui commandèrent de se détendre tandis que Johnny se portait à ma gauche. Éric m'attrapa le bras et me força à m'arrêter.

— Putain, mais calme-toi, Gabe !

— Il savait qu'Olivia était prisonnière ! Il l'a toujours su et nous l'avons laissée là-bas, seule. Ils l'ont torturée, et maintenant, elle est morte !

— Qui t'a dit ça ?

— Ethan, répondis-je en baissant les yeux.

— Ethan ?! Comment…

— Je n'en sais foutrement rien ! Je dois appeler Altérac et savoir ce qui s'est passé.

— OK, mais calme-toi, me lança Éric, je dois prendre Carly avec moi. Tu sais que, depuis Blake, je ne peux plus rester en ta présence sans elle. On ne sait pas ce qui pourrait arriver.

— Je ne veux pas d'elle à mes côtés, Éric ! C'est trop me demander après ce que je viens d'apprendre. Je te fais confiance, alors fais-en autant ! Elle me sort par les yeux, mais si tu veux vraiment rester avec elle, je comprends. Rien ne t'oblige à me suivre, fais ton choix.

— Tu veux qu'elle parte avec Carmichael ? demanda Johnny, qui fit un geste de la main à l'intention de Carly, lui signifiant de déguerpir au plus vite.

— Évidemment que je veux qu'elle parte avec lui !

— J'espère qu'il voyagera en classe éco, cet enfoiré ! lâcha Johnny, sans crier gare.

Éric et moi fîmes volte-face dans sa direction, nos mines interloquées en disaient long sur nos pensées. Malgré ces révélations et la tristesse qui m'accablait, Johnny réussissait tout de même à m'arracher un sourire. Olivia était sa meilleure amie, donc je le savais aussi furieux que moi, et pourtant, il arrivait encore à dédramatiser la situation par une vanne de son cru. Sa présence m'apaisait, alors qu'un mal de tête menaçait de me griller l'encéphale. Que j'aimais cet homme !

Éric fit son choix, et nous montâmes dans le jet où l'hôtesse, déjà présente à l'aller, ne cacha pas sa surprise de ne voir que quatre passagers monter à bord. Le commandant s'inquiéta de l'absence de Carmichael, je le rassurai en lui expliquant que mon traître de mari prenait un autre vol. Là-dessus, je décidai d'aller me détendre dans la salle d'eau et pris une douche bien chaude. Le linge de toilette était disposé près du lavabo, je m'en servis pour passer un coup sur le miroir embué par les vapeurs d'eau. Mon reflet m'envoya un visage marqué par la lassitude. Je repensai à mon altercation avec Carmichael et à la façon grossière dont j'avais congédié le reste du groupe, mais je ne pouvais pas vraiment dire que je m'en voulais. J'étais trop préoccupée de savoir Ethan en liberté, tentant de retrouver les Six pour mettre son projet de suicide à exécution. Me séchant les cheveux et passant des vêtements propres, je rejoignis le reste du groupe. Une bouteille de champagne bien entamée trônait sur la table près du canapé. Sans demander la permission, je bus directement au goulot. Cette journée était définitivement merdique.

— Et qu'as-tu prévu de faire au sujet de Carmichael ? demanda Thomas, qui n'était jamais le dernier à mettre les pieds dans le plat. Même si je ne suis pas son plus grand fan, je pense comprendre ses motivations.

— Je n'en ai rien à faire de ses motivations, rétorquai-je, il me devait la vérité. Olivia méritait qu'on fasse quelque chose pour elle. Elle n'avait rien à voir avec tout ça et à cause de moi, elle est morte.

— À cause de Magnus Burton Race, me corrigea Thomas.

— Nous avons laissé tomber Olivia, déclara Éric, la voix morne, et Carmichael n'a rien fait ni rien dit pour qu'on lui vienne en aide. C'est tout ce que je constate.

Je repris une gorgée de champagne au goulot, heureuse de savoir Éric dans mon camp. Je l'observai et dus reconnaître que c'était grâce à Carly qu'il était capable de se tenir à mes côtés, désormais. Seulement, j'étais presque certaine que leur relation avait basculé dans le romantisme et cela ne me plaisait pas, mais qui étais-je pour en juger ? Comment pouvais-je seulement me montrer aussi égoïste, alors que j'étais désormais mariée, reine et destinée à mener une guerre ? Éric n'avait pas sa place dans ma vie, et s'il était heureux, alors je devais être heureuse pour lui. Je regrettai soudain d'avoir congédié Carly et sentis la culpabilité pointer à l'horizon, mais repoussai ce sentiment en me remémorant la complicité qui la liait aussi à Carmichael. Et cette fois encore, je me fis l'effet d'une gamine folle de jalousie. *Pathétique.*

— Éric, dis-je, pardonne-moi d'avoir interdit à Carly de venir avec nous, je n'avais pas le droit.

— C'était sous le coup de la colère, je comprends, Gaby.

— D'un autre côté, avouai-je, je ne suis pas mécontente qu'on se retrouve un peu tous les quatre.

— J'allais dire la même chose ! lança Thomas. Comme au bon vieux temps ! N'est-ce pas, Jo ?

— Oh oui, et de toute façon, Carly est trop vieille pour Éric.

— Jaloux ! s'amusa Thomas.

— Enfoiré, ouais ! enchaîna Éric.

— Allez, avoue, continua Johnny, elle a plus de quarante ans, cette femme, et j'aime pas trop sa voix de crécelle. Plus j'y réfléchis, plus je me dis que tu serais vraiment mieux avec un mec comme moi.

— Tu vas t'arrêter tout de suite, rétorqua Éric en riant, ou je prends cette bouteille de champ' des mains de Gaby et je te l'éclate sur ta tronche !

Thomas s'esclaffa et Johnny l'imita. Je me détendis, heureuse de partager l'intimité de ce moment.

— Tu sais quoi, Éric ? poursuivis-je. Je veux bien te donner cette bouteille sans que tu aies besoin de me l'arracher. Ensuite, j'admirerai le spectacle de la voir se fracasser sur le crâne de ce goujat de Johnny.

— À ta place, je ne la ramènerais pas trop, Chêne, me défia mon meilleur ami, ton mec est au moins tricentenaire. Tu tiens la palme de la jeunette qui sort avec un vieillard !

— C'est le moins qu'on puisse dire, surenchérit Thomas. Avoir été largué pour un vieux, ça fait mal.

— Un vieux, un château et du pouvoir, ajouta Johnny, tu n'avais aucune chance, Valérian.

Et nous continuâmes tout le trajet dans cette atmosphère taquine. L'hôtesse, devant tant de succès, avait dégainé quatre autres bouteilles de champagne et en arrivant à Paris, nous étions tous complètement bourrés.

CHACUN PRIT ses quartiers à l'hôtel *Champs-Élysées Plaza*, dont le personnel ne cacha pas sa déception quant à l'annulation des chambres réservées pour le reste de notre groupe. Je proposai alors de régler la note sans tenir compte de leur absence.

— Carmichael me doit au moins ça ! avais-je dit d'une voix ramollie par l'alcool.

Je réservai une table pour quatre, à vingt heures, puis nous allâmes rejoindre nos chambres, qui étaient toutes au même étage. Une fois seule dans la mienne, je pris mon téléphone et appelai le château.

— Bonjour, Estelle, comment vas-tu ?

— Super bien, Gabe, et toi ?

— Ça va. J'suis un peu pompette, on a vidé toutes les bouteilles de champ' du jet.

— Ah bah, tu dois être dans un bel état !

— C'est mieux que c'que tu crois, répliquai-je, amusée, je t'assure.

— J'ai appris que tu étais fâchée avec Carmichael.

— Fâchée ?! m'exclamai-je en éclatant de rire, tant sa formule me paraissait en dessous de la vérité. Euh... Oui, fâchée, c'est le mot.

— Il ne va pas tarder à arriver avec les natifs de New York.

— Je sais. Tout est prêt pour les recevoir ?

— Oui, répondit-elle, nous nous y attelons avec ma mère et nous avons embauché pour l'occasion. Les travaux des annexes sont presque terminés, certaines chambres sont prêtes. J'ai juste besoin de jeter un coup d'œil afin de m'assurer que tout le nécessaire est bien là pour nos invités. Une partie devra se loger dans les hôtels alentour, et nous avons contacté notre traiteur habituel pour les repas.

— C'est formidable. Je vois que tu gères tout ça d'une main de maître, comme d'habitude.

— Mon mari m'aide, me dit-elle, je crois qu'il s'est enfin fait à l'étrangeté des lieux et de ses habitants.

— Tant mieux, soufflai-je. Dis-moi, Estelle, pourrais-tu me passer Freddy, s'il te plaît ? Tu sais, c'est un garde de la salle de Pomone.

— Oui, je le connais. Il s'en veut énormément pour ton frère.

— Je ne vais pas l'engueuler. Je veux comprendre ce qui s'est passé.

— Ou, bien sûr. Je raccroche et vais le chercher, ça marche ?

— Ça marche, Estelle. Bon courage avec les invités, ma belle.

Cinq minutes plus tard, Freddy me téléphonait, et je sus immédiatement au ton de sa voix qu'il redoutait cet appel.

— Bonjour, ma reine.

— Bonjour. Freddy, appelez-moi Gabrielle.

— Entendu, Gabrielle, dit-il, plus détendu, je sais pourquoi vous m'appelez, aussi je tiens absolument à m'excuser au nom de tous les gardes du château.

— Que s'est-il passé ?

— On ne sait pas exactement, mais un matin, votre frère s'est réveillé.

— Comment ça ? Les drogues n'étaient pas injectées aux horaires prévus ?

— Oh si, mais… nous avons fait le compte des fioles, et force est de constater que nous en avions trop.

— Je ne comprends pas.

— Un des gardes ne donnait pas le contenu des fioles comme il l'aurait dû.

— Quoi ?! Mais de qui s'agit-il ?

— Christopher, ma reine, avoua Freddy, qui semblait ne pas être fier de dénoncer l'un des membres de sa garde. Mais je pense qu'il n'avait plus toute sa tête.

— Expliquez-vous.

— Il a tout oublié des deux dernières semaines.

— Et vous le connaissez bien ?

— Plus que bien, et je vous garantis qu'il n'aurait jamais commis un acte pareil s'il n'y avait pas été contraint.

— Vous pensez que son esprit a été asservi, c'est ça ?

— Oui, je le pense.

Un silence passa, durant lequel je tentai de réfléchir à la situation. Il y avait de nouveau un traître dans les murs d'Altérac, et ce dernier avait voulu qu'Ethan se réveille. Mais pourquoi ? Dans quel but ?

— Qu'a fait mon frère après son réveil ?

— Il était un peu dans les vapes, mais il a réussi à tordre les barreaux de sa cellule et a gravement blessé deux gardes avant d'en assommer d'autres.

— On s'occupe d'eux ?

— Oui, ne vous inquiétez pas. Tout est fait pour qu'ils se remettent au plus vite.

— Et ensuite ?

— Ensuite, il a disparu, mais nous avons rapidement retrouvé sa trace à Marseille. Il a provoqué une bagarre dans un bar très fréquenté, et...

— Et quoi ?

— Il a utilisé ses pouvoirs.

— Merde, lâchai-je.

— Les témoins ont parlé d'un homme fou de colère avec des pouvoirs de sorcellerie.

— Il a utilisé ses pouvoirs en public, alors ?

— Oui, mais la police ne comprend pas l'affaire. Je ne pense pas que ça ira plus loin.

— Quand bien même ce serait le cas, il mériterait largement son sort. Savez-vous où il est allé ensuite ?

— Nous sommes remontés jusqu'au port, où il a pris un bateau en direction de Leuca, en Italie. Nous y avons envoyé des hommes, mais jusqu'à maintenant nous n'avons pas de nouvelles de sa présence là-bas.

— OK. Merci pour toutes ces informations, Freddy.

— Je vous en prie.

— Et quand vous verrez Henry Capshaw, passez-lui un message, s'il vous plaît. Dites-lui bien que les entraînements doivent démarrer dès son arrivée. Tout le monde au château doit être formé sans délai.

— Je lui transmettrai dès qu'il posera un pied au château.

— Merci, Freddy, bonne soirée.

À L'ISSUE de cette conversation, j'étais complètement dessoulée, alors que j'aurais souhaité que l'effet de l'alcool se prolonge plus longtemps, à la lumière de ces dernières révélations. Refusant de me laisser abattre, je m'habillai pour la soirée en fulminant intérieurement contre mon frère. Puis j'allai à la rencontre de mes amis devant le restaurant de l'hôtel. Comme je l'avais demandé, on nous installa à une table à l'écart. Nous commandâmes le repas, et je surpris le maître d'hôtel me faire un clin d'œil à la dérobée après avoir lu la liste interminable de nos envies culinaires. Je lui renvoyai son sourire et dégustai le cocktail proposé par le serveur en apéritif.

— Gaby, je ne voudrais pas paraître rabat-joie, me lança Johnny en sifflant sa coupe, mais comment on va faire demain, sans Carmichael et les autres ? Tu penses vraiment recruter du monde sans lui à tes côtés ?

— J'y pensais justement, déclarai-je, lasse, alors que la pression se faisait plus pesante sur mes épaules. Comment est prévue la soirée ?

— Après les événements de New York, on a changé d'endroit par précaution. Nous avons rendez-vous dans un ancien hôtel, répondit-il en sortant son portable où étaient stockées toutes les informations. C'est la demeure de deux natifs bourrés de fric, qui nous prêtent les lieux pour l'occasion. Ça va être ultra chic.

— C'est jamais simpliste, de toute façon, dit Thomas, qui, à l'écouter, en avait ras le bol de porter des smokings. Carmichael m'a appelé tout à l'heure.

— Hein ?! lâchai-je en me tournant vers lui.

— Il voulait m'entretenir à propos de l'événement de demain. D'après lui, le fait qu'il ne soit pas là ne nous portera pas préjudice. Il part demain pour Hong Kong, et on gagnera du temps. Il a dit qu'après New York, les gens ont parlé et que les natifs qui se rendent au château ont raconté à tous leurs contacts ce que tu as fait à New York, comment tu les as sauvés.

— Sauvés ? répétai-je. Beaucoup sont morts !

— Gaby, m'interpella Éric, on ne peut pas sauver tout le monde en temps de guerre. Il y aura encore d'autres morts.

— Mais je refuse que d'autres meurent, c'est insupportable.

— Ce que tu as fait à New York était incroyable.

— Carrément ! bafouilla Johnny, qui dégustait sa mise en bouche. T'as quand même arraché la tête d'une meuf avec tes mains.

— Pas faux, renchérit Thomas, un sourire ravageur sur les lèvres.

— J'ai canalisé ma force télékinésique dans mon bras, tentai-je d'expliquer, c'est Henry qui me l'a appris.

— Flippant.

— Ouais, flippant, renchérit Thomas.

— Bon, OK, j'avoue que moi-même j'ai été surprise de pouvoir faire un truc aussi dégueulasse, mais sur le moment, c'est ce qui m'a paru être la meilleure chose à faire.

— Et c'était le cas, confirma Éric, à mon grand soulagement tant je ne savais quoi penser du tour que prenait la conversation, et tu ne devras pas hésiter la prochaine fois. Ils ne sont plus que cinq et si tu te souviens bien, ils étaient sept à la base. Après Égéria à Amsterdam et sa sœur à New York, nous en avons deux de moins grâce à toi. Arrache-leur la tête tant que tu veux, car même si ça te révulse, ça a sauvé la vie de la grande majorité des invités présents à cette soirée.

— Et s'ils attaquent demain, que vais-je faire sans Carmichael ?

— Nous ne devrons pas tenter le diable, déclara Thomas, nous devrons fuir.

— Il n'est pas question que je fuie si nous sommes attaqués, ils tueraient tout le monde.

— Il faut prévoir un plan de repli pour les natifs en cas d'attaque, dit-il comme s'il avait prévu ce genre de scénario. Ça ne devrait pas être difficile de les éloigner si tu t'échappes. D'après la conversation que j'ai eue avec Carmichael au sujet de New York, ils vous voulaient tous les deux, toi en particulier, et ils te voulaient vivante.

— C'est vrai, confirmai-je, ils me voulaient vivante.

— Peu importe, lâcha Éric, alors que le serveur nous apportait les entrées, ils ne doivent pas mettre la main sur toi et on fera tout pour que cela n'arrive pas, d'accord ?

— Oui… OK.

— J'ose à peine parler de ce sujet, dit-il ensuite, mais ton frère, on sait où il est ?

— Je pense qu'il a rejoint nos ennemis.

— Quoi ?! s'étonnèrent-ils à l'unisson.

— Il s'est enfui et a pris un bateau pour l'Italie.

— L'Italie ?

— Pour Leuca. Et devinez quoi : des bateaux pour les îles grecques partent de Leuca tous les jours.

— L'enfoiré ! pesta Johnny, dont la main se posa sur la mienne. Ton frère est vraiment un putain de cinglé ! Qu'est-ce qu'il cherche, là-bas ?

— La mort, je suppose. Et notre mère.

— Ta mère ?

— Oui. Quand Blake m'a révélé sa trahison, il m'a dit que ma mère était toujours vivante et aux mains des Six, enfin les Cinq maintenant. Il a aussi dit qu'Ethan n'était pas son fils, mais c'est faux, j'en suis presque certaine. La passion de Blake pour les immortels l'a conduit à utiliser tous les stratagèmes possibles pour me faire tuer. En ce qui concerne Ethan, il n'aurait pas pu mieux s'y prendre pour qu'il s'en charge lui-même.

— Et alors, il est parti rejoindre ta mère ?

— Oui, tout comme Connor est parti rejoindre son père. Ethan veut mourir et pense pouvoir ressusciter. Il sait que je ne le laisserai jamais faire. Après tout, je l'ai drogué et l'ai maintenu dans un coma artificiel sans fin, alors il n'allait pas rester gentiment au château. J'aurais dû me douter qu'il s'échapperait un jour, mais je n'avais pas imaginé que quelqu'un l'y aiderait.

— Comment ça ?

— Un garde a été victime de manipulation mentale et n'a pas injecté les drogues durant ses tours de garde.

— Merde, alors ! s'exclama Thomas. Ça veut dire qu'il y a encore un traître au château.

— Nous démêlerons ça en rentrant. Pour l'instant, nous devons nous concentrer sur l'événement de demain.

— Un événement ultra chic ! nous rappela Johnny. Et je t'ai prévu une tenue… Aïe aïe aïe !

— Oh non, Jo, ne me parle pas de mode maintenant !

— Ingrate que tu es !

Je ne pus m'empêcher de pouffer de rire. Le repas se passa ensuite dans une ambiance plus légère. Nous retrouver tous les quatre nous faisait un bien fou. La simplicité de nos échanges, nos rires et l'atmosphère amicale me firent un instant oublier la pression, les combats, le mariage, le couronnement, mon frère, la guerre et les trahisons, qui, je devais l'avouer, devenaient insupportables par leur fréquence et par leurs effets sur mes nerfs. Nous terminions nos desserts quand la musique d'un orchestre tonna dans les enceintes de la salle de restaurant. À l'écart, nous avions le loisir d'observer les clients prompts à exécuter une démonstration au centre de la salle. Je remarquai des hommes tendre le bras à leurs épouses, fiancées ou amies, les invitant ainsi à se mouvoir dans une danse de couple tout à fait honorable. Un regard appuyé à ma gauche attira mon attention. Je fus soudain confrontée aux yeux ardents d'Éric. Il me lança un clin d'œil, puis, sans crier gare, se leva et me tendit le bras à son tour.

— Accepteriez-vous de m'accorder cette danse, mademoiselle Chêne ? demanda-t-il, un sourire aux lèvres.

Je réalisai à ce moment à quel point il était bon de le voir sourire. Je me rappelai à peine la dernière fois que je l'avais vu dans de si bonnes dispositions.

— Ce serait avec plaisir, monsieur Valérian.

Ma main se posa sur son avant-bras, et il m'invita à danser au milieu des autres clients de l'hôtel. Sa main gauche attrapa ma main droite, l'autre se posa sur ma hanche. La chaleur électrisante de son corps s'empara de moi. Il se douta du phénomène et en éprouva à son tour la sensation quand je lus sur son visage un sourire un soupçon satisfait, si j'en croyais mes impressions.

— Nous n'avons pas beaucoup parlé, ces derniers temps, dit-il, rompant l'embarras de cet instant.

— Si je me rappelle bien, la dernière fois que nous avons eu une discussion tous les deux remonte à mon mariage. C'était dans la bibliothèque, où tu m'as dit que nous étions maudits, toi et moi.

— J'ai toujours tendance à en rajouter, commenta-t-il, alors que ses lèvres se retroussaient.

— Tu n'avais pas tout à fait tort. Dès notre rencontre, il faut reconnaître que nous avons rencontré quelques difficultés.

— D'abord mon frère, me dit-il en se rapprochant, puis ta séquestration à Londres, ton exil, Blake Burton Race, et enfin Carmichael que tu as épousé.

— Eh oui... À croire que tous les hommes natifs veulent faire en sorte que tu ne m'approches pas, ou que tu me veuilles du mal.

— J'ai tellement de remords quand je pense à ta mort, je...

— N'en dis pas plus, s'il te plaît, Éric. Nous savons tous les deux que tu n'y es pour rien, et que je ne t'en ai jamais tenu rigueur. Sinon, comment tolérerais-je une harpie comme Carly Stanton au château, dis-le-moi ?

Il éclata de rire et recula un peu la tête pour m'observer ; ses yeux s'ancrèrent dans les miens. Ce regard perçant avait toujours eu le don de me déstabiliser, et mon partenaire de danse en avait parfaitement conscience. Il approcha ses lèvres de mon oreille.

— Carly m'a beaucoup aidé, et elle est gentille.

— Voilà un discours des plus romantiques, soulevai-je, sarcastique.

— Je ne vois pas ce que le romantisme a à voir là-dedans.

— Eh bien, Carly et toi, vous allez bien ensemble, avouai-je alors que cela m'arrachait la gorge, les cordes vocales et la langue de formuler un truc pareil.

— On n'est pas ensemble ! dit-il comme si j'avais sorti l'énormité de l'année.

— Ah... Pardon, je croyais que...

— Non ! C'est une amie qui m'est chère. Et puis, je serais vraiment un sale type si je démarrais une histoire sous les yeux d'Allyson.

Allyson était la jeune femme native avec qui Éric était sorti quelques mois, durant la période où il avait été manipulé par Blake. Ce dernier avait utilisé cette relation pour m'éloigner d'Éric et pour mieux m'envoyer dans les bras de Carmichael. Mais Éric n'avait aucun souvenir des mois de son asservissement. À son réveil, Allyson ne faisait plus partie de sa mémoire, et cela sonna le glas de leur relation. La tristesse de la jeune femme m'avait brisé le cœur. C'était une chouette fille qui ne méritait pas un tel traitement. Je reconnaissais bien Éric dans ses dernières paroles ; son honneur lui interdisait de faire plus de mal à la jeune cousine de Caleb, et je l'en admirais encore davantage.

— Mais s'il n'y avait pas Allyson ? me risquai-je, piquée de curiosité.

Ses yeux se rivèrent aux miens, et je reconnus un sourire espiègle dans ses traits. La situation l'amusait.

— Je ne suis pas certain que j'aurais choisi Carly, dans ce cas.

— Ah bon ?! lançai-je, effarée et pas certaine d'apprécier sa réponse. Alors il y a une native qui a toute ton attention ? C'est intéressant.

Il sourit de plus belle. Je fronçai les sourcils en essayant de me remémorer toutes les femmes du château susceptibles de lui plaire, mais il y en avait tant ces derniers temps que c'était comme chercher une aiguille dans une botte de foin.

— OK, lâchai-je presque sèchement, c'est qui ?

Il éclata de rire. Mes yeux s'écarquillèrent.

— En tout cas, continuai-je, je lui dois ton sourire ce soir, et j'ai hâte de la connaître. Ça me fait plaisir de te voir moins… maussade.

— Il y a des situations qui facilitent la guérison. Des fois, ça tient à peu de choses, finalement.

Je ne comprenais plus rien. Le mystère dans ses paroles allait au-delà de mes capacités intellectuelles, et je me montrai incapable de lever le voile sur cette énigme qui attisait tant ma curiosité.

— Allez, dis-moi, s'il te plaît, dis-je, n'y tenant plus. C'est qui ?

— C'est… Estelle, répondit-il, un sourire narquois sur ses lèvres. Ses petits plats sont si délicieux !

— Tu te fous de moi ! compris-je alors. C'est moche, monsieur Valérian, vous êtes malhonnête !

— Cela pourrait prêter à rire si on considère la sincérité de votre grand roi.

— Vous êtes on ne peut plus désobligeant, rétorquai-je, mais je veux bien faire preuve d'indulgence, ce soir.

— Et que me vaut cet honneur, mademoiselle Chêne ?

— Je ne suis plus une « mademoiselle ».

— Hélas !

— Mais je reconnais que tu as raison. Carmichael est un comploteur et un menteur ! Et après tous ces mois, j'admets que je suis heureuse d'être ici, avec toi. Tu m'as manqué, Éric, et je me suis inquiétée pour toi.

— Je n'allais pas laisser Blake me briser. Et depuis qu'on a quitté le château, je me sens plus léger.

— Vraiment ?

— Tout ce qui s'est passé à Altérac a changé le regard que j'avais sur le château et ses habitants. Carly m'a aidé à dépasser ça, mais…

— Mais tu ne t'y sens plus à ta place ? devinai-je, une certaine tristesse trahissant ma voix.

— Je dois admettre que non.

— Mais tu ne comptes pas t'en aller, quand même ?!

Il garda le silence. Je m'arrêtai de danser un instant, tandis que je réalisais qu'il m'était impossible d'imaginer ma vie au château sans la présence d'Éric. Lui me regardait avec une intensité telle que je crus que mon cœur allait s'extirper de ma cage thoracique. La situation m'incitait à lui livrer mes pensées, ou était-ce le vin ? Peu importait, car déjà je me lançais.

— Tu sais, dis-je, je n'ai jamais oublié cette nuit-là.

— Quelle nuit ? s'enquit-il en me lâchant la main, tandis que ses yeux s'assombrissaient.

— Oh non, pas celle-ci ! me rattrapai-je, comprenant qu'il pensait à la nuit où il m'avait tiré dessus sous les ordres de Blake. Non, je parle de LA nuit… dans ma chambre.

Je n'avais pas prévu d'être aussi directe. D'ailleurs, je me demandais bien pourquoi j'abordais le sujet, mais je fus soulagée de le voir rassuré. Il reprit ma main et rapprocha son corps tout près du mien. Nos poitrines se frôlèrent tandis que nos pas esquissaient une danse approximative. Mais elle ne pouvait être aussi approximative que mes battements de cœur à cet instant même. Je manquais d'oxygène.

— Le placard secret sous l'escalier, murmura-t-il à mon oreille.

— Oui, confirmai-je en rougissant, je pensais au placard, ou du moins à ce qui s'est passé dedans.

— Une expérience saisissante, si je me rappelle bien.

— Saisissante est le mot, déclarai-je, ne pouvant réprimer un sourire.

— Je me rappelle avoir mal interprété ta réaction après.

— Moi aussi, je m'en souviens. Quel idiot tu fais !

— Idiot ?! répéta Éric en s'esclaffant. Oui, je suppose que j'en suis un, en effet.

— Ensuite, j'ai été enlevée, j'ai failli mourir de faim et de maladie, puis toi et les autres vous m'avez sauvée. Puis vinrent les Six, et…

— … finalement le mariage.

— Oui.

— Notre relation est ponctuée de rendez-vous manqués, n'est-ce pas ?

— Je ne dirais pas ça, répliquai-je. Après tout, je suis dans tes bras en ce moment même, non ?

— Mais pour combien de temps ?

La musique s'interrompit pour reprendre sur un air plus enjoué. Nous n'avions plus d'autre choix que de retourner à notre table, que nous découvrîmes déserte.

— Ils ont dû aller se coucher, et nous devrions en faire autant.

— Je suis d'accord, dis-je, alors que je prenais ma veste laissée sur ma chaise.

Nous prîmes l'ascenseur pour regagner notre étage. Trois clients de l'hôtel montèrent à nos côtés, mais dans la cabine, je n'arrivais plus à détacher mon regard de celui d'Éric. Quand nous arrivâmes sur le seuil de ma chambre, il sembla hésiter, prit ma main, et finalement la lâcha. Le temps parut se suspendre, puis je repris mes esprits et embrassai sa joue. Il posa une main sur mon épaule, irradiant ainsi tout mon bras, ma poitrine, et tout le reste.

— Bonne nuit, balbutiai-je alors qu'il reculait d'un pas.

Je rentrai dans ma chambre. Mais que venait-il de se passer, exactement ?! Je refermai la porte et m'adossai à elle en me mordant les lèvres.

J'étais heureuse, transie de bonheur comme une gamine que l'on avait courtisée pour la première fois. J'aurais dû me sentir coupable. J'étais mariée, une guerre se profilait à l'horizon et la responsabilité de mener mes semblables à la bataille m'incombait. J'aurais dû repenser à Carmichael ou à mon frère parti rejoindre les Cinq, à la nécessité de convaincre d'autres natifs de faire front à nos côtés. Mais non, je ne pensais qu'à Éric et aux quelques mots échangés durant notre danse. Je m'étalai sur le lit et me recroquevillai sur moi-même en éclatant de rire. Mon Dieu, ce que j'avais besoin de rire, ce que j'avais besoin de me sentir vivante ! Éric m'apportait ça, il l'avait toujours fait.

Je m'endormis tout habillée, et mon sommeil fut paisible, ce qui était surprenant au regard des actions épouvantables que j'avais commises il y avait peu, comme arracher la tête d'une femme, par exemple. Mais en y réfléchissant bien, j'avais rarement eu le sommeil troublé par quoi que ce soit. Et avec l'image d'Éric imprimée dans chacune de mes pensées, je dormis encore mieux cette nuit-là. Pourtant, si j'avais su ce qui m'attendait le lendemain, j'en aurais sûrement fait des cauchemars.

CHAPITRE 13

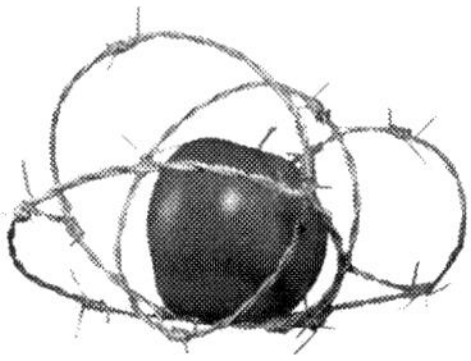

Le lendemain, Johnny tapa à la porte aux environs de dix heures, en compagnie d'Elvis, venu nous rendre visite pour l'occasion. Je fondis dans les bras du grand noir balafré, qui me souleva avec une facilité déconcertante.

— Comment vas-tu, mon ami ?

— Plus que bien, répondit Elvis, les affaires cartonnent ! Et vous voir tous les deux fait franchement plaisir.

— La salle de muscu est un succès, alors ?

— Yep ! On galère un peu sur la compta avec Mohamed, alors on a embauché une de ses cousines pour s'occuper de ça, elle gère. D'ailleurs, en parlant de la salle, la pièce secrète que tu voulais est désormais opérationnelle.

— Très bien. C'est bon à savoir, on ne sait jamais, par les temps qui courent.

— Vous avez des problèmes ? s'enquit Elvis, un œil inquiet vrillant vers son frère.

Après tout, comment ne pas s'inquiéter quand un membre de votre famille, dépourvu de pouvoirs, fréquentait des personnes aux facultés démesurées, et toujours empêtrées dans des luttes intestines, des histoires de meurtres et des guerres fratricides.

— Oui, avouai-je à Elvis, on peut dire que nous avons des problèmes.

— Mais Gaby s'en occupe, lâcha Johnny comme si cette phrase allait rassurer son frère.

Elvis m'observa en silence. Il me prit la main et m'envoya un sourire.

— Je suis content de te voir, ma belle.

— Moi aussi.

— Où est ton mari ?

— Euh... balbutiai-je, ne sachant comment aborder le sujet. Nous avons eu une grave dispute. Je l'ai laissé rentrer au château.

— Ou plutôt, il n'a pas eu le choix, corrigea Johnny. Cet enfoiré a toujours su qu'Olivia était aux mains de son psychopathe de père !

— Il m'a menti, dis-je froidement. Quand je suis arrivée pour la première fois à Altérac, Carmichael est parti pour Londres avec Ethan durant quelques semaines. Ils savaient tous les deux qu'Olivia était prisonnière de Magnus et ne m'en ont jamais rien dit. Le pire, c'est qu'ils savaient ce que Magnus allait lui faire subir.

— Pourquoi ont-ils fait ça, ces enfoirés ?! s'emporta Elvis.

— Carmichael m'a dit qu'il ne voulait pas que je risque ma vie en tentant de la délivrer, alors que je maîtrisais à peine mes pouvoirs. Quant à mon frère, je suppose qu'il protégeait Magnus ; à cette époque, il était comme un agent double.

Elvis serra la mâchoire, alla s'asseoir sur un fauteuil et resta silencieux, tandis qu'il tentait de digérer toutes ces informations.

— Carmichael a eu raison, lâcha-t-il fermement.

— Quoi ?! m'étonnai-je aux côtés de Johnny, les yeux ronds comme des billes.

— Enfin, réfléchissez, tous les deux, nous rabroua Elvis, si tu avais attaqué cette putain de tour, tu serais *dead*, Gabe.

Il accompagna sa dernière phrase d'un geste lapidaire de la main sur son cou. Elvis avait été amoureux d'Olivia depuis sa plus tendre enfance, le fait qu'il soit aussi placide et réfléchi quant au mensonge de mon mari m'étonnait.

— Tu ne te souviens pas dans quel état on t'a récupérée après ta capture ? poursuivit-il. Moi, si. On sait tous les deux que si tu les avais attaqués avant, tu n'en serais pas sortie vivante.

— J'aurais juste aimé avoir le choix.

— Le choix ? lâcha Elvis, interloqué. Tu te serais jetée dans la gueule du loup à la minute où tu aurais appris qu'elle était détenue là-bas. J'en aurais fait autant, et ça aurait été une grosse connerie, tu le sais très bien.

— Il a peut-être raison, dit Johnny, qui me prit la main. On n'aurait peut-être rien pu faire pour elle.

Je restai muette. Dans ma tête, je me repassais le souvenir de ma meilleure amie effrayée, et j'entendais encore l'horrible bruit provenant de sa nuque brisée par Grégoire.

— Nous, on est encore là, bien vivants, et ces enfoirés sont morts.

— Pas tous, le corrigeai-je. Magnus est encore de ce monde.

Le service d'étage frappa à la porte et nous détourna de cette effroyable conversation. Le petit déjeuner fut servi sur une table ronde à l'angle de la pièce, et nous dégustâmes notre repas en entretenant une discussion plus légère. Elvis nous raconta tout ce qui avait cours à la cité des Bosquets depuis notre dernière visite, qui s'était conclue, me rappelai-je, par la mort sanglante de Naomi. Elvis ne mentionna pas cet épisode et, au bout d'une heure, nous quitta en promettant de venir sous peu au château pour rendre visite à son père.

Je pris une douche rapide et enfilai une robe. J'avais promis à Johnny de faire du shopping sur le boulevard Haussmann et ne pouvais me libérer de mes engagements, bien que mon esprit fût à mille lieues des emplettes que mon meilleur ami prévoyait. Nous déjeunâmes rue de Rivoli et passâmes le reste de la journée dans ma chambre, à enfiler les vêtements achetés et à imaginer à quelles occasions nous les porterions. Bientôt, ce fut l'heure de se préparer et là encore, Jo ne fit pas les choses à moitié. Cinq femmes firent irruption à dix-huit heures. Ensuite, ce fut Daz, le coiffeur de mon mariage, à l'allure d'une star de football américain, qui se joignit à la troupe.

— Salut Jo, salut Gabe, lança Daz en tapant la main de Johnny.

— Salut mon poto, comment ça gaze ?

— Bien, bien.

— OK, bon alors, elle doit être parfaite, car…

— ... Y a encore des invités chelous qui doivent montrer du respect pour sa coupe de cheveux.

— T'as tout compris ! s'exclama Johnny en le tapotant sur l'épaule.

Et une heure trente plus tard, j'étais fin prête pour la nouvelle réception donnée en mon honneur. Daz avait confectionné un superbe chignon, laissant quelques mèches de cheveux s'échapper pour offrir un effet naturel à une coupe qui avait pris une heure de préparation à elle seule. Vêtue d'une combinaison kaki, très élégante, et chaussée d'escarpins rouge vif assortis à mon rouge à lèvres, je devais reconnaître que je me sentais beaucoup plus à l'aise qu'à New York.

— J'aime beaucoup cette tenue, Johnny.

— Ah enfin ! dit-il, soulagé. Je m'adapte, tu sais ? Ce n'est pas très royal, mais c'est le look qu'il faut pour Paris, ma belle !

— Parfaitement.

Une berline nous attendait en bas de l'hôtel. Éric et Thomas étaient déjà dehors, en veste de smoking. Thomas m'embrassa sur la joue avant de féliciter Jo pour ma tenue. Il accueillit son compliment avec une humilité parfaitement feinte. Éric, quant à lui, m'observait avec un regard à faire fondre un iceberg et attrapa ma main pour mieux m'attirer vers lui. Il m'embrassa à son tour, ses lèvres s'approchant dangereusement des miennes. Je m'étonnai de tant de démonstration, quand Johnny nous héla pour monter en voiture. Mon meilleur ami s'installa aux côtés du chauffeur, alors que j'étais cernée à l'arrière par les deux frères Valérian. Dans l'habitacle, il faisait une chaleur de feu, et je pensais ne pas être la seule à l'éprouver, puisque pas un seul d'entre nous ne pipa mot tout au long du trajet, qui heureusement fut court. Nous avions roulé sur deux ou trois kilomètres tout au plus, avant d'atteindre la rue Saint-Sulpice, où se trouvait le lieu de la réception. En sortant du véhicule, mes yeux furent charmés par la façade de la bâtisse de cinq étages, en pierre de taille blanche. Des balcons en fer forgé, cernés de sculptures, lui donnaient tout son caractère, mais c'est la voûte de l'entrée, dont les moulures en ferraille formaient deux lettres A entremêlées, qui attira mon attention. Là nous attendait un majordome, qui nous invita à le suivre à l'étage.

Mes pas résonnèrent sur le sol en marbre de l'entrée. La moquette de l'escalier atténua ce phénomène et nous arrivâmes dans une pièce chaleureuse pourvue de quelques fauteuils en velours. Dans l'âtre de la cheminée, un feu accueillant crépitait. L'ancien hôtel de style haussmannien avait tout le charme des bâtiments de cette époque, aux moulures distinguées et dans le plus pur style parisien.

— Vous allez rencontrer les propriétaires avant d'entrer dans la salle de réception, nous lança le majordome.

— C'est entendu, déclarai-je.

— Vos invités peuvent me suivre.

— J'aime autant qu'ils restent avec moi.

— Je... Je suis désolé... bafouilla le majordome, mais c'est que... On m'a donné des directives, et je ne voudrais pas...

— Écoutez, lui dis-je, confuse de l'avoir mis dans un tel embarras, seul mon ami Johnny restera avec moi, cela vous convient-il ?

— Euh... Oui... D'accord.

Il demanda à Éric et Thomas de le suivre, et ils s'échappèrent tous par une porte. Je savais qu'ils sauraient se défendre en cas d'attaque, mais ce n'était pas le cas de mon meilleur ami, alors il n'était pas question qu'il me quitte de la soirée. Une tension nerveuse commençait à s'insinuer dans les muscles de mes jambes, je n'aimais pas ça. Les événements de New York me revinrent en tête et bien que nous ayons changé de lieu de réception, je n'étais pas tranquille. Les invités étaient si nombreux qu'il suffisait que l'un d'eux en parle à l'un de nos ennemis pour que la soirée se transforme en drame. À nouveau, je repensai à ma mère, supposée prisonnière, à mon frère, à une façon de gagner cette guerre.

Mes réflexions furent interrompues par l'entrée d'un couple. Lui avait les cheveux noirs gominés et respirait l'élégance. Et que dire de sa partenaire ! Elle était sublime dans une robe scintillante, ses mèches blondes enroulées dans un chignon au style bohème. L'homme se mit à sourire en me découvrant, tandis que la femme pressait le pas pour me serrer la main. Ils en avaient oublié la présence de Jo derrière moi.

— Quel bonheur de vous rencontrer, ma reine, dit l'homme.

— Oui, c'est un grand honneur, déclara la jeune femme.

— Euh… Appelez-moi Gabrielle.

L'homme parut surpris, et son sourire s'élargit encore. La femme hocha la tête et me lâcha la main.

— Je suis Adam, le propriétaire des lieux, et voici ma femme, Amélia.

— Enchantée de vous rencontrer. Je vous présente mon ami Johnny.

— Nous nous sommes déjà entretenus par téléphone pour l'organisation de cette soirée, me rappela Amélia. Enchantée, monsieur Forbe.

Le couple scruta Johnny, soudain conscient de son humanité, mais ne s'attarda pas longtemps sur lui afin de pouvoir mieux me dévisager. Je trouvai un peu gênante leur observation, mais compris qu'ils avaient dû longtemps attendre avant de me rencontrer. Ils mettaient enfin un visage sur la reine dont tout le monde parlait, et je n'arrivais toujours pas à me faire à l'idée qu'il s'agissait de moi.

— Nous sommes heureux que vous soyez venus, dit Amélia, toujours aussi enjouée.

Elle avait les yeux gris, alors que ceux de son époux étaient marron. Dans la quarantaine, ils avaient tous deux une allure longiligne et souple. De prime abord, ils paraissaient très sympathiques, aussi je leur renvoyai un sourire amical.

— Carmichael n'est donc pas de la partie ? s'enquit Adam.

— Non, il est retourné à Altérac et partira bientôt pour Hong Kong. Les événements nous poussent à accélérer les choses.

— Nous comprenons, lança Amélia, nous avons appris ce qui s'était passé à New York.

— Vous savez donc qu'il y a eu des morts ?

— Oui, et nous savons comment vous avez sauvé tous les autres.

De la main, elle m'invita à m'asseoir sur un des fauteuils et prit place face à moi.

— Nous connaissons Carmichael depuis très longtemps, déclara-t-elle. Nous lui avons parlé récemment, et il nous a fait part du danger d'organiser cette réception.

— Je suis soulagée que vous en ayez conscience, remarquai-je, alors que je souhaitais aborder le sujet.

— Nous sommes prêts à nous battre si nécessaire, déclara Adam en se postant debout à ses côtés, et je suis certain que tous les natifs venus ce soir en feront de même si nous sommes attaqués.

— Ce n'est pas ce que je souhaite.

Adam me regarda, surpris, et échangea un regard d'incompréhension avec sa femme.

— Je m'explique, poursuivis-je, si nous sommes attaqués ce soir, ce qui est une possibilité à la lumière des récents événements, je veux que chacun d'entre vous soit prêt à fuir dans la direction opposée à la mienne.

— Mais nous sommes là pour vous aider dans cette guerre ! Personne ici ne veut être soumis aux pouvoirs de ces anciens natifs.

— Pour qui se prennent-ils ?! renchérit Adam. L'un des leurs est venu il y a des semaines nous ordonner de le suivre en Grèce. Il a menacé de nous tuer si nous refusions.

— Et ils le feront sous peu, dès qu'ils comprendront que vous êtes dans le camp opposé. Mais il n'est pas encore l'heure de la grande bataille qui nous opposera à eux. Nous devons en savoir plus, connaître leur nombre et nous préparer. C'est trop tôt.

Ils hochèrent la tête, conscients que j'avais raison sur toute la ligne, et qu'il n'était pas prudent de se mesurer aux Cinq avant d'avoir établi un plan scrupuleusement préparé.

— Nous ferons ce que notre reine nous ordonne.

— Je ne vous ordonne rien, dis-je, je ne suis pas comme les Cinq. Je veux que vous me suiviez pour conserver votre façon de vivre, votre liberté et votre intégrité. Althéa, celle qui se prétend être reine à ma place, est très puissante et a englouti une ville entière dans les flots de l'océan Pacifique.

— On dit que vous êtes capable de former un ouragan.

— Et elle arrache des têtes ! lâcha Johnny.

J'échangeai un regard avec lui, et mes yeux ronds lui intimèrent de se taire.

— J'ai eu l'occasion de me mesurer à trois d'entre eux, poursuivis-je, sans rebondir sur la remarque de mon meilleur ami poète, mais Carmichael était avec moi et il n'y avait pas leurs chefs, Althéa et Priam. Je ne pense pas être assez puissante face à eux. À notre première rencontre, j'ai eu des difficultés ne serait-ce qu'à bouger face à leurs pouvoirs. Mais ce que je sais maintenant, c'est qu'ils me veulent vivante et qu'ils me veulent *moi*. Si je fuis, ne vous étonnez donc pas, car mon objectif sera de les éloigner de tous les natifs présents. Est-ce entendu ?

— C'est entendu, dirent-ils ensemble.

— Très bien. Puis-je me permettre de vous demander quels sont vos pouvoirs ?

— Je suis télékinésique, me révéla Amélia. Adam est télépathe.

— Dans ce cas, Adam, en cas d'attaque, je vous saurais gré de transmettre à nos semblables ce que je viens de vous dire : ne pas me suivre et fuir.

— C'est d'accord. Nous avons une issue de secours à l'arrière du bâtiment et nous pourrons facilement y accéder de la salle de réception.

— Eh bien, tout cela me semble parfait, lançai-je en me levant. Allons donc rencontrer les plus courageux des natifs. Je vous remercie infiniment de prendre le risque d'organiser cette réception.

— C'est un honneur pour nous.

Ils se levèrent et m'invitèrent à les suivre. Nous parcourûmes un long couloir, Johnny se tenant derrière moi. L'agitation et les bavardages commencèrent à parvenir jusqu'à nos oreilles. Adam ouvrit deux grandes portes, et le brouhaha s'accentua, pour s'arrêter brusquement quand je franchis le seuil de l'entrée. Johnny s'éclipsa et alla retrouver nos acolytes de voyage. Devant moi, une centaine des nôtres s'étaient immobilisés et me parcouraient des yeux. Les effluves portés par mon inexorable pouvoir d'attraction se propagèrent dans la salle.

NERVEUSE, je m'avançai sur le parquet à chevrons, à la demande des maîtres de maison. Je compris au bout de quelques minutes qu'on attendait de moi que je prenne la parole, et je me maudis dans l'instant d'avoir congédié Carmichael, qui assurait d'habitude l'exercice. J'espérais parvenir à masquer la trouille que j'éprouvais à parler en public, et fus encouragée par Éric, Thomas et Johnny, qui me faisaient des signes, les pouces levés.

— Bonsoir, commençai-je, la voix légèrement enrouée par le stress. Je vous remercie d'être tous venus ce soir.

Je pris une profonde aspiration, avant de poursuivre.

— Comme vous avez dû l'apprendre, nous avons par mégarde libéré des natifs très anciens. Nous avons été manipulés par Blake Burton Race, que vous connaissez sûrement de nom, et, à cause de cette erreur, des natifs d'une puissance incroyable sont actuellement en quête d'un pouvoir encore plus immense.

Je marquai une pause ; le silence de la salle n'était pas rassurant. Les mots que j'allais choisir devaient faire mouche et la pression sur mes épaules n'en était que plus lourde. Tous les gens présents à cette soirée nous soutenaient, c'était une certitude, mais allaient-ils se battre ? Rien n'était moins sûr.

— Je tiens à exprimer sincèrement mes excuses d'être la cause de ce danger qui vous menace. Je ne l'ai jamais voulu, et je serais prête à donner ma vie pour me racheter si cela s'avérait nécessaire. Si ce n'est pas encore fait, ils viendront bientôt vous contraindre à les servir, à combattre ceux qui se refusent à des années de servitude : notre camp, celui de Carmichael et de moi-même, vous propose de conserver votre liberté et, surtout, votre libre arbitre. Alors, en tant que reine de notre communauté, je n'ordonnerai à personne de se battre pour moi. Je vous demanderai de vous battre pour vous, pour les natifs et nos enfants à venir. Ceux qui resteront en arrière ne seront pas inquiétés ni par votre roi ni par moi, votre reine. Mais il s'agit là de survie : la survie de notre mode de vie, la survie de nos valeurs. J'ai rencontré les Cinq, je sais ce qu'ils veulent et je sais le danger qu'ils représentent pour ce monde. Le futur à leurs côtés ne sera pas le présent que vous connaissez, dites-le-vous bien. Mais un espoir existe. J'ai tué Blake Burton Race, j'ai tué leur sœur Égéria, et j'ai encore tué l'un d'eux, il y a quelques jours à New York. Je ne vais pas vous mentir, on dit beaucoup de choses à propos de mes pouvoirs, mais seule face à eux et toute leur armée, je ne ferai pas le poids, alors que tous ensemble, on a une chance de gagner. Une infime chance peut-être, mais une chance quand même. Je ne sais pas encore quand, mais le jour viendra où la grande bataille aura lieu et alors nous serons postés du côté du bien. Et c'est tout ce qui m'importe. La question maintenant est de savoir si vous, vous serez à mes côtés.

Je mis un terme à mon discours, et le silence se prolongea. Je commençai à me tortiller, très mal à l'aise, mais de premiers applaudissements vinrent me rassurer, puis d'autres suivirent. Je poussai alors un « ouf » de soulagement et me pris à sourire. Les invités vinrent successivement me serrer la main et me déclarer des mots de soutien chaleureux. Je sus alors que la partie était gagnée et allai serrer dans mes bras mes amis postés non loin de là.

— Tu as réussi ton grand oral, Gabe, me lança Thomas.

— Tu les as convaincus, renchérit Éric.

Soulagée par leurs paroles, je suivis Adam et Amélia derrière la table principale et m'installai sur un fauteuil en velours noir, dressé pour l'occasion. On servit les premiers plats, mais à mesure que les minutes passaient et malgré la conversation entretenue régulièrement par Amélia, je plongeai dans l'ennui. Mon sourire de façade n'en laissait rien paraître. Mes amis étaient assis un peu plus loin, près des deux portes de l'entrée. Tous les invités s'extasiaient, conversaient, riaient ou dégustaient leurs plats, tout en ayant pour moi des attentions généreuses. Mais, pour autant, je ne m'étais jamais sentie aussi seule. Je pris conscience de l'absence de Carmichael et fus prise d'une certaine morosité. J'avais envie de lui donner des nouvelles, de lui dire comment notre cause avançait à Paris et comment j'avais réussi à convaincre les nôtres en son absence. J'en étais fière et je voulais le partager avec lui. Et surtout, il me manquait. Mettant un instant ma colère de côté, je ne résistai pas à une furieuse envie de l'appeler, aussi je quittai quelques minutes la table et m'éloignai vers l'une des fenêtres afin de composer son numéro.

— Allô, c'est toi, ma puce ? demanda-t-il aussitôt qu'il décrocha.

L'entendre me serra la gorge, car même si je lui en voulais à mort, il m'était toujours agréable d'entendre sa voix ténébreuse m'appeler *« ma puce »*, comme il l'avait fait effrontément dès notre première rencontre. Et à cet instant, il l'avait dit d'une manière où la surprise et la vulnérabilité transparaissaient.

— Je suis à Paris, déclarai-je sans laisser paraître mon trouble.

— Je sais, dit-il, ça se passe comment ?

— Très bien, répondis-je, tu serais fier de...

Un fracas épouvantable couvrit la fin de ma phrase et me surprit au point que j'en laissai tomber le téléphone. Un trou énorme se forma dans le mur. Les fenêtres volèrent en éclats, tandis que les pierres de taille étaient expulsées une à une dans la rue par une force invisible. Je fis volte-face vers l'assemblée et n'eus pas le temps de prendre une respiration que tous les invités côté fenêtre hurlèrent, leurs yeux pleurant du sang avant que la vie s'échappe soudain de leur corps. Comme si leur cerveau était compressé de l'intérieur, aucun ne résista, et ils moururent en quelques secondes, après d'atroces souffrances psychiques. Une force très puissante en était la cause, et je réprimai un haut-le-cœur devant un spectacle aussi abominable. Des cris effroyables parvinrent à mes oreilles, tandis que mon esprit tentait de refouler ces images. Les corps d'une trentaine de natifs tombèrent comme des pierres sur le sol. Puis le silence. Un silence de mort. Des respirations fortes et des cris étranglés rythmèrent les quelques secondes qui suivirent, quand enfin je perçus, à travers le trou béant dans la bâtisse, Priam l'usurpateur, en lévitation, qui contemplait son massacre, un rictus satisfait sur les lèvres. Deux de ses frères, dont l'un déjà rencontré à New York, volaient à ses côtés. Mon sang ne fit qu'un tour.

Je lévitai à toute vitesse jusqu'au centre de la salle, face au trou énorme dans le mur. J'érigeai ma barrière, protégeant le reste des invités derrière moi. Priam, dès qu'il me découvrit, fut pris d'un éclat de rire morbide. Je l'ignorai et tournai la tête en direction d'Adam. Celui-ci comprit aussitôt ma démarche et envoya par télépathie mes recommandations de fuite à tous les invités présents. Mais les portes étaient closes, il était impossible pour eux de les franchir. Amélia tenta, à l'aide d'autres télékinésiques, de les ouvrir, mais Priam, ou peut-être ses frères, verrouillaient les accès. Nous étions tous pris au piège, et un mouvement de panique parcourut la grande pièce. C'est alors que je décidai de mesurer mes forces à celles de mes ennemis et concentrai toute mon attention sur les doubles portes, chacune face à l'autre et à chaque extrémité de la pièce. Je sentis la résistance d'un autre pouvoir, dont la puissance m'empêcha d'exécuter rapidement mon dessein. Je renforçai ma concentration pour les détruire. Un trou se forma au milieu des portes, puis s'agrandit comme si l'on forait dedans. Par la pensée, j'appelai les débris, et, dans un éclat de fureur, je les expulsai à travers l'ouverture dans le mur. Priam et ses sbires tentèrent de retourner mon attaque, mais je les contrai en éjectant les pierres, tombées plus tôt sur le trottoir, droit dans leur direction. Elles s'expulsèrent si vite qu'un des frères n'eut pas le temps de se protéger et en reçut une en pleine face. Les invités s'enfuirent, et je vis un autre frère de Priam tenter de rentrer dans le bâtiment pour les en empêcher. Je le bloquai à l'aide de mes pouvoirs, tandis qu'Éric, Thomas et Johnny venaient se poster derrière moi. Priam tenta de prendre le contrôle des pierres, mais, déjà soumises à ma volonté, il ne réussit qu'à disposer de quelques-unes. Je vis à son expression que cela le mettait très en colère. Et cette ire monta crescendo, puisqu'il fit léviter une voiture garée devant l'hôtel et l'expulsa tout droit vers l'intérieur de la grande salle. Je bloquai l'engin en l'air, son envergure parant les projectiles que nos ennemis lançaient maintenant dans notre direction, et profitai de ces quelques secondes de répit pour réfléchir à la façon de nous tirer de ce mauvais pas. Mais soudain, je sentis la voiture être arrachée à mon contrôle avec une violence inouïe. Elle s'éjecta si loin dans les airs qu'en quelques secondes elle disparut de ma vision. Cette fois, je pris peur, car c'était Althéa qui lévitait jusqu'à nous. Un bruit de sirènes de police se rapprochait. Prise de panique, je renforçai ma barrière télékinésique et pris conscience que les invités avaient déjà dû emprunter les issues de secours. J'étudiai la situation dans son ensemble. Mes amis à mes côtés étaient en danger : j'étais seule contre Althéa et Priam, je n'avais aucune chance. Avais-je été complètement folle de me séparer de Carmichael et de tout un bataillon de natifs dans un moment pareil ?! Je me serais foutue des claques en y repensant, mais je n'avais pas le temps pour ça, il me fallait réfléchir à une stratégie. Thomas et Éric ne pouvaient, à coup sûr, battre les deux plus jeunes frères, qui les stopperaient aussitôt qu'ils tenteraient une attaque. Il me vint alors une idée. Une idée folle, mais nécessaire. Une idée qui protégerait mes amis et ma communauté, du moins pour un temps. Je n'avais de toute façon plus le choix.

— Viens, Gabrielle ! cria Priam, qui me confirma à nouveau qu'ils étaient venus nous attaquer pour moi, et uniquement moi.

Tout en maintenant mon bouclier invisible, je me tournai vers mes amis.

— Faites-moi confiance, leur dis-je.

Je levai les yeux vers le plafond, qui cracha de la poussière. Un bruit fracassant fit tressaillir mes amis : l'immeuble s'effondrait sur lui-même. Dès lors que les premiers blocs de pierre nous atteignirent, je ramenai le bouclier sur un périmètre plus étroit, nous protégeant des gravats de la bâtisse qui s'écroulait au-dessus de nos têtes. Un énorme nuage de poussière se forma à la place de l'ancien hôtel particulier d'Adam et Amélia, et je me pris à espérer qu'ils ne m'en voudraient pas trop d'avoir détruit leur demeure, tandis que je fusais à travers la poussière vers l'arrière du bâtiment, mes protégés à mes côtés. J'empruntai un interstice dans le mur et l'élargis à l'aide de mes pouvoirs. Ils grignotèrent le béton, ouvrant un passage vers la rue adjacente à celle où se trouvaient nos ennemis. Une Volkswagen Passat roulait au ralenti alors que le nuage de résidus s'insinuait dans la rue. L'occupant, intrigué, regardait à travers sa vitre, tentant de comprendre le phénomène, un vieux morceau de Pat Benatar hurlant dans les enceintes du véhicule. Je stoppai le bolide d'un geste de la main, ma pensée allant jusqu'à la portière, que j'ouvris violemment, éjectant le conducteur au passage. Ce dernier s'évanouit en tombant sur le trottoir. Des véhicules de police arrivèrent dans des crissements de freins tandis que nous prenions place dans la voiture. Johnny au volant, moi à ses côtés, Éric et Thomas à l'arrière.

— J'adore ce morceau ! cria Johnny, comme si l'apocalypse environnante lui était étrangère.

— Fonce, putain ! hurlai-je.

Il actionna la pédale d'accélérateur, fonça à vive allure entre deux voitures de flics et prit la rue d'en face à toute vitesse. Dans un dérapage, il fit vriller le bolide dont les pneus crissèrent, et s'engagea dans la rue Vaugirard.

— Ils sont derrière nous ! lança Thomas.

Johnny fila tambour battant, tandis que Pat Benatar s'époumonait encore. Je me tournai sur mon siège et observai à l'arrière des silhouettes debout sur différents véhicules, nous suivant à vive allure. Je me concentrai sur la Passat et fis accélérer le bolide. Un feu rouge créait un bouchon un peu plus loin, une vingtaine de voitures nous bouchaient le passage. Je me focalisai sur cet endroit et écartai les véhicules, laissant tout juste un passage pour que la Passat s'engouffre entre elles. Johnny accéléra de nouveau, un des rétroviseurs éclata contre un autre alors que je portais mon attention sur la route à prendre et l'aidais à aller plus vite avec mes pouvoirs. Derrière nous firent soudain irruption des voitures de police aux côtés de nos poursuivants. Je réfléchis alors à une façon de mettre mon plan à exécution sans qu'il y ait d'autres morts que nos ennemis.

— Prends le périphérique, direction l'A13, dis-je le plus calmement possible à Johnny, qui dérapa et alla prendre l'embranchement du périph.

Ma décision était prise. La Passat fusait à toute vitesse, slalomant entre les bolides sur la route, l'heure avancée de la nuit nous laissant libres de circuler. Tout ceci aurait été impossible en pleine journée. Nos ennemis nous suivaient, quand, tout à coup, un camion noir fit irruption derrière nous et percuta le pare-chocs. Nous fûmes propulsés en avant puis en arrière avec une violence inouïe. Le pare-chocs de la Passat traînait maintenant sur le bitume, à moitié détaché de la voiture.

Johnny arriva à la porte d'Auteuil et s'engouffra à toute allure sur la voie qui menait à l'A13. Nous passâmes sur le pont au-dessus de la Seine, en direction de Versailles ; plus loin, la tour Eiffel brillait de ses milliers de lumières scintillantes. Nous n'allions pas tarder à nous engager dans un tunnel, quand je décidai de passer à l'action. Je détachai ma ceinture de sécurité, élevai les mains et arrachai le toit de la voiture par un effort de concentration. La tôle alla se percuter sur la route et vint se tordre sous les roues de l'énorme camion noir. Johnny poussa un cri de surprise alors que je reculai mon siège passager et me levai.

— Putain, mais qu'est-ce que tu fous ?! hurla Thomas.

Je restai muette et me postai debout sur mon siège. Je me retournai vers l'arrière du véhicule et croisai le regard de Thomas et Éric. Mes cheveux me fouettaient le visage, le chignon de Daz n'ayant déjà pas survécu à notre fuite rue Saint-Sulpice. Éric tenta de se détacher pour m'attraper les mains, suivi par son frère, de peur que je commette une bêtise. Un seul regard de ma part leur fit comprendre que je savais ce que je faisais, une seule pensée maintenant leurs ceintures attachées. Je levai les yeux vers le camion. Au-dessus de la cabine du chauffeur se tenait, droite comme un I, Althéa, les paumes ouvertes. Elle commandait l'engin, aux côtés des voitures de police et autres véhicules nous poursuivant. Et alors que Johnny se rapprochait du tunnel, je me baissai à sa hauteur et lui adressai quelques mots à l'oreille. Johnny tourna son regard vers moi, épouvanté par mes paroles. Je l'embrassai sur la joue. Thomas et Éric y virent un mauvais présage et arrachèrent leurs ceintures. Mais il était trop tard, je savais ce que je faisais et les immobilisai sur leurs sièges.

Johnny s'engouffra dans le tunnel à toute vitesse. Arrivant à me stabiliser debout grâce à mes facultés télékinésiques, j'élevai les mains. Le vacarme des bolides roulant à vive allure s'amplifia à l'intérieur du souterrain. Dans un effort de concentration supplémentaire, je stoppai les voitures des passants nocturnes à l'entrée et à la sortie du tunnel, pour ne laisser passer que mes ennemis. Les autres, déjà engagées dans le tunnel, je les expulsai vers les issues en essayant de provoquer le moins de casse possible. L'énorme camion noir s'approchait dangereusement de nous, je tendis les paumes au-dessus de ma tête et me concentrai comme jamais je n'avais eu à le faire. Un grondement s'échappa des murs du tunnel et les premières fissures se formèrent. Althéa eut un geste impatient et tenta, par télékinésie, d'éjecter la Passat contre les parois. Mon bouclier l'en empêcha. Je sentis sa force et luttai pour nous maintenir sur notre axe tandis que j'exécutais mon plan. Elle fit accélérer le camion, mais mon énergie se multipliait déjà et s'insinua dans chaque interstice des parois du souterrain. Le grondement s'amplifia et l'entrée du tunnel commença à s'effondrer dans un fracas assourdissant. Ensuite, la rapidité avec laquelle les murs cédèrent me frappa et, une à une, les voitures de nos assaillants furent ensevelies sous les décombres. Althéa, dressée sur son camion, et, plus loin, Priam, contrôlant une voiture de police, ralentirent et prirent position afin de se préserver eux aussi de l'effondrement du tunnel au-dessus de leurs têtes. Alors que je m'éjectais de la Passat et la propulsais à une vitesse folle en direction de la sortie, d'énormes blocs s'effondrèrent sur moi.

La poussière envahit le ciel et, plus loin, beaucoup plus loin, la Passat fonçait à toute allure, Johnny au volant. Mes amis étaient saufs.

Les gravats m'entouraient, la poussière noire me collait à la peau et je ne voyais pas à plus de deux mètres tant le nuage était épais. Je les entendis arriver et, sans un mot, ils restèrent là, à léviter en attendant que je prenne la parole. Je fis face à Priam et Althéa, et leur déclarai ce que j'étais venue leur dire :

— Je vous suis.

Althéa lâcha un rictus satisfait. Priam applaudit des deux mains. Et c'est ainsi que je pris la décision de rejoindre les Cinq.

CHAPITRE 14

Un mois plus tard...

ENFERMÉE depuis mon arrivée dans une des suites du temple, je trouvais mon réconfort lovée dans un fauteuil installé sur un balcon avec vue mer. Le décor était luxueux, la lumière inondait la pièce en journée, et un lit monumental, drapé de soie beige, accueillait chacune de mes nuits. Je devais reconnaître que, depuis le début, j'étais plutôt bien traitée. Une jeune femme aux longs cheveux bruns, dont j'ignorais d'ailleurs encore le nom, venait chaque jour me servir mes repas et avait rempli le dressing de vêtements à ma taille. Mes tenues étaient toutes faites main, blanches, noires ou pourpres, serties de dorures, à l'image d'une princesse grecque, tout droit sortie de l'Antiquité. J'en avais conclu qu'après plus d'un millénaire de momification et malgré un réveil survenu au XXIème siècle, les Cinq se refusaient à évoluer. Il n'y avait même pas l'électricité, et seules les chandelles et les torches éclairaient la nuit dans le temple de l'île d'Eos.

La jeune servante ne m'avait jamais adressé le moindre mot. J'avais pourtant tenté d'engager maintes fois la conversation, mais elle demeurait muette à chacune de ses visites. On ne m'avait pas droguée, ce qui me laissait libre d'utiliser mes pouvoirs, et j'étais bien nourrie. En réalité, seule la solitude me pesait. Je devais cependant reconnaître que ce traitement contrastait nettement avec celui que m'avait infligé Magnus, lorsque j'étais enfermée à Londres. Je restais donc dans cette suite de trente mètres carrés tout au plus, à réfléchir au calme de cette île magnifique, où le soleil réchauffait chaque jour un peu plus l'atmosphère. Les Cinq ne redoutaient apparemment pas mon évasion, et cela me forçait à me poser tout un tas de questions qui restaient, bien entendu, sans réponses. Mais au bout de quelques semaines et malgré mes efforts pour préserver mon calme, cet isolement pesant commençait à me rendre dingue !

À demi allongée sur la méridienne du balcon, les rayons chauds du soleil me caressant le visage, je me rappelai le jour où j'étais arrivée sur cette île, et de mon émerveillement face à cet endroit hors du commun. L'île d'Eos n'était pas grande, mais le cadre était fascinant. Une montagne penchée et un chapelet d'îlots attenants émergeaient de la mer Égée comme si les dieux de l'Olympe les avaient jetés là, isolés de tout. Recouvert de pins et de roches calcaires, seul un flanc de la montagne pouvait être habité, l'autre n'étant qu'une succession d'immenses falaises. Des petites maisons disséminées partaient de la plage et remontaient en zigzag à travers la forêt de pins. Jaunies par le temps, elles disposaient toutes de petites fenêtres dont les volets, en bois peint de bleu ou de jaune, renvoyaient à l'image pittoresque d'une carte postale. Deux grands bâtiments se faisaient face à mi-chemin du mont, tandis que les bâtisses bordaient un immense escalier qui montait jusqu'au sommet, où était érigé un temple colossal, construit dans les profondeurs de la montagne. Des piliers entouraient la structure du temple et des statues de trois mètres, représentant des dieux, bordaient chaque côté de l'édifice. Sa roche était trouée par d'innombrables ouvertures qui, je l'imaginais, laissaient entrer la lumière à travers des balcons érigés et des passages savamment étudiés. Le soleil illuminait cette splendeur tandis que je lévitai jusqu'au temple en compagnie des deux plus redoutables des Cinq, Priam et Althéa. Je remarquai qu'il n'y avait pas de routes, pas de véhicules. L'île d'Eos semblait figée à l'ère médiévale.

Une fois dans le temple, on m'avait emmenée à travers des couloirs sombres jusque dans ma suite, que je n'avais pas quittée depuis. Un balcon immense surplombait la mer et plus à gauche, au-dessus de la falaise, une centaine de gardes surveillait l'endroit. J'avais appris à les ignorer et enchaînais les séances de bronzette sous leurs yeux contrariés. Mes réflexions allaient bon train, comme chaque jour, chaque heure ou chaque seconde passés dans cet endroit. Que me voulaient-ils ? Pourquoi me garder enfermée ? Pourquoi me laisser mes pouvoirs ? Pourquoi personne ne venait me voir ? Où était mon frère ? Où était peut-être ma mère, si tant est qu'elle existât ? Avaient-ils stoppé leurs attaques contre le camp de Carmichael ? Utiliser mes pouvoirs et sortir aurait été un moyen de répondre à nombre de ces questions, mais j'avais le sentiment que mon isolement était un test. Une façon de me mettre à l'épreuve. Et puis, il ne fallait pas être Einstein pour comprendre que défier les Cinq à domicile, c'était signer son arrêt de mort. Patienter en silence restait la meilleure solution, mais comme la patience n'était pas une qualité reconnue chez moi, je ruminai encore et encore, chaque question me taraudant davantage à mesure que les jours passaient.

Je décomptais les jours, et le trente-deuxième, quelque chose arriva qui me laissa clouée sur mon fauteuil.

« Gabrielle ? »

J'entendis cette voix dans ma tête aussi sûrement que si on me l'avait chuchotée à l'oreille. Seul Carmichael, et autrefois Ethan, avait le don de partager un pouvoir télépathique avec moi, mais cette voix était celle d'une femme, et quand je l'entendis, mon sang quitta mon visage, et une sueur moite s'empara de moi.

« Qui... Qui est-ce ? »

« Gabrielle ? »

« Qui êtes-vous ? »

Puis plus rien.

« Êtes-vous là ? » répétai-je encore quelques heures plus tard, tentant coûte que coûte de recréer ce lien télépathique, mais rien n'y fit.

« Êtes-vous encore là ? »

La porte s'ouvrit brusquement pour laisser entrer la servante. Son regard interloqué en disait long sur ses pensées, mais elle n'en révéla rien. Elle dressa le dîner sur la table et je mangeai en silence. Dans un profond silence.

CE N'EST que quelques jours plus tard que la voix réapparut dans les méandres de ma cervelle.

« *Gabrielle ?* »

« *Oui !* » répondis-je, soudain très excitée ne serait-ce que d'entendre une voix.

« *Qui êtes-vous ?* »

« *Nous nous verrons très bientôt.* »

« *Je ne peux communiquer de cette façon qu'avec...* »

« *Carmichael. Et ton frère aussi.* »

« *Non* », remarquai-je, incrédule, « *je ne peux plus communiquer avec mon frère depuis...* »

« *Ta mort.* »

« *Qui êtes-vous, bon sang ?! Et comment savez-vous tout cela ?* »

« *Je suis...* », hésita-t-elle. « *Je suis ta mère.* »

Ce fut à mon tour de rester muette. Coite de stupéfaction, je m'assis sur le lit, incapable de réfléchir. Blake disait vrai ! Elle était ici ! Alors un mot que je n'avais jamais utilisé s'échappa de mes lèvres :

— Maman.

« *Tu ne dois pas t'exprimer à haute voix, surtout pas ! Ils ne doivent pas découvrir que nous pouvons communiquer de cette façon* », dit-elle par la pensée.

« *D'accord, d'accord.* »

« *Nous serons bientôt réunies, cela réjouira ton frère.* »

« *Il est donc bien ici ?* »

« *Oui.* »

« *Il a fait tant de mal, tu sais ?* »

« *Nous en avons tous fait* », répondit-elle, le ton soudain très las.

Je ne m'attendais pas à une telle réponse et préférai me concentrer sur la chaleur de la voix qui s'insinuait dans ma tête, aussi douce que je l'avais imaginée, voire davantage. La petite fille en moi sentit des larmes lui monter aux yeux.

« J'ai tant de choses à te dire, Maman, les mots me manquent. »

« Nous aurons le temps d'en parler, je dois partir. À très bientôt, Gabrielle. »

« *Non, reste !* » la suppliai-je.

Mais je ne l'entendis plus.

Je restai assise des heures, dans la même position. Le choc de cet entretien avec ma mère toujours présent dans mes pensées, j'étais prise d'une joie indescriptible mêlée à une incompréhension démesurée. Était-ce une ruse des Cinq ? J'étais convaincue que non, à cet instant, mais étais-je objective ? Moi qui avais toujours voulu connaître ma mère. Elle avait certainement pu voir Ethan si elle en avait parlé avec autant de certitude. Une foule de questions m'assaillit, et les jours suivants me firent l'effet d'une torture, car malgré mes appels, le contact restait rompu. J'en étais désespérée. J'avais tant de questions à lui poser. Où était-elle ces vingt-deux dernières années ? Pourquoi était-elle ici ? Était-elle véritablement la mère d'Ethan ? Blake Burton Race pensait le contraire, mais son machiavélisme m'avait toujours laissé penser qu'il souhaitait semer la graine de la discorde dans un seul et unique but : déclencher une guerre. Et il ne s'y serait pas mieux pris si on regardait de plus près la tournure des événements depuis ses révélations. Ethan avait tenté de se suicider, je l'avais maintenu dans un état végétatif, il avait fui avec perte et fracas pour finalement rejoindre les Six. Les Cinq, maintenant. J'avais encore du mal à réaliser que j'en avais tué un, ou plutôt une à New York. D'ailleurs, quel était leur but, à eux ? Garder ma mère, Magnus Burton Race, Ethan et maintenant moi, alors que j'avais tué deux de leurs sœurs, celle de New York, mais aussi Égéria. Certes, ils n'avaient pas dû beaucoup pleurer la mort de cette dernière. Après tout, c'était elle qui avait conservé leurs corps durant des siècles dans la prison d'Amsterdam. Mais alors, que me voulaient-ils ? Quels étaient leurs desseins ? Je n'allais visiblement pas tarder à le savoir, car la servante rentra dans ma chambre plus tôt que d'habitude, et prononça ses premiers mots depuis mon arrivée sur l'île d'Eos.

— La reine et le roi vous convient à leur dîner ce soir, en compagnie de leurs invités.

La surprise fut telle qu'un réflexe me fit lever subitement de mon fauteuil.

— Je vais vous préparer un bain, puis je vous habillerai et vous coifferai avant que vous descendiez les rejoindre, Madame.

— Cela veut-il dire que nous allons pouvoir converser, désormais ? lui demandai-je, comme si c'était la plus importante nouvelle de sa déclaration.

Elle parut étonnée par ma question, mais ne répondit pas et se rendit dans la salle de bains. Quelques minutes plus tard, le bain moussant était prêt. La pièce immaculée était superbe. Les dorures des robinets ornaient l'immense baignoire creusée dans le sol. Une étroite fenêtre laissait passer un mince rai de lumière, alors la jeune femme alluma chacune des chandelles et entreprit d'enlever mes vêtements.

— Je peux le faire moi-même, lui dis-je à nouveau.

— Non, vous ne pouvez pas, Madame.

Et comme à chaque fois qu'elle me faisait prendre le bain et que je tentais de l'en dissuader, son regard trahit un effroi tel que je cédai. Je plongeai mon corps nu dans le bain. Elle lava mes cheveux, puis chaque parcelle de ma peau. Une fois rincée, elle passa un peignoir sur mes épaules et m'invita à m'asseoir devant la coiffeuse. Dans le miroir, je l'observai en silence. Ses gestes étaient sûrs et respiraient l'habitude. C'était une femme de chambre efficace, qui avait l'air de tout connaître de son métier. Je voulais lui poser des questions, mais je m'abstins, de peur qu'elle se renferme dans son mutisme. Elle s'occupa de ma coiffure, me maquilla et me revêtit d'une robe sans manches, longue jusqu'aux chevilles. Elle boucla une ceinture à ma taille, arrangea quelques mèches, puis se tint droite face à moi.

— Nous pouvons y aller maintenant, Madame.

— Je vous suis.

Elle ouvrit la porte et s'engagea dans un couloir qui menait à des galeries. En bas, un vaste salon garni de fauteuils mordorés faisait face à une immense cheminée. Comme dans ma chambre, toute la bâtisse était en pierre blanchie, d'immenses tapisseries habillaient les murs et un long tapis garnissait le sol. Malgré leurs efforts pour rendre l'endroit chaleureux, je le trouvais froid et maussade. Nous descendîmes l'escalier et traversâmes le salon jusqu'à une porte où un homme en tenue de majordome attendait.

— Merci, Sarah, dit-il à la jeune servante qui rebroussa chemin.

Je la suivis des yeux tandis qu'elle courait rejoindre ce que j'imaginais être l'office des domestiques. Je connaissais enfin son prénom. Sarah.

— Entrez, s'il vous plaît, Madame, me lança le majordome en ouvrant la porte.

EN ENTRANT, c'était comme si j'avais fait un bond dans le passé. Une table ovale, drapée de blanc, accueillait un service digne d'un roi. Des chandeliers aux bougies allumées et des bouquets de fleurs ornaient la table, des dorures se dessinaient sur la vaisselle en porcelaine, surplombée de l'éclat des verres en cristal qu'un domestique remplissait de vin. C'était dire si Althéa et Priam se vautraient dans l'opulence. La vie au château d'Altérac paraissait simple en comparaison. La salle commune ressemblait même à une cantine comparée à cela !

Assis face à face, en milieu de table, Althéa et Priam remplissaient la pièce de leur prestance, à coup d'éclats de rire et de déclarations enflammées. Je masquai mes émotions derrière un voile impassible. Aux côtés de Priam se tenait la dernière jumelle encore en vie, qui me fusilla du regard. À sa gauche était assise une femme qui m'était inconnue et dont je n'apercevais que le profil. Brune, elle avait les yeux rivés sur son assiette et n'avait pas détourné le regard à mon arrivée, comme le firent tous les autres. Les deux autres frères étaient assis chacun à côté des deux femmes, tandis qu'en bout de table se tenait mon frère, qui se leva dès mon entrée, visiblement gai comme un pinson de me revoir enfin. Une chaise à l'autre bout m'attendait, et c'est avec stupeur qu'en avançant vers elle, je découvris Althéa assise entre Magnus et Connor Burton Race. Mon cœur manqua un battement.

— Bonjour Gabrielle, me salua Althéa en levant un verre de vin.

Muette, je me plaçai aux côtés de Connor et non loin de son père, en refoulant une envie de vomir. Cela relevait du surréalisme. La jeune femme brune, qui n'avait toujours pas levé les yeux de son assiette, attira mon attention.

— Ma sœur, quel plaisir de te revoir ! lança Ethan.

— J'aimerais en dire autant, lâchai-je, cinglante.

Althéa éclata de rire. Mon frère se renfrogna et se rassit sur sa chaise, tout penaud. « Quel idiot ! » me dis-je. Comment pouvait-il encore croire que j'allais sauter de joie à l'idée de le revoir après tout ce qu'il avait fait ?!

— Je vois que les retrouvailles sont chaleureuses, déclara Althéa d'une voix claire. Je vous souhaite la bienvenue, Gabrielle. Bienvenue parmi les dieux.

— Les dieux ? relevai-je en éclatant de rire.

— Évidemment, lâcha Priam, agacé.

Trois domestiques apportèrent l'entrée. Chacun de nous devait se servir dans les plats qu'ils plaçaient à sa hauteur. J'examinai leur façon de faire, car il était certain que l'on ne m'avait pas habituée aux normes de l'aristocratie, même si j'avais l'habitude de vivre dans un château depuis quelque temps.

— Je vois que vous avez des coutumes très modernes, si on considère l'époque où vous vous êtes… euh comment dire… endormis, ironisai-je. Mais pour votre information, les progrès de la civilisation ont pratiquement aboli ces pratiques. On a dû sans doute mal vous informer sur les us et coutumes de notre époque. On a aussi inventé l'électricité depuis !

Priam faillit s'étouffer avec ses bouchées à la reine. Plat qui par ailleurs me fit sourire, tant le narcissisme de mes hôtes était poussé à l'extrême. Je sentis en lui une soudaine envie de me gifler, et rien ne m'aurait fait plus plaisir. Althéa, placide, se contenta de m'examiner. La jeune femme brune mangeait comme si de rien n'était, et mon frère s'esclaffa, toujours friand de mes meilleures sorties.

— Un dîner à l'anglaise, déclara Magnus.

Sa voix me hérissa les poils. Je ne supportais pas sa vue et réfléchissais à la façon de me contenir et de ne pas l'éjecter contre le mur avec toute la force télékinésique que je possédais. Pour autant, je me retins non sans une certaine difficulté.

— J'espère que non, répliquai-je, la nourriture que vous m'avez servie à Londres me laisse un souvenir amer. Mais je ne suis plus si étonnée de constater le ridicule de la situation si c'est vous, Magnus, qui les avez renseignés.

« Gabrielle ? »

La voix de ma mère revint faire surface dans les méandres de mon esprit. La surprise me fit sursauter, ce que ne manqua pas de constater Althéa. Son air intrigué laissa présager qu'elle soupçonnait quelque chose, aussi je décidai de me tortiller sur ma chaise comme si un élément de mon siège me gênait dans ma posture.

« Ce n'est pas le moment », dis-je mentalement.

« Bien sûr que c'est le moment ! » rétorqua Ethan qui fit irruption dans ma tête lui aussi.

Cette fois, le choc fut plus rude à camoufler. Mon frère pouvait à nouveau entrer en communication avec moi. Comme avant ma mort. Comment cela était-il possible ? Je toussai comme si j'avais mal avalé le contenu de ma fourchette, ce qui était la pure vérité après une révélation pareille !

— Pardonnez-moi, déclarai-je après une nouvelle quinte, je suis affamée.

— Sarah ne vous traite-t-elle pas comme il faut ? demanda Priam, dont le ton glacial me fit comprendre pourquoi la pauvre jeune fille était si apeurée.

— Oh, si. Elle est peu causante, mais s'occupe très bien de moi. Ce midi, je n'avais que peu d'appétit. La solitude, sans doute.

— En parlant de solitude, commenta Althéa, je pensais que vous seriez heureuse de revoir votre frère.

— Là encore, on vous aura mal renseignée. Les relations fraternelles ne sont pas toujours aussi solides que l'on croit, n'est-ce pas, Connor ?

Ce dernier avala de travers à son tour. Je devinais qu'il n'avait aucune envie de faire partie de la conversation, et je le maudissais d'être là. Certes, je l'y avais envoyé, mais son échec était cinglant, ou plutôt *mon* échec. Connor avait retrouvé son père et ses vieilles habitudes, se vautrant dans l'opulence des dîners de ces faux dieux auxquels il devait se soumettre, désormais. Comment avais-je pu croire qu'il nous donnerait les informations dont nous avions besoin ? Quelle idiote j'avais été ! Mais au final, je devais l'avoir soupçonné pour m'être rendue à eux. Immergée dans un nid de vipères, je n'allais pas tarder à tout savoir de la nature de leur venin, et je n'avais plus besoin de Connor pour m'en informer.

— Ce n'est un secret pour personne que Carmichael et moi n'avons jamais été en bons termes, lança mon beau-frère avant de se repaître du contenu de sa fourchette.

— C'est quelque chose que je ne comprends pas, dit l'un des frères.

— Pourtant, vous avez eu une sœur qui vous a trahi à ce qu'il paraît, lui rappelai-je. Mais rassurez-vous, Égéria ne le fera plus.

« Gabrielle, arrête ça ! »

Les deux frères me fusillèrent du regard ; Priam, fou de colère, se leva d'un bond et, à ma grande surprise, Althéa éclata de rire. J'avalai une nouvelle bouchée comme si leur attitude m'était indifférente. En réalité, j'avais les jambes en coton, mais ne pouvais m'en empêcher. Et je n'avais pas le choix, il était hors de question de laisser entrevoir une faiblesse. L'insolence était ma seule arme.

— On ne peut pas lui reprocher sa franchise, déclara Althéa, qui fit signe à Priam de se rasseoir. Vous êtes mariée depuis peu, ma chère ?

— Quelques semaines, répondis-je, plus de deux mois, je crois.

— Votre mari vous manque ?

Je restai silencieuse, n'ayant aucune envie de me laisser entraîner sur ce terrain-là.

— Heureusement, vous retrouvez votre famille, poursuivit-elle avec une hauteur de ton qui me donnait envie de lui donner des claques.

— Comme je vous l'ai dit, les relations avec mon frère ont pris un coup dans l'aile depuis peu.

Blessé par mes mots, Ethan baissa les yeux. Cela m'attrista ; pourtant, c'était plus fort que moi. Comment avait-il pu faire une chose pareille ? Mon frère ! Ne voyait-il pas que je l'aimais plus que tout ?! Qu'il était ma seule famille ?! Et s'il n'était pas revenu ? Où en serais-je sans lui ? La douleur aurait été insupportable alors, non, je n'étais pas encore prête à lui pardonner.

« Gabrielle ? »

— Je ne parlais pas de votre frère, rétorqua Althéa.

« Gabrielle ?! »

« Maman, ce n'est pas le moment ! »

— Je parlais de votre mère.

— J'ai entendu dire que vous la reteniez prisonnière.

— Vraiment ?

Priam pouffa de rire dans sa serviette. Les deux frères échangèrent un sourire. Ethan se racla la gorge, tandis que Magnus et Connor échangeaient un regard.

— Mais où sont passées mes bonnes manières ?! s'exclama Althéa en tapant des mains. Je ne vous ai pas présenté tout le monde !

Mon sang ne fit qu'un tour. J'avais la douloureuse impression d'être sur la scène d'un théâtre, dans une comédie au rabais. Et le dindon de la farce, c'était moi.

— Vous connaissez mon mari Priam, et voici mes frères Soban et Thélion. Ma sœur, Ludmila. J'aurais aimé vous présenter Elinor, mais vous l'avez assassinée, donc autant éviter le sujet.

Althéa parlait du trépas de sa sœur avec une facilité déconcertante. Thélion hocha la tête pour me saluer. Il paraissait plus grand que Soban et plus brun aussi, tandis que Ludmila était aussi rousse que feu sa jumelle. C'était peu dire que leurs couleurs de cheveux contrastaient singulièrement avec celles de Priam et d'Althéa, tous deux blond platine, presque blancs. Sur ce point, ils ressemblaient davantage à Égéria dont les cheveux étaient la pureté incarnée, tranchant d'ailleurs singulièrement avec le caractère du personnage. Je me demandai alors si des siècles de momification pouvaient faire jaunir une couleur de cheveux, mais je fus tirée de cette réflexion par un sifflement qui s'échappa de ma gorge lorsqu'Althéa présenta le premier de ses invités.

— Vous connaissez déjà Magnus, poursuivit-elle, et son fils Connor. Je ne vous ferai pas l'affront de vous présenter votre frère. En revanche, je m'interroge, connaissez-vous Isabelle ?

Le regard bleu incandescent et sans expression de Magnus me

toisait. Mon dégoût de retrouver cet homme dans ce tableau surréaliste devait se lire sur mon visage tant il me donnait envie de vomir. Quand j'éloignai enfin mes yeux de mon beau-père préféré et les tournai vers la jeune femme brune qu'Althéa me montrait de la main, un malaise surgit sans que je puisse l'expliquer.

« *Gabrielle, écoute-moi. Ne montre pas tes émotions, en aucun cas* », dit ma mère.

« *Elle a raison. Reste forte. Sinon, ils s'en serviront contre toi* », soutint Ethan.

La jeune femme qu'elle avait nommée Isabelle avait une peau blanche et laiteuse qui contrastait singulièrement avec ses cheveux bruns. Elle leva les yeux vers moi, des yeux vert émeraude, et au moment où ils rencontrèrent les miens, un souffle traversa la pièce. Les chandelles s'éteignirent, le souffle emporta les chandeliers, les assiettes volèrent, les tableaux tentèrent de s'arracher des murs, les fenêtres vibrèrent, les vitres furent sur le point d'éclater.

— Ça suffit ! cria Althéa tout en figeant chaque atome dans la pièce.

« *Je ne comprends pas* », murmurai-je en pensée.

« *Gaby, c'est Maman* », me révéla Ethan dont les mots trahissaient l'émotion.

Cette fois, mes yeux allèrent chercher ceux de mon frère et les trouvèrent remplis de larmes. La surprise se lut alors sur mes traits. Mon frère pleurait, ce qui était déjà étrange en soi, mais il souriait aussi. Un sourire de joie que je ne lui avais jamais vu. Et ce sourire, il me transporta. Alors que mes yeux s'embuaient dangereusement, je retournai ma tête en direction de la jeune femme face à moi. Elle avait l'air d'avoir à peine vingt ans. Et alors que mon regard ne pouvait se détacher d'elle, le doute m'envahit. Je ne pouvais y croire. Quel piège les Cinq avaient-ils encore échafaudé ?! Quelle bassesse venant d'eux ! Utiliser les sentiments de cette manière était non seulement cruel, mais aussi dangereux. Ethan avait l'air d'y croire, et cela m'inquiétait sérieusement.

— Ma mère s'appelait Élisabeth, lâchai-je sèchement.

« *Je suis désolée, Gabrielle* », dit la jeune femme brune en pensée.

Le marasme de notre rencontre oculaire me rappela soudain le jour où j'avais rencontré Ethan pour la première fois, dans la bibliothèque du château d'Altérac. Le même phénomène s'y était produit. « Se pourrait-il que… qu'elle soit ma mère ?! » pensai-je, frissonnant tout à coup. Blake m'avait parlé de son immortalité, mais je ne réalisai que maintenant ce que cela représentait vraiment.

— Élisabeth est un dérivé d'Isabelle. Elle a toujours fait ça durant sa longue vie. Trouver des noms dérivés de sa racine. N'est-ce pas, ma fille ?

Mon regard allait maintenant tout droit en direction d'Althéa. L'avait-elle appelée « *ma fille* » ?

— Pardon ?! m'étonnai-je en tentant de me souvenir des paroles de Blake concernant ma mère.

— Les explications attendront que nous fassions un peu de ménage dans ce chaos que vous avez provoqué, lâcha Priam, glacial. Baxter, faites ce qu'il faut.

— Bien, Votre Majesté, répondit le majordome.

Dans ma tête se matérialisa l'image de Priam à qui j'explosais la cervelle. Mais je me rappelai qu'il n'était pas encore temps de se battre, et que seule, ce serait du suicide que de commettre un geste aussi fou. Mon regard se retourna alors en direction de ma mère, dont les yeux se rivèrent à nouveau sur son assiette. Un sentiment pénible m'accabla soudain, mais je n'en saisissais pas encore la cause. Était-ce de la tristesse que je lisais en elle ? N'étais-je pas en train de tomber dans un piège ? Je décidai d'adopter la méfiance et de poursuivre vers mon objectif. J'avais choisi la tactique de l'insolence pour pousser les Cinq dans leurs retranchements et voir jusqu'où leurs nerfs pouvaient tenir. C'était aussi une façon de récupérer des informations à travers les justifications que leur dictait leur ego. Et il fallait aussi reconnaître que j'en éprouvais un certain plaisir. J'étais devenue une spécialiste en agacement, après toutes ces années à combattre des ennemis. Aussi devais-je me montrer prudente. Connaître ma mère était certainement mon souhait le plus cher, mais rien ne devait me distraire de la mission que je m'étais fixée. Beaucoup comptaient sur moi, et j'allais devoir constamment m'en souvenir.

Je m'en fis la promesse ce soir-là, mais cette promesse, je sus bientôt qu'il me serait difficile de la tenir.

CHAPITRE 15

Je laissai le majordome et les domestiques à leur tâche. Il me tardait à présent d'en savoir plus, mais je savais que ce serait tomber dans le jeu d'Althéa et de Priam si je montrais trop d'intérêt. Je dus encore faire appel à ma patience, mais je ne pus éviter les questions qui naissaient dans mon esprit, secoué par la nouvelle. Comment était-ce possible ? Qui était ma mère ? Moi qui la croyais enfermée quelque part, à tenter coûte que coûte de communiquer pour que je la délivre. C'était ce que j'imaginais, c'était ce que je croyais, mais j'étais loin du compte, et j'allais vite le découvrir.

Nous passâmes dans un salon adjacent à la salle à manger. D'autres domestiques nous proposèrent des rafraîchissements, que je refusai tout net.

« Ethan, comment fais-tu pour que l'on communique ? » demandai-je à mon frère, debout face à la fenêtre, le regard vague.

« C'est une longue histoire. »

« Que je suis toute disposée à entendre. Balance ! »

« Tu ne préférerais pas en savoir davantage sur notre mère, d'abord ? »

« Je la connais depuis cinq secondes, je sens que j'en saurai plus très bientôt. »

« Tu sais, c'est vraiment ma mère. Blake a menti. »

« J'en ai jamais douté. Blake voulait foutre la merde entre nous et il a réussi, pas vrai ? »

« Tu m'en veux toujours pour la nuit du mariage, c'est ça ? »

« À ton avis ?! Mais on n'en parlera pas maintenant, Ethan. Je ne suis pas certaine que ce soit le meilleur moment. »

Mon frère m'observa avec circonspection. Non, mais il s'attendait à quoi ?! À une réunion de famille où on allait joyeusement se serrer dans les bras ! Puis, j'entendis Magnus éclater de rire, et ce son me fila un frisson.

« Blake nous a au moins dit la vérité sur la présence de notre mère sur cette île, et j'espère sincèrement qu'il en est de même pour le traitement qu'ils ont promis de réserver à Magnus », poursuivis-je pour m'ôter l'envie de déchirer la gorge de l'ancien Grand Maître. *« Mais pourquoi Althéa a dit que c'était sa fille ? »*

« Parce que c'est le cas », me lança ma mère, qui quittait une conversation périlleuse avec Priam.

Ce dernier se rapprocha de moi. Chaque poil de mon épiderme se hérissa. Je dus rompre notre conversation secrète et laisser de côté l'affirmation effarante de ma mère, afin de rester concentrée.

— Contente de revoir votre famille, j'imagine.

— J'aurais préféré le faire en d'autres circonstances, répondis-je d'un ton froid.

— Découvrir votre mère et votre grand-mère le même jour, dit-il dans un rictus maléfique, c'est quand même une bienheureuse surprise pour vous.

— Je n'irais pas jusque-là.

Althéa se joignit à nous, un verre de vin à la main. Je ne comprenais plus rien.

— J'ai tout de suite su que vous étiez de ma lignée.

— Ne m'en veuillez pas, mais, même dans mes pires cauchemars, je ne l'aurais jamais imaginé.

— Je m'en doute. Mais je suis convaincue que vous ne savez pas encore ce qu'est un *pire cauchemar*.

Le ton placide qu'elle utilisa me glaça le sang. Cette femme me filait une de ces trouilles ! Je ne doutais pas un instant qu'elle soit capable du pire. Du coin de l'œil, je vis ma mère aux côtés d'Ethan. Elle l'invita à s'asseoir. Désormais, la petite famille était réunie. Mon frère, ma mère et ma grand-mère formaient un cercle autour de moi.

— Connaissez-vous l'histoire de votre mère ?

— Non, mais je suis sûre que vous allez vous faire un plaisir de me la raconter.

— Tu la connais déjà, Gaby, me lança Ethan, je crois que c'est Thomas et Éric qui t'en ont parlé.

Mon regard interloqué se posa sur lui.

— De quoi tu parles ?

— Leur oncle, Giuseppe, avait fait des découvertes concernant ton ascendance. Il pensait que tu descendais des Burton Race.

— Ça, je ne l'ai pas oublié, dis-je en posant un œil méprisant sur Magnus qui s'avançait vers nous.

— Ma femme, Éléonore, a eu deux enfants, déclara ce dernier à son tour, l'un est mort dans son ventre, mais notre fille, Camélia, a survécu et a mis à son tour des enfants au monde. Giuseppe Ferloni, l'oncle de vos amis, avait vu juste, vous descendez de cette branche de la famille, et je suis l'aïeul de votre père, Nathanaël. Et là est toute l'ironie, puisqu'un membre très ancien de cette lignée, ici présent, a rencontré son propre sang, en ayant des enfants avec votre père.

— Je ne comprends rien, dis-je, lasse. Pouvez-vous être plus clair ?

— Camélia était ma petite fille, lâcha ma mère, donc ton père est de ma lignée et de celle de Magnus, c'est cela qu'il veut dire.

Je tentai de rassembler les informations que m'avait livrées Thomas à cette époque où je découvrais ma véritable nature. Soudain, mon sang se figea, je me rappelai ses révélations presque mot pour mot : *« Tu es la descendante d'Isabelle Castellane, l'une des premières natives de ce monde d'après ce que l'on sait* (c'était avant la découverte des six morts-vivants d'Amsterdam). *Giuseppe a toujours pensé qu'elle aurait pu être la plus puissante de tous si elle avait dépassé la vingtaine. Elle a péri sur le bûcher sous les ordres de l'Inquisition, dénoncée comme sorcière. À cette époque, elle ne devait pas avoir conscience de ce qu'elle était en réalité. Elle a pourtant emporté avec elle plus de cinq cents personnes, consumant par le feu tout sur son passage dans un rayon de deux kilomètres à la ronde. En Ariège, cette histoire est une légende, on l'appelle "Isabelle, l'incendiaire de Lédar".* »

— Tu es Isabelle Castellane ?! m'exclamai-je.

Elle baissa le regard, comme si évoquer son nom lui avait planté un coup de poignard dans le cœur. C'était bien la preuve que je ne me trompais pas.

— Le sort a voulu qu'elle fasse deux enfants avec un descendant de sa propre lignée, déclara Priam. La seule erreur qu'a commise ce Giuseppe, c'est qu'il pensait que vous étiez une descendante lointaine d'Isabelle, alors qu'en fait vous êtes sa descendante directe. De ce fait, vous êtes la petite-fille de la plus puissante native en ce monde, mon épouse, Althéa.

— Ce qui n'a pas l'air de vous poser problème, apparemment, dis-je comme si ces révélations abracadabrantes ne m'atteignaient pas, ce qui était totalement le contraire. Vous ne mentionnez pas le fait que vous êtes mon grand-père, j'en conclus que ma mère est le fruit d'un adultère, alors ? D'ailleurs, si on y réfléchit bien, c'est peut-être mieux ainsi, car vous êtes frères et sœurs, Althéa et vous. C'est quand même un peu dégueulasse ! Je suis, au final, très heureuse de ne pas être le fruit d'un inceste. Merci de m'avoir rassurée sur ce point, c'est trop aimable.

Priam me fusilla du regard, et Althéa éclata de rire. Ma mère parut choquée et mon frère souriait si largement que je m'inquiétai qu'il finisse ridé.

— Ma pauvre enfant ! lâcha Althéa. Tu n'as encore aucune conscience de ce que représente l'immortalité. Si on y regarde de près, cela faisait plus de deux mille ans que j'arpentais ce monde à l'époque. Sache que la morale ne s'applique pas aux immortels. Ce n'est déjà pas évident dans une vie d'homme, alors imagine au bout de quelques centaines d'années. J'ai eu de nombreux enfants, car pérenniser la race était un objectif. Que seriez-vous si nous n'avions pas existé ?! Et si nous étions les seuls natifs en ce monde, alors à quoi bon ? Mais je dois avouer que j'étais très éprise du père d'Isabelle, et ce fut une épreuve difficile de l'abandonner, le jour où je l'ai mise au monde. Mon cœur ne supportait toujours pas de voir mes progénitures mourir.

— Le fait que tu mentionnes tes enfants en tant que progéniture en dit pourtant déjà long, rétorquai-je, laissant, comme elle, le vouvoiement au vestiaire.

— Tu parles en ignorante, dit-elle froidement, les attaches sont un luxe que tu ne pourras bientôt plus t'offrir. Tu le comprendras peut-être quand tes premiers amis mourront les uns après les autres. Mais revenons à notre histoire, tu ignores encore tant de choses !

Elle se tourna vers Priam, qui esquissa un sourire malsain en direction de ma mère.

— Même s'il tolérait mes aventures comme je tolérais les siennes, continua Althéa, il n'a jamais aimé que je me reproduise avec d'autres hommes, alors que nous-mêmes ne réussissions pas à avoir d'enfant. Il tuait la plupart de mes amants géniteurs, alors j'ai gardé la naissance d'Isabelle secrète, afin de protéger son père. À l'époque, ce fut une déchirure pour moi que de les quitter tous deux. Priam, ne me connaissant que trop bien, a compris que je lui cachais quelque chose. Alors il a enquêté, et il ne lui a pas fallu longtemps pour trouver ma fille. Il a attendu qu'elle ait l'âge du réveil natif pour la courtiser. Puis Isabelle tomba amoureuse de son charme inexplicable et accepta sa demande en mariage. Il s'arrangea pour l'engrosser avant la date dudit mariage et l'abandonna enceinte. Elle accoucha ensuite d'une petite fille, Éléonore.

— Vous me donnez envie de vomir, lâchai-je, écœurée. Et la présence de Magnus ne vous dérange pas ? Il a tué Éléonore, si mes souvenirs sont bons. Blake me l'a raconté.

— Tu ne sais rien, déclara Magnus, dont le ton maussade m'intrigua.

— Je pense qu'Isabelle pourra tout t'expliquer en temps voulu, déclara Althéa, mais voici le temps de rejoindre ta chambre. Nous te ferons appeler quand il nous plaira.

— Avant, dites-moi ce que vous me voulez.

Pour seule réponse, Althéa se leva et quitta le salon. Sarah, la femme de chambre, entra par la même porte et me demanda de la suivre d'un geste, un panier de provisions dans les mains. Je jetai un dernier regard sur ma mère et mon frère, mais, lorsque je m'élançai vers la porte, Connor m'attrapa le bras. Mes yeux vrillèrent dans sa direction, et son regard bleu translucide me transperça. Il ouvrit la bouche, mais aucun mot n'en sortit, je retirai brusquement mon bras de son emprise et partis en compagnie de Sarah rejoindre ma chambre.

CHAPITRE 16

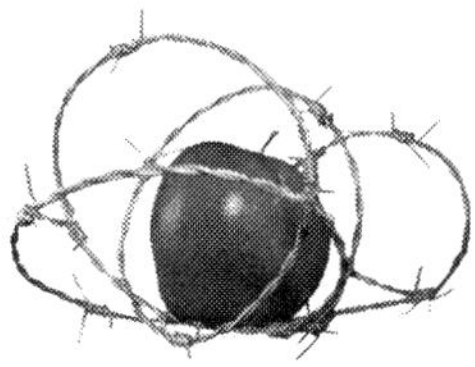

Seule dans ma suite, mes pensées se bousculaient. J'essayais de mettre de l'ordre dans les révélations historiques de ma lignée, mais il m'était encore difficile d'en comprendre toute la mesure. À la réflexion, me disais-je, la seule déclaration qui méritait que je m'y attarde concernait ma mère, « *L'incendiaire de Lédar* », condamnée au bûcher comme sorcière. Son corps n'ayant pas été réduit en cendres, elle avait ressuscité, après qu'elle eut emporté dans sa mort tous les habitants de son village. Et d'après les révélations de Blake, dont je me souvins des paroles, elle était aussi l'aïeule de Carmichael. Il me prit l'envie de communiquer mentalement avec elle, mais une partie de moi s'y refusait. Il manquait encore beaucoup de pièces au puzzle pour que je puisse avoir confiance en elle. Après tout, elle m'avait abandonnée, ainsi que mon frère, et sans crier gare, je la retrouvais un soir de printemps, assise à une table entourée de mes pires ennemis, et j'apprenais, par la même occasion, qu'ils étaient mes ancêtres et que j'avais une grand-mère encore en vie ! On m'avait dit, étant petite, que je n'avais plus de famille du côté maternel, et à cet instant même, j'aurais préféré que cela fût vrai. Mais, quand on y réfléchissait bien, toute ma vie n'avait été qu'un vaste mensonge, alors pourquoi cela devait-il encore me surprendre ? J'avais tant de questions, aussi ne fus-je pas étonnée que des heures passent avant que je réussisse à m'endormir.

LE LENDEMAIN, le soleil était haut dans le ciel lorsque Sarah m'apporta mon petit déjeuner. Elle entreprit ensuite de me préparer. Elle choisit à nouveau une robe et des sandales en lanières de cuir. Elle me maquilla, toujours en silence, et me coiffa les cheveux.

— Cela fait longtemps que vous êtes au service d'Althéa et Priam ? déclarai-je, me risquant à une question.

Elle ne savait s'il fallait me répondre, et son embarras se lut sur son visage.

— Cela fait moins d'un an, répondit-elle contre toute attente.

— Êtes-vous une native ?

— Ma mère est dotée de pouvoirs, mais pas moi.

Un silence s'ensuivit. Cette jeune femme semblait bienveillante, mais la peur se lisait perpétuellement sur chacun de ses traits.

— Vous mettez du cœur à l'ouvrage, remarquai-je, refusant de la pousser dans ses retranchements avec trop de questions personnelles, suis-je attendue quelque part ?

— Vous allez siéger aux côtés du roi et de la reine dans la Nef aux statues.

— La Nef aux statues ?

— C'est la salle du trône. Une immense salle dont la nef est bordée d'énormes statues grecques représentant les dieux de l'Olympe.

— Vous m'en direz tant ! lâchai-je, tout en ironie.

Je crus percevoir un léger sourire sur le visage de Sarah. La jeune femme me paraissait de plus en plus sympathique.

— Et que se passe-t-il en général dans la Nef aux statues ?

La femme de chambre tressaillit, tandis que la terreur emplissait ses yeux.

— Votre réaction ne me dit rien qui vaille, mais, rassurez-vous, peu de choses me surprennent à présent, la rassurai-je en posant une main sur la sienne.

— Vous lisez mal mes réactions, Madame, rétorqua-t-elle en retirant sa main, la Nef aux statues est l'endroit où le roi et la reine reçoivent les doléances des seigneurs natifs les plus éminents.

— Vraiment ? Je ne les voyais pas être aussi ouverts aux demandes d'autrui.

Elle se tut et recula d'un pas, comme si elle avait dit l'énormité du siècle. Je me levai et me retournai dans sa direction.

— Vous devez vous y rendre maintenant, dit-elle, agitée.

— Bien.

Je la suivis jusqu'à la porte et, avant de la franchir, Sarah fit volte-face et m'attrapa les mains. Elle s'avança vers mon oreille et chuchota :

— La Nef aux statues, c'est aussi l'endroit où ils rendent justice.

Puis elle s'élança dans la galerie qui menait à un monumental escalier en pierre. Une fois toutes deux arrivées sur le seuil, elle m'indiqua de la main la porte que je devais emprunter, puis m'envoya un sourire et s'éclipsa. Je regardai sa silhouette disparaître, puis avançai de quelques pas. Un garde se tenait droit devant la porte. Visiblement intrigué par ma personne et par l'attraction grandissante qu'il ressentait à mon égard, il me salua d'un signe de tête maladroit et ouvrit la porte. Lorsque j'entrai, un brouhaha me parvint alors que j'arpentais un chemin en marbre blanc, menant tout droit derrière les deux trônes surplombant la nef. Et je pus constater que la Nef aux statues portait bien son nom. Des sculptures en pierre, hautes d'au moins dix mètres, formaient un couloir vers une immense entrée, d'où provenaient des centaines de personnes, chacune prenant place face aux trônes où siégeaient déjà Priam et Althéa, ses frères à leurs côtés et leur sœur un peu plus loin. D'autres statues, plus petites, encerclaient les souverains. Sept statues. J'en restai coite quand je reconnus les traits d'Althéa, de Priam et de leur fratrie, tandis que la dernière représentait Égéria, à l'époque où elle était au meilleur de sa forme. Le plafond était vertigineux et, comme le reste de la salle, devait dater de plusieurs centaines d'années. Je me rappelai que les Six avaient rencontré leur première mort, alors qu'Égéria était absente, il y avait déjà très longtemps. Une éruption volcanique les avait tous emportés et les avait figés pour l'éternité. Seule la voyante, qui n'avait jamais rencontré la Faucheuse en trois mille ans, avait lentement vieilli. La folie des Six n'avait fait que grandir après cela et avait contraint Égéria, qui ne partageait pas leurs projets funestes, à tous les empoisonner. Le seul acte intelligent que je devais lui reconnaître.

Je baissai mon regard vers le bas des premières marches menant aux trônes, Connor et Magnus se tenaient côte à côte. Lorsque je m'avançai et qu'enfin chacune des personnes venues pour l'occasion put percevoir ma présence, un silence s'installa dans l'immense salle. J'élargis un sourire de satisfaction. Je ne saurais dire pourquoi, mais à cet instant, je compris que cette entrée en matière pouvait changer le cours des événements et qu'il me fallait marquer les esprits.

— Asseyez-vous sur ce siège en bas des marches, ordonna Althéa.

Elle me vouvoyait à nouveau. Mon regard alla vers la droite, un fauteuil vide était installé à côté de ceux de ma mère et de mon frère, qui m'observaient tous deux, l'air inquiet. Et ils avaient raison de l'être. J'ignorais tout de ce que les Cinq me voulaient, mais j'étais bien décidée à profiter de toutes les opportunités qui m'étaient offertes pour mettre mon plan à exécution. Et ce plan, qui tenait en six étapes, je l'avais échafaudé avant de me rendre.

1. Exploiter toutes les faiblesses que j'allais avoir l'occasion de découvrir.
2. Montrer aux natifs soutenant les Cinq qu'une autre alternative était possible.
3. Connaître les lieux et ses failles de sécurité.
4. Évaluer les forces en présence.
5. Retrouver ma mère et la délivrer.
6. Retrouver mon frère et lui faire entendre raison, en partant du principe qu'il en ait une.

Ainsi et en ce lieu, les Cinq m'offraient la possibilité de mettre en œuvre l'étape numéro 2. J'élevai haut mon visage afin que chaque natif présent puisse m'identifier à l'avenir et, tandis que je descendais les premières marches de l'escalier, je déployai mes tentacules d'attraction. Et alors que d'habitude je tentais désespérément de contrôler mon don, là, je le fis exploser. Il irradiait de mon corps en pulsations soniques, qui, au fil des secondes, s'amplifiaient et se diffusaient partout dans l'immense salle. L'effet fut saisissant et ne tarda pas à avoir raison de ma personne. La chaleur des réactions s'insinua dans tout mon être, mes joues se consumèrent sous son intensité, une sueur moite couvrit ma peau. Les corps s'emballèrent et s'avancèrent, malgré eux, dans ma direction. Je réalisai que mon pouvoir avait pris de l'ampleur depuis ma mort. Seuls quelques effluves naturels m'avaient été utiles à New York, et même à Paris. M'en servir de la sorte était une première, et je compris que je pouvais aller encore plus loin. Mais c'était sans compter sur Priam, qui me hurla de m'asseoir. Je l'ignorai. Les corps de la foule ondulaient presque, peu à l'écoute de leur souverain, et je remarquai que même les femmes éprouvaient des difficultés à se contenir. Les convives, dont les émotions s'embrasaient, commencèrent à se toucher, se dévêtir, et allèrent beaucoup plus loin que ce que j'avais jusque-là imaginé. Je souris en éprouvant ce phénomène et me pris à penser que, si Carmichael avait été présent, l'affaire se serait terminée en orgie. C'est alors qu'Althéa se leva à son tour. Les immenses portes au bout de la nef claquèrent, des braseros situés à chaque extrémité des marches s'enflammèrent, et par la pensée, elle fit léviter mon frère jusqu'à moi.

— Fais ce que tu as à faire, Ethan.

Mon frère la toisa, interloqué, mais la rudesse de sa venue le laissa transi d'une frayeur que je n'avais jamais lue sur son visage. Il me regarda avec des yeux tristes et posa sa main sur mon épaule. L'effet fut immédiat. Mon pouvoir s'atténua et tous reprirent enfin leurs esprits. La rage m'envahit, et j'éjectai mon frère à une dizaine de mètres, puis me tournai en direction d'Althéa qui leva une main. Immobilisée, le souffle court, je dus reconnaître qu'elle avait pensé à tout. Et là, je compris.

« Ethan, la dernière fois que tes pouvoirs pouvaient atténuer les miens, j'étais vivante. Tu pouvais communiquer par la pensée avant ma mort, et tu peux le faire à nouveau. Elle t'a tué, n'est-ce pas ? »

« C'est la première chose qu'elle a faite quand je suis arrivé », dit-il alors qu'il se relevait de sa chute.

Des larmes envahirent mes yeux et débordèrent aussitôt. Mon frère avait connu la mort. Ma haine n'aurait jamais pu être aussi grande. Althéa affichait un sourire en coin, consciente que j'avais enfin saisi ce que tout cela signifiait. Elle voulait prouver qu'elle me tenait. Elle avait pris possession de ma mère et maintenant, de mon frère.

Mon frère qu'elle avait tué sans aucune certitude quant à son retour. Il avait dû mettre des semaines avant de se réveiller de sa première mort, et durant tout ce temps, j'étais enfermée dans une suite. Un temps qu'elle avait utilisé pour montrer au monde des natifs que je n'étais pas plus puissante qu'elle. Je voulais l'exterminer, je voulais qu'elle se brise, qu'elle s'en aille en poussière ou en flaque de sang. Cela m'était égal, du moment qu'elle crevait, mais je restai là, incapable de bouger, alors que son sourire à elle s'élargissait davantage. Mais finalement, je compris qu'il n'était pas inutile qu'elle m'immobilise. Ce temps me permit de prendre le recul nécessaire pour me calmer et réfléchir. Ne pas se laisser distraire, ne pas rentrer dans son jeu, me répétai-je, tandis que les natifs dans la salle reprenaient leurs esprits. Ma mère posa une main sur la mienne et à cet instant, je réalisai que j'avais échoué. Je n'avais impressionné personne, j'avais juste réussi à montrer qu'Althéa me tenait et qu'elle avait toutes les cartes en main pour me contrôler. J'étais tombée dans le piège comme une idiote.

— Dobrev, appela Priam, venez à nous.

Un homme âgé d'une cinquantaine d'années, accompagné de deux plus jeunes, s'avança en bas des marches et ploya le genou. Il s'exprima en français avec un fort accent slave.

— Parle, Dobrev, l'invita Althéa d'une voix bienveillante.

— Majesté, il apparaît que, depuis que vous avez annexé le manoir dans lequel nous vivons, quelques hommes à vous s'en prennent aux femmes du village qui bordent notre demeure. Les habitants se sont révoltés et ont fait appel aux autorités. Dans peu de temps, le manoir sera réduit en cendres s'ils ne cessent pas leurs agissements.

— Et que demandes-tu ? demanda Priam, le ton hautain.

— Je demande à ce que vous fassiez revenir vos gardes.

— Et laisser le manoir sans protection ?! s'insurgea l'usurpateur. Il n'en est pas question.

— Si j'y ai envoyé nos hommes, lança Althéa, c'est pour éviter que les siens ne s'en emparent.

Elle me désignait de l'index sans même me regarder.

— Et si je ne m'abuse, poursuivit-elle, tu devrais te moquer de ce qui arrive chez toi. C'est à des milliers de kilomètres, et ta demeure est ici, désormais. Dois-je te rappeler ton serment de fidélité ?

— Non, Votre Majesté.

— Moi, j'ai comme dans l'idée que si, mais tu peux maintenant disposer, Dobrev. Amenez-moi Sarah !

Je redoutai la tournure des événements quand je vis ma femme de chambre traînée par deux gardes royaux. Épouvantée, elle regardait dans toutes les directions, attendant une aide qui ne viendrait jamais.

— Cette femme de chambre nous a trahis, lâcha Priam en se levant de son trône.

— Non, je vous assure que non, Majesté, implora la jeune femme.

— Elle a transmis des informations à Gabrielle, l'usurpatrice…

— C'est faux ! criai-je. Elle ne m'a rien dit !

— … et s'est ainsi rendue coupable de trahison, poursuivit Priam, en m'ignorant.

D'un geste de la main et sans que j'aie le temps de l'en empêcher, Althéa envoya le feu du brasero sur la jeune femme, qui s'embrasa en un instant. Le hurlement qui suivit déchira l'atmosphère de terreur qui emplissait la Nef aux statues, ses cris horribles et l'odeur de chair brûlée s'insinuant partout, tandis que la pauvre femme agonisait.

Je me levai.

« *Gabrielle, non !* » implora ma mère.

Je tendis pourtant la main vers Sarah, fis léviter son corps encore en flammes, ses hurlements résonnaient comme une déchirure à mes oreilles. Je sentis Althéa tenter de m'immobiliser à nouveau, mais cette fois, j'avais anticipé en érigeant ma barrière de protection et elle était solide comme un roc, tant j'étais transie de haine. Je versai une larme pour la pauvre servante et, par la pensée, lui brisai la nuque. Ses cris se turent et elle retomba au sol délicatement, car je me refusais à ce que son corps subisse d'autres outrages. Un autre hurlement m'arracha à ma transe quand je vis une femme courir en direction du corps de Sarah, les yeux ruisselants de larmes. Je compris qu'il s'agissait de sa mère. Elle marqua un temps d'arrêt, car les flammes ne s'étaient pas éteintes. À l'aide de mes pouvoirs, je les fis disparaître dans l'atmosphère de la nef, et la mère, criant sa douleur, put ainsi s'agenouiller auprès du corps sans vie de sa fille. Un silence de mort pesa sur l'immense salle. Je me rassis sur mon siège, évitant Althéa du regard. Mes yeux se posèrent alors sur l'assistance, et je fus surprise de constater que la foule m'observait comme un seul homme. Mais je ne ressentis aucune haine, plutôt de la circonspection.

— Tu te souviens maintenant de ce qu'on fait aux traîtres, n'est-ce pas, Dobrev ? lança Priam au seigneur natif, visiblement résolu à ce que ce silence prenne fin.

— Veuillez me pardonner, Sa Majesté, dit Dobrev en se retirant, l'œil horrifié. Je n'ai pas voulu vous offenser.

— Quelqu'un d'autre a envie de s'exprimer aujourd'hui ? s'enquit Althéa, dont le ton suave ne trompait plus personne.

Seul le silence lui répondit. Mais une femme, typée indienne, s'avança au milieu de la salle et parvint jusqu'au trône. Son regard se tourna un instant vers moi, et ses prunelles en mode AK-47 me laissèrent présager que ce n'était pas une de mes plus grandes fans. Des gardes tirèrent le corps de Sarah et attrapèrent sa mère pour l'emmener vers la sortie. Quelques domestiques vinrent s'employer à effacer les traces du supplice de la jeune femme. Chose impossible, puisque je remarquais déjà, sur le sol, les preuves de tourments plus anciens.

— Sa Majesté est magnanime envers ses sujets, je le sais… lança la femme à genoux.

« Quelle lèche-bottes, celle-là ! » pensai-je. Mais je dus dire cela tout haut, parce que mon frère pouffa et que ma mère envoya un coup de pied dans mon fauteuil.

— … aussi, je me dois de vous dire que l'armée de Prisca Burton Race s'est emparée de notre territoire à l'aide de natifs américains, que je pensais sous le contrôle de son frère, Connor.

Tous les visages se tournèrent vers Connor, qui ne tarda pas à se tortiller sur sa chaise. Althéa le toisa un instant, puis revint en direction de la femme.

— Comment t'appelles-tu ? s'enquit-elle.

— Diane.

— Diane, je suis heureuse que tu me donnes cette information. Nous allons envoyer une délégation de nos meilleurs combattants reprendre tes terres. Cependant, tu sais que c'est ici chez toi, dorénavant.

— Je le sais, ma reine.

— Mais tu as raison, nous ne pouvons pas laisser des traîtres et des usurpateurs prendre ce qui nous appartient. J'espère pour autant que tu ne viendras pas te plaindre comme Dobrev une fois que mes gardes auront fait le ménage et pris possession des lieux.

La femme commença à comprendre son erreur. Dobrev avait pourtant été clair sur ce que les troupes de la reine accomplissaient dans les villages qu'ils occupaient. L'éventualité qu'ils commettent des viols et des meurtres sur les habitants de ses terres n'était donc pas venue à l'esprit de cette idiote ?!

Je réalisai alors que les natifs venus sur l'île d'Eos avaient engagé plus que leur fidélité dans cette affaire. Les Cinq leur demandaient d'habiter sur l'île, laissant ainsi leurs terres, leurs maisons, leurs châteaux derrière eux, sans espoir d'y retourner, si ce n'est après nous avoir vaincus, et encore je doutais que les promesses de la fausse déesse fussent très solides. Je parcourus des yeux l'assemblée et ressentis tout le doute qui les assaillait dans ce climat de peur. Cette information m'était utile. Très utile.

Un serviteur de l'usurpatrice fit irruption derrière elle et somma l'assistance de quitter les lieux. La séance était terminée. Il fallut une quinzaine de minutes avant que la Nef aux statues soit enfin vidée de ses occupants, à l'exception de ma mère, mon frère, Magnus, Connor, les Cinq et, bien évidemment, de moi.

— Comment se fait-il que des natifs américains se soient joints à votre frère alors que vous êtes ici ? s'enquit Althéa auprès de Connor, sur un ton à le faire pâlir d'effroi.

— Je ne suis justement pas là pour leur faire entendre raison. Et la venue de Gabrielle à New York a fait parler d'elle.

Je me pris à sourire, satisfaite.

— Arracher la tête d'une de vos sœurs a laissé certains de nos semblables ébahis d'admiration, je suppose, dis-je, mon insolence à son apogée.

— Il va falloir vous racheter, déclara la reine, qui ignora mon intervention, tandis que ses frères et sœur n'attendaient que son feu vert pour m'arracher les tripes.

— Je ferai ce que vous m'ordonnerez, ma reine, s'inclina le traître.

— Venez donc me voir.

Connor alla à sa rencontre. Elle se leva et murmura des mots à son oreille. Priam, non loin, ricana, tout en m'envoyant un regard sévère. Connor hocha la tête et recula d'un pas. Il fit sa révérence et rejoignit son père en bas des marches.

— Bien, nous en avons terminé, dit Althéa d'une voix claire, je vais m'assurer de te trouver une nouvelle femme de chambre, Gabrielle. J'espère que tu y réfléchiras à deux fois avant d'essayer de la faire parler.

— Sarah ne m'avait rien dit.

— Elle t'a dit ce qui se passait ici, je l'ai lu en elle. Je lis en tous, ici.

— Et en quoi « parler » est condamnable de la peine de mort ? Je l'aurais découvert quelques minutes plus tard, ce qui se passait dans cette salle, non ?

— Si je n'avais rien fait, elle aurait supposé pouvoir t'en dire plus, et ça, je ne peux le tolérer de la part d'une humaine.

— C'était la fille d'une native !

— Elle n'avait aucun pouvoir, assena-t-elle, c'était donc une humaine.

Althéa soutint mon regard fiévreux de colère et descendit les marches dans ma direction. Elle se posta à quelques centimètres de mon visage, et sa main vint caresser ma joue.

— Je sais tout ce qui se passe ici, souviens-t'en, ma petite fille, et si tu décides d'utiliser ton pouvoir d'attraction à nouveau, je ferai brûler tous les gens dans cette salle, tu m'entends ?

Elle se retourna et alla rejoindre Priam, qui s'engageait vers la sortie.

— Je n'en crois pas un mot ! criai-je.

Le sang quitta le visage de ma mère. Mon frère m'attrapa le bras dans un réflexe, et le regard médusé de Connor et Magnus démontrait que mon insolence allait peut-être trop loin. Je ne me laissai pas impressionner pour autant.

— Brûlez tout ce petit monde si ça vous chante, continuai-je en riant, cela fera moins d'opposants à mon armée.

Althéa fit volte-face, tandis que son frère de mari m'envoyait un de ses regards les plus méprisants.

— Vous n'avez décidément rien compris, lança Priam, vous faites désormais partie de *notre* armée.

— Vous rêvez tout haut !

— Nous nous verrons au dîner, lâcha Althéa, cinglante, après un silence de réflexion.

QUELQUES INSTANTS PLUS TARD, seule dans ma suite, je réfléchissais au moyen d'en savoir davantage sur les Cinq, à la manière de remporter cette guerre, et à la façon dont j'allais obtenir des informations au prochain dîner. Le supplice de Sarah était encore bien présent dans ma tête, et il me semblait que l'odeur de chair brûlée avait imprégné mes narines pour l'éternité. Je devais faire cesser cela, je devais mettre un terme à cette cruauté, à la terreur qu'inspiraient Priam et Althéa. Cette pensée m'obsédait et ne me quittait plus.

CHAPITRE 17

C'est une vieille dame qui remplaça la pauvre Sarah. Je la saluai, mais n'obtins pour seule réponse qu'un hochement de tête. Au regard de ce qu'avait subi ma précédente femme de chambre, je décidai de garder le silence. Cependant, les goûts vestimentaires de la vieille femme laissaient à désirer, et elle ne vit aucun inconvénient à ce que je choisisse moi-même mes tenues. Son don pour la coiffure, en revanche, ne faisait aucun doute. Vêtue d'une robe pourpre, la couleur de la royauté, j'allai rejoindre les convives. J'avais appris à Altérac qu'une allure soignée déterminait souvent le regard que nous portait autrui, et il me vint à l'esprit l'image de Johnny saluant mon style avec un verbe de son cru. Je me pris à sourire alors que j'entrais dans la salle à manger.

Je pris place au même endroit que la veille. Chaque invité était présent, il ne manquait que mon frère. Ma mère était toujours obsédée par son assiette, pourtant vide en cet instant. À aucun moment, elle ne leva les yeux vers moi. Cela aurait certainement dû me toucher, mais ce ne fut pas le cas, car elle prit aussitôt contact mentalement.

« *Nous devons parler, toi et moi.* »

« *Enfin ! Je n'osais plus y croire.* »

« *Althéa nous surveille de près* », dit-elle, sa voix douce s'insinuant dans chacune de mes pensées, « *si elle se doute que nous pouvons communiquer par la pensée, nous sommes mortes.* »

« *OK, je comprends. Quand veux-tu que nous ayons cette discussion ?* »

« *Je viendrai dans ta chambre après le dîner.* »

« *Tu peux faire ça ? Tu n'es pas enfermée dans je ne sais quel donjon ?* »

« *Non, je suis libre de mes mouvements.* »

— Vous partez donc demain, Connor, n'est-ce pas ? déclara Priam en se servant l'entrée dans le plat tendu par un valet de pied.

Mon regard vrilla dans la direction du traître, qui ne manqua pas de le remarquer du coin de l'œil. Sa voix paraissait cependant fébrile, et je ne sus quoi en penser.

« *Où va-t-il ?* » demandai-je à ma mère.

« *Je n'en sais rien. Althéa lui a confié une mission. Ça n'augure rien de bon, à mon avis.* »

« *Venant d'elle, tu m'étonnes ! J'espère que ce sera dangereux et que Connor n'en reviendra pas, cet enfoiré ! Enfin, si c'est possible, car il est immortel, lui aussi.* »

« *Tout le monde, ici, l'est.* », assena ma mère.

Et en effet, c'était le cas. Les bras tatoués de Connor se posèrent sur la table, et j'eus le sentiment qu'il luttait pour ne pas lancer un regard dans ma direction.

— Je prendrai le bateau demain matin, dit-il, je devrais être de retour dans deux ou trois semaines, tout au plus.

— Magnus, vous risquez de vous sentir seul durant tout ce temps, dis-je, un sourire aux lèvres.

— Je compterai les jours, en effet, déclara ce dernier, maussade.

Ce soir, il n'était plus le Magnus Burton Race que j'avais connu. Il semblait abattu en permanence. Je ne me plaignais pas de son indifférence à mon égard, au contraire, mais je pensais que l'avoir torturé lors de notre dernière rencontre aurait tout de même éveillé chez lui un sentiment de revanche, voire de mépris. Mais depuis ce soir-là, pour une raison que j'ignorais, il n'était plus le même.

« *Dis donc* », soufflai-je à ma mère, « *il a drôlement changé, cette ordure.* »

« *Il est ce qu'il a toujours été.* »

« Eh bien, je pense que tu n'es pas au fait de tous les crimes qu'il a commis depuis quelques siècles. »

« Comme je te l'ai déjà dit », me dit Isabelle, *« tout le monde en commet. »*

J'eus du mal à masquer ma déception. Comment pouvait-elle dire une chose pareille sans savoir de quoi je parlais ?! Il fallait que je la rancarde vite sur ce dont était capable l'ancien Grand Maître des natifs. Mon frère arriva, s'excusa pour son retard avec une révérence qui me provoqua un haut-le-cœur. Il prit place face à moi en me saluant d'un hochement de tête.

« Tu en fais une de ces têtes, ma sœur ! Tu as vu un fantôme ? »

« Seulement des traîtres. »

Puis je coupai la communication.

— Votre fils ne tardera pas à revenir, Magnus, lança Soban, qui avait peut-être deviné les raisons de l'abattement de l'ancien Grand Maître, ne soyez pas si triste, voyons.

— Qui vous fait croire que je le suis ? répondit son interlocuteur.

— Votre attitude, mon cher. Ou alors est-ce le fait que votre autre fils ait pris votre place et que cela vous ait obligé à venir chercher asile parmi nous ?

— Je n'ai pas eu l'impression d'avoir le choix, rétorqua Magnus. Quant à Carmichael, il est mort, pour moi.

— En voilà des façons de parler de votre descendance directe !

— La jalousie, sans doute ? déclarai-je, un sourire narquois en direction de mon beau-père.

Althéa, amusée, lâcha un petit rire. Puis la fin du dîner se passa dans un silence presque total. Rien dans le contenu des quelques conversations qui s'ensuivirent ne m'indiqua les futurs plans des Cinq. À chaque fois que je tentais une percée pour en savoir plus, Althéa restait muette, Priam me rabrouait d'une réponse cinglante, sa sœur et ses frères m'ignoraient. Nous allâmes prendre le thé dans le salon adjacent, mais là encore, je fis chou blanc. Les Cinq pouvaient rester dans un silence total pendant de longues minutes, sans doute de longues heures, voire peut-être des jours. Ce devait être un des effets de l'immortalité. Obtenir des informations n'allait pas être chose aisée. Je ne pouvais donc compter que sur ma mère et mon frère. Et c'est ensemble qu'ils vinrent me rendre visite après que chacun eut quitté le salon. Un garde leur ouvrit la porte.

Surprise de voir mon frère aux côtés d'Isabelle, je marquai un temps d'arrêt.

— Qu'est-ce qu'il fait là ? demandai-je à ma mère.

Elle n'eut pour seule réponse qu'un geste : elle posa son index sur sa bouche. Cela signifiait de me taire. Je les laissai entrer, comprenant que la discussion qui s'annonçait ne serait que télépathique, du moins en ce qui concernait les éléments les plus secrets.

— Tu loges dans un bel endroit, n'est-ce pas ? déclara soudain ma mère.

Mon frère me prit le bras et me demanda de m'asseoir d'un signe de la main. Il écarquilla de grands yeux.

« Réponds-lui, comme si nous avions une discussion normale. »

Je compris alors qu'Isabelle souhaitait donner le change et qu'elle craignait que sa visite soit sous contrôle ou sur écoute, plus précisément.

— En effet, répondis-je, j'ai connu pire demeure. Quand Magnus a fait de moi son otage, il m'a enfermée dans une cellule miteuse, froide, pleine de rats, et m'a laissée mourir de faim. Les Cinq sont visiblement plus magnanimes que lui.

— Je sais ce que t'a fait Magnus, ton frère m'a tout raconté.

— Tu le sais, alors ?

— Oui, je le sais. Et ce qu'il a fait est impardonnable, il a perdu pied.

— Perdu pied ?! m'exclamai-je, outrée. Tu plaisantes, j'espère ?! Cet enfoiré a ordonné mon viol, m'a enfermée, torturée et il a tué ma meilleure amie !

— Je sais, dit-elle en se rapprochant.

Une de ses mains alla se poser sur ma joue, comme si elle voulait me réconforter. Mais c'est de la froideur que je ressentis. Je chassai ce contact d'un geste, me levai et, essoufflée de colère, j'allai sur le balcon, espérant que le bruit des vagues se fracassant sur la falaise en contrebas atténuerait la ferveur de mon ire. Des larmes se logèrent dans mes yeux, car jamais ma déception n'aurait pu être aussi grande. Mais qui était

Isabelle, en fait ? Une femme qui avait abandonné ses deux enfants, voilà ce qu'elle était !

— Je connais très bien Magnus, dit-elle, alors qu'elle me rejoignait sur le balcon en compagnie de mon frère.

Ils prirent place chacun sur un fauteuil. Le temps des déclarations était venu, alors je m'assis à mon tour sur la méridienne, prête à écouter les détails de l'histoire d'Isabelle Castellane.

— La première fois que j'ai rencontré Magnus, poursuivit-elle, lui ne m'a pas vue. Avant ma mort, j'avais confié ma fille Éléonore à son frère, Blake, que tu as également connu, je crois.

— À mes dépens.

— J'en ai entendu parler. Blake était un homme différent à cette époque, et il aimait profondément Éléonore, comme un père aime sa fille. Mon corps n'avait pas été totalement détruit par le bûcher, alors plus tard, je ressuscitai et m'enfuis. Mais quelques années passèrent et je réalisai que je ne vieillissais pas. Blake étant le seul, à ma connaissance, possédant des pouvoirs assez similaires aux miens, j'allai à sa rencontre. Pour la sécurité d'Éléonore, je lui avais promis que je ne ferais pas partie de sa vie. Cela faisait déjà de nombreuses années que je lui avais confié ma fille, et j'appris ce jour-là qu'elle s'était mariée à son frère, plusieurs fois centenaire. Blake était inquiet de la savoir aux mains de Magnus, mais il me déconseilla de l'approcher, sous peine d'être découverte. Une espèce d'aura se dégageait de ma personne. De plus, en tant que native, Magnus m'aurait soit enrôlée, soit tuée, ou aurait fait de moi sa maîtresse, car j'attirais inexorablement mes semblables, d'après Blake. C'est d'ailleurs une capacité que tu as héritée, en bien plus puissant, si l'on en croit ta prouesse dans la Nef aux statues.

— Je ne te le fais pas dire.

Mon frère sourit. Cette scène familiale lui plaisait, je le voyais bien, et il est vrai qu'à ce moment précis j'aurais bien aimé que mon père fasse lui aussi partie du tableau.

— Je l'ai sans doute aussi hérité de Papa, puisqu'il est de la même lignée. Peut-être que la combinaison de vos pouvoirs a créé ce que je suis, une native au pouvoir d'attraction incommensurable. Quel fléau !

J'aurais préféré le don de voyance, ça m'aurait été plus utile et apporté moins de problèmes.

— J'ai eu le sentiment au contraire que ça te donnait une force que personne aujourd'hui n'a en sa possession.

— Cela fait de toi quelqu'un d'unique, dit mon frère.

— Excepté Carmichael, dont tu es l'arrière-grand-mère, si j'ai bien compris. L'association d'une Castellane à un Burton Race crée de vraies bêtes de foire !

— C'est comme ça que tu parles de ton mari ! lâcha Ethan dans un rire.

— Depuis que tu as volontairement brisé mon couple en tentant de te suicider, et en me dévoilant qu'il était au courant de la capture d'Olivia, oui, je parle de lui en ces termes.

— Et qu'aurais-tu fait s'il te l'avait dit ?

— J'aurais tenté de la sauver, bien entendu !

— Et tu t'étonnes qu'il ne t'ait rien avoué ? demanda ma mère. D'après ton frère, tu découvrais à peine tes pouvoirs. Magnus n'aurait fait qu'une bouchée de toi.

— Il s'en est chargé par la suite, et pourtant, j'ai le sentiment que tu le défends, alors j'aimerais plutôt écouter la suite de ton histoire.

Isabelle eut une moue d'incompréhension, puis porta son regard vers l'horizon, comme si ses souvenirs se déroulaient lentement devant ses yeux. Elle reprit le fil de son histoire.

— Quand Magnus est venu au château de Blake en compagnie d'Éléonore, je les ai espionnés de loin. Blake me logeait, comme il l'a fait longtemps après.

— Je n'en ai jamais rien su.

— Tu n'aurais jamais su tout ce que cet homme avait dans la tête. Il était mystérieux, mais son amour pour ma fille, lui, ne faisait aucun doute. Les années qui suivirent, nous nous rendions souvent à Altérac. Séjours durant lesquels je me cachais, mais où il m'était possible de les observer. Et c'est lors de la deuxième grossesse d'Éléonore que Magnus changea. Il était convaincu qu'Éléonore serait la mère des enfants de la prophétie, qui voulait qu'un frère et une sœur de sang soient à l'origine de la destruction du monde ou de l'Avènement des natifs. Quelques mois plus tard, elle s'enfuyait du château, enceinte jusqu'aux yeux. Mais il ne tarda pas à la retrouver. Fou de tristesse, il la supplia de rester, fou de colère, il la somma de le suivre. Mais elle refusa, et elle utilisa ses pouvoirs contre lui. Dissimulée non loin de là, je décidai d'intervenir et me mesurai à Magnus Burton Race. Éléonore ne savait pas qui j'étais, et je n'ai jamais eu le temps de le lui révéler. Le combat fut rude et acharné. Magnus et moi utilisâmes tout ce qui se trouvait alentour dans l'espoir que l'un de nous réussisse à désarçonner l'autre, ce qui nous aurait laissé ensuite le temps de porter le coup fatal au premier à flancher. Et il fut le premier justement, car il s'arrêta soudain de combattre. J'en profitai pour lui envoyer un tronc d'arbre, droit dans le ventre. Il réussit presque à l'esquiver, mais fut gravement blessé. Je m'approchai alors pour lui filer le coup de grâce, mais je réalisai sur l'instant qu'il pleurait. Son sang et ses larmes ruisselaient sur la terre. Il ne bougeait plus et poussa un cri. Un cri démesuré, dément, que j'entends encore parfois dans mes songes. Alors je me retournai et découvris la cause de sa véritable souffrance, et je m'effondrai à ses côtés. Ma fille et le bébé qu'elle portait dans son ventre gisaient, morts, tués lors de notre confrontation.

Elle marqua une pause. Le ton de sa voix n'était plus qu'un murmure.

— Je n'avais plus le cœur à affronter Magnus, et le voir avec un tel chagrin était une punition bien assez juste. Je décidai de partir. De partir très loin. Mais avant cela, j'ai attendu de voir si Éléonore se réveillerait de sa mort. Après tout, j'avais moi-même ressuscité, alors pourquoi pas elle ? Mais elle ne se réveilla jamais. Quelques jours après son décès, Égéria, qui était jalouse d'Éléonore depuis son mariage avec l'homme qu'elle aimait depuis deux siècles, l'a réduite en cendres, en même temps que tous mes espoirs et ceux de son mari, qui n'en a jamais rien su. Accablée de douleur, je n'ai pas réussi à trouver les ressources nécessaires pour me venger. Mais ma vie était longue, et je savais qu'un jour l'heure viendrait.

Isabelle se leva et s'approcha du garde-corps. Son récit était d'une telle tristesse que les mots me manquèrent. Et qu'aurais-je pu dire d'intelligent en de telles circonstances ?! Elle avait tué sa fille en essayant de la protéger, quels mots pouvaient lui venir en aide ? Aucun.

— Je fis le tour du monde et rencontrai d'autres natifs. J'eus d'autres enfants, car la contraception n'existait pas. Je les abandonnais donc, me refusant à les voir mourir. Jusqu'à toi…

— Qu'avais-je de différent ?

— En ce temps-là, tu étais une enfant comme les autres. Tu n'avais pas de pouvoirs. Juste une adorable petite bouille et des rires qui m'envoyaient tout droit au paradis. J'étais très amoureuse de ton père, Nathanaël, et j'ai vécu avec lui des moments d'une tendresse que je n'avais jamais connue en presque huit cents ans d'existence. Son amour était pur, naturel, et il était d'une beauté à couper le souffle.

Un sourire illumina son visage en évoquant mon père, mais il fut presque immédiatement effacé lorsqu'elle raconta la suite.

— Mais nous croisâmes à nouveau la route de Magnus Burton Race, et cela nous fut fatal.

— Alors pourquoi es-tu si encline à lui pardonner ?!

Elle inspira profondément et se rassit sur le fauteuil qu'elle avait quitté quelques minutes auparavant. Mon frère, attentif, posa une main sur la sienne.

— Il me faut remonter dans le temps pour que vous arriviez à me comprendre. Durant la Seconde Guerre mondiale, je fus blessée par un éclat d'obus alors que j'habitais dans le nord de la France. J'ai été recueillie par des gens qui ne tardèrent pas à me livrer aux Allemands quand ils découvrirent que j'étais capable de guérir anormalement vite. Blessée, j'avais peu de chance d'utiliser mes pouvoirs pour me sortir de ce mauvais pas, et les Allemands m'envoyaient des doses de morphine si fortes que j'arrivais à peine à ouvrir les yeux la plupart du temps. Je fus déportée dans le camp de Dachau, où le docteur Rascher pratiqua des expériences sur moi. Un natif, du nom de Morgan…

— Morgan ?! soulevai-je, en repensant à l'homme qui avait aidé Blake dans ses entreprises maléfiques après s'être échappé d'une geôle d'Amsterdam, mais je pensais qu'il n'était pas sorti de sa cellule depuis des siècles !

— Vous l'avez connu ? s'étonna ma mère.

— Il est mort depuis, révéla mon frère.

— Tant mieux, dit-elle. Cet homme cherchait le moyen de changer les humains en natifs, et s'est servi de la guerre pour fomenter son plan.

Durant des années, le docteur Rascher m'a fait subir les pires expériences afin de parvenir à ses fins. On me prélevait une quantité incroyable de sang et on l'injectait à de pauvres humains, et même à des enfants, parfois. Et ils mouraient tous, dans d'atroces souffrances. Le docteur m'a tuée un nombre incalculable de fois. Il aimait me voir geler dans l'eau glaciale et calculait le temps qu'il me fallait pour mourir. La chambre à gaz était une de ses distractions favorites. Il aimait m'y faire entrer avec des centaines de condamnés. Le gaz zyklon B s'insinuant dans mes poumons, je suffoquais au milieu de pauvres malheureux, des familles, des vieillards et des enfants. Rascher faisait bien attention à ce qu'on ne brûle pas mon corps, car il aimait me voir ressusciter. Après quelques morts, le réveil est plus hâtif, il n'avait plus à attendre longtemps. Dès ma résurrection, on m'injectait une nouvelle dose de morphine, et le cycle infernal se perpétuait.

J'eus du mal à déglutir tant le récit effroyable de ma mère m'emplissait de dégoût et d'effroi. Même avec toute l'imagination dont j'étais capable, j'étais à douze mille lieues de ce qu'elle avait enduré. Mais une chaleur s'insinua dans mon cœur lorsque je perçus l'empathie d'Ethan. Une empathie qui lui était jusqu'à maintenant étrangère.

— Début 1944, la guerre n'était pas loin de prendre fin, poursuivit ma mère, et Rascher accentuait la vitesse de ses expériences. Il cessa de me torturer pour se concentrer sur les propriétés de mon organisme. Trois prisonniers avaient survécu après une injection de mon sang, qu'il avait combiné avec je ne sais quel produit. Et alors que le docteur savourait sa réussite, un homme vint me libérer. Cet homme, c'était Magnus. Mais j'ignorais tout de ses projets à ce moment-là, je voulais être libre, et c'est tout ce qui m'importait. Au désespoir, meurtrie, amaigrie et ivre de vengeance envers mes ravisseurs, j'ai accueilli Magnus comme le Messie. Il planta une aiguille longue comme le bras dans mon cœur et y injecta de l'atropine. Le produit eut un effet immédiat, puisque je pulvérisai aussitôt le laboratoire. Observant Magnus que j'avais immédiatement reconnu, je décidai de le laisser partir sans combattre. Il venait de me sauver, l'heure de la vengeance n'était pas arrivée. Il comprit que je n'allais rien faire contre lui, et me dit : « *Si quelqu'un doit te tuer, ce sera moi.* » Il partit du camp. Avant de m'enfuir de mon côté, je tuai une dizaine de SS et mis fin aux supplices de nombre de prisonniers. Mais le docteur restait introuvable. J'appris plus tard que Magnus avait capturé Morgan et Rascher. Il avait eu besoin de ce dernier pour utiliser mes souches d'ADN, et enrôla les trois prisonniers qui s'en étaient sortis pour que les pauvres subissent à leur tour des expériences innommables.

— Seigneur ! lâchai-je. Mais cet homme est le mal incarné !

— Je pense que tu as pu t'apercevoir qu'il y avait pire, me rappela mon frère à juste titre.

— Magnus est ce qu'il est, continua Isabelle, et je suis telle que je suis. Quand j'ai rencontré ton père, cela faisait presque huit cents ans qu'Éléonore était morte. Magnus m'avait sauvée des Allemands et je n'avais que faire des souches d'ADN qu'il avait subtilisées. J'étais amoureuse et mère d'une petite fille adorable. Ton père s'acharna à expulser la haine en moi et à mettre de l'amour à la place. J'étais enfin heureuse. Je demandais juste à ce que l'on se tienne loin des natifs et de tout ce qui les concernait. Magnus était Grand Maître et n'ignorait pas où je me trouvais. Je fus en paix quelque temps, jusqu'à ce que je tombe enceinte d'Ethan. Une échographie révéla que c'était un garçon, et Magnus eut vent de cette information. De nouveau persuadé que les enfants d'une Castellane seraient les enfants de la prophétie, il me rendit visite dans le plus grand secret. Il voulait que nous vivions à Londres, avec lui. Évidemment, j'ai refusé tout net sa proposition, mais j'entrevis la menace sous-jacente. Enceinte, le souvenir d'Éléonore ne me quittait plus. Je faisais des cauchemars toutes les nuits, je ne mangeais presque plus. Nathanaël était très inquiet, mais je ne pouvais lui en dire trop, de peur qu'il commette une bêtise.

Un frisson me parcourut l'échine tandis que mon frère serrait le bras de ma mère un peu plus fort. Le récit s'accélérait et allait bientôt connaître son dénouement.

— Magnus revint quelques semaines plus tard, très en colère. À nouveau, j'ai refusé de quitter ma maison, comme j'ai refusé que ma fille, Gabrielle, et mon mari, vivent dans sa tour sinistre, et que ma vie soit régentée par une prophétie à laquelle il était le seul à croire. Alors il m'a fait une proposition : lorsque mon fils serait né, je devrais le lui confier.

À cette condition, il laisserait mon mari et ma fille en paix. Il voulait avoir un des enfants de la prophétie pour mieux pouvoir contrôler l'autre lorsque son éveil débuterait. Et si je ne répondais pas positivement à ses demandes, j'étais vouée à ne jamais connaître aucun répit. Au désespoir, je cachais à Nathanaël l'ultimatum de Magnus. Lorsque j'ai accouché, j'ai demandé à une amie de venir à la maternité. C'était une puissante et une télépathe, elle n'a eu aucun mal à manœuvrer le personnel de l'hôpital. Elle manipula l'esprit de la sage-femme qui avait ordonné qu'on me fasse une césarienne, ainsi Nathanaël ne pouvait être présent à l'accouchement. Ensuite, elle a contraint le reste des employés de l'hôpital à croire que j'étais morte, ainsi que mon bébé. Nathanaël était fou de chagrin, mais il n'y avait que cette solution pour vous protéger tous les trois. Je laissai Ethan à cette amie, qui partit chez elle, en Corse, dans un endroit peu connu où je pensais que tu serais en sécurité, mon fils.

Bouche bée, je ne savais pas comment interpréter les paroles de ma mère. J'avais l'impression que mon cerveau n'était plus capable d'accepter la moindre révélation. Ethan décrocha la main de son bras et vint s'asseoir à mes côtés. Il plongea son regard dans le mien, et ce que j'y vis m'accabla. Je le serrai dans mes bras. Soudain, un élément de ses révélations se matérialisa dans ma tête. Le sang déserta mes joues, je desserrai mon étreinte puis, me tournai vers ma mère.

— Comment s'appelait ton amie ? Tu as dit qu'elle habitait en Corse ? Comment s'appelait-elle ?

— Adriana.

— Son nom de famille ?

— Adriana Ferloni. Son nom d'épouse était Valérian. Adriana Valérian.

J'en restai coite.

— La mère d'Éric et Thomas, lâcha Ethan, stupéfait.

— C'était ma meilleure amie à cette époque, reprit ma mère en observant Ethan, mais quelque temps plus tard, je fus prise de remords et voulus te reprendre. Elle avait déjà deux fils en bas âge et s'occupait très bien du mien. Quand je t'ai repris, elle m'en a beaucoup voulu, car elle s'était attachée à toi. Après cet épisode, elle rompit tout contact avec moi, et c'est la pire erreur que j'ai commise. Je suis allée me cacher avec mon bébé chez une native de New Delhi, une native que je pensais être mon amie, une amie aussi sûre qu'Adriana. Mais pour s'attirer les faveurs du Grand Maître, elle m'a trahie. Je fus capturée et enfermée à Londres, tandis que Magnus élevait mon propre fils. Comme toi, Gabrielle, j'ai connu des traitements qu'une femme ne devrait jamais avoir à raconter. J'ai subi des sévices, j'ai connu l'humiliation et la malnutrition. Je me consolais en me disant que les Allemands étaient bien pires et que je ne pouvais pas connaître plus mauvais traitement. Mais un jour, un des sbires de Magnus m'injecta une substance qui me rendit folle à lier. Votre père, Nathanaël, avait eu vent qu'une prisonnière me ressemblant était enfermée à Londres. Il fit appel à nos amis corses pour me retrouver. Ceux-ci trouvèrent la force de me pardonner, d'autant qu'un bruit courait que Magnus était au courant de la naissance de leurs deux fils, qu'ils avaient pourtant pris soin de lui dissimuler. Ils avaient donc besoin de s'assurer qu'ils ne craignaient rien. Adriana et son mari accompagnèrent Nathanaël. Lui pensait sans doute que Magnus ne lui ferait rien de mal devant témoin. Il y avait toujours des dissidents pour contester son autorité à quelque époque qu'il ait connue, aussi il se risquait rarement à exécuter des natifs sans motifs réels, et il n'avait rien contre votre père, qui était quelqu'un de très apprécié dans la communauté. Ce jour-là, il nia m'avoir enfermée dans sa tour et invita Nathanaël et les Valérian à déjeuner. Les Valérian n'étaient encore jamais venus à Londres, alors Magnus utilisa cette excuse pour leur faire visiter la tour. Il termina la visite par le toit, car, au sommet de la Canary Wharf Tower, on peut admirer Londres dans toute sa splendeur. Alors qu'ils contemplaient la ville, un natif m'amena à eux. La substance qu'on m'avait injectée m'envoyait des hallucinations cauchemardesques. Je hurlai et au loin, j'entendis la voix de Nathanaël m'appeler, crier mon nom, et alors que j'étais prête à tendre les bras vers lui, alors que seule mon ouïe le percevait, Magnus m'injecta une nouvelle seringue d'atropine dans le cœur. Le choc fut si violent que mes pouvoirs éclatèrent. Lorsque, enfin, j'ouvris les yeux sur la réalité, il n'y avait plus personne sur le toit, excepté Magnus. « *Tu les as tous tués* », m'a-t-il dit, « *et tu sais maintenant ce qu'est de perdre l'homme de ta vie, comme j'ai perdu la femme de mes jours, lorsque tu l'as assassinée.* » J'étais si effondrée et sous le choc, que je le laissai me planter une nouvelle seringue dans le cou. Je fus ensuite enfermée à Amsterdam, ligotée, une perfusion de drogue dans chaque bras, jusqu'à ce que toi, Gabrielle, tu me libères sans le savoir.

Les mots me manquaient. Les larmes coulaient sur mes joues ; pourtant, je ne réalisais pas que je pleurais. La tristesse de son histoire était au-delà du supportable.

— Mais quand vous avez mené votre assaut, poursuivit-elle, vous n'avez pas trouvé ma cellule. Je n'étais pas consciente, presque morte, et personne ne savait que j'étais là, excepté Égéria. C'est finalement Blake qui m'a trouvée. Il a ramené les Six à la vie, et moi avec. Et depuis qu'ils sont redevenus puissants, ils me gardent avec eux.

— Et tu dois vivre aux côtés de Magnus ! Comment peux-tu le supporter ?

— Je lui aurais arraché les tripes ! lâcha Ethan.

C'était bien la première fois que je l'entendais dire du mal de Magnus. Était-ce la mort qui l'avait changé à ce point, ou étaient-ce ses retrouvailles avec notre mère ? Il n'avait jamais connu notre père, et tandis que j'étais élevée par Sam, il était élevé par ce fou à lier. Je n'avais jamais osé imaginer l'éducation qu'il avait dû recevoir avec un homme pareil. Mais l'espoir était né sur cette île, car mon frère avait maintenant ce qu'il n'avait jamais obtenu : une famille. Une sœur seule n'avait pas suffi à le ramener dans le droit chemin, mais peut-être une mère réussirait-elle cet exploit ? La question était maintenant de savoir si elle en avait la volonté.

— Je ne comprends toujours pas pourquoi tu défends Magnus, déclarai-je à ma mère, tu m'as dit que tout le monde commettait des erreurs, mais là, ce ne sont plus des erreurs, ce sont des crimes, de graves crimes. Il t'a fait endurer l'enfer, cet enfoiré !

— Mais il avait raison. J'ai tué ma fille, Éléonore. J'ai tué l'homme que j'aimais, Nathanaël, et j'ai fait souffrir tous mes enfants. Je suis maudite. Mon destin est de finir ici, à l'abri du monde, en compagnie des Cinq. Je suis comme Blake lors de ses derniers jours, j'attends que l'un d'eux me donne la mort que je mérite.

— Tu plaisantes, j'espère ?!

— Absolument pas.

— Nous venons à peine de te retrouver, et tu rêves déjà de nous quitter.

— Ce n'est pas ce que j'ai dit, lâcha-t-elle avec un sourire mystérieux, tu comprendras peut-être à ton premier millénaire de vie.

— Tu n'en es pas encore là, rétorquai-je, et je refuse que tu évoques ta mort comme si cela n'allait pas nous affecter, c'est égoïste !

— J'ai vécu une vie douloureuse, Gabrielle. Le jour venu, je partirai en paix.

Son regard intense me transperça. Était-ce censé me rassurer ? Elle se leva et se dirigea vers l'intérieur de la suite, laissant mon frère et moi sur le balcon, tandis que ses dernières paroles s'imprimaient dans nos cerveaux.

— Elle est malheureuse, lâcha Ethan.

— C'est en effet ce que je constate et au regard de son histoire, on peut la comprendre.

— Depuis ma renaissance, poursuivit mon frère, ils nous ont installés ensemble dans une suite, à l'opposé de la tienne, tout au fond du temple. Alors, fais-moi confiance, je fais tout pour qu'elle retrouve goût à la vie.

— J'ai peur qu'il ne soit trop tard, dis-je, affligée. Ne te fais pas trop d'espoir, Ethan, je t'en prie.

— J'y arriverai, tu verras, ma sœur.

Je l'observais. Il avait changé. On aurait dit qu'une lueur en lui s'était allumée depuis sa rencontre avec notre mère. Mais s'il arrivait quoi que ce soit à Isabelle, saurait-il surpasser sa douleur ? Lui, dont les actes étaient si extrêmes lorsqu'il ressentait de l'amour envers quelqu'un. À ce jour, j'étais la seule à avoir eu cette faveur, et nombreux étaient ceux à avoir payé le prix de cette affection démesurée.

— Tu m'as fait beaucoup de mal, lâchai-je, sentant qu'était venu le temps des explications.

— Je sais, et je le regrette.

— Tu as fait ça durant mon mariage, comment as-tu pu ?

— J'étais si malheureux.

— « Je », encore « je », alors que ce jour-là, c'était le mien, Ethan ! Le mien !

— À ce moment-là, je ne pensais pas que cela te contrarierait autant.

— Tu plaisantes ou quoi ?! m'exclamai-je, avec une furieuse envie de le gifler. Et si je t'avais perdu ? Si tu étais vraiment mort, je serais anéantie à l'heure qu'il est. J'ai déjà supporté beaucoup, Ethan. Ça, ça aurait été le coup de grâce !

— Je sais, et je suis désolée. Je n'ai jamais fait ce geste pour que tu me perdes, bien au contraire.

— Mais si ça avait été le cas ! Et il y a eu la lettre aussi, une lettre si cruelle dans un moment pareil…

— Je l'ai écrite sous le coup de la colère et du chagrin.

— Tu fais tout sous le coup de la colère et du chagrin ! assenai-je. Je ne suis peut-être pas la mieux placée pour te juger, j'ai commis beaucoup d'erreurs à cause de mon tempérament impulsif, mais toi, tu atteins des sommets ! Réfléchis un peu aux conséquences de tes actes avant d'agir !

— Je ne pensais pas que tu considérais ce mariage comme un événement si sérieux.

— Pardon ?! Un mariage, pas sérieux ? Et avec un couronnement, par-dessus le marché ! Je n'en reviens pas de ce que tu me dis.

— Se pourrait-il que tu aies accepté ce mariage pour une autre raison que la guerre ?

Un silence. Mon regard se perdit à l'horizon. Je réalisai alors l'absurdité de ma situation. Parmi mes proches, aucun n'avait considéré que j'avais accepté ce mariage pour les beaux yeux de Carmichael et c'était vrai, dans un sens, puisque c'était aussi une nécessité pour mener à bien une guerre. Mais ils se trompaient sur mes sentiments à son égard, car personne ne voyait que je tenais vraiment à lui. Personne n'était là, dans les Alpes, quand il me redonna vie et quand je le découvris véritablement pour la première fois. Il avait fallu moi-même que je meure pour le constater.

— Il est vrai qu'aujourd'hui je serais encore célibataire s'il n'y avait pas eu cette menace, avouai-je, mais Carmichael et moi méritions mieux qu'une tentative de suicide le soir de nos noces, ne penses-tu pas ?

— Si, dit-il, et je suis un idiot.

— Oh que oui ! Mais au moins, tu as réalisé qui était Magnus. Tu t'améliores !

— Je le lui ai d'ailleurs clairement exprimé, il y a peu.

— Enfin ! Je te félicite, mon frère ! C'est pour ça qu'il fait la gueule ? Non pas que ça me dérange, car…

— Et je voudrais que tu me pardonnes, me coupa mon frère, que l'on tourne la page, parce que j'en crève, ma sœur.

— Mais on ne peut pas toujours tourner la page, Ethan. Si j'ai décidé de passer ma vie auprès de Carmichael, c'est mon choix, et tu dois le respecter, et quoi que je décide à l'avenir, tu devras t'y conformer. Est-ce clair ?

— Je le ferai.

— Et peut-être que toi aussi tu trouveras une jeune femme qui te rendra heureux, qui sait ?

— Non.

Sa réponse fut sans appel. Ethan n'était décidément pas comme les autres natifs. Notre antagonisme sur ce point me saisit à cet instant. Alors que j'inspirais à mes semblables de l'attirance, voire clairement de l'appétit sexuel à cause de mon foutu don d'attraction, lui n'inspirait que de la crainte ou, du moins, c'était le seul sentiment que j'avais observé chez les autres, dans l'enceinte du château. Sa faculté de pouvoir atténuer mon pouvoir magnétique venait sans doute de là. Mais sa réponse lapidaire m'avait affligée. Mon frère n'avait jamais envisagé son bonheur, il lui avait toujours été étranger, et cette pensée m'attrista tant que mes yeux s'embuèrent de larmes. J'attrapai ses mains, mon regard soudé au sien. Ses yeux noisette se plissèrent sous l'effet d'un sourire. Il savait déjà que, cinq secondes plus tard, j'allais lui pardonner. Ses cheveux bruns ébouriffés lui arrivaient maintenant jusqu'aux oreilles, il était le même beau jeune homme que j'avais rencontré dans la bibliothèque du château. Ce souvenir me réchauffa le cœur.

— Bon, OK, je te pardonne. Mais tu devras présenter tes excuses à Carmichael !

— Oui, je te le promets.

Un sourire presque enfantin se dessina sur son visage. Je l'imitai et allai me lover dans ses bras.

— Je t'aime, ma sœur.

— Moi aussi, je t'aime, mon frère.

Mes larmes tachèrent sa chemise en lin, mais cette étreinte fraternelle fut interrompue par Isabelle, qui appelait Ethan de l'intérieur de la pièce. J'essuyai mes yeux.

— Nous nous reverrons demain, ma fille, dit-elle alors qu'elle posait un baiser sur ma joue.

— OK… Maman.

Elle se mit à sourire. Un sourire franc qui plissa ses yeux clairs et découvrit l'éclat de ses dents. Je l'imitai, une joie indescriptible me traversant le cœur de part en part. Pourtant, il m'était drôlement étrange de donner du « Maman » à une femme n'affichant pas la vingtaine. Mais j'avais tant rêvé utiliser ce mot un jour, qu'il s'échappa de ma bouche avec une facilité déconcertante. Elle attrapa la main d'Ethan et, avant de franchir la porte, nous fit une dernière révélation qu'elle n'avait pas pu exprimer plus tôt, à voix haute.

« Une dernière chose, mes enfants. Si jamais je dois quitter ce monde un jour, sachez bien que ce sera en compagnie de Magnus Burton Race. »

Son clin d'œil, associé à cette phrase assassine, en disait long. Ethan hocha la tête, et je l'imitai. Une chose était certaine, ma mère savait soigner ses sorties.

CHAPITRE 18

Le lendemain, je pris mon petit déjeuner dans ma suite. La vieille servante dont j'ignorais encore le nom le disposa sur la terrasse, et tandis que je me nourrissais, elle fit mon lit, ajouta quelques bûches dans le feu de cheminée et rangea ma chambre. Puis, elle partit sans avoir prononcé le moindre mot. Quelques minutes après son départ, je fus surprise de trouver ma porte déverrouillée. J'ignorais depuis quand j'étais libre de quitter ma suite, mais ne me fis pas prier pour arpenter la galerie et observer les couloirs du temple.

La galerie secondaire formait un carré surplombant une grande salle pavée. Il y en avait trois autres, et chaque galerie menait à des couloirs qui n'en finissaient pas. Des quantités de pièces, des quantités de couloirs, des quantités de sorties et des quantités d'entrées, toutes gardées. Cela aurait pu être simple de m'enfuir si on ignorait le fait que je me trouvais sur une île, et que je n'avais encore aucune idée de l'étendue des pouvoirs de la centaine de gardiens chargés de me surveiller. De plus, je soupçonnais Althéa d'être en liaison constante avec l'esprit de ses matons. Or, si je m'enfuyais, un regard d'eux l'avertirait dans la seconde, et je ne doutais pas qu'elle puisse me rattraper dans un temps aussi court. Je montai jusqu'à la dernière galerie et découvris un passage fermé sans aucun garde posté devant. Il était malvenu, à ma première sortie, de faire exploser la première porte trouvée, aussi je décidai de rebrousser chemin et descendis les escaliers. J'arrivai à la grande salle pavée. Des gardes se tenaient devant chaque porte, dans leur uniforme blanc. On ne pouvait pas les louper et c'était bien le but recherché : être visibles et ainsi décourager les plus téméraires. Mais à ma grande surprise, ils me laissèrent entrer dans la Nef aux statues, totalement vide à cette heure. Je rebroussai chemin et allai dans la salle à manger. Personne. Dans le salon, non plus. Je demandai à un gardien où se trouvaient les êtres vivants ou morts-vivants du temple, mais il refusa de répondre. Mon ton caustique, sans doute. Puis je repensai à Sarah et à sa peur de me parler. En ne disant rien, les gardes ne prenaient aucun risque. Alors je fis quelque chose dont je ne fus pas très fière en laissant mes phéromones envahir la moindre parcelle de chair de mon interlocuteur. D'abord, il rougit, ensuite, il s'agita, et enfin, ses yeux fiévreux me garantirent le succès de ma démarche. Après un jeu de séduction malsain, je devais bien l'avouer, je sus que l'assemblée des Cinq et leurs convives se trouvaient à l'extérieur, sur la terrasse du temple. Je m'y rendis.

Je passai une immense sortie en forme de voûte. La lumière extérieure me brûla la rétine, et il me fallut quelques secondes avant que mes yeux s'habituent à la clarté du jour. J'étais au sommet de l'énorme escalier en pierre qui descendait jusqu'à la mer, et j'avais la sensation que les marches plongeaient plus bas encore, dans les fonds marins. J'entendais des voix, des cris et de l'activité au loin. Finalement, l'île connaissait la vie, tandis que le temple baignait dans un silence sépulcral. À ma droite, un chemin semblait mener sur les abords de la bâtisse. Il me fallut encore quelques minutes et monter quelques marches avant de parvenir à une terrasse. Althéa resta un instant interdite en découvrant ma venue. Assise autour d'une petite table ronde, elle faisait face à deux personnes dont j'ignorais le nom, leurs visages m'étant inconnus. Un homme et une femme. Lui, dans la soixantaine, leva les yeux vers moi et m'observa, l'air intrigué. La jeune femme, à peine adulte, ne bougea pas le moindre cil, et posa son verre sur la table comme si je n'existais pas.

— Allez nous chercher une autre chaise, ordonna Althéa à son majordome, qui s'exécuta aussitôt.

— Bonjour, les saluai-je.

L'homme fit un signe de tête. La femme resta muette. Le majordome amena la chaise et me pria de m'asseoir.

— Vous ne me présentez pas ? demandai-je à Althéa.

Cette dernière m'observa, et je ne sus lire dans son expression ce qui semblait la retenir de me présenter ces deux personnes. Mais, comme si je la mettais au défi, elle ne tarda pas à me révéler l'identité de ses invités.

— Je vous présente Marc de Courcy. Il est français.

— C'est un honneur de vous rencontrer, dit-il en tendant sa main.

Je la serrai, quelque peu interloquée par son ton enjoué. Il avait l'air de me connaître, pourtant, il m'était totalement étranger.

— Euh… moi aussi, déclarai-je, un brin embarrassée sans savoir vraiment pourquoi.

— Et voici Cassandre, dit-elle avec un soupçon de fierté dans la voix, ma nouvelle amie, n'est-ce pas, Cassandre ?

La jeune femme laissa ses yeux bleus fixés sur son verre de thé glacé. Je remarquai le frisson qui la parcourut quand Althéa évoqua cette nouvelle amitié. Elle passa une main dans ses cheveux châtains qui lui arrivaient à hauteur du cou, et quand son visage fit enfin face au mien, je vis comme cette femme était belle et terriblement effrayée.

— Bonjour, la saluai-je en tendant la main à mon tour.

Quand elle serra ma main, elle reçut soudain comme un choc dans la poitrine. Ses yeux se plissèrent comme si elle avait mal, puis elle les rouvrit en laissant échapper un son plaintif.

— Une pré-cog, lâchai-je, surprise.

— Elle ne s'appelle pas Cassandre pour rien, commenta Althéa avec un sourire pervers aux coins des lèvres. Qu'as-tu vu ?

Le regard de Cassandre passa d'Althéa à moi. La panique se lisait dans ses yeux, mais j'avais dans l'idée qu'elle ne souhaitait pas révéler la teneur de sa vision.

— Parle ! ordonna Althéa.

— Elle… elle est incroyablement puissante, balbutia Cassandre d'une voix claire. J'ai ressenti sa puissance.

— Est-elle aussi puissante que moi ?

— Non.

— Alors, tais-toi ! Dis-moi seulement l'avenir, car je me moque bien de ce que tu peux ressentir.

— Eh bien ! m'exclamai-je à l'intention d'Althéa. Vous, au moins, vous savez comment traiter vos amis !

Marc de Courcy étouffa un rire. Cet homme me plaisait de plus en plus.

— Je suis Gabrielle Chène, dis-je cette fois, en direction de Cassandre, et je connais déjà quelques pré-cogs. C'est un don rare que vous avez là.

— Je dirais plutôt un fléau, murmura la jeune femme.

— C'est drôle, je dis exactement la même chose de mon don d'attraction. Je ne sais pas ce qui est le mieux. Voir l'avenir ou être un aimant sexuel pour tous ses semblables.

Soudain, quelque chose m'interpella. Mon visage se tourna vivement vers Marc de Courcy.

— Mais… vous êtes humain ! m'exclamai-je, ahurie.

— En effet, dit-il tout en hochant la tête.

Ce fut mon tour de l'observer, intriguée. Cet homme ne ressentait pas le moindre désir à mon égard. Il restait insensible à mon pouvoir magnétique, et rien n'émanait de sa personne. Alors la question se posa aussitôt à moi : qu'est-ce qu'un humain venait bien faire ici ?! Mon regard se reporta sur Althéa. Celle-ci affichait un visage de marbre.

— Je suis historien, révéla l'homme, et j'ai beaucoup étudié vos origines, Madame. Les origines de toute votre confrérie, en fait.

— Je vous l'avoue, lançai-je, que je suis ébahie de constater l'ouverture d'esprit de ma grand-mère.

Althéa sursauta, comme si l'appeler « grand-mère » était une insulte. Cela me parut si ridicule que je pouffai de rire.

— Méfie-toi, lâcha-t-elle en se levant, ma patience a ses limites.

Elle se leva et partit, non sans avoir laissé traîner un dernier regard vers Cassandre, lui signifiant, j'en étais certaine, de se taire au sujet de ses visions.

— Votre grand-mère a du tempérament, dit Marc en souriant.

— Je ne vous le fais pas dire, confirmai-je. Que faites-vous à son service ?

— Je lui donne des renseignements.

— De quels renseignements pourrait-elle avoir besoin de la part d'un humain ?

— Des renseignements historiques.

— Vous avez l'air d'en savoir un rayon sur les natifs.

— En effet, et Althéa me rémunère grassement pour mes services.

— Je suis surprise de la savoir si férue d'Histoire.

— Oh non, pas d'Histoire. Elle me demande de trouver certains natifs. Cassandre, par exemple. Je mène aussi des enquêtes sur le passé de certains d'entre eux.

— Eh bien ! dis-je, impressionnée. Vous êtes donc un humain très utile à ses yeux. Je comprends mieux votre présence ici. Il est dommage que votre travail consiste à fournir des esclaves à une reine psychotique.

— Vous figurez-vous que j'ai le choix ?

— C'est vrai, commenta Cassandre, il n'a pas le choix.

— Et vous, l'avez-vous ? lui demandai-je.

— Non... non, je n'ai pas le choix, non plus.

— Je suis navrée, dis-je.

— Elle veut m'utiliser pour vous anéantir, vous et tous les vôtres.

— Pour votre sécurité, vous savez que vous ne devriez pas me raconter vos visions. Mais si vous insistez, je peux volontiers les écouter.

— Une seule est digne d'intérêt, au final.

— Ah bon, laquelle ? m'enquis-je avec curiosité.

— Vous allez me tuer.

Choquée, j'en restai coite. Cassandre figea son regard énigmatique dans le mien, puis se leva. Elle me serra la main. Mes yeux ahuris la suivirent tandis qu'elle s'éloignait. Marc de Courcy me quitta à son tour et je restai là, sur cette terrasse, en repensant à cette jeune femme, à son jeune âge et à sa dernière phrase. Je me savais incapable d'abattre quelqu'un de sang-froid. Avais-je déjà tué tant de natifs qu'en tuer d'autres m'était devenu égal ? Non. Cassandre n'était pas comme Althéa et Priam, elle avait peur. Elle ne voulait pas être ici, mais y était obligée.

Moi, je tuais mes ennemis, et encore, j'y étais contrainte. Je reconnaissais que la manière de m'y prendre n'était pas toujours « propre ». En y repensant, la mort de Naomi, de Blake ou même celles d'Égéria et Elinor, les sœurs d'Althéa, était clairement répugnante. Mais la nécessité m'y avait poussée. Pourtant, à cet instant même, une seule question me taraudait l'esprit : parmi les natifs présents dans cette cité d'Eos, combien étaient réellement volontaires pour être ici ?

CHAPITRE 19

Je passai les jours qui suivirent à repérer les lieux, et ce fut un travail laborieux, le temple étant un véritable labyrinthe. Mais je n'étais plus enfermée dans ma suite et cette liberté bienvenue, que je ne m'expliquais pas, je la savourais sans retenue. Je mémorisais mentalement chaque lieu, chaque couloir, chaque pièce. De la Nef aux statues, en passant par les cachots du temple, et l'endroit où étaient stockées les armes, je connaissais désormais presque tous les recoins. Je venais d'assurer seule la mission qu'à l'origine j'avais confiée à Connor. Quel traître, celui-là ! En même temps, je ne pouvais m'en prendre qu'à moi-même, puisque je l'avais envoyé dans la gueule du loup, auprès de son père, entouré de natifs aux pouvoirs démesurés et aux côtés de qui il siégeait. Pour autant, je ne m'expliquais toujours pas pourquoi on me laissait libre de mes mouvements, les gardes me laissant pénétrer où je le souhaitais. Je ne comprenais toujours pas, non plus, pourquoi les Cinq me voulaient à leurs côtés. Je n'eus la réponse à mes interrogations que la semaine suivante.

COMME CHAQUE SOIR depuis ma libération, je dînais en leur compagnie, ainsi que celle de Magnus, de ma mère, d'Ethan et, depuis peu, de

Marc De Courcy et de la voyante, Cassandre. Cette dernière, à l'instar de ma mère, ne décrochait pas un mot. Marc de Courcy déroulait souvent ses connaissances en Histoire et, ce soir-là précisément, s'entretenait avec Soban et Thélion, les deux plus jeunes frères d'Althéa. Cette dernière conversait avec Priam sur l'arrivée de prochains bateaux remplis de natifs ayant décidé – ou été contraints – de rejoindre leur cause. Mon frère épiait, tout comme moi, leur conversation.

C'est alors que je décidai de mettre les pieds dans le plat. Ces dîners devenaient insupportables, et la vue de Magnus me révulsait toujours autant. Je remarquai d'ailleurs qu'étrangement, plus les jours passaient, plus l'homme s'enfonçait dans un profond mutisme. L'absence de son fils Connor et la haine profonde que lui vouait maintenant Ethan étaient sans doute à l'origine de ce changement. Ou alors Connor lui avait enfin avoué que les Cinq comptaient le tuer un jour dans d'atroces souffrances. Mais en y réfléchissant bien, une vérité s'imposait. Son propre fils Carmichael l'avait trahi et, ce faisant, Magnus avait perdu son emprise sur les natifs. Il était aussi conscient de l'admiration que beaucoup vouaient à son aîné, doté du don d'attraction qui lui était étranger. Sa jalousie n'avait dû que grandir depuis son arrivée sur l'île d'Eos. Magnus n'avait pas de pouvoirs en cet endroit, car il n'était pas le maître des lieux, et il ne devait pas le supporter. À la merci de natifs plus puissants que lui, le Grand Maître déchu dépérissait, et je comprenais maintenant mieux le dessein de Blake qui n'avait pas voulu que son frère meure tout de suite. Ses pensées seules le torturaient bien assez. Il avait décidément pensé à tout, son fraternel !

Les Cinq ne me parlaient pas, et je n'avais aucune envie de leur faire la conversation. De plus, je découvrais de source sûre que beaucoup de mes semblables allaient encore grossir leurs rangs. Je devais apprendre tout ce qui m'était nécessaire, et vite. Alors que j'avais réussi à mener à bien ma première partie du plan, à savoir dresser un état des lieux précis, je réalisai que, dès que j'aurais des réponses à mes questions, il me faudrait m'enfuir. Je devais donc accélérer la manœuvre, car l'envie de retrouver les miens devenait de plus en plus forte. Cela devait faire deux mois que j'étais arrivée sur l'île. Que devenaient Carmichael et Johnny ? Éric et Thomas ? Avaient-ils réussi à convaincre d'autres natifs de nous rejoindre ? La tournée de Carmichael à Hong Kong avait-elle été un succès ? Henry les avait-il tous entraînés comme je l'avais demandé avant mon départ pour Paris ?

— Vous pouvez me dire ce que je fous là, exactement ? lâchai-je en soufflant, lassée de me questionner sans cesse.

L'effet fut immédiat. Chacun cessa de parler et se tourna dans ma direction. Ma mère m'envoya un regard empli d'incompréhension, mon frère souriait, et Marc de Courcy se racla la gorge.

— En quel honneur crois-tu que nous allons te répondre ? répondit, furieuse, la plus jeune sœur, Ludmila.

— Waouh, vous savez parler alors ?! ris-je d'entendre sa voix pour la première fois. On vous laisse aussi aller faire pipi toute seule ?

Ludmila se leva brusquement, mais sa sœur stoppa ses intentions vengeresses d'un geste de la main. Elle ne put que se renfrogner et m'envoyer un regard assassin. Le meurtre de sa jumelle m'avait valu son éternelle inimitié, et son désir de revanche transpirait par chacun de ses pores.

— Ludmila, calme-toi, assena Priam en posant une main sur celle d'Althéa. Elle a le droit de savoir, après tout.

Les deux plus jeunes frères cessèrent leur conversation. Thélion se leva et alla vers la rousse. Il se posta derrière elle et posa les mains sur ses épaules. Elle prit une de ses mains et l'embrassa. Ce geste affectueux me rappela qu'ils étaient mariés entre eux. Et autant je trouvais naturel de voir Ludmila meurtrie par la mort de sa jumelle, autant Soban, s'il était marié à Elinor, avait l'air de ne pas du tout m'en vouloir de lui avoir arraché la tête. Il m'ignorait depuis mon arrivée.

— Tu es ici, car, tant que tu es là, lâcha Althéa d'une voix glaciale, nous avons le pouvoir. Si nous te tuions tout de suite, tu passerais pour une martyre, et ce geste pourrait engendrer une rébellion. Si nous te laissons à Altérac, tu constitueras une armée plus rapidement que ton cher mari, et tu nous attaqueras dès que possible. Tu as des amis qui sont prêts à tout pour t'aider. Mais si on y réfléchit bien, nous ne sommes pas pressés. Nous avons l'éternité devant nous. Une génération passera, et tes amis seront bientôt trop vieux ou morts. Le reste des natifs aura vaguement eu vent de tes exploits d'antan, mais tu seras vite oubliée au final, car ici, nous te contrôlons. Il n'y a pas une conversation qui ne soit épiée dans ce temple. Des yeux sont partout et ces yeux me parlent. Et même si nous ne pouvons pas lire dans les immortels comme dans n'importe quel natif, nous ressentons tout ce qui se passe ici. Nous sommes sur une île, et nous avons Cassandre… Et qu'adviendrait-il de ta mère et de ton frère si tu t'enfuyais ? Tu ne prendrais pas le risque qu'il leur arrive malheur, si ? Et, seule, que peux-tu bien faire ?

— C'est pour cette raison que vous ne m'enfermez plus ?

— Exactement, et notre stratégie fonctionne. Beaucoup se joignent à nous, car, depuis que tu es prisonnière, ton Carmichael n'a plus les moyens nécessaires de déjouer nos plans. Le fait de te laisser libre de tes mouvements laisse penser que tu es de notre côté. Par ailleurs, ton coup d'éclat dans la Nef aux statues n'a pas réussi à convaincre les natifs ! Et même si tu as réussi à en épater quelques-uns, il ne leur a pas fallu longtemps pour constater qu'au final tu ne pouvais rien faire face à nous. Alors pourquoi iraient-ils dans le camp opposé ?

— Pourquoi Carmichael n'est-il pas ici, alors ? Vous auriez pu prendre le contrôle du château.

— Nous y avons pensé au début, mais comment connaîtrions-nous les noms des traîtres qui se joignent à vous ? Connor doit justement m'en ramener la liste. L'espoir que tu représentais s'est éteint, Gabrielle.

— Mais je ne suis pas morte pour autant, dis-je, tentant de masquer mon désarroi.

— Mais tu es toujours notre prisonnière, déclara à son tour Priam, et d'après nos informations, ton mari peine à trouver les ressources pour tenter de nous battre, alors il se pourrait bien que nous passions à l'action plus tôt que prévu. Et à ton avis, par où allons-nous commencer ?

Altérac ! Cette révélation me glaça le sang. Il comptait bientôt attaquer. Mais quand ? Ils avaient raison, ma venue avait affaibli mon camp, et leur stratégie fonctionnait à merveille, visiblement. Mais en y repensant, je n'avais pas eu le choix de me rendre si je voulais qu'ils cessent leurs attaques incessantes.

Je connaissais désormais les lieux, comment y pénétrer et comment en sortir. Me manquait juste la date approximative de leur assaut contre le château. Je devais la découvrir ou, au moins, gagner du temps avant de m'enfuir. Certes, nous étions sur une île, mais je pouvais m'échapper si je n'étais pas rapidement repérée. L'orgueil des Cinq était leur faiblesse, et ne pas m'avoir ôté mes pouvoirs, une erreur. C'était du moins ce que je pensais à ce moment-là.

— Je vois que vous avez des projets bien précis en tête, poursuivis-je, mais vous êtes en position de force, alors pourquoi vous exposer en attaquant les premiers ?

— C'est juste, répondit Priam, et nous ne mettrons pas en péril nos plans dans une attaque non préparée. Nous avons encore à faire avant d'en arriver là. Mais rassure-toi, tu seras la première informée quand Altérac sera réduit en cendres. Maintenant, assez bavassé ! Un invité nous attend dans la Nef aux statues.

Je me rassurai au regard de ces dernières révélations. L'attaque n'était pas encore pour tout de suite. À force de dîner en leur compagnie, j'avais appris que les Cinq n'étaient pas réglés sur la même échelle de temps que le commun des mortels. Conséquence logique de leur immortalité, justement ! J'apprenais cependant que le château serait le premier à être attaqué, alors, par précaution, il allait me falloir faire vite.

Tout le monde se leva et suivit Priam, visiblement excité de nous dévoiler son nouvel invité. Cela ne m'inspira que de l'inquiétude. Althéa, à ses côtés, s'exaltait. Soban congédia De Courcy et Cassandre. Il ne restait donc plus que les Cinq, ma mère, mon frère, Magnus et moi.

— Magnus, lança Priam, vous devriez être fier de votre fils. En rentrant de sa mission, il a capturé un ennemi et nous le livre à l'instant. Cet idiot avait gagné l'île à la nage de je ne sais où, et rôdait autour du temple. Je crois que vous le connaissez, Gabrielle.

Des pas claquèrent sur le sol en pierre. Connor entra dans la Nef aux statues par les grandes portes blanches de l'entrée, un homme inconscient jeté en travers de son épaule. Il s'arrêta à quelques mètres de Priam. J'étais deux pas derrière. Connor me fixait, et je ne sus comment interpréter son regard. Un frisson me traversa tandis qu'il jetait l'homme à terre. Ses bras couverts de bleus laissaient deviner qu'il avait été roué de coups. Je m'avançai, le souffle court, et me baissai pour identifier son visage.

Quand je le reconnus, une ire enflammée s'empara de tout mon être.

Je levai des yeux assassins vers Connor, et tandis que la rage parcourait mes membres, je le projetai contre un mur. Le choc fut brutal, et la chute bien pire encore. Il tenta de se relever, mais je l'en empêchai. Mes pouvoirs prirent possession de son corps et je l'envoyai valdinguer contre un autre mur, puis encore un autre. J'entendis Magnus hurler, mais Priam l'arrêta d'un seul geste avant de s'esclaffer, ravi par le spectacle. Alors je recommençai, et recommençai à nouveau, jusqu'à ce que je sente une main me serrer la cheville. Aussitôt, je m'agenouillai et constatai, soulagée, qu'Éric n'était pas mort.

CHAPITRE 20

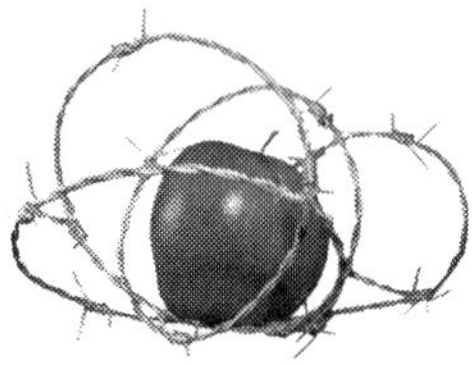

Des gardes avaient emmené Éric dans les cachots du temple. Comme je les avais repérés, il ne me fut pas difficile de m'y rendre le lendemain, et personne ne m'empêcha d'aller jusqu'à mon ami. La confiance qu'avaient les Cinq en eux dépassait l'entendement. Près du couloir principal de la geôle, un garde ouvrit la lourde porte et me laissa emprunter l'immense passage vers les cachots. De l'entrée, on n'en voyait pas le bout. Je m'avançai et découvris dans chaque cellule un natif emprisonné, allongé sur un lit, une perfusion de drogue plantée dans le cou. Il était certain qu'ils n'allaient pas poser de problème d'évasion, eux.

Je trouvai Éric dix mètres plus loin. J'écartai les barreaux à l'aide de ma télékinésie et entrai. Allongé, le visage tuméfié et le corps endolori, il ne semblait heureusement pas souffrir de ses blessures. Je commençai à culpabiliser de vouloir le réveiller, mais j'avais trop de questions. Qu'est-ce qu'il fichait ici, par exemple ?! J'arrachai la perfusion et attendis. Il dut se passer trois bonnes heures avant qu'il montre les premiers signes de réveil.

— Éric ? murmurai-je à son oreille.

Un souffle. Il bougea les doigts et remua. Sa conscience revenait peu à peu.

— Éric ?

Il émit un faible son et commença à cligner des paupières. Je portai mon visage au-dessus du sien. Au bout de quelques secondes, ses yeux s'ouvrirent enfin, et, quand ils rencontrèrent les miens, un mince sourire se dessina sur ses lèvres.

— Éric, tu m'as fait une de ces peurs !

— Gaby, dit-il, la voix endormie.

— Oui, c'est moi.

Je passai mes doigts dans ses cheveux châtain-blond. Je n'osais toucher son visage de peur de le blesser davantage. Son bleu à la mâchoire n'était pas beau à voir. Alors je posai ma main sur son front, et une idée me vint. Je fermai les yeux et pensai « *énergie* ». Un sursaut le traversa aussitôt. J'avais réussi à lui insuffler de quoi s'éveiller plus rapidement, malgré la drogue surpuissante.

— Putain, Éric, mais qu'est-ce que tu fous ici ?

Il voulut se relever, mais ses bras ne pouvaient encore supporter son poids. Par la pensée, je fis léviter son corps et le posai le plus délicatement possible en position assise. L'opération fut périlleuse, puisqu'une douleur aiguë dans les côtes le tenailla encore durant toute l'heure qui suivit.

— J'suis complètement stone, dit-il, la voix plus claire.

— Je sais. Ça met des jours à passer.

Il leva les yeux et son regard vint se figer dans le mien. Seigneur, qu'il m'avait manqué ! Seigneur, qu'il était bon de le voir ! Même couvert d'ecchymoses, il conservait son charme et son attraction animale. L'inquiétude de le savoir dans ce temple laissa place à une joie indescriptible de le retrouver. J'aurais voulu le serrer contre moi. Depuis le temps que j'étais seule, chaque jour, j'avais pensé à lui. Lui qui avait toujours été présent pour m'aider, il était encore là. Le mystère de sa présence demeurait pourtant, et il se passa encore de longues minutes avant qu'il s'explique enfin.

— Je suis arrivé il y a quelques jours, à la nage.

— Tu es fou ?! Mais enfin, je vous ai prévenus de ne me suivre sous aucun prétexte, je l'ai dit à Johnny avant de me rendre !

— Parce que tu crois que j'allais te laisser seule ici ?!

— Éric, je ne risque rien. S'ils avaient voulu me tuer, ils l'auraient déjà fait. Toi, en revanche, tu ne représentes rien à leurs yeux. S'ils veulent me soumettre, ils peuvent se servir de toi, maintenant.

— J'en ai conscience, lâcha-t-il, toujours aussi déterminé, et je prends le risque. Je reste avec toi, point final.

Ses derniers mots me touchèrent par leur détermination, et je baissai les yeux. S'il avait pu lire en moi à cet instant, il aurait pu y voir l'émotion que m'inspirait son acte. Égoïstement, j'étais très heureuse de le voir, malgré le danger que cela impliquait.

— Qu'est-ce qu'on va faire, maintenant ? demanda-t-il.

— J'en sais rien, répondis-je. J'ai pu faire le tour des lieux et repérer les entrées et les sorties. Je pense avoir visité tout le temple.

— Ils t'ont laissée faire ça.

— Oui. Ils sont tellement certains qu'il est impossible de s'enfuir de cette île qu'ils me laissent libre de déambuler ici et là.

— C'est étonnant.

Je lui narrai la conversation de la veille et les raisons pour lesquelles je bénéficiais de ce traitement.

— Ils n'ont pas tort, assena Éric, le château est en mauvaise posture. D'après ce que j'ai entendu de la bouche de Connor en arrivant, Carmichael ne s'y est pas montré depuis des semaines.

— Comment ?! lâchai-je, ahurie.

— À ton départ, il a essayé de convaincre tout le monde d'attaquer l'île, mais Prisca s'est insurgée et lui a rappelé que venir ici était ta décision, que tu connaissais les risques, et qu'une attaque frontale sans préparation était du suicide.

— Et elle avait raison.

— Sans doute, mais, pour une fois, j'étais le seul du côté de Carmichael. Sa position ne lui permet pas de venir, mais moi, je n'ai de comptes à rendre personne, alors je suis là.

— C'est ce que je vois, dis-je en souriant largement.

Des pas résonnèrent dans le couloir, et Althéa se présenta devant la cellule.

— Le temps des retrouvailles est terminé, lança-t-elle, nous toisant avec une espèce de délectation désagréable. Vous verrez votre ami demain. Nous allons bientôt dîner, et si vous opposez une quelconque résistance, Gabrielle, je tue cet homme.

J'attrapai la main d'Éric et me levai. Il la serra fort, sa chaleur se diffusa dans mon bras. Il sentit mon trouble et m'envoya un regard entendu quand il lâcha son emprise. Je sortis. Althéa replaça les barreaux de sa cellule par la force de sa pensée et appela un gardien pour que la perfusion soit replacée dans la peau du prisonnier.

— Tu as l'air attachée à cet homme, n'est-ce pas ?

Je ne répondis pas. Dorénavant, la présence d'Éric était une faiblesse, et je devais tout faire pour que les Cinq n'aient pas à l'exploiter.

— C'est une connaissance du château, finis-je par lâcher.

— Tu en as beaucoup de connaissances qui éprouvent ce genre de sentiment pour toi ?

— De quoi parles-tu ?

— Je lis en lui. C'est intéressant, dit-elle, manifestement ravie, comme il est intéressant de savoir que ton mari, Carmichael, a déserté le château. Non, vraiment, c'est de mieux en mieux, ma chère !

Quel enfoiré ! Connor avait tout raconté. Althéa devait aussi avoir la liste de tous les natifs dans nos rangs et avait dû être informée de l'importance d'Éric à mes yeux. Mais c'est au moment où nous passâmes la sortie du couloir des cachots que je compris que l'étau se refermait sur moi, mes chances d'évasion s'amenuisant drastiquement.

Toutes les entrées et sorties étaient désormais surveillées par une multitude de gardiens. Plus on avançait, plus je voyais les couloirs se remplir d'uniformes. Il était clair que les Cinq ne voulaient plus prendre aucun risque. Au moindre pas en dehors de ma chambre, j'étais sûre d'être repérée. Les Cinq interviendraient dans les secondes suivantes, et je n'avais pas la moindre chance de rejoindre Éric ni de m'enfuir avec lui sans les combattre seule. Je devais trouver un autre moyen.

Mes craintes se confirmèrent le lendemain : ma suite était désormais verrouillée. Mais il n'était plus question pour moi de revenir à cet isolement forcé et le besoin de revoir Éric eut raison de ma patience. Au bout d'une semaine, je fis exploser la porte. Dehors, de nombreux gardes tentèrent de me retenir, mais je les éjectai tous avec une telle violence qu'ils tombèrent inconscients. Je descendis les escaliers au pas de course, mais à peine avais-je réussi à poser un pied au rez-de-chaussée qu'une bourrasque m'envoya percuter une vieille et imposante horloge. Elle explosa sous mon poids, tandis que l'air s'échappait de mes poumons. Je me relevai malgré la douleur dans mon dos et érigeai ma barrière mentale. Leurs efforts pour la percer me forcèrent à reculer. Je devais me rendre à l'évidence : à cinq, ils étaient trop forts. Je sentis leur étau se resserrer autour de mon cou et compris que j'étais désormais à leur merci. Ma barrière avait rendu l'âme face à tant de pouvoirs cumulés. Je cherchai mon souffle, la main invisible se resserra, puis se desserra presque aussitôt.

— Tu as cru pouvoir faire ce que tu voulais dans ce temple, déclara Priam, un grand sourire de satisfaction sur les lèvres, nous voulons juste te rappeler que tu es notre prisonnière. Cependant, nous ne sommes pas si cruels, et nous allons t'offrir de la compagnie. Maintenant, tu retournes dans ta suite et tu n'en bougeras que quand nous l'aurons décidé, est-ce bien clair ?

Je hochai la tête péniblement. Mon cou m'envoyait des décharges de douleur, et je repartis dans ma chambre en me massant la nuque. Une heure plus tard, la porte avait été changée, et je retrouvai ma solitude, cette fois bienvenue pour réfléchir. Les événements se compliquaient, et s'enfuir n'allait pas être aisé. Mon orgueil m'avait joué des tours. Sur ce point, je ne me révélais pas meilleure que les Cinq, finalement. Je réalisai qu'il allait me falloir de l'aide, et un plan. Je savais maintenant que le château d'Altérac serait bientôt en danger, tout comme Éric. Je devais rentrer coûte que coûte. Je tentai d'appeler ma mère et mon frère par la pensée. Je n'eus pas de réponse. La serrure de ma porte émit un bruit et laissa entrer deux jeunes femmes que je n'avais jamais rencontrées jusque-là. Gracieuses, élégantes et belles, elles portaient de longues robes couleur crème sous leurs cheveux lâchés. Elles me saluèrent d'un simple hochement de tête. Je les imitai. L'une était chargée d'un sac rempli de quelques pantalons et chemises d'homme, qu'elle rangea ensuite dans l'armoire. L'autre alla dans la salle de bains déposer du nécessaire de toilette, et moi, j'observais tout ce manège avec des yeux circonspects. Il ne me fallut pas longtemps patienter pour connaître les intentions des Cinq, puisque, quelques heures plus tard, on faisait entrer Éric dans ma chambre. Althéa était à deux pas devant lui et affichait un sourire inquiétant tandis que la surprise se lisait encore sur mes traits.

— Cet homme va rester ici à tes côtés, lâcha-t-elle, alors qu'un rictus déformait son visage. Comme c'est un de tes amis, j'accepte de le laisser auprès de toi. Peut-être ceci mettra-t-il fin à tes désirs d'évasion, qui sait ?

Sur ces mots, elle tourna les talons et quitta la pièce. Je n'eus pas le temps de répliquer que je savais qu'Althéa ne connaissait en rien mes désirs, puisqu'elle ne pouvait lire en moi. Elle avait seulement compris que, tant que je ne l'aurais pas su en sécurité, je n'aurais eu de cesse de vouloir m'enfuir avec lui. En le traitant différemment, elle savait que je me calmerais. Et en effet, en le voyant être installé sur mon lit à l'instant même, je ne pus m'empêcher de me sentir soulagée de le savoir à mes côtés. Les jeunes servantes se penchèrent sur lui. À demi inconscient, il se laissa déshabiller. La rousse alla chercher un pantalon souple qu'elle lui passa ensuite, tandis que la blonde ôtait sa chemise puis le couvrit de la couette. Elles quittèrent les lieux sans un mot et nous plongeâmes dans un profond silence.

Éric dormit jusque tard le lendemain.

CHAPITRE 21

Allongée sur la méridienne du balcon, je contemplai le début d'un coucher de soleil. Un bruit m'interpella, Éric se réveillait. Mon souffle s'accéléra aussitôt, mes joues rosirent malgré moi. Dans cette suite, j'étais seule avec lui, consciente qu'il était fort probable que nous passions les nuits à venir ensemble. Et il n'y avait pas de canapé ! Cela faisait longtemps que nous n'avions pas partagé une certaine intimité, et nos derniers échanges à Paris me laissaient supposer qu'Éric avait encore de l'affection pour moi, malgré tout ce qui était arrivé depuis notre rencontre. Il avança jusqu'au balcon, et son regard se perdit vers la gauche, au-dessus de la falaise, où une centaine de gardes faisaient le pied de grue.

La vue de la courbe de son dos nu et de ses fesses rebondies, légèrement moulées dans son pantalon souple, aggrava ma combustion. Il dut le ressentir, car il se retourna. Je m'efforçai alors de prendre un air détaché, retirai mes jambes, et l'invitai à venir prendre place sur la méridienne, à mes côtés. Il accepta sans me quitter des yeux, les miens ne pouvant s'empêcher de parcourir son corps ferme et musclé. Je remarquai que les marques sur sa peau s'estompaient peu à peu. Il ne se tenait plus les côtes, aussi je supposai qu'il se sentait un peu mieux, si ce n'était les quelques grimaces que j'observais quand il lui arrivait de faire un mouvement brusque.

— Alors, quel est le plan ? lança-t-il.

— Il n'y a pas de plan, répondis-je, et en parler à voix haute n'est pas une bonne idée en ces lieux.

— Alors on est coincés ici ?

— Oui.

— Tous les deux ?

Après avoir prononcé ces mots, un fin sourire se dessina sur ses lèvres. Je ne pus m'empêcher d'en esquisser un à mon tour. Son charme et toute sa personne m'attiraient, et cela même s'il portait des marques de coups un peu partout. Éric avait toujours eu un certain effet sur moi, et je commençais à redouter les conséquences de notre isolement.

— Bon alors, tu sais ce que tu fais ?

— Oui, je sais, mentis-je.

Car à cet instant, il m'était difficile d'être si affirmative. Sa présence emplissait tout l'espace. Soulagée qu'il comprenne qu'on ne pouvait pas parler de tout, à voix haute, du moins pas d'un plan d'évasion, je décidai de changer de sujet.

— Tu prends quel côté du lit, déjà ? demandai-je en souriant.

— Quoi, tu as oublié ? dit-il, faussement offusqué. Nous avons pourtant dormi ensemble à maintes occasions, je regrette que tu n'en aies pas un souvenir impérissable.

— Je ne me souviens pas de choses extravagantes.

Il fit semblant de prendre un couteau invisible qu'il se planta en plein cœur. J'éclatai de rire.

— OK, tu dors à la droite du lit, le rassurai-je.

— Tu parles de quelle droite ? La droite quand tu es positionnée dans le lit ou la droite quand tu as le lit face à toi ?

— Quand tu es dans le lit !

Il afficha un sourire en coin, puis s'esclaffa. Je l'imitai, heureuse de le découvrir nettement plus en forme qu'à notre dernière rencontre. Il était pourtant temps de gâcher un peu la fête et de lui confier le fond de ma pensée.

— Tu as conscience que si les Cinq t'ont installé ici, c'est simplement pour me détourner de mes intentions ? Une manière pour eux de m'éloigner le plus longtemps possible du château.

— Oui, je l'avais compris.

Il se passa un moment de silence avant que je m'exprime à nouveau. Éric avait les yeux rivés sur l'horizon, à présent. Il changea de position, et son genou vint se positionner à quelques centimètres du mien. Ce simple rapprochement attisa le feu dans mes chairs, une vague chaleur commença à remonter ma colonne vertébrale. Je n'avais pas fait l'amour depuis des mois, et la compagnie d'Éric avait toujours été une épreuve pour ma libido surdéveloppée. Je réalisai alors le danger d'une telle proximité. Éric capta mon humeur, et sourit.

— Ça va pas être simple, cette colocation, dit-il.

— Non, en effet.

L'échange de regards qui suivit fut interrompu par les jeunes servantes déjà venues la veille. Elles poussaient un chariot et installèrent son contenu sur la table sans un mot. J'allai m'y installer.

— Je me demande où est passée la vieille dame qui s'occupait de moi, déclarai-je. J'espère qu'elle n'a pas subi le même sort que la précédente.

— Que lui est-il arrivé ? demanda Éric, qui passa une chemise avant de prendre une chaise.

— Elle a été exécutée pour m'avoir adressé la parole, chuchotai-je.

— Non, tu es sérieuse ?! s'emporta-t-il, épouvanté.

J'attendis que les jeunes femmes eussent quitté la chambre pour lui révéler ce que j'avais vu, même si je n'avais aucun doute sur le fait qu'elles étaient déjà parfaitement au courant des conséquences en cas de désobéissance.

— Ils l'ont brûlée devant mes yeux, et je n'ai rien pu faire.

Éric accusa cette révélation avec un pincement de lèvres.

— Alors, quoi qu'elles te demandent de faire, continuai-je, fais-le.

— Euh, oui, OK… mais que pourraient-elles me demander ?

— Eh bien, chaque jour, elles viennent m'habiller, servent mes repas, me font prendre le bain, et…

— Attends, quoi ?! Elles te font prendre le bain ? releva Éric en écarquillant les yeux.

— Oui, et elles me lavent aussi.

— Y a un côté Égypte ancienne plutôt excitant, lâcha-t-il, hilare. Gabrielle Chène en Cléopâtre, c'est de mieux en mieux. Ne raconte jamais ça à Johnny, il pourrait mettre en place ce rituel à ton retour au château.

— La ferme ! lançai-je en riant. Non, en effet, je ne commettrai pas cette erreur.

Un silence. Éric avala une bouchée de son plat et quand il l'eut terminé, il se leva et retourna sur le balcon. Je pouvais comprendre sa fascination pour cette vue que j'avais contemplée des centaines d'heures. Les servantes revinrent allumer les chandelles, levèrent la table, puis nous invitèrent à les suivre à l'intérieur de la chambre, chacun d'un côté du lit. Là, Éric comprit ce dont je lui parlais un peu plus tôt, tandis que la rousse entreprit de lui enlever sa chemise. Il la retint par le bras pour l'en empêcher.

— Laisse-la faire son travail, lui ordonnai-je, consciente des conséquences pour elle s'il refusait de se soumettre.

Alors, il la laissa passer le tissu au-dessus de sa tête, puis tourna ses yeux vers moi. Je voyais bien que ses pensées le malmenaient. Comme moi, il n'avait jamais été habitué à un tel traitement. La servante aux cheveux bruns retira lentement ma robe. Gêné, Éric détourna le regard. Le rose me montait de nouveau aux joues. Quand la rousse fit descendre son pantalon, je détournai les yeux à mon tour, mais ce fut un supplice de ne pas les faire pivoter dans sa direction.

Plus tard, l'embarras se lisait encore sur nos visages, et il nous fut difficile de nous faire face dans de telles circonstances. Une fois couverts de nos tenues pour la nuit, à savoir une fine chemise de nuit blanche pour ma part et un léger pantalon souple pour Éric, il n'était pas évident non plus d'enchaîner sur une conversation correcte. Nous allâmes donc nous coucher dos à dos, et je ne pus trouver le sommeil de la nuit.

Le lendemain à neuf heures, le rituel officiel débutait à nouveau. Les servantes vinrent nous servir le petit déjeuner, puis, une heure plus tard, elles se présentèrent pour nous habiller. La gêne éprouvée la veille se manifesta à nouveau, et un silence embarrassant s'installa jusqu'à midi, quand elles déposèrent un plateau-repas sur la table à manger.

— Alors, c'est tous les jours comme ça ? lança Éric.

— Oui, tous les jours. Mon premier mois ici, je n'ai parlé à personne. La solitude était si insupportable que j'en étais presque heureuse d'être invitée à leurs dîners ennuyeux. Je préférais ça à mon isolement.

— Vraiment ?

Je lui narrai alors mon séjour au temple avec le plus de détails possible. Il s'agita sur sa chaise quand j'évoquai ma mère et le traitement que mon frère avait subi dès son arrivée.

— Il a donc eu ce qu'il voulait, lâcha Éric.

— En effet, dis-je mollement, mais Dieu merci, il est revenu.

Puis je lui parlai de la Nef aux statues et de mes observations quant aux natifs soumis aux Cinq. Il fallut ensuite que je lui révèle la vérité sur la mort de ses parents, et l'implication de ma mère dans cette horrible affaire. Le chagrin de son regard en cet instant, je le ressentis comme un poignard s'enfonçant dans mon ventre.

— Elle ne l'a pas fait volontairement, déclarai-je, tentant de défendre l'acte funeste d'Isabelle, qui avait aussi causé la mort de mon propre père. Vos parents voulaient vous protéger, Thomas et toi, mais Magnus voulait se venger. Ils ont été des victimes collatérales. Je suis désolée, Éric…

— Tu n'as pas à l'être. Maintenant, au moins, je connais la vérité.

Un silence s'imposa après cette triste révélation. Je terminai ensuite mon rapport sur les derniers événements, en évoquant notamment ma rencontre avec Cassandre, puis nous poursuivîmes à nouveau sur les coutumes du temple.

— À dix-sept heures est servie une collation, et vers dix-huit heures trente, c'est le bain. Puis le dîner a lieu vers vingt heures.

— Ils sont réglés comme une horloge !

— Oh oui ! Cela fait longtemps maintenant que j'ai réalisé la valeur de notre liberté à Altérac. Mais c'est à se demander comment font Estelle et Sélène pour s'organiser tant nous sommes bordéliques, là-bas !

Éric sourit, mais fut interrompu par les servantes qui apportaient des fruits dans une corbeille. Elles la posèrent sur la petite table du balcon, où nous allâmes nous installer quelques minutes plus tard.

— Alors, ils vont nous laisser ici durant combien de temps, à ton avis ?

— J'en sais foutre rien, répondis-je, l'air las.

J'aurais aimé lui confier que je tentais régulièrement d'appeler mentalement ma mère et mon frère, mais je ne pouvais lancer cette affirmation à voix haute sans risquer de dévoiler notre télépathie aux Cinq. Je les soupçonnais d'avoir mis Éric sur écoute en lisant dans ses pensées, et de toute façon, toutes mes tentatives de communication restaient des échecs. Quand les servantes revinrent à nouveau, je sus que c'était l'heure du bain. Je pensais que la blonde ou la rousse viendrait chercher l'un de nous en premier, mais elles nous demandèrent de les suivre tous deux en même temps. Le rituel du déshabillage démarra. Nue, les yeux détournés, je sentis le peignoir se poser sur mes épaules, et c'est d'un même pas que nous entrâmes dans la salle de bains. L'immense baignoire en grès blanc, creusée dans le sol, était remplie d'eau et de mousse. La rousse retira le peignoir d'Éric qui se racla la gorge tant la situation était délicate. Quand elle ôta son pantalon, je baissai de nouveau les yeux. Il rentra dans l'eau et s'allongea. La blonde entreprit alors de me déshabiller et c'est d'un pas rapide que je m'immergeai à mon tour, recroquevillant les jambes sur ma poitrine que la mousse dissimulait. Je levai les yeux vers Éric, il n'avait pas relevé la tête, mais s'exécuta sans broncher quand les deux femmes lui firent signe de se mettre debout. Je détournai le regard tandis qu'elles le lavaient. Une chaleur insoutenable vint colorer mes joues, ma respiration devint difficile, mes battements de cœur s'accélérant dangereusement. À quelques mètres de moi, Éric était complètement nu, et je n'osais jeter un œil dans sa direction tant je ressentais sa présence et la tension à cet instant. Une fois qu'elles eurent achevé leur tâche, il se replongea aussitôt dans le bain, et ce fut mon tour. Je me levai. L'eau avait aplati mes cheveux sur ma poitrine, et ruisselait sur mes seins raffermis par la fraîcheur de l'air. Éric ne pouvait s'en apercevoir, car il gardait la tête basse, comme je l'avais fait quelques minutes plus tôt. Chaque passage des gants sur ma peau me faisait frémir, un feu couvait sous mon échine et mon souffle se raréfiait. Je ne fus pas mécontente que ce manège se termine, et même soulagée quand enfin nous fûmes habillés et installés pour le dîner.

. . .

CETTE NUIT-LÀ, comme plusieurs après celle-ci, je ne pus fermer l'œil de la nuit. Mes nerfs et la tension qui résidait entre nous m'empêchaient de retrouver ma tranquillité d'esprit. Et alors que je tentais vainement de m'endormir, je réalisai que chaque seconde passée en compagnie d'Éric devenait de plus en plus éprouvante. Je commençais à redouter les jours suivants et la façon dont tout ceci allait se terminer.

CHAPITRE 22

Plusieurs jours passèrent, et le même rituel berçait chacune de nos journées. Il devenait de plus en plus délicat de contenir mon pouvoir d'attraction, sérieusement mis à mal par une telle proximité. Je n'avais jamais été insensible aux charmes d'Éric, alors il m'était difficile de ne pas nourrir certaines pensées érotiques dans de telles circonstances. Je décidai de me confier en cette fin de matinée, du moins au sujet des seules pensées avouables que je nourrissais à cet instant.

— Ça devient compliqué, lâchai-je.

— De quoi parles-tu ? demanda Éric en s'emparant d'une pomme.

— Toi et moi, dans cette suite.

Un silence. Je me frottai nerveusement les mains ; Éric m'observait de ses prunelles enflammées tandis qu'il croquait un morceau de son fruit. Le symbole ne m'échappa pas, et je compris que je n'étais pas la seule à éprouver certaines difficultés.

— Je suppose qu'ils espèrent me voir tromper Carmichael, déclarai-je.

— Tu penses que tout ce manège est destiné à ce que tu te détournes de lui ?

— Absolument. Et cela afin de monter tout le monde contre moi, si je cède.

— Céder à quoi ?

— Tu sais parfaitement de quoi je parle, dis-je, soudain gênée. Si je suis une reine adultère, alors je perds des soutiens. Quelles autres raisons pourraient-ils avoir ?

— Recueillir des informations, par exemple.

— C'est une possibilité, mais ils ont dû s'apercevoir que je n'allais pas me laisser piéger si facilement.

— Tu parles des informations, ou de ton couple ?

— Euh... balbutiai-je, des deux, je suppose.

Il s'étira et s'enfonça dans son fauteuil. Son regard énigmatique ne m'avait pas quittée, et ses yeux pénétrants semblaient lire en moi. Confuse, je ne pus soutenir notre échange et me levai. Il m'imita et se posta à mes côtés, face à l'horizon.

— La dernière fois que nous avons été enfermés tous les deux, il me semble que nous n'avons pas réussi à rester aussi sérieux. On a fait du progrès, tu ne trouves pas ?

J'élargis un sourire puis me mordis la lèvre inférieure. J'avais tout à fait conscience qu'Éric parlait de nos ébats sous l'escalier, quelques années plus tôt, dans ma suite du château d'Altérac. Nous étions enfermés dans l'espoir d'échapper aux sbires de Magnus, mais, dans un réduit aussi étroit, nos désirs avaient pris le dessus et nous avions fait l'amour sauvagement. Si on omettait la fin chaotique où j'avais été enlevée, c'était de loin l'expérience la plus excitante que j'avais jamais vécue. Qu'Éric l'évoque fit remonter en moi les répliques de ce moment d'extase, et mes joues se colorèrent à nouveau. Pire, ma libido gravissait déjà des montagnes.

— Tu sais, repris-je, ce qui s'est passé ce soir-là, j'y ai repensé longtemps. C'est même ce qui m'a maintenue en vie les premiers temps, lorsque j'étais enfermée à Londres.

Éric détourna la tête et me regarda fixement. Il gardait le silence, mais son attention en disait long sur ses pensées. Visiblement, lui aussi avait souvent repensé à ce soir-là, sous l'escalier.

— Mais je suis mariée, maintenant.

Il fut si douché par ma déclaration qu'il se passa encore de longues minutes silencieuses avant qu'il retourne dans la suite. Ma dernière réplique l'avait désarçonné, et il me semblait que d'intenses réflexions agitaient son esprit. Je le suivis et m'arrêtai à quelques pas derrière lui.

— Je me fiche que tu sois mariée, lâcha-t-il, de dos.

Choquée par une telle franchise, je restai muette. Que pouvais-je dire face à une telle affirmation ? Alors il se retourna, et son regard brun-vert se figea dans mes iris. Ce que je lisais dans ses yeux, je le ressentais au plus profond de moi. Il fit deux pas, pour se retrouver à quelques centimètres à peine de mon visage.

— Tu ne peux pas dire ça, murmurai-je.

— Je le dis.

— Je ne vais pas coucher avec toi parce que Carmichael ne m'a rien révélé pour Olivia. Je ne lui en veux pas à ce point !

— Je n'ai pas dit ça non plus.

À nouveau, nous fûmes interrompus par les deux servantes qui servaient le déjeuner. Je poussai un soupir et m'étonnai de voir l'une d'elles envoyer un sourire à Éric. Apparemment, je n'étais pas la seule à éprouver quelques difficultés à gérer la proximité de cet homme. Voir chaque jour son corps d'Adonis, le toucher et partager notre intimité, devait forcément être aussi déstabilisant pour elles que pour moi. Il n'était donc pas surprenant que les deux jeunes et jolies servantes commencent à montrer des signes de faiblesse face au bellâtre qu'était Éric. Il lui rendit gentiment son sourire et s'assit à table. Je l'imitai.

— Je suis sérieux, dit-il en se servant un verre de vin, j'ai... comment dire... pris une décision, et si je suis ici, c'est pour cette raison.

Un silence. Je coupai difficilement ma viande tant mon trouble s'accentuait. Où voulait-il en venir ? L'heure des révélations sonnait, et je n'étais pas certaine d'être assez forte pour entretenir une telle conversation face à lui.

— Je croyais que tu étais ici par culpabilité, ironisai-je maladroitement.

— C'est le cas, rétorqua-t-il avec un sourire. Après t'avoir tuée, il me semble que la moindre des choses était de venir te retrouver et de t'aider comme je le pouvais.

— Au péril de ta vie, lâchai-je.

— Dis-moi, qu'a-t-elle d'extraordinaire ma vie, si tu n'en fais pas partie ?

Un nouveau silence. Sa dernière phrase avait embrasé mon esprit, sans parler des conséquences sur mon corps. J'aurais aimé l'embrasser à pleine bouche, là, tout de suite, tant sa remarque m'avait touchée, mais ma gêne était palpable. Des jours que nous partagions une intimité suffocante. La tension entre nous commençait à ébranler toutes mes certitudes, et sa dernière déclaration m'arracha un sourire que je ne pus dissimuler. Il le remarqua.

Quand il eut terminé son repas, nous n'avions toujours pas échangé un mot. Sa dernière phrase restait suspendue dans les airs ; enfin vint l'heure du bain. Le rituel débuta, mais Éric n'avait plus l'air de remarquer les deux jeunes femmes, désormais. Nous nous évitions à nouveau du regard, tandis qu'elles nous passaient un peignoir sur les épaules. L'un derrière l'autre, nous passâmes les portes de la salle de bains. Je fus la première nue, et rentrai rapidement dans l'eau.

— Tu auras l'éternité avec Carmichael, déclara Éric alors que la rousse lui ôtait son peignoir.

Les yeux rivés sur l'eau, je n'osais les relever. Éric entra à son tour dans l'eau. Qu'est-ce qu'il voulait dire exactement ? Ma question dut se lire sur mon visage, que je relevai quand il s'assit à l'autre extrémité de l'immense baignoire.

— Ne peux-tu envisager de vivre quelques années avec moi, avant ?

Avais-je bien entendu ?! Mon cœur tressauta, mes joues s'enflammèrent, de doux picotements dans le ventre firent remonter un sourire sur mes lèvres.

— Quelques années ? dis-je, ma voix trahissant mon émotion.

— Pourquoi pas une vie ?

Était-il sérieux ? Savait-il seulement ce que sa demande impliquait ?

— Ça ne te dérangerait pas de vieillir, alors qu'à tes côtés, je garderai toujours le corps d'une jeune fille ?

— Et pourquoi le serais-je ? L'idée que tu conserves ce corps jusqu'à la fin de mes jours ne me pose pas plus de problèmes que ça.

— Mais que tu meures avant moi, ça m'en pose un, à moi.

— Si nous avions une vie normale, rien ne te garantirait que je reste en vie plus longtemps que toi.

— Mais nous n'avons pas une vie normale.

— Si tu en es consciente, alors pourquoi ne pas envisager une façon différente de mener la tienne ?

Cette fois, mes joues étaient cuites, et je ne sus quoi répondre. Les servantes vinrent dans ma direction et me firent signe de me lever pour la toilette.

JUSQUE-LÀ, Éric et moi avions plus ou moins un accord tacite et évitions de nous toucher, ou de nous regarder dans ces conditions. Que ce soit au lever, au coucher ou pendant notre toilette, nous détournions à chaque fois les yeux. Certes, j'avais parfois lancé un petit coup d'œil furtif sur son anatomie, mais cela ne m'avait pas permis de l'admirer en détail. Alors, quand les deux servantes me prièrent de me lever, je m'exécutai comme d'habitude, mais cette fois, je sentis son regard sur moi. Cette fois, il ne détourna pas les yeux. Cette fois, c'était différent. J'étais là, nue, face à lui, tandis que les servantes passaient lentement leurs gants sur toutes les parties de mon corps. Éric fit courir ses yeux sur chacun de leurs mouvements. Je le vis manquer une respiration quand la blonde remonta doucement le long du haut de ma cuisse, jusqu'à mon entrejambe. Le contact de la main gantée de la jeune femme sur mon intimité accéléra un peu plus mon souffle. Mes yeux fiévreux se soudèrent à ceux d'Éric. Ma poitrine se soulevait à un rythme alarmant tandis que mon excitation grimpait en flèche. L'autre jeune femme passa sur mes seins qui pointaient à l'unisson, j'aurais d'ailleurs juré qu'elle prenait sa tâche très à cœur tant ce moment me parut durer longtemps. Puis elle me lava les cheveux et les rinça à l'aide d'une carafe remplie d'eau. Éric n'avait toujours pas détourné le regard quand il se leva à son tour.

La pudeur me fit baisser les yeux au début, mais la curiosité fut la plus forte, et je les relevai peu de temps après. Troublée, j'admirai ses formes, tandis que les deux femmes s'affairaient désormais de son côté. Éric était nu et à la merci de mon regard, du haut de son mètre quatre-vingt-cinq. Il me fixait de son regard intense. Son torse, musclé et humide à cet instant, se soulevait à chacune de ses respirations. La tension entre nous était presque à son paroxysme, tandis que les mains des jeunes servantes descendaient sur sa virilité, ses proportions démesurées ne laissant plus le moindre doute sur son état d'excitation. J'étais à présent persuadée que la vue de son corps d'éphèbe au soin de ces deux nymphes resterait imprimée dans mon esprit pour l'éternité.

QUAND VINT l'heure de nous coucher, je fus la première à m'allonger sur le lit. Dans le silence de la nuit, j'éprouvais un mal fou à contenir mon pouvoir magnétique. Depuis des jours que je partageais ma chambre avec Éric, le contrôle sur cette capacité montrait des signes évidents de faiblesse que je ne lui avais encore jamais connus, sauf peut-être durant mon éveil natif. Je sentais mon bas-ventre réclamer le corps de mon compagnon de « cellule dorée », si on pouvait l'appeler ainsi, et cette sensation s'intensifia lorsqu'il rentra dans le lit. Je remontai le drap plus haut sur mon épaule. Dos à lui, je tentai de prendre le contrôle du moindre de mes souffles, mais ce fut peine perdue. Malade de désir, je me retournais déjà face à lui. Il n'était qu'à quelques centimètres de moi, et mon cœur manqua un battement quand nos mains se touchèrent par accident. C'était le premier contact physique depuis le début de notre promiscuité. Je posai ma tête sur l'oreiller. Éric afficha un sourire, devinant ainsi que toutes les barrières qui m'empêchaient de me jeter sur lui étaient en train de tomber les unes après les autres. Si j'avais laissé libre cours à mon pouvoir d'attraction, je savais que la nuit aurait comblé toutes mes frustrations, mais je tentais vainement de résister, et à quel prix ?! Rien qu'en l'observant, une chaleur intense s'enroulait autour de mes entrailles, et ma colonne vertébrale irradiait. Plus bas, mes sensations étaient à leur apogée. Seigneur, ce que j'avais envie de lui ! Son odeur m'enivrait, son regard m'emplissait, son souffle me déstabilisait. Mes yeux fébriles allèrent s'ancrer dans les siens, tandis que ma main se glissait sous les couvertures. Éric entrouvrit les lèvres en comprenant ce que je m'apprêtais à faire et m'envoya l'un de ses sourires dévastateurs, sans détacher son regard du mien. J'aurais dû culpabiliser de ma conduite, j'aurais dû résister. Mais je n'en avais plus envie. Je n'étais pas assez forte. Je commençai à me caresser, d'abord doucement, sans le quitter des yeux. J'accueillis la fournaise qui envahissait mes sens avec délectation et provoquait un premier spasme. Je respirais difficilement. Et alors que je laissais mes phéromones tentaculaires se libérer, son souffle aussi se raréfiait, son cœur battait la chamade, il luttait, mais refusait de mettre fin à son observation lascive. Je laissai échapper un gémissement tandis que j'accélérais le rythme de ma main, puis un deuxième. Je variais la cadence de mes caresses, peu encline à ce que ce petit jeu se termine rapidement. Puis vint le moment de l'explosion, où il me devint impossible de me retenir. Je poussai un cri d'extase. Prise de tremblements frénétiques, je le fixais toujours des yeux lors du dernier soubresaut de cet orgasme démesuré. La bouche ouverte, je tentais péniblement de retrouver mon souffle. À la fin, je lui souris béatement et repris ma place sur l'oreiller, face à lui. Son regard plus enivré que jamais perçait mes dernières défenses. La mâchoire fermée, il luttait encore contre une envie irrépressible de me faire l'amour. Il lui fut difficile de s'endormir après ça, alors que, de mon côté, un sourire était toujours imprimé sur mes lèvres lorsque je me lovais enfin dans les bras de Morphée.

CHAPITRE 23

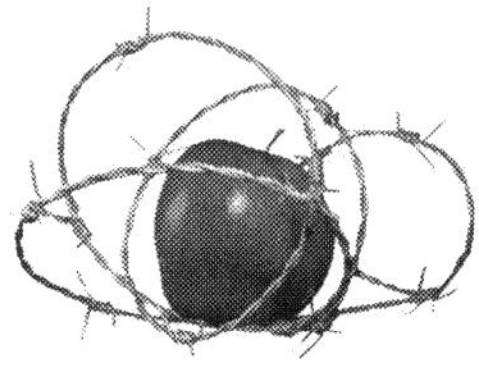

Le lendemain, quelque chose avait changé. Si la tension sexuelle était bien présente auparavant, elle était omniprésente désormais. Quand les servantes vinrent nous habiller, aucun de nous ne détourna les yeux. Quand nous déjeunâmes, il apparaissait évident que nous repensions tous les deux à ce qui s'était passé la veille au soir.

— Je regrette d'avoir fait ça, lâchai-je sans en penser un mot, mais songeant au danger vers lequel cette voie nous entraînait.

Son silence en disait long sur ses pensées. Lui ne regrettait rien. Je devais me montrer plus explicite.

— Tu as conscience que, quand nous retournerons au château, je devrai reprendre ma place aux côtés de Carmichael.

— Tant que cette guerre n'est pas terminée, oui.

Sa déclaration me déstabilisa. Il avait déjà pensé à ce qui se passerait à notre retour, si retour il y avait.

— Et même après, dis-je dans un murmure, je me suis engagée.

— Tu t'es mariée pour gagner cette guerre.

— C'est vrai.

— Donc, si nous arrivons à battre nos ennemis…

Ses mots restèrent suspendus dans les airs. Il posa son verre de vin et m'observa, déterminé.

— Ce que je veux dire, poursuivit-il, c'est que si nous remportons cette guerre, alors tu pourrais envisager un autre avenir.

— Lequel ?

— Tu pourrais vivre avec moi.

— Je vis avec Carmichael.

— L'aimes-tu ?

Déconcertée, je balbutiai presque en répondant :

— J'ai… des sentiments pour lui.

— Tu pourrais les mettre de côté. Pour un temps.

Embarrassée et surprise, je ne pus soutenir son regard et baissai les yeux. Il continua :

— Tu as toute l'éternité pour vivre avec Carmichael. Tu pourrais envisager de passer quelques années avec moi avant, non ?

Alors il était sérieux ?! La veille, je pensais qu'il plaisantait, du moins, je supposais que c'était la situation délicate dans la salle de bain qui lui avait inspiré de tels mots. Ce n'était apparemment pas le cas. Cette fois, je le croyais, et cette certitude m'emplit d'une énergie nouvelle. Des larmes furtives vinrent se loger dans mes yeux, un bonheur indicible me parcourut, et je trouvai enfin la force de lui faire à nouveau face. J'avais envie de sourire comme une gamine émoustillée par sa première déclaration d'amour. Un silence s'installa. Que pouvais-je bien dire ?! Mes pensées s'entrechoquaient, tandis que le rituel quotidien se déroulait à nouveau.

Nous ne nous quittâmes pas des yeux jusqu'à la tombée de la nuit. La vision de nos corps dénudés, caressés et lavés chaque jour par les servantes devenait une source de contemplation, d'excitation et de tension incontrôlées. Le soir venu, et alors que nous prenions place dans le lit, je savais que les choses n'allaient pas tarder à déraper, si tant est que ce ne fût pas déjà le cas. Après tout, me masturber devant lui paraissait être un exemple flagrant de dérapage. Et, contrairement à ce que je lui avais déclaré un peu plus tôt, je ne le regrettais pas du tout. Au contraire, je ne m'étais jamais sentie aussi vivante. Désormais convaincue de ne plus avoir la moindre emprise sur mes émotions, je ne pouvais que lâcher prise. Couchée sur l'oreiller face à lui, je répétai mon geste de la veille et glissai ma main sous les couvertures. Il se tortilla, et je compris qu'il ne pourrait pas rester dans l'observation à distance très longtemps. Je décidai de me relever et positionnai mon visage à quelques centimètres du sien. À cette distance, je pouvais sentir son haleine chaude et son souffle contre ma peau. Quand mes doigts se posèrent sur son torse, sa respiration devint haletante, ce qui ne manqua pas de m'enivrer davantage. Mes doigts glissèrent enfin vers son nombril et finirent leur course un peu plus bas, quand je l'attrapai à pleine main. J'entrepris alors un délicat mouvement de va-et-vient qui eut son petit effet, si on considérait la manière dont il me dévorait des yeux à cet instant. L'excitation à son paroxysme, je me liquéfiai sous le feu qui couvait dans mes chairs. Je voulais lui en donner plus, je voulais tout lui donner. Je me glissai entièrement sous les couvertures. J'embrassai son torse brûlant, son odeur m'exaltait, tandis que ma langue se laissait guider à travers les lignes de ses muscles. Alors je le pris dans ma bouche, et un spasme le secoua. Il souleva le drap et découvrit mon visage. Le regard fiévreux, il enfouit ses mains dans mes cheveux, qui accompagnèrent en rythme les mouvements de ma tête. Ses doigts s'agrippèrent un peu plus fermement dans mes mèches tandis qu'il lâchait prise à son tour.

UN NOUVEAU LENDEMAIN. Un inévitable rituel, et toute une série d'images érotiques emplissaient dorénavant la moindre seconde de nos journées. J'en avais oublié où j'étais, ce que je faisais et pourquoi j'étais là. J'avais bien conscience que ce n'était pas du tout le plan prévu, que ma promesse de ne pas me laisser distraire était rompue, mais il ne m'était plus possible d'avoir un comportement rationnel. Je ne cherchais même plus à entrer en contact avec ma mère. J'étais perdue, et cela dans tous les sens du terme.

Éric se posta derrière moi. Ses mains se posèrent sur mes épaules, je sentais son souffle dans mon cou. Je pouvais d'ailleurs tout ressentir. Son envie pour moi était omniprésente, et gérer cette attraction était devenu illusoire. Je luttais contre l'envie de coller mes fesses contre lui. Il n'était qu'à quelques centimètres. Quelques centimètres…

L'épreuve du bain ressembla aux journées précédentes. Nous ne nous quittâmes pas des yeux, et la nuit venue, c'est lui qui se glissa sous la couverture. Sa langue insatiable s'enroula autour de mes mamelons en feu, ses doigts glissèrent sur chaque centimètre de ma poitrine, de mon ventre, et quand sa bouche se posa enfin entre mes jambes, je ne pus réprimer un soupir plaintif tant j'en voulais davantage. Je me cambrai quelques minutes plus tard dans un cri et dormis dans ses bras pour le reste de la nuit.

LE JOUR SUIVANT, nous ne parlions plus. Seuls nos regards exprimaient nos pensées. Autant dire qu'à cet instant, les miennes étaient classées X, et que ma volonté était mise à rude épreuve. Les événements des derniers soirs ébranlaient mes certitudes. Je me fourvoyais en me persuadant que de simples caresses, même si elles étaient buccales pour certaines, n'avaient pas les mêmes implications que l'acte charnel, ni même celles d'un véritable baiser. J'aurais dû culpabiliser, j'en avais conscience, et pourtant… Face à Éric, je ne ressentais que les émotions de mon corps, mon envie pour lui, la sienne et les conséquences que notre enfermement provoquait chez lui, et chez moi aussi. Je réalisais aussi tout ce qu'il représentait à mes yeux. Non, je ne culpabilisais pas d'être heureuse à cet instant.

Nous flânâmes toute la journée sur la terrasse. Je lisais un roman historique, Éric un thriller policier. Nos jambes s'enchevêtrèrent sur la méridienne, tandis que nous partagions nos impressions. Parler littérature nous détourna un temps de nos pulsions. J'accueillais d'ailleurs favorablement cet apaisement de ma libido survoltée. Mais l'angoisse s'insinua à nouveau dans mes veines, alors que je l'observais dans sa lecture. Le contempler devenait une épreuve. Je me levai et posai mes mains sur la rambarde.

— Comment tout cela va-t-il se finir ? dis-je, face à l'horizon.

Éric m'imita et s'avança doucement derrière moi. Cette fois, ses mains se lovèrent autour de mes épaules. Son souffle chaud caressa ma nuque, et je me collai contre lui.

— Je m'en moque, lâcha-t-il.

— Les Cinq ont forcément quelque chose derrière la tête, continuai-je, constatant qu'il ne partageait pas mes inquiétudes, la situation est dangereuse. Ils pourraient te faire du mal ou te tuer si l'envie leur en prend.

— Alors je mourrai heureux en me rappelant ces derniers jours.

— Je ne plaisante pas.

— Moi non plus.

Ses lèvres s'approchèrent de ma nuque enflammée. Les servantes entrèrent sans ambages, attisèrent le feu dans la cheminée et allumèrent toutes les chandelles. Et comme nous savions ce qu'elles attendaient de nous, je rentrai aussitôt dans la chambre, suivie d'Éric. Quand la rousse fit glisser son pantalon, il ne prit pas la peine d'attendre qu'elle lui pose le peignoir sur les épaules. Il partit nu dans les eaux brûlantes du bain. Je le suivis et y entrai à mon tour. Elles commencèrent la toilette avec moi. Je pouvais ressentir chaque mouvement des mains des servantes sur ma peau. N'y tenant plus, Éric plongea l'une des siennes dans l'eau. Ma respiration se raréfia quand j'eus la confirmation qu'il se caressait, tout en me regardant lascivement, ses yeux avides s'attardant sur les mains des deux servantes posées sur mon corps. Toute pudeur nous avait quittés, nous n'étions plus que fournaise et frénésie. L'embrasement me gagna définitivement lorsque, à son tour, son corps me domina, et que, face à moi, les mains des jeunes femmes glissaient sur ses muscles ruisselants. Il m'observait avec un regard pénétrant, alors ce fut à mon tour de glisser ma main sous l'eau. Lentement, je me caressai. Les servantes terminèrent leur tâche et préparèrent notre sortie. Mais, dans l'immense baignoire, les yeux fiévreux d'Éric ne me quittaient plus, les miens demeuraient ancrés dans les siens. Nos caresses continuèrent. Je ressentis les effluves de son excitation dans mes entrailles.

Un mouvement de sa part déclencha l'inévitable. Il s'approcha de moi, cala ses jambes sous les miennes, et posta son visage à quelques centimètres du mien. Ma main quitta mon intimité, et mes doigts allèrent caresser ses épaules robustes, la ligne de ses muscles encore plus marquée par le ruissellement de l'eau sur sa peau. Un de ses bras s'enroula autour de ma taille ; il me fit avancer un peu plus. J'étais presque à califourchon au-dessus de lui quand un bruit me rappela que les deux femmes n'étaient toujours pas sorties. Éric n'en avait cure, la tentation était trop forte. Ses lèvres se posèrent sur mon cou brûlant, sa main libre se posa délicatement sur mon sein droit. Je laissai échapper un nouveau soupir de contentement. Ses lèvres remontèrent vers mon visage et restèrent suspendues à deux centimètres des miennes. En silence, son regard pénétra mes iris, son souffle m'enveloppa. Il me serra encore et me souleva de façon à ce que je sente son membre vibrer sous mes fesses. Je ne pus résister. Je plongeai une main dans l'eau et la glissai entre nous. Je le guidai en moi dans un souffle rauque. Ses lèvres fondirent enfin sur les miennes. La passion dévorante de ce baiser embrasa mon visage, tandis que mon bassin se mettait en mouvement au-dessus de lui. Il m'attrapa une mèche de cheveux qu'il tira. Ma tête bascula en arrière, mes lèvres se détachèrent de sa bouche. Mon cou désormais à sa merci, il le dévora de baisers et accéléra ses mouvements. J'éructai un feulement de plaisir, presque un cri. Un bruit dans la chambre nous indiqua que les servantes quittaient les lieux. Éric poursuivit sa démarche, ses lèvres se posant sur chaque centimètre de ma poitrine. Puis il ralentit, lentement, pour finalement s'arrêter. Il s'écarta de moi. Haletante, je crus défaillir tant la sensation de le sentir se glisser hors de moi fut douloureuse. Puis, brusquement, il me pénétra à nouveau et ses mains se posèrent sous mes fesses. Il me souleva, sa force herculéenne lui permettant de réaliser un tel prodige sans le moindre effort. Nous sortîmes de la baignoire et ne prîmes pas la peine de nous essuyer. Mes cheveux me collaient à la peau, j'étais humide, et la chaleur de notre étreinte renforçait ce phénomène encore plus bas. Devant le lit, il me fit basculer sur le dos, m'allongeant sans se retirer. Ses mains caressèrent chaque centimètre de ma peau. Je me cambrai pour mieux accueillir ses mouvements, qui devinrent de plus en plus frénétiques. Je fus alors prise d'un spasme incontrôlé qui me laissa pantoise et tout sourire. La sensation remonta jusqu'à mon crâne et je laissai échapper un rire nerveux tandis que j'essayais de retrouver ma respiration. Mais le bel Éric n'en avait pas fini avec moi. Ses doigts partaient de nouveau à la découverte de mon corps.

Les servantes firent de nouveau irruption dans la pièce, avec le chariot du dîner. C'est à peine si nous remarquâmes leur présence et nous ne les entendîmes pas quand elles repartirent par le chemin opposé. La faim se faisant ressentir, je réussis tant bien que mal à me défaire de la doucereuse étreinte d'Éric, qui grimaça à cette idée. J'allai m'asseoir à table, complètement nue. Il me suivit et nous servit un verre de vin. Puis un autre. Nos regards restaient soudés l'un à l'autre, et j'en étais à mon quatrième verre quand je décidai d'enfourner une bouchée d'un délicieux mets aux olives. Une fois le dîner terminé, je retrouvai la terrasse et contemplai un nouveau coucher de soleil. Enveloppée par la passion de cet instant, j'en oubliai les gardes postés au-dessus de la falaise, j'en oubliai ma mission, et même les circonstances de notre enfermement. À ce moment précis, j'aurais voulu que jamais nous ne quittions cette suite. Mes mains se posèrent sur la rambarde. Éric s'avança derrière moi. Cette fois, ses mains se lovèrent autour de mes hanches. Il me fit comprendre par un simple geste de cambrer mon dos et je ne me fis pas prier. Mes fesses allèrent à sa rencontre. Il pouvait désormais faire ce qu'il voulait de mon corps. J'étais à lui. À cet instant, c'était la seule certitude qui m'habitait, j'étais irrévocablement à lui. Ses mains empoignèrent mes épaules, il s'enfonça en moi et, face à l'horizon, il me chevaucha. Agrippant mes cheveux, il attrapa un sein, couvrit mon dos brûlant de baisers, tandis que je me retenais de hurler de plaisir sous ses coups effrénés. Quand le désir arriva à son apogée, il fit un effort surhumain pour s'arrêter à nouveau, se retira subitement et me souleva de terre. De surprise, je ne pus contrôler un geste qui nous fit trébucher. Nous tombâmes à même le sol en riant. Son sourire enjôleur dessina une fossette irrésistible, et son rire, en cet instant, résonna comme une douce musique à mes oreilles. Il m'embrassa et reprit sa démarche, et cette fois, il resta jusqu'à la fin. Jusqu'à ce qu'il emporte nos deux âmes dans un souffle de lave. Ce fut la première nuit où le sommeil nous happa tous les deux sans difficulté.

. . .

Le lendemain, il n'y eut pas de rituel. Il n'était pas encore six heures du matin quand les Cinq firent irruption dans notre chambre.

CHAPITRE 24

Je n'avais rien entendu, je dormais et j'avais manqué de vigilance. Ils firent irruption en quelques secondes et je ne vis que trop tard le couteau dans les mains de Thélion se planter dans le ventre d'Éric. Je mis quelques secondes à réaliser ce qui venait de se passer et regardait encore son agresseur avec des yeux épouvantés lorsque son geste s'imprima enfin dans mon cerveau. À cet instant, une ire impitoyable me traversa le corps et déclencha une explosion. Thélion recula et tenta de se protéger en levant les bras, mais il était trop tard, je le tenais ! Un hurlement s'échappa de ma gorge. Je me levai, nue, sur mon lit désormais bien endommagé par le souffle de la déflagration. Et alors que je m'apprêtais à transformer le plus jeune frère en bulle géante d'hémoglobine, une douleur intense me traversa la nuque. Je fus éjectée en arrière et basculai violemment sur le sol. L'air disparut si vite de mes poumons que je suffoquais encore quand Althéa se matérialisa devant moi, aux côtés de Priam. La confrontation de nos regards en disait long sur la haine féroce que nous partagions l'une pour l'autre. Elle me libéra la nuque du joug de son esprit, et je filai auprès du corps d'Éric. Il respirait.

— Nous le soignerons peut-être, déclara Althéa, mais votre petite aventure s'arrête ici.

Je levai les yeux vers elle, ma rage était palpable. Ils emportèrent le corps inanimé d'Éric. Le voir partir m'arracha des larmes tandis que je réalisais la fin brutale de notre idylle.

On ne ferma pas ma porte à clé. La vieille dame qui s'occupait de moi, avant les deux jeunes servantes, reprit sa place à mes côtés. À vingt heures, et après une longue journée à me ronger les sangs, on vint me chercher pour le dîner. Sur le palier de l'escalier, je croisai Connor. Il eut le temps de lever un bras et de dire « *Attends !* », avant d'être éjecté contre un mur. Il se releva difficilement.

— Tu pourrais enfin me laisser parler ! cria-t-il.

— Je n'ai aucune envie de t'écouter !

— Que voulais-tu que je fasse pour Éric ?! Si je ne lui avais pas foutu une raclée, il serait mort, à l'heure qu'il est. Il n'aurait pas fait deux pas dans le temple qu'Althéa l'aurait tué. Je n'ai pas eu le choix !

— Ne parle pas si fort !

Connor avança vers moi au pas de course et m'empoigna le bras. Il me traîna jusqu'à un recoin désert. Une fois certain d'être à l'écart, il chuchota.

— J'ai dit aux Cinq que Carmichael avait déserté depuis quelque temps, mais c'est faux. Il s'occupe d'aller recruter d'autres natifs.

— Tu l'as vu ? Comment va-t-il ?

— Il s'inquiète, qu'est-ce que tu crois ? Mais je l'ai rassuré en lui disant que tu étais saine et sauve.

— Pourquoi n'ai-je jamais eu de tes nouvelles ? Et pourquoi n'as-tu pas convaincu Éric de rentrer au château plutôt que de lui fracasser la tête ?

— Je n'ai jamais pu partir d'ici ! Ils me tiennent, moi aussi. Et puis, très franchement, ton plan était bancal. Quant à Éric, il voulait te voir à tout prix, et je ne pouvais pas me permettre qu'on lise dans son esprit que j'avais tenté de lui sauver la vie. Il allait y passer si je n'avais pas fait semblant de l'avoir capturé.

— Il était couvert de bleus !

— Il fallait que ce soit crédible.

— Ils viennent de le poignarder.

— Et ce n'est pas tout.

— Que veux-tu dire ? m'enquis-je, interloquée.

— Ils ont tout filmé, Gabrielle.

— De quoi parles-tu ?

— Avec Éric, ils ont tout filmé. À l'heure qu'il est, la vidéo circule dans les boîtes mail de tous les natifs répertoriés.

— Mais ils n'ont même pas l'électricité ! Comment… ?

— Ce n'est pas parce qu'ils ont décidé de vivre à la lumière des bougies qu'il n'y a pas d'électricité dans le temple.

J'accusai le coup. Le sang quitta mon visage, alors que la honte me submergeait. Je reculai d'un pas, Connor m'attrapa la main. Ne sachant que penser de cette révélation, je ne trouvai pas mieux que de l'observer sans expression.

— Pourquoi restes-tu ? lui demandai-je. Tu aurais pu tenter de t'échapper durant ta visite au château.

— Mon père.

Je hochai la tête. J'aurais dû m'en douter, mais ses dernières déclarations m'avaient ébranlée. Il me soutint pour rentrer dans la salle, où, comme à l'accoutumée, les Cinq étaient assis. Ma mère complétait le décor, ainsi que Magnus et mon frère. Cassandre et l'historien n'étaient visiblement plus les bienvenus.

— Asseyez-vous enfin ! ordonna Priam, que la patience n'étouffait pas.

Je m'exécutai, lasse. Je repensai à ce que venait de me révéler Connor. Ils avaient tous reçu une vidéo.

— Le XXIème siècle recèle des inventions formidables, déclara Priam à l'intention de son frère en s'esclaffant, pensant visiblement que je ne savais pas de quoi il était question.

— Mais des moins bonnes aussi, enchaîna Soban. Je ne suis pas très fan des progrès de la science en matière de….

Je n'écoutais plus leur conversation sur les inventions du dernier centenaire, lorsque la voix de ma mère fit mentalement irruption dans ma tête.

« Il faut que tu t'évades ! »

« Je tente de vous joindre depuis des semaines ! »

« Ils nous ont enfermés, ton frère et moi, nous n'avons pu sortir qu'aujourd'hui. »

« Ah... Je comprends mieux. »

« Il faut que tu partes, ton ami est en très mauvaise posture. »

« Ils ne le soignent pas ?! »

« Non, et demain, ils comptent l'exécuter dans la Nef aux statues pour ce qu'il t'a fait. »

« Ce qu'il m'a fait ?! »

« Ils ont diffusé une vidéo vous montrant tous les deux, à tous les natifs », intervint Ethan, *« ils diront faire preuve de justice envers les sujets qui te suivent, en l'exécutant, car il t'a détourné de ton mari. »*

« Seigneur ! Je dois m'échapper ! »

— Alors, quand on sera proche, vous devrez être des nôtres toutes les deux, nous interrompit Althéa.

— Pardon ?! dis-je, éberluée, n'ayant pas du tout suivi le cours de la conversation.

— Quand on sera proche du dénouement, répétait-elle.

« Je connais une sortie dissimulée », poursuivit ma mère.

« Tu crois que c'est possible ? »

« Ton frère et moi allons t'y aider. Demain, à cinq heures, prépare-toi. »

« Mais vous risquez de le payer cher. »

« On se débrouillera, ne t'inquiète pas », lança Ethan, dont la voix mentale me remplit d'émotion.

« Il n'est pas question que je vous fasse courir le moindre danger ! »

« Ils ne prendront pas le risque de nous tuer si tu réussis à t'enfuir », enchaîna ma mère. *« Ils nous garderont et se serviront de nous comme appât afin de te faire revenir. Si vous attaquez rapidement, alors nous n'avons rien à craindre, du moins pas la mort, si c'est à cela que tu penses. »*

« Alors, dès mon retour à Altérac, je rassemblerai nos forces et nous attaquerons le plus tôt possible. J'en fais la promesse. »

Je pris une profonde inspiration et détournai mon regard vers Althéa.

— J'ai bien peur que le dénouement ne soit pas forcément celui que vous envisagiez, répliquai-je à ma grand-mère folle à lier, tentant de me raccrocher à sa discussion.

— Je dois te reconnaître de l'audace, ma petite-fille, un trait de caractère que tu dois tenir de moi.

— Mon Dieu, j'espère que non !

Après des commentaires inutiles, des congratulations ennuyeuses et un dernier verre auprès du feu, je pus quitter mes geôliers et retrouvai ma chambre. Le chaos l'avait envahie, mais ce n'était pas le désordre qui me fit monter les larmes aux yeux. Éric n'était plus là, et son absence emplissait la pièce. Je serrai les poings tant la colère et le chagrin m'étreignaient. Un trou béant s'était formé dans mon cœur. Un nouveau hurlement éjecta dans un souffle tout ce qui se trouvait dans la suite à travers l'immense fenêtre. Puis, quand ma respiration retrouva un calme relatif, et alors que j'étais seule dans cette pièce vide, mon regard alla se perdre à l'horizon. « Encore six bonnes heures avant de partir de ce maudit endroit », pensai-je.

CHAPITRE 25

Elle toqua à ma porte. Je ne connaissais Isabelle Castellane qu'à travers les légendes, les rumeurs et les quelques conversations échangées depuis notre rencontre. Son caractère profond m'était encore inconnu, mais le visage que je découvris derrière la porte me montra toute sa détermination en cet instant. Un frisson me traversa. Elle m'attrapa le bras et me tira vers elle, tout en maintenant un index posé sur sa bouche. La discrétion était de rigueur. Les couloirs étaient vides, ce qui était étrange en soi, mais l'heure n'était pas aux questions et je la suivis jusqu'aux cachots quand, au détour d'un couloir, je vis un amoncellement de corps évanouis. Les gardiens. Je ne savais pas par quel prodige ma mère s'y était prise pour agir sans alerter qui que ce soit, mais cela nous permit de déambuler un bon moment sans être vues. Nous poursuivîmes notre chemin à travers les méandres des couloirs. Je trouvai la cellule d'Éric au même endroit que la première fois. Sa vision me coupa le souffle, et je me jetai à ses pieds. Il se tenait le ventre et souffrait, une mare de sang étalée sur le sol. Ils l'avaient laissé se vider de son énergie vitale. Une ire insurmontable me parcourut l'échine, mais ma mère m'attrapa la main et répéta son geste, son index se posant à nouveau sur sa bouche. Elle me fit signe de patienter. J'en profitai pour arracher un large morceau de ma robe et l'enroulai fermement autour de son torse. Sa souffrance, lorsque j'exécutais ce geste, me déchira le cœur.

Je fis léviter Éric qui se contorsionna sous la douleur, puis finalement s'évanouit. La peine que son supplice déclencha dans mes chairs était à l'égal de la colère que j'éprouvais à cet instant. J'en étais transie. Je regardai ma mère avec insistance, ma patience était à bout. Quelques interminables minutes plus tard, une explosion secoua toute la montagne. Les murs crachaient encore de la poussière quand ma mère me fit signe de la suivre. C'était le moment, et je supposai que mon frère était à l'origine de cette diversion. Je m'exécutai et me lançai derrière elle, Éric lévitant à quelques mètres derrière moi. Nous allâmes en direction de l'arrière du temple, soit à l'exact opposé du bruit de la détonation.

« Il y a une porte dérobée là-bas, dépêche-toi. »

Je sentis une présence à ma gauche. Connor ! Je m'arrêtai et le toisai longuement. Il aperçut Éric et leva un sourcil. Mon regard inquisiteur tenta de le dissuader de donner l'alerte, et son hochement de tête me confirma qu'il n'en ferait rien. Je hochai la tête à mon tour et emportai Éric dans un nouveau couloir. Nous pûmes poursuivre encore quelque temps avant que le son assourdissant d'un cor résonne dans les couloirs derrière nous. Notre absence avait été remarquée, ou peut-être avaient-ils découvert les corps des gardes. Il nous fallait aller plus vite. En traversant de nouvelles pièces et en remontant des dizaines d'escaliers, nous ne tardâmes pas à rencontrer nos premières difficultés. Ma mère envoya des gardes si brutalement se fracasser contre les parois en pierre que je doutai qu'ils sortent vivants d'une telle chute. Quelques secondes après, une autre formation se rapprocha, ma mère affairée avec la première me laissa m'en occuper, mais, alors que j'allais répéter son geste et éjecter mes assaillants, une jeune femme s'interposa et prit de plein fouet l'énorme roche que je projetai dans leur direction. Cassandre. Elle mourut sur le coup. Épouvantée par mon acte involontaire, je suivis ma mère.

« Ce chemin est quasiment inconnu de tous, nous devrions avoir quelques minutes de répit. Ensuite, ils nous trouveront. »

« Dépêchons-nous, alors ! » dis-je tout en m'élançant derrière elle.

Nous passâmes une porte dérobée, dissimulée derrière une tapisserie. Après une course dans un couloir sombre, nous lévitions maintenant à travers un escalier en colimaçon, Éric toujours inconscient derrière moi. Notre ascension n'en finissait pas, et j'entendis une autre explosion, plus bas. Ils étaient juste derrière nous. Dans quelques secondes, ils allaient nous rattraper. Nous prîmes de la vitesse. Ma mère fit exploser l'énorme porte au sommet des escaliers et en bloqua le passage à l'aide de sa pensée, après que nous l'eûmes traversée. Sur un toit, surplombant une des falaises isolées de la montagne, à une centaine de mètres au-dessus du niveau de la mer, je compris ce qu'elle attendait de moi. Isabelle Castellane caressa ma joue du dos de sa main.

« Embrasse mon frère et remercie-le, s'il te plaît », lui dis-je, ma voix mentale tremblante d'émotion.

« Je le ferai. »

« À bientôt, Maman. »

« À bientôt, ma fille. »

Une larme coula sur mon visage. Une autre coulait sur la sienne. Je lui envoyai un dernier sourire avant de m'élancer dans le vide. J'attrapai Éric en vol et, ensemble, nous plongeâmes à une vitesse vertigineuse. J'érigeai un bouclier pour parer au choc de la surface sur nos corps, mais l'impact faillit nous noyer. Immergée, je réussis à maintenir une bulle d'oxygène autour de nous, quand je me sentis happée par une force invisible. Luttant de toute mon âme, je glissai fermement mes bras sous ceux d'Éric. Je concentrai toutes mes facultés afin de plonger plus bas pour, ensuite, mieux nous projeter à la vitesse de l'éclair jusqu'à la prochaine côte. Alors je repensai à mon arrivée, à mon frère heureusement ressuscité, au supplice de Sarah la servante, aux semaines auprès d'Éric, à sa blessure au poignard. La peur viscérale de le perdre me donna la force nécessaire pour progresser dans les eaux tumultueuses. Malgré les tentatives des Cinq pour me ramener sur l'île, du haut de la falaise, je réussis à me défaire de leur emprise et fonçai comme une torpille.

Mon séjour sur l'île d'Eos venait de prendre fin.

CHAPITRE 26

De retour sur la côte, frigorifiée et trempée jusqu'aux os, j'amenai Éric à l'hôpital. On lui fit les premiers soins, tandis que j'attrapais un téléphone et appelais le château. Je tombai sur Estelle, lui expliquai les détails de mon évasion, et l'urgence de venir nous récupérer. J'avais conscience que, si je croisais un natif dans les environs, mes prédispositions féminines me condamneraient à redevenir prisonnière de l'île, car je serais aussitôt repérée. Quand Estelle raccrocha, je rejoignis Éric dans sa chambre. Le téléphone sonna alors que je venais à peine d'en communiquer le numéro. C'était Salomon.

— On arrive dans une heure. Tu rentres en avion-cargo.

— OK.

Je raccrochai. Éric était endormi et ne semblait plus souffrir. Une perfusion de sang venait remplacer les litres perdus. Un large bandage s'enroulait autour de ses côtes, couvrant un pansement qui se gorgeait encore de sang. Je m'assis à ses côtés et posai le dos de ma main contre son visage. Le téléphone sonna à nouveau.

— Nous sommes en chemin, me dit une voix que je reconnus aussitôt.

— Sam !

Mon père adoptif savait vraiment se montrer présent dans les moments difficiles, c'était maintenant un fait avéré.

— J'ai fait envoyer un avion. Il ira où tu le souhaites.

— Paris, Sam. Paris.

— D'accord.

Une heure plus tard, un homme en costume militaire arriva en courant. Il était le commandant de bord de l'avion et me fit comprendre qu'il était l'heure d'y aller. Je fis léviter Éric au-dessus de son lit d'hôpital, et la mâchoire inférieure du militaire en uniforme faillit se décrocher. Nous prîmes les escaliers de secours. Le commandant m'expliqua que la piste se situait à cinq cents mètres de l'hôpital. J'ignorai alors son véhicule posté à l'arrière du bâtiment et demandai au commandant de m'indiquer la direction. Nous fîmes le chemin en volant. Le commandant cracha ses tripes en touchant le sol, mais se reprit rapidement et alla retrouver son collègue dans le cockpit. Un brancard médicalisé, entouré de deux médecins, était installé dans l'avion ; j'y couchai délicatement Éric. Les moteurs démarrèrent dans un crissement, un bruit assourdissant envahit la carlingue. Je m'attachai à quelques pas d'Éric et ne fus totalement soulagée que lorsque des centaines de kilomètres nous séparèrent enfin de la Grèce.

Lorsque nous arrivâmes à Paris, Sam m'accueillit. Le revoir était un soulagement. Je me jetai dans ses bras, et regrettai ensuite que notre accolade soit si brève. Nous savions tous deux que le temps nous était compté.

— Que lui est-il arrivé ? s'enquit Sam, effaré devant le corps inanimé d'Éric.

— Ils l'ont poignardé.

— Pour quel motif ?

Embarrassée, je ne sus quoi répondre. Sam sembla comprendre que sa question me mettait mal à l'aise et posa ses mains sur mes joues.

— Fais bien attention à toi, Gaby. Promets-le-moi.

— Je te le promets.

Je le quittai en l'embrassant et pris la voiture qu'il m'avait confiée. J'allais enfin mettre à profit mes quelques cours de conduite pour rejoindre la cité des Bosquets. Je savais qu'Éric y serait en sécurité.

CHAPITRE 27

L'heure de vol en direction de Nîmes me parut plus longue que les trois du vol précédent. J'avais désormais le loisir de réfléchir, et mes pensées m'inspiraient de l'inquiétude. Comment allais-je être accueillie au château ? Cela faisait maintenant des mois que je l'avais quitté, et j'étais certaine que chaque résident avait reçu la veille la vidéo compromettante de mes ébats avec Éric. Comment allait réagir Carmichael ? Cette question m'insuffla de la tristesse. Je n'avais jamais voulu faire de mal à cet homme, auquel je tenais beaucoup, mais pour lequel mes sentiments avaient toujours été contrariés. Qu'allais-je lui dire ? Une voiture vint me chercher à la sortie du tarmac. Paul, l'intendant, m'envoya un large sourire en m'apercevant, et je fus soulagée que lui, au moins, ne fasse pas de commentaires sur ma conduite en Grèce.

Mon cœur battait à tout rompre quand nous empruntâmes l'allée de peupliers menant au château. Pire fut la sensation au moment où je découvris le monde qui m'attendait devant l'entrée, Salomon en tête. Je ne distinguais pas le visage de Carmichael dans la foule. Je sortis alors de la voiture et allai vers la centaine de personnes agglutinées devant les portes. Je reconnus Thomas, dont la présence détonnait aux premiers rangs de l'assistance. Jo était là aussi, entouré de Henry, Sonia, Caleb, Chun, Prisca, et Mike, notre hôte new-yorkais, ainsi qu'Adam et Amélia, les propriétaires de l'hôtel parisien, dont l'effondrement avait fait la une des actualités. Après un long moment de silence, Salomon étira ses bras.

— Nom de Dieu que ça fait du bien de te voir, Gaby !

— Ça me fait du bien aussi.

— Tu sais que tu es une belle-sœur complètement dingue, déclara Prisca en me serrant dans ses bras.

— Tu ne t'en aperçois que maintenant ? répliquai-je en souriant.

Rassurée par cet accueil, j'accueillis l'accolade de Salomon avec soulagement. Beaucoup de mes semblables se rapprochèrent. Quand je m'écartai de mon ami amérindien, ils se prosternèrent tous. Les larmes me montèrent aux yeux. Se pouvait-il qu'ils n'aient pas vu la vidéo ? pensai-je, emplie d'espoir. Les Cinq avait-il bluffé ? J'espérai qu'il en soit ainsi en rentrant dans le château.

On me conduisit dans la suite *Éléonore,* ma suite. Elle avait été retapée après l'incident avec Blake et brillait à nouveau de tout son éclat. Sentant sur moi la crasse des dernières vingt-quatre heures, le sel de mer sur mes vêtements et, sous mes doigts, la paille qui me faisait office de cheveux, je pris immédiatement un bain. L'immersion dans l'eau chaude réussit à me détendre un peu et dénoua mes muscles endoloris. Plus tard, je sortis attraper des vêtements dans mon dressing et me rendis dans la salle de Pomone. Carmichael était absent, Salomon se retrouva donc seul face à moi.

— Il est dans la chapelle, déclara-t-il, devinant mes pensées. Il n'en a pas bougé depuis hier.

— Il me fuit, c'est ça ?

— Il n'est même pas encore au courant de ton retour. Il a demandé à n'être dérangé sous aucun prétexte. J'ai tenté de l'avertir, mais il n'a pas répondu à mes appels, ni lorsque j'ai toqué à sa porte.

— Ah…

— Je ne l'ai pas vu depuis qu'il a reçu la vidéo, hier matin.

— Alors il sait. J'avais espéré que… Je suis désolée, Salomon.

— Te casse pas, ma chérie, me coupa ce dernier, personne n'aurait pu résister… Et puis, c'est Éric.

— Oui… c'est Éric.

Un sourire s'étira sur mes lèvres. Celles de Salomon m'imitèrent.

— Personne ne te jugera en ces lieux, reprit-il. Je ne sais pas si tu as remarqué, mais les mœurs natives sont beaucoup plus tolérantes que les us humains. Et puis, je ne connais pas un seul des nôtres qui n'aurait pas rêvé se trouver dans cette chambre avec toi… ou avec lui.

Ses déclarations enflammèrent mon cœur. Je tendis ma main et serrai celle de mon ami, le sage de notre communauté.

— Je dois y aller.

— Je sais.

Je fonçai à travers les bois et courus vers la chapelle. Je le trouvai devant la bâtisse, assis sur un fauteuil près de l'entrée. Le revoir attisa une lueur qui m'enveloppa tout entière.

Il sentit aussitôt ma présence, mais ne détourna pas les yeux. Ses dreadlocks lâchées sur ses larges épaules, il serrait les mâchoires. Je pouvais ressentir toute sa colère jusqu'au fond de mes entrailles. Pire, son cœur était horriblement blessé, et je restai là, silencieuse, ne sachant que dire. Il consentit enfin à détourner ses yeux vers moi. Un long silence s'installa tandis que nos regards se confrontaient.

— Je suis désolée, murmurai-je.

Il n'eut aucune réaction. J'avançai de quelques pas.

— Je suis désolée, répétai-je.

J'avançai encore.

— Je suis désolée.

Les larmes envahissaient déjà mes yeux. Il se leva, fit volte-face et entra dans la chapelle. Je le suivis, pas encore prête à me démonter. Je devais assumer mes actes.

La cheminée remplissait son office, et la chaleur me fit retirer ma veste. Je parcourus la pièce des yeux et mon regard se posa sur l'ordinateur. Je repensai immédiatement à la vidéo.

— Il faut que nous rentrions ensemble au château, lâchai-je, comme si je voulais oublier qu'elle existait.

— Ah bon ?

L'ironie de Carmichael se révélait dans ces deux mots. Je décidai néanmoins d'enchaîner.

— Si les natifs sont encore prêts à me suivre, alors il faut que nous attaquions dès que possible.

Mon mari se décida à s'asseoir sur le divan et m'invita à continuer d'un geste de la main.

— Ma mère et mon frère ont risqué leur vie pour que je réussisse à m'échapper. Il faut les libérer au plus vite. De plus, les Cinq ont prévu de bientôt attaquer le château et se renforcent tous les jours, des bateaux arrivent chaque semaine. Ils promettent monts et merveilles à ceux qui les rejoindront, et s'ils refusent, ils les menacent, voire les assassinent. Une fois là-bas, les natifs ne peuvent plus partir, pas tant que la guerre ne sera pas terminée. J'ai vu que beaucoup, s'ils ont été convaincus au début, restent aujourd'hui sur l'île par peur des représailles. Je suis certaine que ceux-là retourneront leur veste si nous prenons le dessus. De plus, lorsque je me suis évadée, j'ai réduit à néant un de leurs atouts maîtres. Il faut juste s'assurer maintenant qu'ils ne le remplacent pas.

— De quel atout tu parles ?

— Leur voyante ?

— Tu l'as assassinée ?

— Non, enfin oui, mais c'était un accident. Elle s'est jetée sous un rocher que je projetais en direction des gardes durant ma fuite.

— Alors, elle s'est volontairement donné la mort ?

— C'est bien ce que je pense, et ça veut aussi dire qu'en ce moment ils n'ont plus de pré-cog. Je suis certaine qu'ils vont bientôt réaliser que nous avons deux voyants et venir nous prendre les Souillac, alors il faut attaquer. Ils ont aussi des armes, qu'ils destinent aux natifs les plus faibles. Mais je connais les moindres recoins du temple, je peux faire un plan. Je sais où sont postés les gardes et le type d'armes qu'ils possèdent. Et je sais surtout que nous servirons une cause juste tous ensemble, alors que dans le camp adverse, les soutiens sont fébriles. D'ailleurs, sache que si tu as eu un doute au sujet de ton frère lors de sa dernière visite, tu peux être rassuré, car il est toujours de notre côté.

— Je suis heureux de l'apprendre.

Un silence.

— Où est-il ?

Sa question justifiée me désarçonna. Il ne parlait pas de Connor.

— Il est en sécurité, répondis-je, je n'ai pas voulu le ramener au château. J'avais peur des réactions des natifs, à cause de cette...

— ... vidéo.

— Oui, chuchotai-je, et je ne voulais pas que les Cinq le retrouvent.

— Pour la faiblesse qu'il représente pour toi, étant donné vos liens récents ?

Un nouveau silence. Un instant, je clignai des paupières ; l'instant d'après, Carmichael était à quelques centimètres de moi. Il baissa les yeux dans ma direction, je soutins son regard. Il s'approcha un peu plus. Ma poitrine touchait la sienne. Son souffle réchauffa les lignes de mon visage.

— Il est chez Elvis, lâchai-je. Tu te souviens ? On lui avait demandé qu'il bâtisse une pièce secrète dans la salle de musculation qu'il dirige. Il y a aménagé un petit appartement, Éric est là-bas.

Quand j'eus prononcé son nom, je fus prise d'un certain malaise. Carmichael eut un pas de recul.

— Il va pouvoir se battre ?

— Non, il a été gravement blessé et a perdu beaucoup de sang. Nous n'avons pas le temps d'attendre qu'il se remette.

— Ravi de voir que, malgré ce que tu ressens pour lui, tu fais passer l'intérêt des nôtres avant lui.

J'accusai le coup. Il m'en voulait à mort, c'était désormais officiel.

— Je suis là, maintenant, non ?

Il me toisa de la tête aux pieds et ancra à nouveau son regard dans le mien. Sa mâchoire puissante se desserra enfin et, contre toute attente, il m'envoya un léger sourire. Il sortit son téléphone et l'alluma. Il composa le numéro de Salomon.

— Salut, mon frère, on sera de retour dans quelques minutes. On se voit dans mon bureau.

— Dans quelques minutes ! m'exclamai-je. J'espérais dormir un peu, je suis épuisée.

— Je ne suis pas étonné, avec tous les exercices que tu as dû faire là-bas !

Aïe ! Je l'avais méritée, celle-là. Je me tus, de peur d'aggraver mon cas. Un long silence s'imposa dans la pièce.

— Cet homme, déclara Carmichael, je le déteste, forcément.

Je restai mutique, ce n'était pas le moment de lui couper la parole. Il me tardait aussi de connaître le fond de sa pensée.

— Je comprends comment tout ça est arrivé, ainsi que les intentions des Cinq dans cette affaire. J'ai regardé la vidéo.

— Je ne sais pas quoi te dire, dis-je, mortifiée, je sais seulement que je suis ici, là, maintenant.

— Quoi qu'il en soit, tes prouesses ne vont pas changer notre destin à tous. Je vais mettre une stratégie au point avec Salomon à la lumière de ce que tu viens de me révéler. Et ensemble, demain, nous présenterons notre plan d'attaque pour la dernière bataille.

— Oui… enfin, si j'ai encore des supporters dans nos rangs, après tout ça.

— As-tu vu la vidéo ?

— Non.

— Alors je vais te dire le fond de ma pensée. Les Cinq n'ont rien compris aux natifs de notre siècle. Ils pensaient sûrement que cette vidéo nous diviserait, que les natifs ne verraient en toi qu'une femme adultère qui trompe son roi, une femme indigne de confiance.

— Ce n'est pas le cas ?

— Non, ce n'est pas ce que l'on voit sur cette vidéo.

— Ah, je suis rassurée.

Il afficha un mince sourire. Je ne savais pas comment l'interpréter, mais l'atmosphère devenait plus respirable, Carmichael se détendait. J'entrepris de lui raconter tous les détails de mon séjour en Grèce, sans évidemment revenir sur les dernières semaines. Il me donna à son tour des nouvelles du château, dont celle concernant la capture du traître. Je fus horrifiée d'apprendre son nom, car il s'agissait de Freddy, l'homme qui supervisait la garde de la cellule de mon frère. Ses excuses avaient l'air tellement sincères, pourtant… L'enfoiré ! Puis Carmichael termina son récit avec la journée de la veille.

— J'avais besoin de faire le vide, de m'isoler un moment. Le château est toujours bondé et je voulais pouvoir réfléchir.

— Je regrette que tu en aies ressenti le besoin par ma faute.

Il se leva. Quand ses mains touchèrent les miennes, la chaleur de sa peau m'envoya des décharges jusque dans la poitrine.

— Je sais que les apparences sont contre moi, mais je suis toujours à toi, déclarai-je dans un murmure, je n'ai pas oublié. C'est vrai que je t'en ai beaucoup voulu pour Olivia. Mais même ma mère te soutient dans cette affaire, alors...

— Je l'adore déjà, cette femme, dit-il, un sourire au coin des lèvres.

Ses mains remontèrent sur mes bras puis atteignirent mon visage. Il passa ses doigts derrière ma nuque et approcha mes lèvres tout près des siennes. Mon souffle se raréfia, son magnétisme m'enveloppait, j'accueillis son baiser. Quand il se décolla de moi, la sensation fut douloureuse.

— À notre retour de Grèce, on rediscutera de tout ça.

— Oui... OK.

Troublée, je songeai que je voulais absolument éviter de penser à l'avenir, justement. Il se retourna et fila vers la salle de bains. J'entendis l'eau de la douche couler. J'attrapai mon portable pour envoyer un SMS à Johnny, que je n'avais croisé que quelques secondes à mon arrivée au château. Si je ne lui envoyais pas immédiatement de message pour lui expliquer, je pouvais m'inscrire aux abonnés absents lors de la grande bataille, car Johnny m'aurait tuée avant, à coup sûr. En quelques mots, j'expliquai qu'il me tardait de le revoir plus longuement le lendemain. En réponse, j'eus une émoticône contente qui s'afficha sur mon téléphone. Puis, quelques secondes après, je reçus un autre message.

Éric : Je suis réveillé.

Surprise, je n'avais pas du tout pensé à ce que j'allais pouvoir lui dire, tant j'étais focalisée sur les explications que je devais à Carmichael. Explications inexistantes d'ailleurs.

Moi : Ça va mieux ?

Éric : Oui. Ça saigne encore un peu, mais ça va.

Moi : OK

Pathétique, mon « OK »... Un silence épistolaire s'installa, durant lequel je sentis pointer un léger sentiment de culpabilité. Je réalisai que j'étais en train d'échanger des SMS avec mon amant, tandis que mon mari prenait une douche. Je me dégoûtais. Comment allais-je réussir à gérer cette putain de situation ?!

Éric : Tu es où ?

Moi : Je suis retournée au château. Tu sais, pour la vidéo ?

J'utilisais la vidéo pour faire diversion et éviter de dire qu'en réalité j'étais dans la chapelle, anciennement la garçonnière de Carmichael, à essayer de me racheter au sujet de ma conduite peu honorable. Quel courage, Gaby !

Éric : Oui, je sais.

Moi : C'est humiliant.

Tout le monde l'a vue apparemment.

Éric : Je ne l'ai pas trouvée humiliante ;-)

L'émoticône clin d'œil en guise de point me fit sourire.

Éric : Tu l'as vue ?

Moi : Non ? Je devrais ?

Éric : Je pense, oui.

J'entendis Carmichael sortir de la douche. Je m'empressai d'envoyer un dernier message.

Moi : Je dois y aller !

Je n'avais pas encore éteint l'écran que la réponse d'Éric s'affichait déjà dans une notification.

Éric : Reviens-moi.

Mon cœur se serra. Mais je n'eus pas le temps de davantage y réfléchir, car Carmichael filait tout droit dans ma direction. J'espérais qu'il n'allait pas repérer les traces de rose sur mes joues, car le dernier message d'Éric m'avait troublée. « *Reviens-moi* ». Carmichael n'eut pas l'air de me soupçonner pour autant. Il enfila un blouson, mit des chaussures, et nous filâmes en direction du château.

CHAPITRE 28

De retour dans l'enceinte du château, Carmichael me laissa libre d'aller me reposer pendant qu'il s'entretenait des derniers détails de l'attaque avec Salomon ; cela allait leur prendre une bonne partie de la nuit. En rentrant dans la suite *Éléonore*, je n'eus pas le temps de poser ma veste que Johnny me sautait déjà dessus.

— Putain, mais tu croyais vraiment que j'allais attendre demain pour te voir, t'es dingue ou quoi ?!

— Pardon, Jo, dis-je en me jetant dans ses bras. Comme ça me fait plaisir de te voir !

— Et moi donc ! Je fais quoi, moi, avec ces robes magnifiques quand t'es pas là ?!

Une série de robes toutes plus belles les unes que les autres étaient minutieusement disposées sur le lit. J'émis un léger sourire en pensant qu'il n'avait pas fallu plus de dix secondes à mon meilleur ami avant de parler chiffons. Je sus vite, cependant, qu'il n'était pas présent à mes côtés uniquement pour me parler de ses dernières trouvailles.

— Alors, dit-il, un sourcil relevé, ton petit séjour en Grèce s'est bien passé ? Depuis que tu as sauté de ma voiture en marche, ça gaze ? Tout va bien ?!

— C'était pas ta voiture, me moquai-je.

— Peut-être, mais depuis, je suis mort d'inquiétude, alors tu n'échapperas pas à mes sarcasmes. Enfin… j'étais inquiet jusqu'à hier, bien sûr.

— Qu'est-ce qui t'a rassuré ?

— La vidéo, voyons ! Oh la la, ma chérie, raconte-moi tout ! Quoique non, j'ai tout vu, mais je veux tes impressions !

— Mes impressions ?

— Quoi ? Tu ne l'as pas vue, c'est ça ?

— Non.

— Tu veux la voir ?

— Euh… non.

— Menteuse ! Putain, moi, si j'avais une sextape pareille, je me la repasserais en boucle.

— Carmichael m'a fait comprendre que ce n'était pas si grave, qu'elle ne devrait pas offusquer les natifs qui sont déjà de notre côté.

— Oh bah, ma chérie, tu ne vas pas être déçue du voyage ! lâcha-t-il en riant, alors que je me liquéfiais à vue d'œil.

— C'est plus grave que ce que je pense ?

— Je dirais pas que c'est « grave » ! C'est un beau moment de télévision, si tu veux mon avis.

— Arrête !

— Non, je suis sérieux, le mec qui a fait le montage est un pro.

— C'est long ?

— Près de trois semaines dans une vidéo de cinq minutes. À toi de juger si c'est long. Il y avait des caméras partout, y a même des zooms.

— Oh, Seigneur !

— On dirait un clip de cul.

— Montre-moi, bordel !

Johnny alluma son PC, qu'il avait pris soin d'apporter avec lui (*comme par hasard !*) et m'expliqua que c'était Caleb qui l'avait envoyée à Elvis, qui lui avait lui-même envoyée. Cela n'augurait rien de bon…

Johnny cliqua sur le lien de la vidéo, qui, en effet, se déroulait au rythme d'une musique de fond langoureuse. J'éclatai de rire.

— Ils sont sérieux ?!

— Chut, regarde !

C'était un montage rapide des jours passés avec Éric. Il y avait la date sur chaque plan, en haut à gauche de l'écran. Mon visage pâlit quand je me vis être déshabillée, lavée, nue, un nombre incalculable de fois, au fil des jours. Les images ressemblaient presque à un ballet avec cette musique d'ambiance. La répétition des scènes s'enchaînait entre un moment où nous dînions, où Éric faisait une série de pompes, où j'éclatais de rire, où nous lisions les jambes enchevêtrées sur la méridienne, dans la salle de bains, nus, à détourner les yeux chacun son tour, puis se terminait chaque jour sur le lit, nos regards soudés l'un à l'autre, chaque nuit.

— Tu réalises que ce mec a dû bander pendant près de trois semaines ! s'esclaffa Johnny.

— La ferme !

Je fus encore plus horrifiée par la suite. Il ne manquait aucun détail. De ma masturbation, à nos caresses tard dans la nuit, rien ne nous avait été épargné.

— Putain, tu gères, Gaby, lâcha Johnny, bouche bée.

Je le tapai sur la cuisse. Il poussa un petit cri, puis éclata de rire tandis que je me mortifiais de plus en plus au fil des secondes. On arrivait au dernier passage. Nous avions été zoomés dans le bain, sur la terrasse, contre la rambarde, et même sur le tapis. C'était une catastrophe ! Quand la lecture fut terminée, un silence de plomb s'installa dans la pièce, finalement vite coupé par Johnny, tout sourire.

— Gaby, tu es une déesse !

— C'est un cauchemar !

— Tu rigoles ?! s'exclama Jo. Le mec qui a pondu cette vidéo est un admirateur. On t'y voit sous ton meilleur jour.

Il éclata à nouveau de rire.

— Dorénavant, quand je croiserai un natif, je ne pourrai pas m'empêcher de penser qu'il m'a vue dans un porno !

— C'est pas un porno ! répliqua Jo. Au mieux, on peut considérer le contenu de cette vidéo comme de l'érotique très détaillé.

— Euh… Non, je ne crois pas.

— Enfin, ma belle, me lança mon ami en prenant ma main, cette vidéo, c'est l'amour ! Putain, ça se voit que vous vous aimez, Gaby !

— De quoi tu parles ?

— Je suis sérieux. Ce mec est fou de toi ! Et tu l'aimes aussi. Cette vidéo, c'est ça qu'elle nous montre.

Ses mots me touchèrent tant que je dus refouler les larmes qui me montaient aux yeux. Je repensai à Éric, à tous ces jours passés avec lui qui venaient de défiler en images numériques. Une chaleur m'enveloppa la cage thoracique, un sourire me vint aux lèvres.

— C'est vrai que c'était magnifique, déclarai-je.

— Si on omet le fait que vous étiez prisonniers, et à la merci de deux servantes aux corps de nymphes, alors oui, on peut dire ça en effet.

Il m'arracha un petit rire. Seul Johnny en était capable.

— Qu'est-ce que tu vas faire ?

— Je ne sais pas, répondis-je alors que cette fois les larmes embuaient réellement mes yeux, mais je n'ai jamais donné de faux espoirs à Éric.

— Tu as toujours eu le don pour te foutre dans une de ces merdes, ma Gaby ! Mais je ne connais pas un homme qui ne rêverait pas d'être à la place de ce mec. Même moi tu m'as fait bander !

Cette fois, j'éclatai de rire.

— Il est vraiment temps que tu te trouves un homme, dis-je en souriant.

— Je ne te le fais pas dire. Mais ce n'est pas dans ce château que je vais mettre la main sur la perle rare.

— On ne sait jamais.

— Tu parles ! Il n'y a que des hétéros, chez vous. Cette alchimie native réduit mes chances à zéro. Mais t'inquiète pas, je m'entretiens, comme qui dirait.

Je fis les yeux ronds.

— Pas tout seul ! Enfin pas toujours. Hey oh ?! Internet, ma chérie ! Aux grands maux, les grands remèdes, dès lors qu'il s'agit d'une question d'hygiène. Je fais des rencontres, figure-toi !

— Ah oui ?

— Oui, mais bon, ce n'est pas avec mes plans cul que je vais me caser.

— En tout cas, commentai-je en lui prenant la main, celui que tu aimeras sera l'homme le plus chanceux de cette planète.

— Dis ça à Éric !

Je gloussai. Que cela me faisait du bien de revoir mon meilleur ami ! Comment avais-je pu lui dire d'attendre le lendemain pour se voir alors que sa présence avait toujours été comme un remède à ma morosité ? Johnny se leva et attrapa son blouson. Je l'observai. Il était si beau avec son col relevé et son sourire en coin. C'était à se demander pourquoi il était encore célibataire. Il était grand, la peau sombre, le corps ferme et musclé, la mâchoire carrée, et surtout doté d'un humour dévastateur. Il aurait rendu heureux n'importe quel homme en ce monde.

— N'empêche, quelle bande d'enfoirés, ces faux dieux ! s'emporta Johnny. Ils savaient exactement ce qu'ils faisaient en vous enfermant tous les deux. D'ailleurs, il faut qu'on discute du rituel des servantes, je trouve que c'est une super idée. On pourrait…

— Même pas en rêve ! le coupai-je.

— OK, OK ! Bon, je te laisse te reposer. Reviens-moi entière et dégoulinante du sang du massacre des enculés qui t'ont fait ça, lâcha-t-il en montrant du doigt l'ordinateur. Un marathon de baise avec un mec sublime, non, mais quelle bande de salauds !

Il m'embrassa en riant et me quitta en m'envoyant un dernier clin d'œil. Il avait laissé son ordinateur, et j'allais presque le rattraper quand je décidai d'y réfléchir. Je pouvais regarder la vidéo une dernière fois, après tout. La tentation était trop forte, je cliquai sur le bouton de lecture. Les images défilèrent à nouveau. Je voulais revoir le visage d'Éric. Il me manquait horriblement. Me sentant très seule tout à coup, mes doigts passèrent sur l'écran comme s'il était possible de le toucher de cette manière. La partie de nos ébats torrides me fit à nouveau rougir. Un zoom sur nos visages démontrait l'intensité de nos échanges, les plans plus larges dévoilaient deux corps voulant fusionner l'un avec l'autre. Soudain, je compris ce que voulait dire Johnny. Je pris machinalement mon portable.

Moi : J'ai vu la vidéo,

un cauchemar !

Même si je relativisais depuis quelques minutes, je n'en oubliais pas la situation délicate dans laquelle ces images me mettaient. Et la bienséance voulait que je les condamne tout de suite. La réponse vint une minute plus tard.

Éric : Un rêve, tu veux dire.

Une émoticône sourire malicieux ponctua sa phrase. Je souris aussi.

Éric : Reviens-moi.

Mon sourire s'élargit. Il imprégnait encore mes lèvres quand je m'endormis.

CHAPITRE 29

Le lendemain, à neuf heures, Estelle ouvrit la porte de ma suite. Elle était la seule à en avoir la clé. Son plateau était chargé de croissants, d'un verre de jus d'orange et d'un café dont l'odeur me chatouilla agréablement les narines.

— Bonjour Gaby !

— Salut Estelle, dis-je, d'une voix endormie.

— Ma belle, tu es attendue à dix heures dans la salle de Pomone, puis à onze heures dans le bureau des élus.

— Quoi ?!

— Le bureau au fond du couloir, à deux pas de celui de Carmichael.

— Euh… D'accord, OK.

— À quatorze heures, si tout se passe bien, vous devriez tous partir pour la Grèce.

— Estelle, il est à peine neuf heures, comment es-tu déjà au courant de tout ça ?

— Je suis debout depuis six heures du matin.

— C'est peut-être pour ça en effet, remarquai-je, embarrassée. OK, je me lève !

J'allai me doucher et revins prendre le petit déjeuner en sa compagnie. Nous parlâmes un moment des conditions de vie durant ma détention en Grèce, et j'en profitai pour lui dire toute mon admiration pour ses services rendus au quotidien. Mon séjour sur l'île d'Eos m'avait ouvert les yeux sur la tâche difficile, dont Estelle, sa mère Sélène et son père Paul avaient la charge. Ils n'avaient pas hérité des pouvoirs natifs de leurs aïeuls, et pourtant, les super héros, ici, c'étaient bien eux.

Je lui parlai ensuite des coutumes du temple.

— Le service était digne d'une reine, au moins ! dit-elle.

— Oui, bah, je préfère nettement la liberté du château. D'autres tâches, dont les servantes ont la charge, datent de l'Antiquité.

Mon esprit s'envola alors vers la Grèce, dans une salle de bains éclairée à la lumière des chandelles, debout, nue face à Éric, et aux côtés de deux nymphes.

— Un service irréprochable, alors !

— Cela dépend de la façon dont tu veux être servie. Elles ne doivent jamais parler, et si elles ne suivent pas les ordres, elles sont exécutées.

— C'est atroce !

J'oubliais souvent qu'Estelle était humaine et qu'elle ne sortait pas beaucoup du château. Je décidai de limiter un peu les détails.

— Tu as encore subi de sacrées épreuves, ma pauvre Gaby. Je ne sais pas comment tu tiens le coup après tout ce que tu as traversé.

— Je m'adapte à tout, faut croire, dis-je dans un soupir. Au fait, j'ai rencontré ma mère !

— Elle est en vie !

— Oui, elle est enfermée là-bas. Si elle n'avait pas été là, je n'aurais jamais réussi à m'enfuir.

— Alors, comment est-elle ?

— Étrange… lui révélai-je, car ce fut le premier mot qui me vint à l'esprit. Je ne m'étais pas fait d'idées sur comment ou qui pouvait être ma mère, alors je n'avais pas d'attentes particulières. Et elle a environ huit cents ans, donc forcément, elle n'est pas comme toutes les mamans, je suppose.

— Tu aurais aimé des retrouvailles différentes ?

— Non, pas vraiment… ou alors dans un contexte différent. Mais j'ai plutôt eu de la peine pour elle. Je l'ai trouvée malheureuse, sa vie n'a été que souffrance. Elle n'a pas eu la chance, comme moi, de découvrir ses pouvoirs entourés des siens. Elle n'a pas été conseillée, épaulée ou aidée, elle a tout traversé seule. Un soir, après le dîner, elle m'a dit qu'un des plus beaux jours de sa vie fut celui où l'on inventa la pilule. T'imagines ! Avant Ethan et moi, elle a eu dix-neuf enfants, dont seulement un vraiment désiré. L'enfant avait été conçu lorsqu'elle était mortelle et s'appelait Éléonore. Puis, des siècles plus tard, elle a rencontré mon père. Elle pouvait communiquer par la pensée avec lui, comme elle le fait avec moi.

— Tu es télépathe aussi ?

— Non, répondis-je, je ressens souvent ce que les gens éprouvent, mais je ne lis pas en eux. Il n'y a qu'avec mon frère, ma mère et Carmichael que je peux communiquer par la pensée.

— Avec Carmichael aussi ?

— Oui, il a du sang de ma mère et du sang de Magnus. C'est aussi mon cas, si on se réfère à mon arbre généalogique. Je crois que c'est le mélange de ces deux sangs qui provoque cette télépathie familiale.

— Carmichael a du sang de ta mère ?

— Elle est son arrière-grand-mère, expliquai-je, tandis qu'Estelle écarquillait les yeux, stupéfaite. OK... je sais, c'est louche.

— Je suis perdue.

— Et encore, tu ne sais pas tout ! Ma grand-mère est Althéa, la fausse déesse. Et Priam, qui est le frère et le mari d'Althéa, a couché avec ma mère, sa nièce, pour se venger de son infidélité. C'était lui, le père d'Éléonore.

— Arrête, je n'y comprends plus rien, Gaby !

— Je sais, c'est très compliqué.

— Et comment est-elle, Althéa ?

— Une folle, prétentieuse et cruelle. Elle peut tuer sans sourciller, quand elle ne se prend pas pour une déesse. Elle méprise qui n'est pas des Cinq et a pour passe-temps favori de torturer les esprits, en fomentant des stratagèmes qui lui permettent de parvenir coûte que coûte à ses fins. Et elle est immortelle, alors autant te dire qu'elle a le temps, la dame !

— C'est ce qui s'est passé avec Éric ?

Un silence. Estelle s'enfonça sur sa chaise, se demandant si elle avait eu raison de s'aventurer sur ce terrain-là. Je ne m'étais pas attendue à ce qu'elle ait pu être au courant, mais j'oubliais trop vite la vidéo.

— Oui, c'est ce qui s'est passé avec Éric, lui confiai-je alors que penser à lui et à ce que nous avions vécu ensemble me réchauffait déjà les joues.

— Je n'ai pas vu la vidéo, dit-elle, j'en ai juste entendu parler.

— Tu dois m'en vouloir, n'est-ce pas ? demandai-je, anxieuse.

— Pour quelles raisons t'en voudrais-je ?

— J'ai trompé Carmichael.

— Ma belle, après tout ce que j'ai vu au château depuis toutes ces années, je ne me permettrai pas de juger ton comportement. Althéa souhaitait que tu trompes Carmichael et en ce sens, elle a gagné. Mais aurais-tu aimé que ça se passe autrement là-bas, avec Éric ?

Je souris, et elle put lire en moi que je ne regrettais rien. Mon portable sonna, c'était lui, justement. Au rouge écarlate qui colora mes joues, Estelle comprit de qui il s'agissait et en moins de temps qu'il n'en faut pour le dire, elle se retira avec les restes du plateau.

— Allô ?

— Tu pars bientôt ?

— Tout à l'heure.

Entendre sa voix me déclencha un sourire. Le ton grave, soyeux, et son souffle, que j'entendais à cet instant… Je les connaissais par cœur. Oh non, je ne regrettais rien.

— Ça me fait plaisir de te parler, déclarai-je, ne sachant pas comment débuter cette discussion.

— Oui, ça ne nous était pas arrivé depuis l'autre nuit.

— Quelle nuit ? dis-je, saisie d'une soudaine envie de le taquiner.

— Tu ne perds rien pour attendre ! répliqua-t-il en riant. Si tu continues, je prends le premier vol pour Nîmes et te rappellerai en détail ce que nous avons fait.

— Chiche.

— Ne me tente pas !

— Tu sais très bien que tu n'as pas le droit de bouger avant deux ou trois semaines !

— Je suis prêt à prendre le risque.

— Ne te donne pas cette peine, je me souviens d'absolument tout.

— Je préfère ça.

— Et de toute façon, j'ai une petite guerre à mener en Grèce.

— C'est pour cette raison que je t'appelle. Sois prudente et ne les combats pas seule. Si vous arrivez à les isoler les uns des autres, vous avez une chance de les vaincre.

— Ça ne va pas être simple, mais c'est le plan, en effet.

Un silence.

— Tu as revu Carmichael ?

— Oui, répondis-je, tout en redoutant où nous mènerait cette question.

— Est-il en colère contre toi ?

— Non, enfin... je m'attendais à pire. Mais nous ne nous sommes vus que très rapidement, alors...

— Tu as couché avec lui ?

— Tu ne peux pas me poser cette question, Éric, répondis-je, stupéfaite.

— Je ne veux pas que tu le fasses.

Un nouveau silence. Je crus percevoir son souffle s'accélérer à l'autre bout du fil. Que répondre ? J'avais passé des semaines avec Éric, elles resteraient gravées dans ma mémoire pour l'éternité, mais je n'en oubliais pas mes engagements et ce que je devais à Carmichael. Il était l'homme qui m'avait retapée après ma mort, Éric était celui qui l'avait provoquée, et les deux se détestaient. Plus délicate comme situation, on en faisait peu.

— Quand la guerre sera finie, dit-il enfin, je ne reviendrai pas au château. Je partirai loin de tout ça.

— Je ne savais pas que tu avais pris une telle décision ! m'étonnai-je, ahurie. Quand comptais-tu...

— Je veux que tu viennes avec moi, me coupa-t-il.

— Éric...

— Réfléchis-y à ton retour.

Et il raccrocha. Je posai le téléphone, hébétée. Éric ne reviendrait pas au château. Éric ne reviendrait pas au château ! Cette nouvelle me fit l'effet d'une bombe. Qu'avais-je cru ? Que nous allions pouvoir vivre tous les trois sous le même toit, à couler des jours heureux ? Éric, face à Carmichael, et moi à ses côtés, tous les jours du reste de sa vie, alors qu'il m'avait dit clairement qu'il ne se sentait plus chez lui ici, après tout ce qui s'y était passé. Je crus bientôt pleurer à chaudes larmes, tant la tristesse de ses dernières paroles s'abattait sur moi. Éric me manquait déjà alors que je ne l'avais quitté que la veille. Comment allais-je supporter une vie entière loin de lui ?! Cette réflexion me plongea dans un profond désarroi, tandis que je me rappelais Blake évoquant Elizabeth Darville, la femme mortelle qu'il avait tant aimée. Il avait vécu à ses côtés jusqu'à son grand âge. Il aurait voulu partir avec elle lorsqu'elle avait quitté ce monde, et reposer à ses côtés, mais c'était chose impossible pour Blake. Il était immortel et, finalement, l'absence de cette femme qu'il aimait plus que tout déclencha en lui les prémices de sa folie. Ces derniers temps, je repensais beaucoup à cette histoire, et cela m'avait confortée dans l'idée que je ne devais pas me faire d'illusions sur un avenir possible avec Éric. Mais, s'il s'en allait, je n'allais peut-être plus jamais le revoir, et étais-je prête à cela ? Cette pensée me glaça, mais un coup d'œil à l'horloge m'arracha à cette réflexion pénible.

Je me rendis dans le dressing et pris soin de prendre des vêtements confortables. La bataille se profilait et je n'étais pas certaine d'avoir la possibilité de me changer avant qu'elle ait lieu. Je voulais avoir toutes les chances de battre les Cinq, et même si cela paraissait futile à cet instant, je choisis minutieusement ma tenue. J'optai pour un ensemble tailleur souple, couleur crème, très élégant, une chemise blanche et des bottines rouges dont les talons ne dépassaient pas les sept centimètres. J'aurais certes été plus à l'aise dans une tenue sportive, mais j'étais une reine aux yeux de mes semblables, et comme le disait Johnny, l'étiquette était importante. Je souris en pensant à mon meilleur ami, qui aurait été très fier de moi en cet instant. De plus, vêtue de la sorte, j'étais capable de courir un cent mètres. Je descendis dans la cour-jardin, bondée à cette heure. La réunion dans la salle de Pomone n'était prévue que dans quinze minutes. Je fis le choix d'éviter la foule et me rendis dans la bibliothèque. J'y rencontrai Thomas et Caleb. Ce dernier ouvrit ses bras en souriant.

— Quel plaisir de te voir, Gabrielle !

Je souris et allai l'embrasser. Il me serra un peu fort, mais paraissait sincère dans son accueil. Après des mois aux côtés des Cinq, je devais reconnaître que son attention me touchait. Thomas se leva à son tour et vint à ma rencontre, tandis que Caleb s'éloignait. La gêne qui s'interposa entre nous me comprima l'estomac. Dans son regard bleu azur, scandaleusement magnifique, je devinais ses pensées : il avait vu la vidéo. Embarrassée, je m'écartai un peu.

— La prochaine fois que tu sauteras d'une voiture en marche, tu me préviens ? dit Thomas en esquissant un sourire.

— Je te promets d'y penser.

— Je viens d'avoir mon frère au téléphone.

— Ah ! lâchai-je, soudain mal à l'aise.

— Je te remercie de l'avoir sauvé.

— Oh... Euh, c'est normal.

— Et j'ai appris pour mes parents. Au moins, nous connaissons la vérité, maintenant.

— J'aurais aimé que ma mère ne soit pas impliquée dans leur mort.

— Éric m'a dit qu'elle ne savait pas ce qu'elle faisait, alors n'en parlons plus. Et d'après ce que j'ai appris, il serait certainement mort lui aussi, si Ethan et ta mère ne vous avaient pas aidés à vous échapper.

— Ils ont pris d'énormes risques, mais ils s'en sortiront, j'en suis persuadée. Du moins, si nous attaquons le plus tôt possible.

— Tu comptes le revoir bientôt ?

Ma gêne s'accentua. Il parlait d'Éric, et je ne savais pas quoi lui répondre. Je n'avais de toute façon pas les mots pour exprimer une décision à laquelle je n'avais pas encore réfléchi. De plus, son attitude laissait paraître une amertume qu'il m'était difficile d'ignorer.

— Pour le moment, je dois me concentrer sur la guerre, alors...

— Ça m'a tué, cette vidéo, lâcha-t-il soudainement, comme s'il se retenait de le dire depuis le début de la conversation.

— Thomas...

— Que tu épouses Carmichael, c'était déjà pénible, mais là, il s'agit de mon frère.

— Je n'ai pas anticipé cette situation, tentai-je de m'expliquer, j'ai complètement perdu les pédales là-bas. Je suis navrée que tu aies assisté à ça. Je n'ai jamais voulu te faire de mal.

— Je le sais. Les Cinq ont bien manœuvré. Et de toute façon, ni Éric ni toi n'avez de comptes à me rendre. Mais il s'agit de mon frère, et son bonheur me tient à cœur. Si tu ne comptes pas revenir auprès de lui, alors ne tarde pas à le lui dire.

Ses yeux translucides se figèrent dans les miens. Un long échange de regards s'ensuivit, tandis que Caleb nous lançait des signes nous indiquant que la réunion débutait. Alors, nous nous dirigeâmes vers la salle de Pomone.

ELLE ÉTAIT BONDÉE. Même au bal intronisant Carmichael comme Grand Maître, il y avait eu moins de monde. Je me faufilai pour accéder à la grande table où tous cherchaient à s'agglutiner pour écouter les dernières nouvelles. Mon siège était vide, et je réussis à l'atteindre. Quand enfin je m'assis, un silence s'installa brusquement. Gênée par ce calme si soudain, je me tortillai sur ma chaise et fus soulagée de voir Carmichael se frayer un chemin dans ma direction.

— Tu vas bien ? s'enquit-il en m'attrapant une main.

— Oui, dis-je, tandis que j'éprouvais la chaleur de ses doigts. Ça va.

Il ne prit même pas le temps de s'asseoir. Chaque invité du château était désormais suspendu à ses lèvres. L'heure du dénouement avait sonné.

— Voilà le plan, lâcha-t-il d'une voix forte, nous avons négocié avec les humains trois navires pour tous nous transporter jusqu'à l'île d'Eos. Une fois là-bas, vous aurez chacun une mission, à un endroit bien précis. Une liste se trouve à la sortie de la salle, chacun aura un groupe, et chaque groupe aura ses instructions.

— Quelle sera notre stratégie ? demanda Jorge Andrès.

— Les télékinésiques devront parer aux attaques d'armes humaines, répondis-je, car nous savons qu'ils sont lourdement armés. Leur objectif est de faire couler votre sang afin d'annihiler vos pouvoirs ou de vous tuer, alors soyez prudents. Les puissants devront combattre leurs homologues. Les télépathes devront contrôler tous les esprits faibles, et les pré-cogs seront en relation avec Carmichael et moi par radio. Nous nous chargerons des Cinq.

— Alors, on peut venir ?! s'exclama Nicolas.

— Oui, répondis-je, la voix plus basse.

La seule raison qui me poussait à emmener Nicolas et Abigaël Souillac était ma peur de les voir enlevés par les Cinq durant notre absence. Après réflexion, je m'étais dit que, quitte à les enrôler dans la bataille, ils pouvaient nous être utiles.

— J'ai entendu dire qu'ils avaient deux fois plus de télékinésiques que nous, révéla Caleb.

— Ils ont plus de troupes, confirmai-je, c'est une vérité, et je ne compte pas la nier. Seulement, sachez que les Cinq ne rassembleront jamais tous les télékinésiques auprès d'eux. Aussi puissants que puissent être ce pouvoir et ceux qui en sont dotés, ils se considèrent comme bien supérieurs. S'associer aux mortels est pour eux une nécessité, et c'est justement là leur faille. Ils partent du principe que rien ne peut leur arriver s'ils sont ensemble. Il faut réussir à créer les conditions qui les amèneront à se séparer. De plus, je ne suis pas certaine que les natifs qui les soutiennent ne changent pas d'avis en nous voyant arriver, ou dès lors que nous prendrons le dessus. Donc, s'il n'est pas absolument nécessaire de tuer, abstenez-vous. Il va nous falloir trouver un moyen d'isoler les Cinq les uns des autres. Votre rôle à tous sera de tenir leur armée à distance, pendant que nous assurerons notre tâche. J'en ai déjà eu deux, ensemble, nous aurons les cinq autres.

— De plus, renchérit Carmichael, Gaby a tué leur pré-cog lors de sa fuite, ils n'ont donc aucune idée de l'avenir ni de la façon dont ils peuvent encore nous battre. Mais s'ils le remplacent, ils auront les moyens d'anticiper nos plans. Nous attaquerons donc demain et embarquerons dans trois heures, ne perdons pas de temps.

Le brouhaha durant la sortie de la salle ne se calma qu'au bout de longues minutes. Chacun était impatient de connaître son rôle et alla chercher son nom sur les listes. Celles-ci avaient été pensées de façon à ce qu'il y ait toujours un télépathe pour trois puissants, et plusieurs télékinésiques par groupe afin de les protéger. Les Souillac, quant à eux, devaient rester sur le navire et transmettre leurs visions à Carmichael et moi, grâce à des oreillettes prêtées par l'armée. Les natifs dont les pouvoirs n'étaient pas assez puissants allaient malheureusement constater leur absence sur ces listes. Ils étaient des cibles trop faciles, aussi nous leur confiâmes la mission de protéger le château, en l'absence de tous ses occupants. Évidemment, je savais que les Cinq ne reculeraient devant rien, eux, et exposeraient sans sourciller leurs natifs les plus faibles, alors que nous allions engager contre eux un funeste combat à mort.

Et cette bataille, on pouvait la sentir approcher à grands pas. Trois heures plus tard, nous embarquions tous sur des frégates secrètement prêtées par la marine française. Aucun natif de notre camp ne trouva le sommeil cette nuit-là.

CHAPITRE 30

Six cent soixante-quatorze natifs avaient embarqué sur les trois frégates. Nous étions donc très à l'étroit, sans parler des membres de l'équipage qui se rajoutaient à nos troupes. Un bateau de plus n'aurait pas été du luxe, mais il nous était difficile de chipoter au regard de l'énorme service que nous rendait l'amiral Souchet, proche du général Tavel, avec qui nous avions négocié, et pour lequel certains de nos natifs travaillaient depuis près d'un an. Le général Tavel et Sam avaient tout arrangé pour que nous puissions venir aussi nombreux et dans le plus grand secret. Chaque membre d'équipage des trois navires connaissait l'importance de cette mission, même si les détails n'avaient pas été révélés à tous ses occupants. L'amiral Souchet commandait lui-même ses forces et il connaissait bien la menace. Althéa avait anéanti une ville pour impressionner les nôtres, et il n'avait pas échappé aux organisations des forces spéciales françaises, dont Sam faisait partie, que la catastrophe était loin d'avoir été causée par un phénomène naturel, contrairement à la version livrée aux médias.

Nous n'étions plus qu'à quelques kilomètres de notre point d'arrivée, tout près de l'île d'Eos. Carmichael et moi nous tenions côte à côte, à la proue du navire qui naviguait au milieu des deux autres. Peu à peu, les natifs apparurent sur les ponts, et chacun se posta auprès de ses camarades de mission. Les télékinésiques nous avaient tous rejoints. Une quarantaine séparée en quatre groupes. Le nôtre n'en comptait que sept : Carmichael et sa sœur Prisca, Marion Stanton, son assistante, Henry Capshaw, Sonia Akhem, Amélia et moi-même. La deuxième formation était constituée d'une douzaine de natifs et devait assurer nos arrières. Il s'agissait du groupe de Thomas, Chun, Caleb, Salomon, Jorge, Mike, Allyson et Adam. Les deux autres groupes étaient les plus nombreux.

NOUS N'ÉTIONS plus qu'à quelques minutes de l'assaut. Je serrai la main de Carmichael. Ce geste attira la curiosité de l'assistance, voulant évidemment tout connaître de la nature de ma relation avec le roi, après mes exploits sur la vidéo du moment. Car il était évident que chacun d'entre eux l'avait regardée.

— Nous allons gagner, n'est-ce pas ? demandai-je à Carmichael alors que mes yeux parcouraient nos alliés.

— Évidemment, répondit-il avec un sourire en coin.

Ce sourire me réchauffa le cœur. Son regard se figea dans le mien un instant. Il allait prononcer un mot, avant d'être interrompu par une voix d'ange.

— Je suis sûre que tu seras victorieuse, Gabrielle, lança alors Abi dans mon oreillette.

— Si tu pouvais le voir dans une de tes visions, ça me rassurerait.

— Nous n'avons pas encore ce niveau d'éclairage, dit à son tour Nicolas.

— J'espère sincèrement que vous l'aurez bientôt.

L'ÎLE d'Eos était à portée de vue. Il était l'heure.

Je savais que, dans cette bataille, j'allais devoir pousser mes pouvoirs au-delà de leurs limites, mais à cet instant, je me sentais plus que prête, j'étais même impatiente d'en découdre. Je fermai les paupières durant quelques secondes afin de capter la concentration nécessaire et la maîtriser suffisamment. Je redoutais que la percée de leurs défenses me coûte, dès le début, une énergie considérable, mais aux côtés de quarante autres télékinésiques, je savais pouvoir la contrôler. De plus, je n'avais jamais été aussi en forme que depuis ma mort. Il ne m'avait pas semblé avoir souffert de fatigue après l'attaque de Paris. Depuis mon trépas, l'énergie paraissait circuler en courant continu dans chacune de mes veines.

Quand j'ouvris les yeux, le spectacle me fascina. Six cent soixante-douze autres natifs flottaient dans les airs. Beaucoup d'entre eux s'agitaient, l'air effrayé par le vide, mais se calmèrent dès qu'ils se sentirent en sécurité. Je levai les mains et chacun lévita quelques mètres plus haut, devant les yeux médusés des quelques marins triés sur le volet, tous tenus au secret le plus strict. Il était temps de passer à l'action. Carmichael et moi nous tournâmes conjointement en direction de l'île, les télékinésiques se joignirent à nous, et nos forces se rassemblèrent dans un même élan. Les natifs volaient maintenant derrière nous à une vitesse ahurissante.

Nous étions encore à trois kilomètres de la terre ferme quand Nicolas Souillac nous parla à l'oreille.

— Ils sont au courant, ils vous attendent !

— Ils sont au moins quatre cents postés sur la plage ! cria Abi, dont le stress était palpable.

En plein vol, Carmichael et moi échangeâmes un regard. Nous nous étions doutés que notre attaque ne serait pas une surprise, et c'était pour cette raison qu'il fallait la mener au plus vite. Si des natifs du château avaient connaissance de certaines informations sur les habitants de l'île, alors ceux de l'île avaient forcément des informations sur ceux du château. Les liens tissés entre certains d'entre eux n'avaient pas été brisés par le choix de leurs souverains, et pourtant, ils allaient devoir se battre les uns contre les autres. Et tout ça parce que six frappadingues d'une autre ère s'étaient mis en tête de prendre le pouvoir sur Terre. Cette pensée m'envoya une décharge de colère que j'utilisai pour concentrer mon pouvoir sur les eaux de la mer. La première étape du plan débutait à l'instant. Carmichael et moi laissâmes les autres natifs se charger du transport de nos semblables, pendant que nous canalisions nos volontés sur les vagues aux abords de la plage. Nous ne savions pas si nous allions pouvoir réaliser un tel prodige, mais il fallait tout tenter.

Je fus rassurée quand je vis les flots quitter la côte. L'attirant vers nous comme si nous l'avions attrapée à l'aide d'un filet, une énorme vague se forma à l'inverse du courant. Ma concentration était à son paroxysme quand, dans un rouleau, elle prit encore quelques mètres de hauteur, puis encore d'autres. Nous nous approchions. Je voyais au loin des multitudes de petites taches noires qui s'agitaient en bas de la montagne. Nos ennemis. Nous avancions un peu plus quand, à la dernière seconde, je perçus un projectile sur ma droite fonçant droit sur nous. Il explosa en rencontrant mon bouclier invisible que j'avais érigé par réflexe. La déflagration me repoussa de quelques mètres et éjecta Carmichael beaucoup plus loin. Je sentais désormais que j'étais seule à contrôler la vague qui arrivait presque à ma hauteur. Alors je fermai les yeux, puis les poings. L'énorme vague commença à faire chemin inverse et prit de la vitesse. Carmichael refit surface à mes côtés et dans un élan formidable, la vague s'amplifia pour atteindre bientôt les cinquante mètres de hauteur. Elle fonça sur l'île, inarrêtable. Les flots en colère, lancés à la vitesse du vent, balayèrent le bas de la montagne et tous ses assaillants en quelques secondes.

Dès que nous fûmes à portée, des tirs nous accueillirent. Mais les quarante télékinésiques levèrent aussitôt un bouclier devant toute notre armée. Ma stratégie face au missile avait marqué les esprits, et aucune de leurs bombes, balles ou projectiles quelconques ne réussit à passer notre muraille. Je réalisai cependant que les Cinq étaient mieux armés que prévu, et maintenir une barrière protectrice allait coûter beaucoup d'énergie à mes semblables. Battre les faux dieux le plus rapidement possible devenait la seule manière de procéder pour que tous consentent à jeter les armes.

Quand les tirs commencèrent à s'espacer et que nos ennemis se lassèrent de vider leurs cartouches pour rien, chaque groupe alla se poser à l'endroit prévu. Une centaine en bas de la montagne, d'où les eaux s'étaient retirées, la majorité au milieu et les plus puissants au pied du temple, protégeant nos arrières. Je sentis un pincement d'inquiétude en distinguant Thomas qui touchait le sol. Il dut aussitôt se battre, car des télékinésiques venaient de rencontrer des adversaires à leur taille et ne pouvaient plus maintenir le bouclier qui les protégeait. Je dus arracher mon regard de la scène pour achever ma propre mission, et lorsque je levai les yeux vers le sommet, je découvris, stupéfaite, Soban et Thélion. L'attaque destructrice de la vague les avait fait sortir de leur tanière. Derrière eux se dressait une véritable armée. Soban ouvrit les bras. Une centaine de gardes supplémentaires sortirent de derrière les arbres entourant les marches du temple. Mon groupe se posa une trentaine de mètres plus bas, sur l'immense escalier, nos regards toujours dirigés vers les deux plus jeunes frères.

« Il faut les immobiliser. »

Carmichael hocha la tête et fit un signe à sa sœur. Je levai les bras, et le sol entourant les marches du temple se mit à trembler. La terre jaillit dans un rideau de plusieurs mètres, nous protégeant ainsi du regard et des instruments de combat de nos assaillants. Ils déchargèrent toutes leurs armes en tentant de pénétrer ce mur constitué de poussières, de terres, de feuilles d'arbres et de roches. Le bruit ahurissant du phénomène et l'inutilité des armes humaines durent frapper les deux frères, car ils tentèrent de reculer. Soban eut tout juste le temps de se défaire de l'emprise de Prisca, et prit la fuite, mais c'était trop tard pour Thélion. Carmichael l'avait piégé. Je me joignis à lui pour l'empêcher à tout prix de suivre son frère, et sur ses traits je lus, satisfaite, la terreur qu'il éprouvait. Je gardais ma concentration au maximum, et Carmichael me prêtait main-forte ; mon mur de poussière forma un tourbillon qui fonça droit dans sa direction, tandis que le reste de notre groupe nous protégeait des gardes. Thélion réussit à se protéger à la première charge. À la deuxième, il montra des signes de faiblesse. J'avançai et montai les marches, Carmichael toujours à mes côtés, Prisca derrière nous. À la cinquième charge, Thélion luttait toujours, tentant péniblement de maintenir son bouclier de protection. J'avançai encore, et une vision fugace de mon ennemi poignardant Éric fit irruption dans mon esprit. La rage parcourut mes veines, et à la septième charge, il prit la tornade de plein fouet. Son corps n'était plus qu'une plaie, il hurlait. À la huitième, ma concentration poussée à l'extrême, le tourbillon était devenu si fin et le souffle si puissant qu'il lui coupa la tête d'un seul trait. Un de moins. Nous pouvions désormais les appeler les Quatre.

Carmichael ramassa la tête en empoignant ses cheveux. Ce geste dut certainement lui rappeler une époque où la guillotine coupait à tour de bras, car il l'exécuta sans sourciller. Ayant moins d'expérience dans ce domaine, je refoulai une envie de vomir, mais retrouvai vite mes esprits devant l'entrée du temple. Je sentais déjà très nettement la présence d'Althéa à quelques pas de nous. Carmichael passa en premier, la tête de Thélion pendue au bout de son bras. Prisca se tenait à ses côtés, Henry, Sonia, Amélia et Marion juste derrière eux. Je fermai la marche, l'ouragan de poussière transformé en un nuage que je maintenais suspendu derrière nous. Nous entrâmes enfin dans l'obscurité du temple.

La première torche se trouvait à une dizaine de mètres de l'entrée de la Nef aux statues. Nous enfonçant davantage, nous nous arrêtâmes ensuite devant les monumentales portes en bois blanc. Un effort de concentration, et elles explosèrent, les débris se projetant à l'intérieur de la grande salle. Les statues, de plus de dix mètres de haut, nous toisaient comme si nous les avions dérangées dans leur tranquillité, formant un couloir jusqu'au bout de la salle. Là, sur une estrade en marbre siégeaient les trônes des faux dieux. C'est à cet endroit que je la vis. Aux côtés de Priam, Soban et sa sœur Ludmila, le regard horrifié d'Althéa ne quittait plus la tête que Carmichael jeta à ses pieds. Je la lâchai des yeux une minute et fus surprise de constater l'absence de Magnus, de ma mère et de mon frère. Connor, lui, était juste derrière eux.

Althéa figea son regard dans ma direction, et je sentis tout l'impact de sa haine. La tête de son frère gisait sous ses yeux, et son expression me laissa supposer qu'elle réalisait son erreur de stratégie en cet instant. Sa fierté l'avait isolée de toute sa garde, qui se battait maintenant contre des troupes minutieusement préparées pour en venir à bout. En laissant un nombre incalculable de ses meilleurs guerriers être balayés par un tsunami, elle avait autorisé ses frères à se séparer d'elle pour mener la défense, alors qu'il était évident qu'ensemble ils étaient intouchables. Il en restait quatre, pensai-je encore. Il était maintenant temps de savoir où allait vraiment la loyauté de Connor, et ce que feraient ma mère et mon frère pour nous aider, si tant est qu'ils pussent le faire. Quant à Magnus, je connaissais déjà la réponse, mais il était absent, ce qui m'intriguait.

Althéa fit un pas en avant. Un fin rictus déforma alors mes traits et par la pensée, j'appelai mon nuage de poussière, qui, dans un fracas étourdissant, investit le temple à une vitesse impressionnante. Contournant mes alliés, il fonça droit entre les statues et se dirigea vers les faux dieux. Un mur invisible vint l'arrêter à quelques mètres d'Althéa. Priam à ses côtés, son frère et sa sœur juste derrière elle, ils formaient ensemble une barrière protectrice. Le tourbillon se heurtait sans cesse à leur bouclier, tandis qu'une douzaine de nos télékinésiques faisaient irruption par des entrées que j'avais découvertes lors de mon repérage. Leur présence signifiait qu'à l'extérieur les combats tournaient à notre avantage, et cette pensée m'offrit un regain d'espoir. Avec eux pour nous prêter main-forte, nous avançâmes d'un pas. Puis soudain apparurent mon frère et ma mère, qui se séparèrent pour chacun se poster de façon à ce que nous formions un demi-cercle autour des Quatre.

« *Tu es là, ma sœur* », lança Ethan par la pensée.

J'aperçus son visage tuméfié et compris qu'il avait dû subir quelques châtiments en représailles de mon évasion. Le soulagement de les savoir tous deux en vie m'insuffla une nouvelle dose d'énergie qui renforça nos positions. J'avançai encore de deux pas.

« *Je suis là, mon frère* », répondis-je avec un sourire, avant que mes yeux se confrontent à nouveau à ceux d'Althéa.

Ma mère appela le feu des braseros qui brûlait encore dans la salle, et une colonne de flammes s'abattit sur le bouclier des Quatre. Je savais désormais que si Connor décidait de nous aider, alors nous avions une chance de les battre. Encerclés, ils seraient tous piégés. Mais il n'en fit rien, car son visage passa de la réflexion à l'effroi. Il hurla.

— PÈRE, NON !!!

— Derrière toi, Carmichael ! cria Nicolas d'une voix éraillée dans l'oreillette.

Mais il était trop tard. Ma tête fit volte-face. Je découvris Magnus juste derrière Carmichael, ce dernier figé par les puissants pouvoirs de son père. Magnus toucha le front de son fils, qui tomba raide mort sur le sol. Un hurlement bestial surgit alors de ma gorge tandis que Prisca se jetait sur son père. Il l'éjecta avec une telle violence que ses os craquèrent en rencontrant le sol. Les Quatre avancèrent d'un pas. Nous perdions en force, et il m'était impossible d'intervenir contre un homme aussi fort que Magnus sans relâcher ma pression sur un ennemi encore plus puissant. Des larmes me montèrent aux yeux, ma respiration se coupa. Carmichael gisait devant moi. Une peine immense étreignit mon cœur. Je voulus me jeter à ses pieds, mais ne pouvais bouger. Althéa avait profité de cet instant de faiblesse pour prendre le contrôle de mon corps. Sa puissance en devenait effrayante, mais ce ne fut rien comparé à ma terreur quand je vis Magnus se pencher au-dessus de Carmichael. Je devinais parfaitement ses intentions. Sa haine et sa jalousie envers le fils qui l'avait trahi se lisaient sur les traits déformés de son visage. Il voulait le réduire en poussière. Henry le comprit aussi et tenta de s'approcher de lui. Il échoua à son tour. Amélia se rua alors sur Magnus, mais il avait déjà percé son bouclier de défense. Elle lévita en se tenant la tête, comme si un étau se resserrait sur son crâne. Magnus la tenait par la pensée, et il lui brisa la nuque.

Et c'est à cet instant que ma mère appela sa colonne de feu, telle une nébuleuse enflammée, qui se lovait autour d'elle. Le phénomène était saisissant. Les flammes entourant son corps, elle fit un premier pas. Sa grâce et sa beauté étaient à couper le souffle. Soudain, elle se lança à une vitesse vertigineuse et réussit à se glisser juste derrière Magnus. Il n'eut pas le temps de se protéger tant sa rapidité l'avait surpris. Elle lui enserra le cou d'une main embrasée. Il hurla à la mort.

« Mes enfants, je vous aime, soyez le plus heureux possible. »

« MAMAN ! » cria mentalement Ethan.

Je fus si épouvantée, que les mots restèrent bloqués aussi bien dans ma gorge, que dans mes pensées. Ne relâchant pas son étreinte autour du cou de Magnus, elle le souleva. Sa robe prenait feu. On sentait déjà une odeur de chair brûlée.

— Arrête-là ! cria Abi dans l'oreillette.

Mais il était trop tard. Ma mère s'était déjà élancée en direction du mur de poussière, qu'elle traversa dans un souffle. Alors qu'elle se tenait devant les Quatre, elle nous adressa ses derniers mots.

« *Mon temps ici est révolu. Mais lui, je l'emporte avec moi.* »

Et c'est alors que la plus jeune sœur Ludmila se détacha de sa fratrie et serra un poing. Son geste attisa le feu avec une telle force que, la minute d'après, il n'y avait plus que des cendres des corps d'Isabelle Castellane et de Magnus Burton Race. Le tourbillon les emporta.

CHAPITRE 31

Le hurlement de mon frère m'arracha les tripes. Je le vis s'avancer doucement vers l'assassin de notre mère, ses yeux remplis de fureur. Sa soif de vengeance, je la ressentais dans mes entrailles. Il toisa son adversaire féminine, qui en s'écartant des autres s'était affaiblie, et la figea d'un geste de la main. Immobilisée par son pouvoir décuplé par sa colère incandescente, Ludmila paya son erreur, tandis qu'elle se tenait déjà l'abdomen. Un trou commençait à se former à l'intérieur et envoyait des jets de sang partout autour d'elle, comme si on forait dans son nombril. Elle hurla de douleur, et les autres virent trop tard qu'Ethan venait de lui perforer le ventre. Elle tomba au sol sous leurs yeux effarés. Une mort horrible. Si les désormais Trois n'avaient pas pu intervenir à temps, c'était parce qu'ils étaient distraits. Mon chagrin d'avoir vu la mort de ma mère se produire sous mes yeux avait considérablement affaibli mes défenses. Althéa m'empêchait de bouger, et je n'étais plus qu'une statue au milieu de la nef, si bien nommée à cet instant. Témoins de mes difficultés, les télékinésiques venus en renfort un peu plus tôt comprirent qu'il était temps de s'enfuir. Althéa venait de prendre le contrôle de l'ouragan de poussière et l'envoyait dans ma direction. Je ne pus l'éviter que grâce à mon bouclier. Mais ma douleur avait altéré ma muraille invisible, et Marion, plus loin derrière moi, fut tuée sous l'impact. Sonia se traînait à terre et Henry peinait à se relever. L'image de ma mère réduite en cendres ne quittait plus mon esprit. Puis me vinrent celles d'Éric poignardé, de la servante brûlée, d'Amélia et Marion mortes toutes les deux, et de Carmichael dont le corps était encore sauf, grâce au sacrifice de ma mère. La haine qui irradia le sang dans mes veines réveilla tous mes sens. Une ire formidable me grillait l'encéphale alors que je luttais pour repousser la force mentale d'Althéa. Connor choisit justement ce moment pour me venir en aide, fou de douleur d'avoir vu son père mourir sous ses yeux. Il m'aida à me défaire définitivement des griffes invisibles d'Althéa, et je réussis à me projeter jusqu'au sommet des statues en me protégeant de chaque projectile lancé dans ma direction, mon bouclier rechargé à bloc désormais. Il était temps d'en finir.

Je fermai les yeux et fus rejointe par mon frère qui, lévitant face à moi, avait le visage baigné de larmes. Sa fureur conjuguée à la mienne, il nous semblait que rien ne pouvait nous résister. Il me tint les mains, et, lorsqu'il le fit, nos pouvoirs redoublèrent.

« Je t'aime, ma sœur. »

« Je t'aime, mon frère. »

Ses yeux se soudèrent aux miens tandis que nous nous concentrions sur chaque élément, chaque roche, chaque atome de la montagne. La haine, la douleur et l'amertume ne faisaient plus qu'un avec nos corps. Le sol commença à s'effriter sous les pieds de nos ennemis, des craquements dans les murs projetèrent de la poussière, un bruit alarmant vint des profondeurs de la terre, le plafond se craquela en millier de fissures. Soudain, je vis les cheveux de mon frère lentement virer au blanc par la racine. Les miens me fouettaient le visage et je remarquai qu'ils devenaient blancs à leur tour, chaque mèche se peignant de sa nouvelle couleur, jusqu'à la taille, où ils tombaient en cascade. La force et la puissance que nous mettions dans notre concentration avaient poussé nos pouvoirs au-delà de leurs limites, et, dans un élan formidable, nous cherchions à aller plus loin encore.

Près de l'entrée qui menaçait de s'effondrer, Connor, Sonia et Henry, qui tous deux s'étaient relevés malgré leurs blessures, évacuaient les corps des blessés, comprenant ce qu'Ethan et moi nous apprêtions à faire. Soulagée de voir Carmichael quitter les lieux dans les bras d'Henry, je savais qu'il allait pouvoir renaître de cette mort. Prisca allait se remettre aussi, mais pour Marion et Amélia, il n'y avait plus rien à faire, et sans doute que, dehors, nous déplorerions encore d'autres morts. Cette pensée fit redoubler ma colère. La terre trembla.

Sonia, qui fut la dernière à sortir, fit s'écrouler l'entrée derrière elle avant de disparaître. Désormais enfermés dans la Nef aux statues, les Trois tentèrent de nous attaquer avec la tornade de poussière, maintenant qu'ils en avaient pris totalement le contrôle. Mais rien ne nous arrêta. Les statues s'effritèrent une à une et les morceaux vinrent renforcer notre bouclier. Les murs cédèrent, et un vacarme sous terre nous fit comprendre que nous touchions au but. Quelques minutes plus tard, le sommet de la montagne s'effondra sur le temple, et des milliers d'énormes blocs de roche plurent au-dessus de nos têtes.

UN SILENCE s'abattit sur l'île d'Eos. Un épais nuage de résidus s'était formé sur ce qui restait de l'éminence rocheuse et entoura les terres. La vue depuis les navires devait être saisissante. Des bruits de gémissements parvinrent à mes oreilles, les blessés réclamaient de l'aide.

Protégés par notre bouclier, Ethan et moi lévitions au-dessus des décombres, mais, dans cette brume poussiéreuse, il nous était impossible de localiser les Trois. Alors mon frère et moi rassemblâmes les forces de nos esprits, si liés en cet instant, et appelâmes le nuage pour qu'ils viennent à nous. Des colonnes nébuleuses se formèrent et aspirèrent l'épais brouillard que nous pûmes envoyer en direction du ciel.

Des gravats remuèrent sous nos yeux. Le premier à sortir des décombres fut Soban, puis Priam en sortit, suivi d'Althéa. Le teint poussiéreux et la robe sale, la fausse déesse avait perdu de sa superbe. Elle eut un mouvement de recul en constatant ma nouvelle couleur de cheveux, ainsi que celle de mon frère. Et tout s'enchaîna. Les télékinésiques encore vivants de notre camp se rassemblèrent au milieu des puissants et formèrent un cercle autour des faux dieux, les immobilisant avec l'aide de Sonia et de son frère Samir, si j'en croyais leur ressemblance. Plus loin, je distinguai encore quelques combats, mais la chute de la montagne en avait ébranlé plus d'un, et beaucoup capitulèrent. Les Trois étaient seuls, désormais. Henry se jeta sur Soban alors que mon frère filait à toute allure en direction de Priam. Les puissants s'unirent et les submergèrent. Soban rendit son dernier souffle, et Priam luttait pour maintenir son bouclier mis à mal par la succession des attaques.

Seule Althéa réussit à leur échapper. Elle s'élança dans les airs. Face à ses forces en déroute, elle fuyait. J'esquissai un rictus féroce en m'élançant derrière elle et tendis le bras dans sa direction. Je luttais avec toutes les forces de mon esprit pour la retenir. Elle ralentit et dut reconnaître son échec, car elle redescendit face à moi pour enfin se figer dans les airs. Je fonçai sur elle, mais elle m'échappait, alors qu'à chaque charge, je me rapprochais un peu plus. Elle tenta de projeter des blocs de pierre pour m'atteindre, mais je réussis à tous les exploser. Mon bouclier érigé, mes forces décuplées par la rage, elle n'avait aucune chance de parvenir jusqu'à moi en cet instant. Notre combat avait l'air d'une danse dans les airs, et, alors que nous montions encore plus haut dans le ciel, un hurlement d'homme se fit entendre. Althéa baissa les yeux dans sa direction. À terre, Priam luttait de toute ses forces, mais une cinquantaine de télékinésiques l'encerclaient. Certains de ses alliés avaient rejoint nos troupes et nous prêtaient désormais main-forte. Figé, le faux dieu hurla à pleins poumons lorsque Connor s'avança lentement vers lui. Par une force télékinésique puissante, il obligea Priam à se mettre à genoux. Et après de longues secondes qui furent marquées par un échange de regards enfiellés entre les deux hommes, Connor planta sa main dans la poitrine de Priam et en arracha le cœur. Les puissants se chargèrent de démembrer son corps.

Mon beau-frère était maintenant vengé de la mort de son père et laissa tomber l'organe sur le sol. Ses yeux se portèrent alors vers le ciel, tandis qu'Althéa comprenait que son frère et mari avait expiré pour de bon. Déconcentrée, elle ne vit pas Ethan qui se jetait derrière elle et n'eut pas le temps de le contrer. Mon frère empoigna ses jambes. La surprise que je lus sur les traits d'Althéa me signifia que c'était le moment. Je fonçai de nouveau dans sa direction. Elle tendit un bras que j'esquivai, et, dans un geste souple, j'allai me poster derrière elle, comme l'avait fait ma mère pour s'emparer de Magnus, un peu plus tôt.

Je mis l'entraînement d'Henry à profit et lui fis une clé de bras, bras que je brisai par la même occasion, tout en nous projetant encore plus loin dans les cieux. Un cri s'échappa de sa gorge. Mon bras droit s'enroula autour de sa cage thoracique, sa seule main valide coincée par ma force décuplée en cet instant. De ma poche gauche, je sortis un petit poignard et lui enfonçai dans le ventre une dizaine de fois avec toute la rage qui m'habitait. Elle hurla de douleur, mais réussit à envoyer une décharge à travers sa peau qui m'arracha les chairs du bras qui l'encerclait. Mon frère ressentit les mêmes effets sur les siens, et tomba dans le vide tant la souffrance lui était insupportable. Malgré la mienne, je tins bon. L'étau autour d'elle se resserrait. La douleur renforçait ma détermination alors que je réalisais que ses blessures l'avaient considérablement affaiblie. Elle n'avait désormais plus la force de générer un bouclier suffisamment puissant pour se protéger. Je lâchai donc ma dague, l'enserrai de mes deux bras et, l'étouffant avec toute la force dont j'étais gorgée, je fis un mouvement en arrière et fonçai la tête la première dans le vide, son corps prisonnier du mien. Je sentais sa terreur dans mes veines. À des centaines de mètres au-dessus du niveau de la mer, je savais que la chute serait fatale sans pouvoirs pour en atténuer l'impact. Althéa tenta de se défaire de ma funeste étreinte, mais je ne relâchai pas mon étau autour d'elle. Nos corps fusèrent en direction de la mer à une vitesse hallucinante. Althéa s'agita de plus en plus. Je savais que, si je ne la lâchais pas à temps, nous allions percuter la surface avec une telle force que j'étais certaine de subir une seconde mort. Le timing était serré, et, alors que je voyais l'eau se rapprocher dangereusement de ma tête, les Souillac crièrent à mon oreille d'une seule voix.

— Maintenant !

Alors, soudain, je lâchai le corps d'Althéa, espérant pouvoir me protéger à l'aide de mon bouclier avant de me fracasser sur la surface. Mon corps plongea comme une pierre, mais, une fois immergée par les flots, je lâchai un sourire de victoire. J'avais réussi ! L'eau de mer provoqua une douleur sans nom sur les chairs de mon bras blessé, mais la frénésie du combat m'empêcha d'en ressentir toute la souffrance. Je m'élançai alors vers le corps inerte et disloqué d'Althéa et enserrai son cou de mes mains. Je ne relâchai la pression que lorsqu'une dernière bulle s'échappa de sa bouche.

ELLE ÉTAIT MORTE. Flottant dans les eaux, j'observai son corps sans vie. Un nouveau sourire imprégna mes lèvres. Nous avions gagné. Alors je pris le contrôle de la dépouille de la fausse déesse et lévitai jusqu'à émerger au-dessus du niveau de la mer, Althéa allongée dans les airs face à moi. Sur la plage, et sur le reste de la montagne, les survivants assistaient au spectacle. Alors, devant tous, je fis un ultime effort de concentration, serrai les poings, et le corps inanimé d'Althéa éclata sous les yeux de tous. Le sang gicla sur moi avant de se déverser dans la mer. Mes cheveux et leur nouvelle couleur dégoulinaient encore de sa substance tandis que je volais jusqu'au plus haut des marches du temple, la moitié ayant été détruite par l'effondrement de la montagne. Je me posai. Un silence parcourut l'île d'Eos. Je me retournai face à la mer, dominant maintenant tous les natifs présents sur cet endroit dévasté.

Alors tous se prosternèrent, ils n'avaient plus qu'une seule reine, désormais.

CHAPITRE 32

Deux longues semaines passèrent après notre retour au château d'Altérac. Je dormis chaque nuit aux côtés du corps sans vie de Carmichael, ce qui en rebuta certains, mais je n'en avais cure. Et chaque seconde une question me torturait : *reviendra-t-il ?* Il était toujours revenu, mais je n'en avais jamais été témoin, alors un doute subsistait dans mon esprit.

Je me remémorais le geste de Magnus envers son propre fils. Sa jalousie maladive et sa folie avaient emporté ma mère avec lui. La rage déformait mes traits en repensant à cet instant funeste, quand Estelle m'arracha à mes réflexions morbides en venant déposer mon repas. Je ne quittais plus *La Ronde,* notre chambre. Je restais auprès de lui, je patientais. Mon bras était déjà presque guéri.

Un souffle attira mon attention. Puis ce fut son corps qui fut secoué d'un spasme. Il revenait ! Le sourire s'afficha aussitôt sur mes lèvres, mon cœur s'emplit d'une énergie salvatrice. Il était en vie ! C'était la première fois que je découvrais ce phénomène de mes yeux. Ma propre expérience restait encore très vive dans ma mémoire, et je n'enviais pas mon mari en songeant à ce qu'il traversait en ce moment même. Il bougea un doigt, puis une main. Ses paupières commencèrent à s'agiter et quelques minutes plus tard, il ouvrit enfin les yeux. Quand ils rencontrèrent les miens, ses lèvres esquissèrent un mince sourire.

— On a gagné, lui révélai-je, enjouée.

Sa tête remua sur son oreiller. Ses souvenirs revenaient à la surface.

— Ma mère a tué ton père, après ce qu'il t'a fait. Puis les faux dieux les ont tués tous les deux avant de les réduire en cendres.

— Une issue bien funeste, dit-il d'une voix plus caverneuse encore qu'à l'accoutumée, en raison de son réveil. Je dois à Isabelle Castellane d'être encore de ce monde, aujourd'hui. Je suis navré qu'elle soit morte.

— Je ne la connaîtrai jamais, déclarai-je, émue, après un long silence, mais je suis heureuse d'avoir pu au moins la rencontrer. Du moins, je me rattache à cette idée pour que ce soit moins dur à supporter.

— Et comment va ton frère ?

— Il est très mal, mais il tient le coup. Je suis si fier de ce qu'il a réussi à accomplir. Ces quelques mois avec ma mère ont l'air d'avoir provoqué un changement positif chez lui.

— J'aurais aimé pouvoir vous prêter main-forte jusqu'à la fin.

— Nous avons gagné, alors peu importe, maintenant, dis-je avant de me jeter dans ses bras, j'ai eu tellement peur que tu ne reviennes pas, Carmichael !

— Je reviens toujours.

J'allai ensuite lui chercher un verre d'eau. Il releva le haut de son corps dans un geste qui parut lui faire éprouver quelques difficultés, et avala son verre d'un trait. Je posai une main sur son visage, ressentant le besoin de ressentir sa peau vivante et chaude sous mes doigts. Son regard revint dans ma direction alors que ses mains s'approchaient de mes cheveux. Il attrapa quelques mèches d'un blanc pur, qui glissaient à travers ses doigts.

— Je ne sais pas ce qui s'est passé, commentai-je, alors que je baissais la tête, passablement gênée. Mon frère aussi a changé de couleur. C'est affreux, on dirait le portrait d'Égéria… enfin, si on omet sa peau toute ridée, bien sûr.

— Il faut croire que, comme elle, tu as rencontré la frontière de tes pouvoirs.

Il posa sa main sous mon menton et releva ma tête. Ses yeux émeraude me transpercèrent, son sourire m'hypnotisa.

— On dirait un puits de lumière dans l'obscurité, dit-il d'une voix majestueuse. Tu es magnifique.

Rassurée qu'il me trouve toujours à son goût malgré ma transformation capillaire, je lui souris et allai me blottir contre lui. La chaleur de sa peau contrastait nettement avec la froideur de sa mort. Je me perdais dans cette sensation délicieuse alors que ses doigts exploraient maintenant mon visage. Nous fûmes séparés par son besoin de prendre une douche, ce que je pouvais aisément comprendre dans ces circonstances. L'impression qu'on m'arrachait un membre jaillit lorsqu'il se leva, mais je décidai de lui laisser l'intimité nécessaire après cette dure épreuve de la renaissance.

J'EN PROFITAI pour aller prévenir tout le monde de son réveil et allai rejoindre la salle commune afin de tranquilliser les nôtres. La nouvelle parcourut rapidement le château. En revenant, je le retrouvai debout dans le salon. Le regard perdu dans les flammes de la cheminée, il était plongé dans ses pensées.

— Alors, c'est fini ? dit-il.

Je m'avançai et posai mes mains sur son dos.

— Oui, ça l'est. Ils sont tous morts.

— Salomon vient de sortir, il m'a tout raconté.

Il se retourna et me fit face. Ses lèvres fondirent soudain sur les miennes. Il m'embrassa avec une telle fougue que je ressentis à travers tout mon être son bonheur d'être en vie, d'être victorieux, et surtout d'être avec moi, son épouse. La vie l'avait emporté. Les Six étaient réduits en poussière, un avenir nous appelait. Il réalisait tout cela à l'instant même.

— Allez, viens, maintenant, l'invitai-je. Allons voir tes sujets qui te réclament.

Malgré une certaine faiblesse, il alla enfiler une tenue de circonstance, tandis que mon portable émettait des vibrations. Je lus la notification affichée sur l'écran :

Éric : Reviens-moi.

Je fixai mon portable de longues minutes. Il me manquait tant…

Mes pensées se bousculaient depuis que Carmichael s'était réveillé de la mort, il y avait une semaine de cela. Il se remettait de ses blessures et je m'occupais de lui avec le concours d'Estelle. Je lui apportais sa nourriture, m'occupais des affaires urgentes et étais aux petits soins pour Sa Majesté. Un conseil restreint dans la salle de Pomone allait bientôt se tenir. Nous avions perdu cent cinquante des nôtres, ils avaient perdu six cents des leurs. Notre préparation nous avait assuré la victoire. Un millier de natifs se joignirent à moi après la bataille et chacun rentra chez lui en paix, après qu'une cérémonie funéraire eut été organisée en hommage à ceux tombés au combat. Le château s'était maintenant vidé de la majorité de ses habitants et il fallait reconnaître qu'un peu de calme n'était pas désagréable. Dès le début du conseil, mon téléphone vibra à nouveau.

Éric : Reviens-moi.

Cette fois encore, je ne trouvais pas de réponse et commençais à lui en vouloir de me torturer ainsi. Je demeurais pensive aux côtés de mon mari et des plus puissants natifs du monde, dont leurs discussions me firent un instant oublier Éric, son corps d'Apollon, ses messages et notre séjour érotique en Grèce.

Il fut décidé qu'un bal aurait lieu en l'honneur de la victoire. Johnny se montra évidemment fou de joie, son travail au service des natifs devenant incontournable par la multiplication des événements à fêter. Cela me rendait heureuse de voir mon meilleur ami, humain de condition, s'épanouir parmi les natifs. Désormais, il nageait comme un poisson dans l'eau parmi eux.

Un toast fut porté en l'honneur de Carmichael. Celui-ci conversait avec tous, comme si sa mort momentanée n'avait été qu'une illusion. Il me cherchait souvent du regard, et je le cherchais moi aussi. Jusqu'à ce que Thomas vienne à ma rencontre.

— Alors, Déesse Gabrielle…

— De quoi tu parles ! lâchai-je en le frappant sur le torse.

— Quoi ? Tu ne sais pas alors ? déclara-t-il en souriant. Tout le monde pense que tu es une déesse, maintenant.

— N'importe quoi.

— Je me rappelle que tu as été ma déesse, il fut un temps.

— Une jeune déesse bien insouciante, alors !

Il rit et son rire m'enveloppa dans un courant d'air chaud. La compagnie de Thomas avait toujours été agréable, mais son regard, soudain plus sérieux, me fit comprendre que notre conversation allait prendre une autre tournure.

— Mon frère part demain après-midi, pour l'Amérique.

Il avait dit cela en essayant d'être le plus détaché possible, mais je savais que cela lui coûtait de m'en parler. Son regard s'ancra dans le mien. Sa révélation m'avait coupé la voix. L'Amérique ! C'était loin, ça ?! Pourquoi là-bas et pourquoi maintenant ?! Certes, Éric m'avait dit qu'il s'en irait après la victoire, mais de cette façon ?! Déjà ?! Cette confidence me désarçonna et même vingt minutes plus tard, alors que je siégeais encore dans la salle de Pomone, je ne m'étais pas encore remise. Mon esprit ne pouvait s'empêcher de penser à Éric, lui qui me manquait tant depuis que je l'avais mis en sécurité, à Montfermeil. On me posa des questions auxquelles je ne répondis pas. J'ignorais les rires, les éclats de voix. Rien ne m'atteignait, car mon esprit n'était plus là. Je triturai mes doigts. Une sensation désagréable dans ma cage thoracique m'empêchait de respirer. Il partait ! Une indicible tristesse m'envahit. Je posai une main sur celle de Carmichael.

— Veux-tu bien m'excuser ?

— Bien sûr.

Ses yeux me suivirent jusqu'à la sortie de la salle, ainsi que ceux de tous les invités. Je me rendis dans l'*Éléonore* et plongeai sur mon lit. J'avais besoin de calme et de solitude. Je n'arrivais plus à réfléchir, je n'arrivais plus à être lucide. Éric occupait toutes mes pensées. Je me recroquevillai et vis sur la table l'ordinateur que Johnny n'avait toujours pas récupéré. Je ne pus résister et allai l'allumer. J'enclenchai la vidéo et le vis, là, en images. Son sourire, son regard pénétrant, sa façon de bouger, son corps que je voulais tant toucher. Sous mes yeux se déroulaient seulement quelques semaines de mon existence, et pourtant il m'apparaissait qu'elles étaient ce que j'avais de plus précieux en ce monde. Quand l'image d'Éric m'embrassant apparut, je passai mes doigts sur mes lèvres. Comme j'aurais aimé sentir son baiser en cet instant, comme il me manquait ! S'il partait si loin, que ferais-je ? Après des semaines de patience et de tentations diverses, je vis se dérouler l'inéluctable sur la vidéo. Une chaleur puissante s'empara de tous mes membres, des répliques agitèrent mon bas-ventre, je pouvais presque ressentir ses caresses sur ma peau, je les voulais. Je le voulais. Je fondis en larmes.

J'ALLAI REJOINDRE Carmichael vers minuit. Il était rentré dans nos appartements du dernier niveau. Je le trouvai assis sur un fauteuil, à consulter des notes transmises lors du conseil. Il sourit en me voyant apparaître.

— Ça va mieux ?

Je hochai la tête. Je n'avais encore aucune idée de la façon dont j'allais m'y prendre. Je respirai un grand coup.

— Je suis venue te parler de quelque chose d'important.

— Tu pars rejoindre Éric, n'est-ce pas ?

Le sang quitta mon visage.

— Gabrielle, dit-il de sa voix ténébreuse, j'ai vécu des centaines de vies avant de te connaître, alors je ne trouve pas anormal que tu aies le souhait d'en vivre une, avant de te lier à la mienne.

— Je… Je ne comprends pas ce que tu veux dire.

— Si, tu le sais très bien.

Un silence s'installa. Il se leva et me fit face.

— Va.

— Quoi ? lâchai-je, livide. Carmichael, je ne voulais pas que…

— Je sais.

— Tu ne m'en veux pas ?

— Comment le pourrais-je ? me lança-t-il avec un léger sourire. Tu es si jeune, et j'ai tant d'expérience. Soyons lucides, tu ne m'aurais jamais épousé s'il n'y avait pas eu les Six. Tu aurais pu alors vivre ta vie comme tu le souhaites, et cette décision, tu n'aurais pas à la prendre aujourd'hui. Qui serais-je si je te privais de cette chance... de vivre ?

Estomaquée par ses déclarations, je ne pus émettre le moindre mot. Il s'approcha et me tint la main. Sa chaleur envahit mon bras, et mes yeux se confrontèrent à son regard émeraude. Sa beauté saisissante me fascina, tandis que ses lèvres s'approchaient de mon oreille.

— Je te veux rien que pour moi, murmura-t-il. Vis ta vie auprès de lui et lorsque tu seras prête, reviens-moi tout entière.

« *Reviens-moi* ». Ces mots s'imprimèrent en moi et mes larmes baignèrent mes yeux troublés. Mes lèvres s'approchèrent des siennes et l'embrassèrent dans un baiser mêlé de passion, de tristesse et de fièvre. Nous étions conscients tous deux qu'il s'agissait sans doute de notre dernière étreinte avant longtemps. Ses mains s'enfouirent dans mes cheveux, les miennes parcoururent ses larges épaules, et lorsque l'inévitable attraction se répandit dans chacune de mes veines, je m'écartai difficilement, puis reculai. La séparation semblait être une véritable amputation pour mon âme. Il me retint par la main un instant, puis je disparus.

QUELQUES MINUTES PLUS TARD, sanglotante, je fonçai dans ma chambre tout en cherchant dans ma poche mon téléphone portable.

— Allô, Johnny ? J'ai besoin de toi.

Le lendemain à la première heure, nous embarquions tous deux sur un vol en direction de Paris.

CHAPITRE 33

Nous arrivâmes à Montfermeil à dix heures trente. Il pleuvait à verse. Je ressentis une certaine émotion en arrivant au bas de la tour où vivait Elvis. Il s'était passé tant d'événements dans la cité des Bosquets… Mes souvenirs remontèrent à une époque où j'ignorais qui j'étais vraiment, où la vie était simple, et cela même si je passais pour une cinglée notoire parmi les humains.

Elvis nous attendait à l'appartement. Il embrassa son frère, et quand il voulut en faire de même pour moi, il recula et écarquilla des yeux effarés.

— Mais putain, il s'est passé quoi avec tes cheveux ?!

— Je sais, c'est horrible !

— Euh… non, se rattrapa-t-il, c'est surprenant, c'est tout.

— J'ai poussé mes limites un peu loin, répondis-je, alors que le souvenir d'Ethan et moi flottant dans le temple se matérialisait dans mon esprit. J'aimerais faire une couleur, mais ton frère refuse absolument !

— Mais ça va pas ! lança Johnny. On dirait The Mother of Dragons[1] ! Tu ressembles enfin à une vraie reine. Et Daz est catégorique, rien ne vaut une couleur naturelle.

— Mais ce n'est pas ma couleur naturelle !

— Bah, peut-être que si ! Il a aussi dit qu'une teinture ne prendrait pas ! Tu risques des cheveux verts, t'imagines ?!

— C'est vrai que ça te va bien, en fait, tenta de me rassurer Elvis, qui avait tout de même l'air d'avoir encore un doute.

Ce dernier se décida enfin à m'entourer de ses bras puissants pour me saluer. Je rentrai dans le salon, heureuse de retrouver cet endroit. La décoration des Forbe n'avait pas changé d'un pouce. À quelques meubles près, c'était la même pièce qu'Elvis avait réaménagée après son retour d'Altérac. C'était aussi l'endroit où j'avais passé des semaines de convalescence, après mon enfermement dans la tour de Londres.

— Alors, que me vaut votre visite ?

— Je dois voir Éric.

— Alors dépêche-toi, dit-il, surpris, il ne va pas tarder à partir. Il prend un vol pour la Louisiane tout à l'heure.

Je reçus un message sur mon portable, c'était lui.

Éric : Au revoir, Déesse

Mon cœur s'emballa.

— Elvis, tu peux me conduire à lui maintenant, s'il te plaît ?

Il comprit l'urgence et, après un hochement de tête, il attrapa ses clés. Nous prîmes sa voiture, une BMW X5 qui démarra en trombe. Nous ne fîmes que trois cents mètres avant de nous garer. Effarée, je dévisageai Elvis.

— La flemme ! répondit-il à mon regard. Et tu crois que t'as le temps, toi ! Fonce !

Je souris, l'embrassai et me tournai vers Johnny, assis à l'arrière de la voiture.

— Vas-y, ma belle.

Elvis me tendit les clés de la salle, Johnny se souleva de son siège et m'encercla de ses bras puissants. Son baiser sur ma joue écrasa une larme. Je claquai la portière, puis je courus à vive allure, sous une pluie battante. J'enclenchai la clé dans l'énorme porte vitrée et composai le code de sécurité qu'Elvis avait noté sur un bout de papier. À l'intérieur, une légère odeur de sueur s'insinua dans mes narines, mais, pour une salle de musculation, je m'attendais à pire. Je traversai la grande pièce, me faufilant entre les appareils, et arrivai bientôt près de la rangée de vélos elliptiques. Derrière elle était dissimulée une porte masquée d'un rideau. Je glissai une autre clé dans la serrure et entrai dans la pièce principale. Elvis avait aménagé un appartement à ma demande, construit dans un ancien atelier. Les murs en brique rouge encerclaient une vaste pièce où trônaient une immense table en chêne, un ensemble de salon dans les tons clairs, une cuisine équipée ultra moderne, le tout surplombé d'un plafond soutenu par des poutres de style Eiffel. L'esprit loft de la pièce lui donnait un charme tout particulier. Nous avions souhaité que ce lieu soit un refuge, un endroit où nous pourrions rencontrer certains natifs dans le plus grand secret. Je ne me doutais pas, à l'époque, que nous allions en avoir besoin si tôt.

JE REMARQUAI LES VALISES FERMÉES, posées à côté de l'entrée. Une porte s'ouvrit, et mon cœur manqua un battement lorsqu'Éric en passa le seuil. Quand il m'aperçut, la surprise se lut aussitôt sur ses traits. Sa respiration se coupa. Il se figea. Il sortait de la douche, un large pansement s'étirant sur son ventre nu, encore légèrement mouillé, une serviette de bain blanche enroulée autour du bassin, qui manqua de tomber quand il me découvrit dans l'entrée, moi-même toute trempée par la pluie.

Un silence. Son regard parcourut ma chevelure immaculée, mais je ne sus lire son ressenti dans la profondeur de ses yeux. Embarrassée, je me tortillais presque sur place quand, enfin, sa bouche m'envoya un sourire envoûtant. Il était enfin là, et avec lui, je retrouvais une partie de moi-même, cette partie laissée en Grèce, dans une suite presque irréelle d'à peine trente mètres carrés. Des larmes emplirent mes yeux.

— Quelques années, alors ? déclarai-je, l'émotion trahissant ma voix.

Un long échange de regards suivit mes paroles, quand soudain, il s'élança vers moi, si vite que sa serviette de bain glissa sur le sol. Dans son élan, il attrapa ma nuque et colla ses lèvres enfiévrées sur les miennes. Ce baiser réveilla mes sens, un frisson me parcourut l'échine et fila en flèche vers mon cerveau. Je haletai sous cette sensation quand ses doigts s'arrangèrent pour faire glisser ma robe à mes pieds. Puis il me souleva, un sourire scintillant sur les lèvres. Je l'imitai tant la vision de ce sourire m'enivrait. Mes jambes s'enroulèrent autour de sa taille, tandis que mes mains se posaient sur son visage. Ma bouche chercha de nouveau la sienne. Mes larmes de joie se mêlaient à mon désir, je suffoquai presque sous l'étreinte de l'homme que j'aimais. Car oui, je l'aimais, j'en étais folle amoureuse, passionnément et irrévocablement éprise. Me l'avouant enfin, je voulus le lui dire ou le lui crier, mais il continuait de m'embrasser avec fougue. Il me souleva pour m'entraîner vers la chambre, où un grand lit nous attendait. Il se sépara de ma bouche un instant et ancra son regard au mien. Sa voix éclaira mon âme.

— Pourquoi pas toute une vie ?

CE JOUR-LÀ, Éric me fit l'amour jusqu'à ce que nos forces nous abandonnent. Le deuxième jour ressembla beaucoup au premier. Le troisième jour, nous nous envolions pour l'Amérique, continent sur lequel nous allions vivre ensemble tout le reste de sa vie.

---

1. « The Mother of dragons » fait référence à la reine Daenarys Targaryen de la saga « Le Trône de fer » de G.R.R. Martin

ÉPILOGUE

Trente-neuf ans plus tard...

La voiture filait à vive allure dans l'allée de peupliers. Quand ses yeux aperçurent le château à travers les feuillages, mon cœur fut soulagé d'un grand poids, car l'émerveillement se lisait déjà dans son regard. Sa bouche entrouverte marquait sa fascination devant la magnificence de cette bâtisse vieille de plusieurs siècles. Je ne pus m'empêcher de repenser à la première fois où j'avais moi-même découvert cet endroit, et à mon ravissement face à l'entrée de l'immense portail. Le château d'Altérac se dressait, là, tel un édifice majestueux et éternel, sous un splendide soleil d'été. Il m'avait tant manqué. Quand mes pieds se posèrent sur le seuil de l'énorme porte, mon souffle s'accéléra et le stress me provoqua des picotements dans les doigts. Je lui attrapai la main de peur de manquer de courage. Je n'étais pas revenue depuis le jour où j'avais quitté Carmichael pour aller rejoindre Éric. Alors, quand j'entrai, je n'avais encore aucune idée de l'accueil qui me serait réservé, d'autant que je n'avais pas prévenu de notre arrivée. Il n'y avait personne dans le vestibule. Un brouhaha venant de la cour-jardin pénétra mes tympans.

Nous nous dirigeâmes vers la baie vitrée et découvrîmes, à travers les fenêtres, des centaines de personnes, la plupart en maillot de bain ou très légèrement vêtus. Une fête de tous les diables se déroulait aux abords de la piscine. J'avais bien choisi mon jour !

— Dis donc, il me plaît de plus en plus, ce château ! dit-elle, ce qui m'arracha un sourire.

— Bienvenue à Altérac ! déclarai-je.

J'ouvris la porte-fenêtre et avançai de quelques pas. L'alcool coulait à flots, les esprits s'échauffaient au rythme de la musique, et l'humeur était à la fête. De premiers regards surpris se tournèrent dans ma direction, puis d'autres encore. Certains se figèrent et m'observèrent, curieux de savoir qui était l'étrange jeune femme aux longs cheveux blancs qui faisait irruption dans leur petite sauterie. Et à cet instant, je *le* ressentis. Sa présence s'imposait déjà à moi, et je le cherchai des yeux. De premiers danseurs cessèrent de se mouvoir, puis d'autres, et encore d'autres derrière eux. Chacun des natifs en ces lieux éprouvait désormais les premières lueurs de ma présence. Certains d'entre eux s'écartèrent. Une grimace sur leur visage me fit comprendre qu'ils y étaient contraints. Et en effet, ils formèrent un couloir de leurs corps, couloir au bout duquel je distinguais un bar éphémère devant lequel une silhouette se démarquait. Debout, les yeux rivés sur moi, il était là. Je ressentais ses effluves sensuels et puissants se dérouler jusqu'à moi, et je souris en en éprouvant les premières sensations. Des souvenirs chaleureux me revinrent en mémoire, et je fis alors quelque chose que je n'avais plus fait depuis longtemps : je laissai mon pouvoir d'attraction se diffuser à travers toute la cour-jardin. Et tandis qu'il irradiait de mon corps en vibration continue, mon regard ne quittait plus Carmichael. Telle une nuée onctueuse, mes phéromones tentaculaires se lovèrent autour de chacun des convives et allèrent fusionner au pouvoir de leur roi. Ce dernier avait encore le regard marqué par la surprise, mais je ne pus contenir plus longtemps la mienne. Où étaient passées ses dreadlocks ?! J'avançai alors de quelques pas afin de mieux l'apercevoir. Son crâne rasé marquait encore davantage l'ossature puissante de sa mâchoire. Comme dans mon souvenir, son visage n'avait pas le moindre défaut, et je pouvais distinguer la clarté de ses yeux pénétrants, même à cette distance. Il était aussi beau et séduisant que dans ma mémoire. Des larmes d'émotion s'immiscèrent dans mes yeux.

Plus personne ne bougeait, désormais. La musique cessa. Carmichael s'élança dans ma direction. Ses mots restèrent bloqués dans sa gorge, quand il s'arrêta à quelques pas devant moi. Un homme se posta à ses côtés, les yeux effarés. Dans la soixantaine, il me fallut un instant pour le reconnaître : Nicolas Souillac ! Sa sœur Abigaël, que je reconnus aussitôt, arriva quelques pas derrière lui. Vieillir ne lui avait pas ôté ses traits enfantins, et ses yeux me détaillèrent comme si j'étais un cadavre revenu des profondeurs de la terre, puis se plissèrent quand enfin un large sourire s'imprima sur ses lèvres. Alors, dans un même élan, le frère et la sœur plièrent le genou et se prosternèrent face à moi. Tous les natifs présents dans la cour eurent alors la confirmation de leurs doutes : j'étais leur reine, disparue presque quarante ans plus tôt. Ils imitèrent les Souillac et se prosternèrent à leur tour. Un silence s'installa tandis que tous marquaient leur dévotion envers une femme qu'ils ne connaissaient pas encore. Embarrassée par autant de ferveur, je baissai la tête et sentis la main de Carmichael se glisser dans la mienne. Il la porta ensuite à ses lèvres et l'embrassa.

— Cela veut-il dire que tu reviens ? s'enquit-il de cette voix puissante qui avait toujours eu le don de réchauffer mon cœur.

Je restai muette, et mon regard pénétra ses yeux émeraude. Il esquissa un large sourire et tenta de me prendre dans ses bras, mais un geste de ma main lui fit comprendre qu'il n'était pas encore temps.

— Carmichael, je te présente ma fille, Isabelle Valérian.

Ma déclaration fut accompagnée d'un mouvement du bras qui l'invitait à regarder derrière moi. Ma fille se rapprocha et alla à sa rencontre, tandis que Carmichael l'observait en détail. Ses cheveux blonds ondulés lui descendaient jusqu'à la taille. Elle me ressemblait beaucoup, du moins si on oubliait ma chevelure d'une blancheur immaculée et mon apparence étrange, qui me donnait l'air d'être sa sœur plutôt que sa mère. À l'instar de Carmichael, mon corps n'avait pas vieilli depuis ma mort, et ma fille affichait à peine dix-huit printemps, malgré ses vingt-sept véritables. Elle lui tendit la main dans un geste gracile alors que ses magnifiques yeux bleus se plissaient sous l'effet d'un sourire.

— Je suis enchanté de te connaître, dit-il en lui renvoyant son sourire. Nous allons bien nous occuper de toi.

Isabelle, qui éprouvait à l'instant la présence singulière de son roi, l'observa avec un certain étonnement. Carmichael fit alors un geste de la main, et une femme aux longs cheveux châtains s'avança aussitôt dans notre direction.

— Stella, lui demanda Carmichael, peux-tu s'il te plaît faire préparer la suite *Elizabeth* pour cette jeune demoiselle ?

— Bien entendu, répondit-elle avant de s'adresser à ma fille. Seriez-vous également tentée par une visite du château ?

— Avec plaisir.

Les natifs ayant repris les festivités, je ne sus interpréter si certains regards étaient fascinés ou apeurés par ma présence. Mais je ressentais de mieux en mieux leur ferveur commune. La musique avait repris, et les corps se déhanchèrent à nouveau sous les effets conjugués de la fournaise estivale et de notre pouvoir d'attraction. L'ambiance déjà survoltée s'enflammait à vue d'œil, et Carmichael et moi convînmes d'un simple regard qu'il était temps de quitter la fête. Il me saisit alors le bras, et nous nous dirigeâmes vers la salle de Pomone. Il courait presque quand nous arrivâmes à destination. La salle était entièrement vide et rien n'avait changé. Les siècles s'étaient figés à cet endroit, il y avait très longtemps déjà.

— Je suis désolée de débarquer avec ma fille de cette façon, déclarai-je, embarrassée. Savais-tu que j'avais eu un enfant ?

— J'étais au courant, en effet. Ethan me donne toujours de tes nouvelles après ses séjours chez toi.

— Bien sûr…

Un silence s'installa. J'avais comme la sensation de lui parler pour la première fois. Toutes ces années sans se voir, sans même une conversation téléphonique, avaient créé un abysse entre nous. Mais le rencontrer aujourd'hui, au sein de cet immense château que j'avais tant chéri plus jeune, faisaient remonter des souvenirs depuis longtemps enfouis.

— As-tu été heureuse ? osa-t-il demander, après ce long silence.

— Oh oui, je l'ai été, répondis-je, mais ce bonheur m'a été arraché il y a deux ans, comme tu le sais déjà, sans doute.

Je me retournai, car des larmes faisaient de nouveau irruption dans mes yeux. Il m'était toujours aussi insupportable d'évoquer la mort d'Éric.

Son absence avait creusé un trou béant dans mon cœur brisé par le manque de sa présence. Le chaos avait envahi mon âme après toute une vie à ses côtés.

Nous avions toujours vécu aux États-Unis, sous la protection de Connor Burton Race. Mon beau-frère avait repris sa place en tant que seigneur du Territoire de l'Ouest et nous octroyait une rente confortable qui nous avait permis de vivre aisément. Pour autant, je ne l'avais plus revu depuis mon départ du château.

Nous nous étions d'abord installés en Louisiane, où nous achetâmes un ranch. Éric avait découvert l'équitation à Altérac et nourrissait depuis une passion pour les chevaux. Par la suite, nous avions dû déménager de nombreuses fois à travers tout le pays, mais, partout où nous allions, nous étions toujours entourés de ses bêtes. En général, nous cherchions toujours des endroits isolés, afin que les rumeurs se propagent moins rapidement. Ma chevelure blanche et ma jeunesse éternelle avaient la fâcheuse tendance à alimenter les commérages des voisins. Les derniers temps, nous n'eûmes d'autre choix que de me faire passer pour une employée à domicile, afin qu'Éric ne passe pas pour le plus grand pervers de l'État du Montana. Mais, aux yeux de tous, Isabelle était sa fille et c'était bien cela sa plus grande fierté, sa plus grande réussite. J'avais fait trois fausses couches avant d'accoucher du magnifique bébé qu'elle était, alors nous avions tous deux conscience de notre chance. Je savais pourtant que c'était une folie d'avoir un enfant que je risquais de voir mourir. J'avais longtemps refusé avant de finalement céder. Je l'avais fait pour Éric, afin qu'il puisse connaître une vie de père, une vie aussi normale que possible, si tant est que ce fût faisable aux côtés d'un être éternel tel que moi. Mais je l'avais fait aussi parce qu'un désir de maternité irrépressible s'était réveillé un jour, comme s'il s'agissait de la dernière voie naturelle à explorer dans ma relation avec l'homme que j'aimais.

Et nous avions été récompensés, car Isabelle avait hérité de mon immortalité, de ma télékinésie et de la puissance de son père. Nous comprîmes que son vieillissement s'était considérablement ralenti dès que ses pouvoirs étaient apparus. Elle paraissait donc aussi jeune que moi et fort heureusement, elle n'avait pas reçu le don d'attraction, du moins pas à un stade aussi développé que le mien. Elle n'en avait d'ailleurs pas besoin, tout le monde la surnommait déjà comme je l'appelais depuis toujours : Belle. Ce qu'elle détestait. Le soulagement que je ressentis lorsque je compris que ma fille ne vieillirait pas avant des siècles n'eut d'égal que la joie éprouvée lors de son apparition dans nos vies. Elle était une partie d'Éric et la chose la plus précieuse que j'avais en ce monde.

Nos années de vie commune furent pleines et heureuses. Nous en avions goûté chaque heure, chaque minute, chaque seconde… Il était mort d'une crise cardiaque, dans son sommeil, à l'âge de soixante-cinq ans. Mon cœur s'était éteint ce jour-là.

Je savais pourtant que les puissants avaient une espérance de vie plus courte que les autres natifs, en raison notamment des sollicitations massives de leur cœur par un tel pouvoir, mais j'espérais encore quelques années de plus quand il rendit son dernier souffle. Mon seul réconfort fut qu'il ait connu la mort qu'il souhaitait, lui qui redoutait tant de vieillir jusqu'au point où il se trouverait irrémédiablement dépendant de moi. Il ne l'aurait jamais permis, et pourtant, je l'aimais tant que j'aurais préféré cela à ce qu'on me l'arrache aussi tôt. Il me manquait tellement. Son regard, sa voix, sa peau, son rire… Qu'il m'était douloureux d'y repenser ! Qu'elle était douloureuse, son absence...

Les larmes coulaient toujours sur mes joues, il devenait difficile de contenir mes sanglots. C'était pourtant une habitude de tenter de les camoufler depuis deux ans. Carmichael posa une main sur mon épaule, et la chaleur de sa main me réconforta. Je me tournai à nouveau vers lui.

— Tu te souviens quand je suis morte ?

— Comment l'oublier ?

— Tu penses que tu pourrais me retaper comme tu l'as fait, cette fois-là ?

— Je fais préparer l'hélicoptère.

Une heure plus tard, nous prenions la direction du chalet à bord de l'engin. Carmichael aux commandes, nous volâmes au-dessus des montagnes, et cela me rappela la première fois où il m'avait emmenée dans les Alpes. Le paysage, la nature et la solitude de l'endroit avaient permis à Carmichael de me redonner vie une fois. Était-ce encore possible ? La sensation d'être morte de l'intérieur ne m'avait plus quittée depuis deux années. J'avais perdu le goût de la vie, le bonheur, l'envie, et un vide s'était emparé de tout mon être. Ma propre fille s'inquiétait constamment de mon état apathique. Et cette inquiétude la minait depuis longtemps.

Quelques semaines après la mort d'Éric, je m'étais enfuie sur son cheval préféré. Galopant sous une pluie diluvienne, j'avais hurlé ma douleur et avais déraciné tous les arbres ou tout obstacle sur mon passage, avant de passer trois jours allongée sur sa tombe à pleurer ma souffrance, à pleurer son absence. Ensuite, ce fut la catatonie, le chaos avait envahi mon existence. Isabelle éprouva du soulagement quand, récemment, j'acceptai de retourner au château. Elle savait parfaitement ce que ce retour impliquait pour moi et pourtant, elle m'y poussait. Il lui était devenu insupportable de me voir dans un tel état.

NOUS ARRIVÂMES AU CHALET. La vue du coucher du soleil au-dessus des montagnes me plongea dans la contemplation, mais l'épuisement m'arracha un bâillement que Carmichael remarqua. Il m'entraîna à l'intérieur, enleva mes chaussures et me porta dans ses bras. Je me sentais toute petite dans l'immensité de ses muscles. Je posai alors ma tête sur son torse, et la chaleur qui envahit ma joue m'apporta un réconfort tel, que j'en émis un faible sourire. Mais les larmes refirent surface tandis qu'il m'allongeait sur le lit. Il se colla derrière moi et enroula son bras autour de ma taille. Je sentais sa respiration dans les lignes de mon dos, dans les mouvements de sa poitrine.

J'en éprouvais encore l'effet sur mon corps quand nous nous endormîmes jusqu'au petit matin.

Le soleil pénétrait mes paupières, et je clignai des yeux avant qu'enfin ma vision s'éclaircisse. Je me levai, habillée dans mes vêtements de la veille, et allai rejoindre Carmichael sur la terrasse. Une odeur agréable de café parvint à mes narines. Il m'en servit une tasse tandis que je m'asseyais à ses côtés, face à une vue époustouflante, et par cette chaude matinée estivale.

— Décidément, dis-je, le regard perdu sur la chaîne montagneuse, je suis folle amoureuse de cet endroit.

— Nous y avons vécu quelques moments heureux, il y a de longues années.

— Elles t'ont donc paru si longues ?

Je n'eus pour seule réponse qu'un regard pénétrant. Je regrettai aussitôt ma question.

— Je veux dire, poursuivis-je, quitte à me lancer, j'aimerais bien que tu me racontes ce que tu as fait toutes ces années. Ethan n'a jamais été très causant, tu le sais. Et je n'ai pas vu Thomas depuis très longtemps, sauf à l'enterrement, bien s…

Je ne terminai pas ma phrase, et mon regard se perdit à nouveau sur l'horizon.

— Si tu veux tout savoir, lâcha Carmichael, il ne s'est pas passé grand-chose durant ces quarante ans. J'ai régné, et, comme je l'avais prévu, la plupart des natifs ayant vu ta vidéo sont morts, ou le seront bientôt. Je n'ai donc presque plus personne à tuer.

Sa remarque me fit sourire. Je n'avais pas repensé à la fameuse vidéo depuis de nombreuses années, et son souvenir, après si longtemps, n'était plus si humiliant. C'était même un sujet qu'Éric abordait pour me taquiner de temps à autre.

— Mais ta légende, continua Carmichael, elle a traversé les décennies, et les natifs d'aujourd'hui, même s'ils ne t'ont pas connue, te vouent un véritable culte.

— Oui, j'ai vu ça hier. C'était gênant après toutes ces années, je ne pensais pas qu'on se souviendrait de moi.

— Tu es toujours leur reine, et tu oublies que tes exploits sur l'île d'Eos ont été vus par un grand nombre des nôtres. Estime-toi heureuse, car, si nous avions mené cette guerre au Moyen Âge, on aurait composé des chansons en ton honneur !

— Alors heureusement qu'on n'y est pas !

Je laissai échapper un petit rire, et cette sensation me réchauffa.

— J'ai rencontré quelques difficultés avec un groupe de natifs danois, poursuivit Carmichael après un silence, mais tout s'est apaisé depuis trois ans, maintenant. À part ça, rien n'a éveillé mon attention. La vie a continué à Altérac, tout simplement.

— Je crois savoir qu'il y a eu... des femmes dans ta vie.

Je dis cela en balbutiant et baissai machinalement les yeux. Le fait même d'évoquer le sujet me faisait rosir les joues, phénomène aggravé plus tard par le silence qui s'ensuivit. Pourtant, il m'apparaissait tout à fait normal que Carmichael ait pu continuer à mener sa vie durant tout ce temps. Mais quand Johnny venait me rendre visite et me racontait les derniers potins d'Altérac, j'éprouvais toujours une sensation désagréable en pensant aux femmes qui partageaient la couche de mon mari. Je ne pouvais l'éviter, malgré tout l'amour que j'éprouvais pour Éric.

Lors de mon départ du château, nous avions décidé, Carmichael et moi, que malgré le mariage et nos responsabilités communes envers les natifs, je devais m'éloigner des affaires du royaume. C'était préférable pour tout le monde, et j'avais désormais conscience que jamais je n'aurais pu vivre une vie aussi heureuse avec Éric s'il en avait été autrement. Nous avions aussi décidé qu'à moins d'une nouvelle guerre, nous ne communiquerions sous aucun prétexte. Carmichael me laissait vivre une vie auprès d'un autre homme, mais il n'était pas prêt à entretenir une pseudorelation durant tout ce temps. Il me voulait tout entière, ou pas du tout.

J'avais tout de même gardé des contacts avec certains natifs comme Salomon et Prisca, Thomas, et même Carly Stanton ! C'était l'amie d'Éric, et je n'avais pu l'empêcher. Avec le temps, j'avais appris à mieux l'apprécier. Mon frère, qui avait su surmonter le décès de notre mère, passait pratiquement la moitié de l'année chez nous, et le reste du temps, il habitait la tour de Londres, l'endroit où il avait grandi. Il avait d'ailleurs de plus en plus de responsabilités, signe qu'il s'intégrait un peu mieux parmi les natifs. Malgré cela, Ethan restait seul et n'avait toujours personne pour réchauffer ses nuits. Il tentait toujours de me rassurer en me disant que cette solitude lui agréait, malgré mon cœur de sœur qui aurait tant voulu le savoir entouré d'amour. À ma connaissance, il n'avait plus jamais tué, car, même si la douleur de perdre notre mère fut insurmontable les premiers temps, leur rencontre l'avait définitivement changé. J'en éprouvais encore plus de fascination pour le souvenir de cette femme que j'avais si peu connue, et à laquelle j'avais rendu hommage en baptisant ma fille de son prénom. Johnny venait régulièrement nous rendre visite lui aussi, et, ces vingt dernières années, c'était aux côtés de son mari, Jésus, que nous le recevions. Jésus était Espagnol. Johnny en était tombé amoureux, un soir de bal, au château, avec au menu une paëlla géante. Le traiteur était Jésus, et il n'avait plus quitté Johnny depuis ce soir-là. Récemment, ils s'étaient tous deux installés à Paris et profitaient d'une retraite dorée dans un immense appartement du huitième arrondissement, tandis que la société que Johnny avait bâtie gérait toujours l'organisation des événements natifs à travers le monde. Son frère Elvis vivait au mas d'Altérac depuis une dizaine d'années et avait repris les affaires du vignoble quand Papa Forbe était décédé. Lors de ce funeste événement, nous nous étions retrouvés à Montfermeil, où Papa Forbe fut enterré avec tous les honneurs que nous pouvions lui rendre. Contre toute attente, Elvis décida de s'installer à Altérac, entouré de sa famille. Il avait maintenant deux jumeaux, âgés d'une vingtaine d'années, et coulait des jours heureux en compagnie de sa femme. Il ne retournait dans le 9-3 que pour aller rendre visite à Mohamed Belhak, son ami de toujours.

Thomas vint nous voir régulièrement les premières années, mais il fallait être aveugle pour ne pas constater que cela lui coûtait de me savoir auprès de son frère. Une gêne palpable s'était installée entre nous, car il n'était plus libre de me confier ses pensées les plus intimes, et éprouver mon don d'attraction lui devenait insupportable. Il s'était marié à l'âge de quarante-quatre ans à une jeune femme prénommée

Laetitia. Une télépathe splendide, mais finalement assez peu tolérante quant à ma relation passée avec son mari. Nous avions bien accroché au début, et cela jusqu'à ce que Johnny lâche dans une conversation anodine que j'avais déjà couché avec Thomas, soit le propre frère de l'homme avec qui je vivais. Choquée par cette révélation, sans parler de mon pouvoir magnétique qui mettait à rude épreuve les émotions de son mari, elle coupa les ponts peu de temps après l'avoir appris. Je pouvais aisément comprendre son malaise et n'en éprouvais aucune animosité. Je redoutais cependant que cette divulgation nous éloigne de Thomas, et mes craintes se confirmèrent. À la fin, Éric et lui ne communiquaient qu'à travers quelques coups de téléphone passés de temps à autre. J'avais essayé de masquer ma culpabilité quant à leur éloignement, n'ayant jamais eu l'intention de les séparer. Mes actes passés n'avaient pourtant laissé que peu d'issues à une telle relation. Le fils de Thomas, Guillaume, qui connaissait pourtant mon implication dans la mort de sa mère, avait longtemps entretenu une correspondance avec son oncle et faisait le voyage tous les trois ou quatre ans environ. Intelligent, plein d'esprit et remarquablement bon, il était devenu un homme splendide et respectable, à l'image de son père, dont il avait hérité la puissance. Je le savais d'ailleurs sur le point de se marier à son tour.

LA PLUPART des natifs de ma génération avaient donc quitté le château et vivaient aux quatre coins du monde une retraite méritée. Ils avaient tous gagné une guerre et remis en place une monarchie pacifique, quand auparavant la dictature régnait depuis des siècles. Mais la vie avait aussi emporté bien des proches, à commencer par Sam. Il vécut une année avec nous avant de repartir pour la France, où il mourut, quelques mois plus tard, des suites d'un cancer tardivement diagnostiqué. Salomon, que Prisca pleura durant de longues années, était parti le rejoindre un an plus tard. Henry Capshaw, que Sonia avait épousé peu de temps après la guerre contre les Six, mourut l'année suivante. Mais d'autres étaient encore bien vivants et demeuraient toujours à Altérac. C'était le cas d'Estelle et des Souillac, dont les dons de voyance étaient devenus indispensables au château.

Toutes ces années me firent réaliser la difficulté d'être éternelle. Je les voyais tous partir un à un, et moi, je restais inexorablement jeune. Jusqu'au décès d'Éric, où il ne me fut plus possible de le supporter. Alors des pensées suicidaires avaient commencé à jaillir dans mon esprit, l'obscurité devenant ma seule source de vie. Ce ne fut que dernièrement que je décidai ne plus vouloir cacher cette dépression. Il me fallait la combattre pour Éric, pour ma fille, et enfin pour moi. Je savais que seul l'homme à mes côtés, à cet instant même, pouvait comprendre ce que j'éprouvais. Carmichael avait plus de trois cent cinquante années derrière lui, et j'avais tant besoin de lui.

Il n'avait d'ailleurs toujours pas répondu à ma question. Embarrassée en rencontrant son regard, je me mordis les lèvres.

— Si tu n'as pas envie d'en parler, pas de problème.

— Non, dit-il, ce n'est pas ça. C'est juste que je ne m'attendais pas à ce qu'on en parle si vite, et que je ne me suis pas vraiment préparé à cette conversation.

— Je comprends.

— Il y en a eu quelques-unes, je ne vais pas te mentir.

— Ah, lâchai-je bêtement.

À quoi m'attendais-je ? Carmichael n'allait pas m'attendre quarante ans ! L'entendre de sa bouche n'était pas très agréable pour autant.

— J'ai eu une maîtresse durant une dizaine d'années. Nous ne nous voyions que pour faire l'amour, mais au château, on l'appelait quand même ma « favorite ». J'imagine que les natifs ont vu dans cette relation plus que ce qu'elle n'était en réalité.

— Ce doit être une femme singulière pour qu'elle soit restée ta maîtresse autant de temps ? relevai-je, piquée par la curiosité.

— C'est une femme singulière, en effet. Elle te ressemble par certains aspects.

— Comment s'appelle-t-elle ?

— Stella. Tu l'as vue tout à l'heure. C'est mon assistante…

Mes yeux s'écarquillèrent, et je me levai d'un bond. Ce geste me vint comme un réflexe.

— … et seulement mon assistante.

— Je comprends, répétai-je, alors qu'en réalité une sensation amère me comprimait l'estomac.

Nous en étions restés là pour la matinée, mais le soir même, je ne pus éviter de revenir sur le sujet, au cours du dîner.

— Entre Stella et toi, c'est fini depuis combien de temps ? Tu en parlais au passé, tout à l'heure.

— Je l'ai quittée il y a deux ans, quand j'ai appris la mort d'Éric.

— Seigneur ! La pauvre !

— Qu'est-ce que tu veux dire par là ?

— Tu passes dix ans avec elle, et tu la largues comme une vieille chaussette parce que tu me sais seule ! C'est horrible, ce que nous avons fait à cette femme !

— Mais non, déclara-t-il en riant, elle ne l'a pas mal pris. Ce n'était pas une relation amoureuse classique, enfin ! Je pensais... ou plutôt, j'espérais qu'un jour tu allais me revenir. Elle l'a toujours su. Il n'était pas question d'avoir une femme dans ma vie si tu te décidais à revenir auprès de moi.

— Tu doutais que je revienne un jour ?

— Évidemment !

Je fis un geste du bras, et ma main alla se poser doucement sur son visage. Son regard s'imprégna du mien. Je posai mon autre main sur la sienne.

— J'ai toujours su que je reviendrais.

Il accueillit ma déclaration avec un sourire. Mes doigts cherchèrent machinalement ses mèches absentes.

— Mais au fait, où sont passées tes dreadlocks ?

— Aïe ! Ça ne te plaît pas ?

— Si, avouai-je en souriant, ça me plaît beaucoup. C'est juste que moi j'aimais bien m'y accrocher quand...

Je ne terminai pas ma phrase que j'avais lâchée à haute voix, comme si le fossé entre nous s'était refermé d'un seul coup et que, plus à l'aise, je me laissais aller à quelques grivoiseries. Sa présence magnétique et son charisme avaient empli mes yeux et, après sa courte observation de mes joues cramoisies, il s'esclaffa de sa voix de ténor. Je souris en me mordant la lèvre inférieure et lui filai une tape sur le torse.

Ce soir-là, nous ne nous couchâmes que légèrement vêtus. Le chalet n'avait pas la climatisation, et nos corps étaient rendus moites par la chaleur. Mais ce ne fut rien à côté de celle produite par ses doigts qui venaient caresser mon cou, mes bras, puis s'attardèrent sur mes hanches, avant de faire le parcours en sens inverse. Face à lui, couchée sur l'oreiller, je passai une main sur son épaule et l'imitai. Nous nous caressâmes de cette façon jusqu'à ce que le sommeil nous emporte.

Le lendemain, il m'emmena dans une clairière ombragée par de grands sapins et qu'un ruisseau venait séparer en deux parties. Je souris en découvrant le panier dans lequel se trouvaient une couverture et de quoi faire un pique-nique préparé avec soin par Sa Majesté le Roi en personne. Je le taquinai pour cette attention, consciente que ce n'était pas du tout dans ses habitudes. Ses lèvres se retroussèrent, et je lui souris en retour.

Nous nous installâmes près du ruisseau et déjeunâmes en nous racontant des anecdotes passées. Cet après-midi-là, je lui confiai tout et ne redoutais désormais aucun sujet. Je me montrai captivée par ses aventures au Danemark et par ses difficultés rencontrées en tant que roi. Il me semblait qu'à l'ombre des sapins, nous faisions à nouveau connaissance et, que peu à peu, nous nous redécouvrions. Nous ne cessâmes de converser jusqu'à ce que le soleil se couche et que nous décidâmes d'en faire autant. Nous nous allongeâmes l'un face à l'autre, nos regards ne faisaient plus qu'un.

— Qu'attends-tu de moi, ma puce ?

Je souris. Cela faisait une éternité qu'il ne m'avait pas appelée de cette manière. Et même si, à nos débuts, je n'avais pas aimé ce surnom dans sa bouche, aujourd'hui, il caressait mes oreilles d'une douceur infinie.

— J'attends que tu sois mon mari, dis-je en posant une main sur la sienne. Enfin, c'est ce que je croyais en venant ici.

— Tu as des doutes, maintenant ?

— Non, je… hésitai-je, les larmes faisant surface à nouveau, c'est que j'ai été si malheureuse ces derniers temps. Je ne sais pas si je pourrai te rendre heureux. Et je ne pourrai jamais l'oublier…

— Qui te le demande ?

— Personne, je sais.

— Il fera toujours partie de toi, ça fait longtemps que j'en suis conscient.

— Mais je t'aime, toi aussi…

— Tu… quoi ?! lâcha Carmichael, comme si mes mots lui avaient fait l'effet d'un coup de poing dans le ventre.

— Je t'aime, répétai-je alors que des sanglots étreignaient ma voix, et cet amour va grandir, je le sais. Car s'il n'y avait pas eu Éric dans ma vie, je serais tombée éperdument amoureuse de toi, il y a quarante ans de cela. Certes, nous avons eu des débuts difficiles tous les deux, et longtemps j'ai cru m'être mariée avec toi uniquement pour gagner la guerre contre les Six. Mais, plus les années passaient et plus il m'apparaissait évident que nous étions tous deux faits l'un pour l'autre, comme tu l'as toujours dit. Notre immortalité, notre don commun d'attraction, notre intérêt pour nos semblables… Et alors que je vieillissais sans que mes traits trahissent mon âge, il n'y eut pas un seul jour sans que je pense à toi. Éric le savait, il l'a toujours su. J'étais folle d'amour pour cet homme, mais je ne t'ai jamais oublié. Et lorsque tu m'as laissé partir auprès de lui, j'ai su que personne d'autre ne serait jamais plus capable de m'offrir une telle preuve d'amour. Voilà, je t'aime pour toutes ces raisons, Carmichael Burton Race.

Après un silence saisissant, il approcha ses lèvres des miennes et m'embrassa fougueusement. Je crus percevoir ses yeux s'embuer de larmes, mais son baiser vorace embrasait déjà mon visage et finit par irradier tout le reste de mon corps. Je ne prêtai plus attention à rien, j'étais emportée dans un flot infini de sensations.

Nous nous embrassâmes avec toute la passion qui nous habitait encore une bonne partie de la nuit. Une page commençait doucement à se tourner sur mon passé.

Les jours suivants, nous passâmes la plupart de notre temps sur le divan de la terrasse. Carmichael assis, je me blottissais contre lui ou m'allongeais en posant ma tête sur sa cuisse. En silence, nous restions là, à l'ombre des branches de glycine enroulées autour des poutres de la pergola, bienvenue par ce soleil radieux et cette chaleur suffocante. Je ne quittais plus ses bras, et, le soir venu, la tentation était si éprouvante que, si nous avions laissé libre cours à nos émotions, nos corps se seraient embrasés comme deux torches. Mais nous avions tout notre temps. D'autant que l'image d'Éric avait la fâcheuse tendance à s'immiscer dans mon esprit à n'importe quel moment, suivie d'une pointe de culpabilité que j'espérais voir disparaître avec le temps. Je n'avais pourtant pas l'impression de trahir sa mémoire en revenant auprès de Carmichael. Éric avait toujours su que je partirais le rejoindre quand l'heure serait venue. Il n'y avait même jamais eu de débat sur la question. Il n'aurait jamais voulu me savoir seule pour l'éternité, et je ne lui avais jamais rien caché sur les sentiments que je nourrissais pour l'homme que j'avais épousé quarante ans auparavant.

Une semaine après notre arrivée, je me levai durant une chaude nuit de pleine lune. Je laissai dormir Sa Majesté mon mari, quand, après une toilette rapide, je décidai de léviter vers un endroit bien précis : la cascade. Celle où Carmichael m'avait emmenée à notre première venue au chalet. La blancheur de la lune éclairait les lieux. J'allai me glisser dans l'ouverture près du torrent, à l'abri de la cavité dans la roche. Je passai mes doigts à travers le rideau d'eau et me rappelai quand Carmichael m'avait fait l'amour en ces lieux. Un souffle me caressa l'échine. Je fis glisser ma robe et mes dessous trempés à mes pieds. Je plongeai à travers les flots, utilisant ma télékinésie pour ne pas tomber lamentablement, et m'immergeai au pied du torrent qui se jetait dans la rivière dans un fracas assourdissant. La fraîcheur de l'eau déclencha un frisson sur ma peau. La clarté de la lune se reflétait sur la surface. Je levai les yeux en direction du ciel quand, soudain, je remarquai une présence sur ma droite. Carmichael se tenait là, au-dessus d'un énorme rocher.

— Puis-je ?

Je hochai timidement la tête. Il défit son pantalon et plongea, entièrement nu. La vue somptueuse de son corps me fit rougir. Quand il refit surface, je détournai les yeux, et il remarqua aussitôt mon trouble. L'eau lui arrivait au niveau du torse, il s'approcha doucement. Je relevai les yeux. Ses larges épaules dominaient ses muscles ruisselants, tandis que la clarté de la lune faisait luire sa peau de bronze. La tentation d'y poser ma main était forte. Quand il m'attrapa par la taille, je ne pus retenir un léger soubresaut au contact de son corps sur ma peau. Un hoquet de surprise s'échappa de ma gorge lorsque son bras vint me rapprocher davantage. Ses yeux émeraude s'ancrèrent alors dans les miens, mon souffle s'accéléra. Et après un temps que je ne saurais déterminer, ses lèvres allèrent enfin se poser sur les miennes, et il ne me fut plus possible de lutter. Je haletai, tandis que nos corps se retrouvaient sous le ciel étoilé. Des larmes que je ne pus retenir coulèrent sur mes joues, la tristesse et le deuil en imprégnant chaque goutte. Elles se déversèrent sur mon visage, glissèrent sur ma peau et allèrent se mélanger à l'eau de la rivière. Mais, dans ce moment qui me parut durer une éternité, je réalisai tourner une page et, dans le même temps, une lueur renaissait au fond de mon âme. Alors que l'émotion me submergeait, mon baiser se fit plus ardent. Je voulais que cette lueur grandisse, qu'elle s'empare de tout mon être et que la lumière réintègre mon corps pour toujours. Mes larmes cessèrent de couler. Je me collai à lui. Chaque parcelle de sa peau diffusait des sensations voluptueuses dans chacun de mes muscles. Sur mon ventre, je sentis son excitation et m'y frottais pour mieux la ressentir, pour mieux savourer ce moment, car je le voulais, là, maintenant. Mon don se libéra, le sien en fit autant. La chaleur qui parvint à mon cerveau provoqua un sourire sur mes lèvres. Mes bras s'enroulèrent autour de sa cage thoracique, mes mains parcoururent les courbes de son dos. Carmichael me souleva jusqu'au bord, sans que ses lèvres enfiévrées se détachent de ma bouche. Délicatement, il m'allongea sur une minuscule plage, formée par un tapis d'herbe fraîche. Alors que mes jambes trempaient encore dans l'eau, ses doigts redécouvrirent chaque centimètre de ma peau, jusqu'à lentement se glisser dans les profondeurs de mon intimité. Je me cambrai, à bout de souffle. Le sourire n'avait pas quitté mon visage, je me perdais dans la chaleur de son être. Et alors que mon cœur battait la chamade, que ma respiration se faisait haletante et que mon corps se consumait sous l'effet de ses caresses, mon mari me fit l'amour pour la première fois de notre deuxième vie.

IL ÉTAIT *MON ROI*, et j'étais redevenue *Sa Reine*.

MES REMERCIEMENTS

À ma fille, Carla, et à mon fils, Léo, qui se demandent encore pourquoi leur mère a parfois le regard vague, quand il lui arrive de disparaître dans son monde imaginaire, à n'importe quel moment de la journée.

À mon homme, Romuald. Ton soutien, mon amour, et ta patience m'ont permis d'aller au bout de mes rêves. Sans toi, rien n'aurait été possible.

À mon frère, Alexandre Chevallier, et à ma belle-sœur, Marie Chevallier. À mes BFF, Ana Frazao et Keltiome Hadadji, mes premières lectrices et amies de toujours.

À Stéphanie Benoit, ma pote ! Quand le boulot du quotidien se conjugue avec la littérature, ça fait des merveilles…

À mes personnages, que je quitte les larmes aux yeux à chaque fois que je termine un tome, et que j'emporte partout avec moi.

Et enfin, à ma grand-mère maternelle, Gabrielle, qui vit parmi les anges et qui, je l'espère, est fière de moi.

AVIS LECTURE

Vous avez aimé NATIVE, La tentation des dieux ?

Laissez un joli commentaire pour motiver d'autres lecteurs !

Vous souhaitez être informé de mes prochaines sorties ?

N'hésitez pas à cliquer sur le bouton « Suivi » de ma page auteur Amazon.

À très vite dans de nouvelles aventures livresques !

Laurence

LA SAGA NATIVE

Volume 1 : La trilogie de Gabrielle

Le berceau des élus

Tome 1

Le couronnement de la reine

Tome 2

La tentation des dieux

Tome 3

Volume 2 : La Quadrilogie d'Isabelle

Les héritiers du temps

Tome 4

Compte à rebours

Tome 5

La Malédiction des immortels

Tome 6

L'éternel crépuscule

Tome 7

DÉCOUVREZ DÈS MAINTENANT LE PREMIER TOME DU SPIN-OFF, LA QUADRILOGIE D'ISABELLE, ET RETROUVEZ LES NATIFS IMMORTELS...

NATIVE

Les héritiers du temps, Tome 4

Après vingt-sept ans d'une vie passée parmi les humains, j'ai débarqué au château d'Altérac, berceau des Natifs, loin de me douter qu'une rencontre allait bouleverser mon existence à jamais...

Hélas, je n'étais pas prête, je ne savais pas...

J'ai pris une simple décision, que je croyais anodine sur le moment, et le destin du royaume a basculé...

Le mien fut scellé.

La solitude m'a terrassée.

Ne dit-on pas que c'est dans les moments les plus sombres que surgissent l'espoir et la lumière ?

Seul le temps pourra me le révéler.

Je suis Isabelle, fille de la reine des Natifs, et aujourd'hui, je dois assumer mon héritage.

★★★★★ Un tome captivant...

« Ce tome est une pure merveille ! Il vous attrape, vous fait voyager dans le temps, on croit que l'on comprend, qu'on tient le fil d'Ariane que nous tisse l'auteure... mais en fait... NON ! Elle nous amène là où l'on ne s'attend pas ! »

ISABELLE sur AMAZON

★★★★★ Une merveille

« Les mots me manquent. L'auteure a fait des merveilles comme toujours, un tourbillon d'émotions entre le désir, la colère, la peine et une fin... volcanique ! »

SARAH sur AMAZON

★★★★★ Quelle belle plume !

« C'est avec regret que j'avais quitté Gabrielle à la fin du tome 3. Une trilogie que j'avais dévorée, totalement absorbée par l'imaginaire de Laurence Chevallier. J'avais quelques appréhensions à poursuivre l'aventure avec Isabelle. Et pourtant tout est là, ce tome 4 est absolument fantastique. L'écriture est toujours aussi captivante et provoque tellement d'émotions... Encore une fois, l'auteure nous transporte dans son monde et nous rend totalement accro à l'histoire et aux différents protagonistes. Merci Madame Chevallier. »

FLORE sur AMAZON

À PROPOS DE L'AUTEUR

Retrouvez toute l'actualité de Laurence Chevallier sur...

Instagram : laurencechevallier_
https://www.instagram.com/laurencechevallier_/

Facebook : Laurence Chevallier Auteure
https://www.facebook.com/laurencechevallier.auteure

Actus et inscription à ma newsletter :
https://www.blackqueeneditions.fr

Printed by Amazon Italia Logistica S.r.l.
Torrazza Piemonte (TO), Italy

36922174R00182